中华优秀传统文化名家讲座

尚永亮说唐诗

尚永亮 著

广西师范大学出版社
GUANGXI NORMAL UNIVERSITY PRESS
·桂林·

尚永亮说唐诗
SHANG YONGLIANG SHUO TANGSHI

图书在版编目（CIP）数据

尚永亮说唐诗 / 尚永亮著. —桂林：广西师范大学出版社，2019.6
（中华优秀传统文化名家讲座. 第二辑）
ISBN 978-7-5598-1857-7

Ⅰ. ①尚… Ⅱ. ①尚… Ⅲ. ①唐诗—诗歌研究 Ⅳ. ①I207.22

中国版本图书馆 CIP 数据核字（2019）第 113012 号

广西师范大学出版社出版发行
（广西桂林市五里店路 9 号　邮政编码：541004
网址：http://www.bbtpress.com）
出版人：张艺兵
全国新华书店经销
广西民族印刷包装集团有限公司印刷
（南宁市高新区高新三路 1 号　邮政编码：530007）
开本：700 mm × 970 mm　1/16
印张：17　　字数：260 千字
2019 年 6 月第 1 版　　2019 年 6 月第 1 次印刷
印数：0 001~5 000 册　　定价：56. 00 元

目　录

开头的话

一代文学与文体代变　中国诗史的六大时段　唐宋诗的异同

中国是一个诗的国度，到了唐代则发展到了顶峰。在中国诗史上，唐代可以说是诗歌艺术最辉煌的时期。所以王国维在《宋元戏曲史序》里说了这么一段大家熟知的话："凡一代有一代之文学。楚之骚、汉之赋、六代之骈语、唐之诗、宋之词、元之曲，皆所谓'一代之文学'，而后世莫能继焉者也。"一代有一代之文学，一代有一代之盛，这个道理应该是很明显的。当然最近也有一些学者对王国维这一判断提出了批评，认为他只注重了一代文学之盛，而忽视了一代之中其他的文学样式，这样一来就对其他文学样式形成了遮蔽。这种说法虽也有一定道理，但是，如果站在静安先生的角度，着眼于不同时期文学的代表样式及其历史作用，以"一代文学"予以概括，则是没有问题的。

在文学的这样一个发展过程里，突出的景观是文体代变，而且每一种旧文体的衰落和新文体的产生，其间都是有规律可循的。所以静安先生在《人间词话》里又提出了这样一个观点："四言敝而有楚辞，楚辞敝而有五言，五言敝而有七言，古诗敝而有律绝，律绝敝而有词。盖文体通行既久，染指遂多，自成习套。”这一点非常重要，任何一种文体，任何一种文化，发展的时间长了，都会形成它的弊端。这种弊端就是模式化、套路化，一旦陷于其中，就很难超脱出来。所以他说：“豪杰之士，亦难于其中自出新意，故遁而作他体，以自解脱。”这里，他指出了新、旧文学样式这样一种更替、兴变的规律。当然细细讲起来，还有其他的一些规律，因与我们的论题关系不大，这里就不多谈了。

随着文体的代变，收益肯定是很多的。但也有丧失，有些东西就失去了。失去了什么呢？很重要的一点恐怕就是把前人那种古朴厚重的风格、韵味失去了。因为任何事情都有一个由简单到复杂的过程。艺术也是这样，它由简单的低级的形式，逐渐地向高处发展，艺术技巧必然越来越受重视。艺术技巧受重视之后，人工的痕迹必然越来越增多。如此一来，古人所吟唱的那样一种原始、淳朴、发自内心的东西，就逐渐地丧失了。所以苏轼就有了一段关于这一问题的评论，他在《书黄子思诗集后》这样说：“苏、李之天成，曹、刘之自得，陶、谢之超然，盖亦至矣。而李太白、杜子美以英玮绝世之姿，凌跨百代，古今诗人尽废。然魏、晋以来，高风绝尘亦少衰矣。”讲的就是这个道理。我们现在如果读一下汉代的古诗，你看那个“行行重行行，与君生别离”，写的真是发自肺腑的一种感觉，就好像脱口而出。“行行重行行”五个字，连用了五个平声字，这在唐代近体诗中是不允许的。这五个平声中有四个字都是相同的、重复的，但用在这里，却极自然、极贴切。你仔细读啊，“行行——重——行行”，走呵走呵，一直送君到很远的地方，等到不能再送了，这才硬生生地、活生生地相互分别，君之行远矣，一在天之涯，一在地之角，日后何时再相会呢？体味到这些，一种感慨的味道就出来了。好像不用这个“行行重行行”，用其他任何话来代替，都达不到这样一种韵味。但是到了唐宋以后啊，由于更注重技巧，虽然诗写得很精美，但是这种味道也就没有了，或者是逐渐地减弱了。所以从这个角度来讲，诗歌在不断的发展变化中，有它的进步，同时也有它的失落。

当然，到了唐代，诗歌就非常昌盛了。而到了宋代，承接前朝，诗歌又进入一个新的时期。如果对整个中国诗史作一个大致的概括，我以为其间有六个重要的时段。哪六个时段呢？

首先是上古的《诗经》时代，《诗经》时代是第一个阶段，是四言诗的时代。这个时期诗歌的特点是：诗风淳朴厚重，诗与音乐紧密结合。

第二个时段，就到了战国的楚辞时代。战国时期，屈原崛起，《楚辞》勃兴，诗的体式扩大了，包容量大大增加了，诗风也由质到文，由《诗经》时代的淳朴厚重走向了哀婉典丽。《楚辞》多数句子加上“兮”是七言，去掉“兮”是六言。“帝高阳之苗裔兮，朕皇考曰伯庸。摄提贞于孟陬兮，惟庚寅吾以降。皇览揆余于初度兮，肇锡余以嘉名。名余曰正则兮，字余曰灵均。”句式加长了，唱叹味更足了，但诗和乐却逐渐分离了。在《楚辞》里，能够演唱的大概只有《九歌》了。《九歌》被认为是经由屈原修订的原始楚国的一种乐舞，其他的呢，基本上是只可诵而不可歌了。

第三个时段是汉代，乐府勃兴。汉乐府的主要体式是五言，特别是到了东汉后期，五言诗得到了定型。那么这个时期的诗歌有什么特点呢？那就是诗风由文返质，诗与乐重新结合。如果套用黑格尔的否定之否定规律，就是诗乐从结合到分离，再结合，诗风由质到文，再由文返质，就是一个正反合的过程。关于这一点，可参看陈伯海先生《中国文学史之宏观》中的相关论述。当然，这种正反合在其他方面也有表现，而在诗歌发展过程中体现得更为鲜明。从汉代以后，五言诗大行其道，四言诗逐渐就退出了历史舞台。此后虽然也还有些四言诗作品，比如曹操曹孟德，就有不错的四言诗，嵇康有送其兄嵇喜从军的四言之作，陶渊明也还有四言诗，但总体上看，却已经是四言诗的尾声了。而五言诗则成为主流，从汉代一直到唐以前，基本上是五言诗的天下。当然，从汉末开始，完整的七言诗也出现了，但比起五言诗来，它的影响力，它的创作量，都要小得多，少得多。

第四个时段是南朝。具体来说，是在齐永明年间，出现了一个大的变化。这个变化大家都很熟悉，就是“永明体”的出现。从这时开始，诗歌创作开始讲声律了。以前的诗歌是纯任自然的，除了押韵和简单的对仗，你想怎么写就怎么写，可以是齐言诗，也可以是杂言诗；可以用平声韵，也可以用仄声韵，还可以平仄交替。但是永明以后，诗就开始向格律化的方向发展了，要讲平仄、讲四声了。这对中国诗歌来说，是一个非常大变化，也是一个非常大的贡献。从这个时期开始，人工美就开始代替了自然美，朝着另一个方向迈进。“永明体”的创立对唐代的近体诗有着至关重要的影响。但是，永明体在不少方面还有欠完备，特别是它的声律规定显得粗糙、僵硬。所以就必须有唐诗，在它的基础上进一步发展。

到了唐代就进入了第五个时段。唐代可以说是近体诗蓬勃发展的一个时期。唐代历时 289 年，如果加上五代的五十多年，时间总共 342 年。在这三百多年时间里，各体诗歌都得到了全面的发展，尤其是近体诗也就是格律诗，达到了极为昌盛的地步。关于这点，我有几本小书如《唐代诗学》等都讲到过，这里就不去多谈了。但是大家都非常清楚这样一个事实，那就是唐诗发展到了一种极致，后人很难超越它。但是如果不超越，就又形成了一种套路，就是静安先生所讲的“豪杰之士，亦难于其中自出新意”，就会因循守旧，亦步亦趋。

于是到了宋代，开始新变，所以宋代是中国诗歌发展的第六个时段。宋人要超越唐人，花费的气力非常之大。清代蒋士铨——写诗也写戏曲的一个作家，他曾经说过一句话，叫“宋人生唐后，开辟真难为”。宋人生在唐人之后啊，那是宋人的不幸。好言语、好词句、好体式，都被唐人用得差不多了，你想再彰显自家面目，非常之困难。但是，宋人走出了这一步。宋人在唐人的基础上又有了一个新的变化。这种变化呢，从欧阳修、梅尧臣的创作就开始了，到了王安石已初具规模，而到了苏东坡、黄庭坚，可以说宋人诗风得到了正式确立。于是，江西诗派、中兴四大诗人，沿此途继续前进，宋诗便有了与唐诗不同并足以傲视唐人的特点和资本。

以上六个时段，就这样后先承接，顺序发展，形成了中国诗史嬗变的轨迹。宋代以后，所作诗歌就很难超出前人了。所以，元明清几代虽也有一些值得称道的作者和作品，但总体来看，基本上就是在前人这样一个模式里讨生活了。那它是不是没有变化了呢？仍然有变化，其变化就是向词、曲这个方向发展。而在诗的领域里，则时而宗唐，时而崇宋，形成了历时甚久的唐宋诗派之争，但却较少自身的特点了。所以，中国诗歌的发展，我想大致就是上面说的这六个时段。而在这六个时段里，最值得我们关注的，也是对了解唐诗最有帮助的是什么呢？是宋诗。唐诗和它之前朝代的诗，分别是显而易见的，而与宋诗则是你中有我，我中有你，虽然各具风格，但相同处也正不少。所以就有必要了解一下唐宋诗的差别。关于唐宋诗的异同，我曾主编了一部国家级教材，叫《唐宋诗分类选讲》，由高等教育出版社出版。前边有一个导论，专门论述这个问题，这里就不去多说了。我只择其要者，引前辈学者的看法作几点说明。

首先是缪钺先生，在《论宋诗》里这样讲："唐诗以韵胜，故浑雅，而贵蕴藉空灵；宋诗以意胜，故精能，而贵深折透辟。唐诗之美在情辞，故丰腴；宋诗之美在气骨，故瘦劲。"一个重韵，一个重意；一个重情辞，一个重气骨。形成的外在风貌呢，一个是比较丰腴，另一个则比较的瘦劲。这恐怕是唐宋诗的一个大的区别。缪钺先生有一部很薄的书，大概只有百余页的厚度，当年买的时候也只有几毛钱吧，书名叫《诗词散论》，不知道各位读过没有？书虽很薄，但我认为在我读过的书里却是经典著作之一。这篇《论宋诗》就收在里面。我建议，咱们各位同学如果读过的，可以再读一遍，没有读过的，一定要认真地读一遍。书写得真好，缪先生那个文笔，带一点古雅，而又颇具文采，读来引人入胜。而且他的艺术感悟力非常之强。他是从事历史研究的，是历史学家，但是他又极富文才和识力，在几十年前写的这样一些文字，到现在读起来，都没有过时。我 1985 年到成都，去拜访缪先生。后由缪先生介绍去拜访正与他合著《灵溪词说》的叶嘉莹先生，聊了两个多小时，受益良多。现在缪先生已经作古，叶先生也已是八十多岁了，但身体还好。叶嘉莹先生的诗词赏析，也是一流的。但是她和缪先生是两种风格。缪先生呢，有些事情点到为止，言有尽而意无穷；叶先生则是把她想说的话，不厌其详地、非常细密地给你讲出来。她的表达能力非常之好，她的《迦陵论诗丛稿》、《论词丛稿》，都是非常好的著作，不妨也找来读一下。

另一位论宋诗而有卓见的大家，就是钱锺书先生。钱先生在缪先生论宋诗的基础上又往前走了一步。他说："唐诗、宋诗，亦非仅朝代之别，乃体格性分之殊。天下有两种人，斯分两种诗。唐诗多以丰神情韵见长，宋诗多以筋骨思理见胜。""且又一集之内，一生之中，少年才气发扬，遂为唐体，晚节思虑深沉，乃染宋调。"钱先生说的是有道理的。以前论唐宋诗，多是此疆彼界，唐诗就是唐代人的诗，宋诗就是宋代人的诗。钱先生说不尽然，唐人可以作出宋诗，宋人也可以写出唐作。唐诗和宋诗不仅仅是朝代之别，它的区别还在于体格性分上的差异。年少的宋人意气风发的时候，生命力旺盛，开拓进取精神强，他写出来的诗就较近唐人的味道。而唐代的诗人到了年老的时候，进取心减退，思虑越来越周到，越来越详尽，这时写出来的作品，也就有了宋人的风调。所以，它和一个人一生的早晚、处境以及他的性分——这个人是比较好思虑的呢，还是比较好张扬的，是内向的呢，还是外向的，是热血型的呢，还是沉思型的，都是有关系的。如果完全从朝代的分别来论唐宋诗，恐怕也就有了问题。

再下来，就是启功先生。启功先生诗书画兼擅，而在对诗的研究上，也有独到的见解。他作的《启功韵语》，大家读过，那真是别出一格。他讲过这样几句话："唐以前诗是长出来的，唐人诗是嚷出来的，宋人诗是想出来的，宋以后诗是仿出来的。嚷者，理直气壮，出以无心。想者，熟虑深思，行以有意耳。"这几句话中的"长"、"嚷"、"想"、"仿"，很押韵，也说得非常的到位。仔细想来，唐人诗似乎就是嚷出来的，不过多的思考，完全根据自己的内心体验和情感激发，诗句往往冲口而出。到了宋人，就没有了这样一种气魄，或者说，诗学改变了方向。宋人非常重视"想"，重视深思熟虑。所以，一个是出以无心，一个是行以有意，这大概就是唐宋诗的一个重要差别。

把这些方面概括起来，根据我的理解，也对唐宋诗的区别作了四点界说：一是唐诗重理想而宋诗重实际；二是唐诗重情韵而宋诗重理趣；三是唐诗重自然而宋诗重技巧；四是唐诗重风骨而宋诗重禅境。关于这几点，我在《唐宋诗分类选讲》的那篇导论里都有详细的解说，因为时间关系，这里就不谈了，大家作一个粗略的了解就可以了。

下面，我们从不同的角度，重点来谈唐代诗歌及其艺术表现。

第一讲

说声律(上)

今天这节课,我想重点跟各位谈一谈唐诗的声律艺术。这对了解唐诗是一个关键。关于声律,我掌握的也不是太多,仅就所知谈一些看法,不对的地方请各位批评。同时,通过对声律的学习,希望不会作诗或是不了解声律的同学,能够尽快补上这一课。要能够写诗,能够写近体诗,也就是格律诗。每位同学都要写,要在这方面有所提高。中文系的学生,特别是学古代文学的,出去不会写诗,会被人笑话的。我们学校的校报上,也常登载诗作,有些还标明是七律,可是仔细一看,令人大摇其头。那怎么是七律呢?既不讲平仄,又不讲粘对,更不讲对仗,那只是七八五十六个字而已。我们的同学不能出现这样的问题,所以,有必要先来谈一下声律。

声律是作近体诗的一个基础,一个关键。我先引朱光潜先生的一段话来说明。这是朱先生在《诗论·诗的音律本身的价值》中谈到的。他说:"艺术的基本原则是'寓变化于整齐'。诗的音律好处之一,就在给你一个整齐的东西做基础,可以让你去变化。"他又讲:"就作者说,牵(迁)就已成规律是一种困难,但是战胜技术的困难是艺术创造的乐事,读诗的快感也常起于难能可贵的纯熟与巧妙。许多词律分析起来多么复杂,但是在大词人手里运用起来,又多么自然!把极勉强的东西化成极自然,这是最能使我们惊赞的。"这里讲了这样两层意思。首先,诗歌是"寓变化于整齐"的。唐诗,特别是近体诗,非常整齐。以前我们读汉魏的诗,其中有不少杂言体的作品。比如“有所思，乃在大海南”，有三言，有五言，甚至七言，往往夹杂在一起。到了唐代的近体诗，就把它整齐化了。其次，它有了规则。不仅整齐，还设置了若干的规则，让你去遵从。任何游戏，都应该有规则。这种规则，要求越高，难度越大，你一旦掌握了之后，所获得的成就感也就越大。大家都玩过游戏，你在电脑上打那个游戏，如果三下五除二就打到终点了，那就没意思了。游戏难度越高，你的积分越高，你的成就感就越大。就是这么回事儿。唐诗给你制订了这样一些规则，让你去掌握它，最后呢，超越它。这样的话，你就成了大诗人。唐代的一流大诗人就是在这样一种规则中带着镣铐跳舞，跳得是那么自如，甚至根本感觉不到这个诗有什么规则在限制自己，这就是本事。所以，朱先生说这是最能使我们惊赞的。格律、声律，就是作诗的规则。这些规则，主要体现在以下几个方面。

第一点是体式。诗歌的体式，到了唐代大致可以分为两大部类。一类是古体诗，另一类就是近体诗。所谓近体，是相对古体而言的，指的就是在时间上距唐人最为切近的格律诗。如何判断这两类呢？先要搞清楚近体诗的基本规则，近体诗清楚了，便可采用排除法，凡不是近体诗的，都是古体诗。那么，什么是近体诗呢？简单来说，近体诗有这样几条要求。一是用韵，要求一韵到底，除首句以外，只在偶句押韵。这点和古体诗大致相同。二是字的声调安排分平仄，仄声有三个调，即上、去、入，这三调总称仄声，与平声相对，写作时一般不再细分。平仄两大声类在具体运用时，有这样一个规则：一句之内，平仄相间；两句之间，是平仄相对；而两联之间，则是平仄相粘。三是中间两联要求对仗，这是近体诗的一个基本要求，这里不详讲，待会儿我还要具体分析。四是篇制，有律诗、排律、绝句之别。律诗又分五言律和七言律，各八句，五言律四十字，七言律五十六字。凡用律诗的写法作诗，超过八句的，均称排律，这样就有了五言排律与七言排律；若仅四句的，则称为绝句，较多见的是五言绝和七言绝，唐人也有少量的六言绝句。

第二点，就是音节和节奏。音节，是汉字的一个基本特点，一个汉字就是一个音节。在中国诗歌里大体上是两个音节组成一个音组。一个音组，习惯上要顿一下。比如，四言诗，应该是两顿。“关关——雎鸠，在河——之洲。窈窕——淑女，君子——好逑”，两字一顿。有时诗意不该顿，但因形成了阅读习惯，也是两字一顿。也就是说，就意义而言，它可能是一字一顿的，但就阅读而言，却不由自主地要在第二个音节处顿一下。“自伯之东，首如飞蓬。岂无膏沐，谁适为容”，自、伯、之、东，这四个字本身没有太多意义关联，顶多是“之东”可以连贯起来，“自伯”是不连贯的。但是，读习惯了，还是两个音节要顿一下。五言诗呢，一般是三顿，“国破——山河——在，城春——草木——深”。七言诗呢，七言诗几顿呀？举一个例子：“万里——悲秋——常——作客，百年——多病——独——登台”，四顿。这就是中国诗歌的一种基本节奏。你掌握了这种节奏，就读出了诗味儿。当然，这是一种比较细的分法。如果粗一点的话，那么上述某些顿还可以合并，组成一个更长一点的顿。刚才我们是把几个顿平分了，实际上其中还有一个停留时间比较长的顿，一般又把它称为“逗”（古人写作“读”）。如果把这个“逗”给加进去，那么五言诗基本上就由两组音节组合而成。比如“国破——山河在，城春——草木深”，中间这个时间稍长一点的顿，便是一逗。七言诗也是如此。七言诗一般是在第四个字那个地方逗一下。“万里悲秋——常作客，百年多病——独登台”，前边是四个字，后边是三个字。五言诗前边是两个字，后边是三个字。这样读起来就比较顺口，这是中国语言的一个特定的习惯，中间没有太多道理可讲。如果要讲道理，那就是说，一句诗上二下三或上四下三，较能压得住，较易形成韵味；如果是上三下二或上三下四，就压不住了，就成了文的写法了。诗和文的分别，就在这一点上。所以，林庚先生曾把这个“逗”称为“半逗律”。林庚先生是新诗人，他对古诗有非常精深的了解。他在把握古诗的基础上，对新诗的创作作规律性的探寻。“半逗律”就是其中的一个发明。如果你不这样写，行不行呢？也行。五言，用上三下二，七言，用上三下四，也是可以的。但那就是变体，读起来就不顺畅、不舒服了。这里可用朱光潜先生举的几个例子来说明：“似梅花——落地，如柳絮——因风”，读起来畅快不畅快呢？不畅快。再看五言诗“送终时——有雪，归葬处——无云”，七言诗“静爱竹——时来野寺，独寻春——偶过溪桥”，就有点散文味道了。当年，韩愈老先生以文为诗，走的就是这条路子。打破固有的结构模式，该顺畅的地方我偏偏不让你顺畅，这样一来就有了拗峭不平的感觉。这以后我们在讲到诗歌之陌生化的时候，会进一步谈到。

当然了，上述诗句，因阅读习惯的作用，往往会被人读成“似梅——花落地，如柳——絮因风”，“送终——时有雪，归葬——处无云”。但这样一来，就使得音节和顿逗，与文字、诗句的意义分离开来了，虽然阅读没问题，但听起来就有些不知所云，影响了内容的表达。所以，这不是中国诗歌的正体。

节奏是诗歌的要素。有了这样一个节奏，诗味就出来了，美感就产生了，音乐性也就在这个过程里边体现出来了。所以节奏在中国诗里，作用太大了，它除了在顿、逗这些基本点上表现出来以外，在韵上也有着明显的体现。中国诗歌的一个基本特点就是押韵，无韵不成诗。如果没有那个韵的话，作者写起来就会找不到感觉，分不清诗和文的界限，读者读起来也会觉得非常的不顺耳。因为中国人长期接受这样一种诗韵的熏陶，所以养成了一种独特的审美期待，无论是七言诗还是五言诗，阅读时总希望能在它该押韵的那个地方押上韵，如果不押上韵就感觉不舒服。所以，朱先生在《诗论》里对韵有一个解释，“韵是去而复返、奇偶相错、前后相呼应的。韵在一篇声音平直的文章里生出节奏”，就像“京戏、鼓书的鼓板在固定的时间段落中敲打，不但点明板眼，还可以加强唱歌的节奏”。他举的这个例子很好，大家听京戏，听越剧，听花鼓戏，都有这样一种感觉。那个板点打到那个地方，演员的唱念做打刚好就和那个板点相一致，由此产生美感。诗里没有韵，就等于没有板点。韵的主要作用是什么呢？一是形成节奏，一是前后呼应，使一篇浑然成为一个整体。唐人作古体诗常换韵，有的换得好，有的换得不好，换得不好的时候，你读到那个地方就感觉不舒服了。换韵的规则是什么呢？一般而言，韵是押在偶句的，但作者若要换韵，提前在奇句就开始用欲换之韵了。这样就使你先有了一个心理预期，到了这个韵的韵脚的时候，才不显得突兀。由此看来，韵在诗中的作用是非常大的。所以，下边第三点，我们就来谈一下韵和韵部。

韵是诗歌最基本的要素，同一音系的字在若干诗句的相同处所反复出现，便形成韵律。西方人也非常重视韵，重视声音。西方的诗我读不太懂，比如那个十四行诗。朱光潜先生在《诗论》里引了不少英法的诗作，我也试着读过，但是读起来和中国诗的感觉还是有所不同。西方人认为一首诗歌首先是一个声音系列，从这个声音的系列再生出意义。黑格尔在《美学》中讲过这样的话:“至于诗则绝对要有音节或韵,因为音节和韵是诗的原始的、唯一的愉悦感官的芬芳气息,甚至比所谓富于意象的富丽辞藻还重要。”这就是说,诗首先灌输给你的是声音。诗不只是让你来看的,诗还是让你来吟诵、来听的。中国古人也格外重视声韵,比如《尚书·尧典》里大家很熟悉的“诗言志,歌永言,声依永,律和声”,讲的就是这样一个道理。杜甫说他作诗时是“新诗改罢自长吟”。他是吟,吟的时候看哪个地方不合适,然后就改动那个地方。他更多的是注意声音层面的东西。可见,东西方人都给予声音、韵以高度的关注,对诗歌的这个特点给予了突出的强调。

因为重视,所以中国古代很早就有了关于声、韵的专门著作。比如曹魏时的李登就著有《声类》十卷,吕静有《韵集》五卷。然后到了隋朝,有了陆法言著的《切韵》。《切韵》非常重要,它对后来唐人作诗和唐人韵集的编纂有着直接的启迪功用。唐宋人的那些韵书,从基础层面来讲,就是从陆法言的《切韵》这个系列下来的。那么陆法言编《切韵》的主要目的何在呢?在于统一当时南北的异音,供人作诗作文时使用。它起着一个标准化、统一化的作用。到了唐代,孙愐著有《唐韵》。到了北宋,陈彭年、丘雍这样一些人就写了《大宋重修广韵》——这个读起来长,简称《广韵》。《广韵》也是非常重要的一部韵书。

这些韵呀,主要是为了统一不同地方那些音韵的差异而形成的,就好比今天的《新华字典》。中国国土辽阔,地有南北,音有异同,很多地方是十里不同俗五里不同音,特别是南方,语音差别就更大了。单说湖北人,鄂西北的人恐怕就听不懂鄂东南的口音。我到了黄石,特别是大冶、咸宁,就听不懂当地的话了。不知道你们在座的湖北同学能不能听得懂。听不懂怎么办?就要有一个东西规范它、统一它。统一了之后,大家都依据这样一个共同音也就是普通音来写诗,才可以相互明白,才不至于形成过分杂乱的情形。但是你此时规范了,过了一段时间语音又发展了怎么办?于是就要修新的韵书。新的韵书修不出来怎么办?只好依据原来所修的韵书,用原来的韵书来统一大家作诗的标准和规范。所以韵书就对诗歌的创作起到了一个规范和指导的作用。

《广韵》所分韵部共 206 部。接着往下,就逐渐简化了。到了丁度修《礼部韵略》的时候，就规定了同用和独用的法则：独用，就是说这个韵部不能和其他韵部混淆，它只能就这个韵部来使用；同用呢，就是若干韵部的韵字可以交互使用。这种同用或通用，使得原来的韵部减少了，省汰了一些不必要的韵部。于是，到了宋祁等人修《集韵》的时候，又把它简化成了108部。到了南宋淳祐十二年(1252)，平水人刘渊编纂了《壬子新刊礼部韵略》，把原来的108部合并成了107部。其中有两个字还可以再合——还是可以通用的。于是，稍后又把它减为106韵——这就是平水韵。平水韵是宋元明清几代人共同使用的一部韵书。我们今天作诗，还在使用平水韵。平水韵是在唐人之后修的，那么唐人作诗，是不是也使用平水韵呢？肯定不是，因为唐人还没见到平水韵。但是，平水韵是在唐人创作的基础上编纂的，唐人的创作基本上是和平水韵吻合的，所以用平水韵又大致可以去观照、理解唐代诗人用韵的情况。所以，我们无论读唐诗还是自己作诗，首先都要了解韵。现在有了《诗韵新编》和《中华新韵》，在平水韵的基础上又进行了一种整合。这就使创作得到了很大的简化。

唐人作诗和宋人作诗有所不同。宋人作诗，非常守规范。由于律诗此时已完全定型，所以宋人极少失对、失粘或出韵的作品。唐人不一样，唐人毕竟处在更注重自由创造的一个时代，同时，近体诗的相关法则在初、盛唐的时候还不是特别的精密，所以一些失粘和出韵的情况还是有的。像王维的《辋川闲居赠裴秀才迪》："寒山转苍翠，秋水日潺湲。倚杖柴门外，临风听暮蝉。渡头余落日，墟里上孤烟。复值接舆醉，狂歌五柳前。"这里"湲"属十三元，"蝉""烟""前"属一仙，分属不同的韵部，这就是出韵。今天看起来，这个问题已经不大了，因为这两个韵部中的韵字在日常生活中已无什么差别了。我想，各位作诗的时候要了解韵部的情况，平声有多少韵部，仄声——上声、去声、入声各有多少，你要有所了解。但是真正创作的时候，不要过于拘泥，不然的话会非常束缚手脚。再比如李商隐的《茂陵》："汉家天马出蒲梢，苜蓿榴花遍近郊。内苑只知含凤觜，属车无复插鸡翘。玉桃偷得怜方朔，金屋修成贮阿娇。谁料苏卿老归国，茂陵松柏雨萧萧。"这里的"梢""郊"属于三肴，"翘""娇""萧"属于二萧，也都是邻韵通押。由此看来，唐人作品中多有邻韵通押的情况。唐人诗里还有一个特殊的情形，首句可以入韵——可以用本韵也可以用邻韵，这样自由度就比较高。特别在七言诗里，其首句入韵颇为普遍。如果首句用韵了，而且用的是邻韵，就被称为“孤雁出群”，这是律诗创作中的一个术语。

与用韵相比，下边这个问题——调与平仄——就更为重要了。中国诗是讲声调的，这点与其他国家的语言有所不同。比如日语，日语里没有四声这样的分别，英语里也没有这样鲜明的几个声调。所以外国人在学习中文的时候，感到最麻烦的就是那个调。你看现在有很多外国人讲汉语，字音没大的问题，你也可以理解，但是那个调就走样了，他掌握不了。所以不少相声里经常学外国人说话，就是模仿他那个调，就在他那个调子上面搞笑。调是中国语言的一个固有特征，这个特征不是人为安排的，而是在生活习惯里长期形成的。也就是说，早在人们对声调具有自觉意识之前，中国的语言里就有了这些声调。

到了后来，人们对语音的认识逐渐自觉化了，意识到了调的存在。比如在魏晋时期，大概就已经有人注意到声调的问题了，而且注意到了不同调之间的区别以及异调之间的搭配。大家读曹植的诗，曹植有些诗已经是有意无意暗合了后来唐诗的某些创作规则，但还没有十足的材料说明曹植已经意识到这个问题。在《世说新语·排调》里记载了这样一件事情：西晋荀隐（字鸣鹤）、陆云（字士龙）两个人，原先不认识，但是声闻已久，他们都到大名士张华（字茂先）那儿去做客。做客的时候呢，茂先先生就跟他们一块儿闲谈，说，你们都是大才子啊，介绍时不要说平常的话，争取把你们的话说得精练一些。于是陆云就举手自报家门：“云间（松江）陆士龙。”大家看，“云间”是平平，“陆士”是仄仄，“龙”又是平，平平仄仄平。接着荀隐回答：“日下（洛阳）荀鸣鹤。”“日下”是仄仄，“荀鸣”是平平，“鹤”则是仄，仄仄平平仄，在声调上与陆云的五个字正相反对。你能说他们对声调没有意识吗？我想，他们对声调以及不同声调的对法已经有了相当的注意，所以在自报家门的时候各用五言句式表述，结果呢，既把家门报出了，同时又在平仄上非常吻合，两两相对。这个时期还有类似事例，我们不多举。由此可以说明，古人在魏晋时期已经开始注意到调的问题了。

所以到了齐永明年间，就有了一批文士自觉地去精研声调。《南齐书·

陆厥传》里有这样一段记载:“永明末盛为文章。吴兴沈约、陈郡谢朓、琅琊王融以气类相推毂。汝南周颙善识声韵。约等文皆用宫商,以平、上、去、入为四声,以此制韵,不可增减,世呼为‘永明体’。”这说明此时已开始用平上去入四声来规范诗歌创作了,于是“永明体”就产生了。大概在这个过程里,周颙最早在理论上对四声进行了考察和研究,而沈约几个人则更多地把四声运用到了创作实践里边去。所以沈约曾经非常自负于自己的这样一个创举,说是千古之秘没人能够知晓,只有他把这个东西搞出来了。实事求是地说,这个贡献是很大的,如果当时有专利的话,沈约绝对能够获得。他自视非常之高,曾经和陆厥进行过很尖锐的辩难。陆厥是不认可沈约这个自诩的发明人的,他说早在沈约之前就有人注意了类似的问题。与陆厥同时的锺嵘也不满意沈约,他说这个平上去入呀,蜂腰鹤膝呀,闾里已备,根本不是什么了不起的东西,而且使用这些规则,反而限制了诗歌的真美,限制了诗歌的淳朴自然。但是沈约不同意他们的观点,他认为前人虽也知宫商之别,但很粗浅,自己将之用在创作中,使“十字之文,颠倒相配”,变化无穷,已远超前人了。在《宋书·谢灵运传论》里,沈约明确表述了自己关于声律的一个基本观点:“欲使宫羽相变,低昂互节,若前有浮声,则后须切响。一简之内,音韵尽殊;两句之中,轻重悉异。妙达此旨,始可言文。”这段话讲的主要是什么呢?讲的是一种差异和由差异所构成的和谐。“宫羽相变,低昂互节”,说的就是这种差异与和谐。前有浮声,后有切响,浮声、切响是什么呢?人们有不同的论述,但归趋却无大的差别,即浮声指平声,切响指仄声。前边是平声的话后边就应该是仄声,前边是仄声后边就应该是平声。要使它有变化,有了变化才能避免单一,有了变化才能体现出一种错综之美,这恐怕是他的核心所在。所以,“一简之内,音韵尽殊;两句之中,轻重悉异”,有轻有重,有高有低,于是音乐那样的一种美感就出来了。如果总是一种音调的话,何来错综变化之美?他的贡献大概就是既注重了差异,又在差异之中追求和谐。

这个时候,有四声、八病。关于八病,现在有两种意见。一种意见,认为永明年间已经有了八病,而且八病就是沈约他们创造的。另一种意见,认为沈约的时候没有八病,只有前四病。前四病是什么呢?平头、上尾、蜂腰、鹤膝。因为前四病在锺嵘的《诗品》序里已经提到了，那肯定是当时就有了的。但是后四病的大韵、小韵、正纽、旁纽，似乎还没有出现。我翻检了一下文献，八病的名目最早出现在隋末唐初大儒王通的《中说·天地》中，在此之前没见到关于八病的记载。南京大学的张伯伟教授曾经著有《全唐五代诗格校考》一书，功夫下得很深。我曾经跟他聊起过有关八病的问题，但也未有定论。我想，如有同学肯下气力，花时间写上一篇《八病考》，或许还能够发现一些新的东西。

南朝时的这个四声、八病——权且就说它有八病吧，要求非常烦琐，创作不仅要避免那些病犯，还要注意平仄的分别，即使同属仄声，也有上去入的差异，可以说不胜其烦。所以到了唐代之后就发生了两个大的变化。哪两个大的变化呢？一个是四声二元化，把原来的四声归结为两大部类：一类是平声，另一类就是仄声，在仄声中间上去入不再细分，这样创作起来就简约了很多。这是唐人的一大贡献。另一个，也是第二大贡献，发明了粘式律，粘，读 nián，有人把它读成 zhān，虽然字音不误，但不合习惯。比如那个拗折、拗救的拗（ào），在形容人的性格很倔强时，读什么呢？读 niù，宋代王安石就是有名的拗相公。所以这些字在不同的情况下有不同的读法。关于粘式律，我们下面还会细谈。

从齐梁开始的这样一种诗歌演进，从本质上讲是一种由自然声律向人为声律的演进，到了唐代，就接近它的尾声了。在这个过程里大致展现了三种趋向。第一是变烦琐为简约的趋向。大体实现了平上去入四声的二元化，创作时只讲平仄就行了，至于上去入三声，都被包括在仄声这一大类中，一般可以混用。汰除了八病说中大韵、小韵、旁纽、正纽等过繁过苛的要求，即使前四病里的上尾病，也不称其为病了。诗的篇制也逐渐规范。在齐梁时期，同为近体诗，但句数参差不齐，有六句的，有八句、十句的，也有十二句、十四句的，不统一。真正八句的这样一种唐人创作最多的近体诗，反而为数不是很多。所以到了唐代，在篇制上把它大致固定为五言八句、七言八句，就是我们说的五律、七律了。当然，唐代的省试诗还是略有不同的。第二，是变消极为积极的趋向。以前的八病主要是一种消极防范，给你进行了这样一种规定，不能去触犯它，所以处处有制约。到了唐代呢，代之以积极的建设性的声律营构，使近体诗的创作具有较强的可操作性。大家细读一下从上官仪、元兢到王昌龄、皎然的诗学著作，是可以明确感觉到这一点的。第三，就是变单一为多样的趋向。扩展了属对的方式，丰富、强化了诗句间的联系和张力，进一步完善了诗歌的结构功能和表现功能。这些呢，我曾在以前写的一本小书《唐代诗学》里有过论述，这里就不详谈了。

第二讲

说声律(下)

上节课重点谈了诗歌声律的几个要素和基本规律,这节课具体来看格律诗的作法和艺术特点。

从整体来看,格律诗的最大特点在于对立统一。对立,指声调之平仄、诗句之偶对,在两句之间都是两两相反相对的;统一,既指由这种对立形成的一种互补结构,也指联与联之间的紧相粘合与全诗的整体和谐。这是由对立形成的统一,也是整体统一中的对立,对立与统一,便是格律诗形成的基本法则。下边,我们举一首大家习见的五言律诗为例,来看一下其基本情形。

好雨知时节,当春乃发生。
随风潜入夜,润物细无声。
野径云俱黑,江船火独明。
晓看红湿处,花重锦官城。

(杜甫《春夜喜雨》)

◯仄仄平平仄,平平仄仄平。
◯平平平仄仄,◯仄仄仄平平。
◯仄仄平平仄,平平仄仄平。

〇仄平平仄仄，〇平仄仄平平。

从这首五言律诗看，它有几个鲜明的特点。其一，全诗由八句组成，每句五字，合为四十字，这是标准的五律体式。在这一体式中，每两句为一联，共四联，四联的名称依次为首联、颔联、颈联、尾联。在每一联中，上句叫出句，下句叫对句。其二，偶句末字须押同一韵部的韵，而且一般为平声韵。其三，平仄多以两个字（两个音节）为一组，或交错，或相对，或相粘。具体来说，一句之内，每组平仄是交错的：前面二字是平平，后面二字便须仄仄；一联之间，相同位置的平仄是相对的：出句（即上句）首二字是仄仄，对句（即下句）首二字便须平平；联与联之间，每组平仄是相粘的：下联出句与上联对句的平仄，除末字不同外，其余均应相互粘合，大致相同。为什么末字不同呢？这是由律诗韵脚必须是平声决定的，由于韵脚必须是平声，而出句与对句须平仄相对，所以出句的末字就必须是仄声。其四，中间二联需要对仗。出句与对句同一位置所用字词，在词性、色彩、方位等方面都要求同类相应，而在意义上则要求相反相成。

以上所说四个方面，是构成一首格律诗的基本要素。用这几个要素去衡量一首诗作，就能大致了解它是不是一首格律诗了；按这几个要素去创作，也就能写出一首在形式上符合规范的格律诗了。当然，除了这几个要素外，还有几点规则和变化需要注意。一是要避免孤平。所谓孤平，就是指在五言“平平仄仄平”、七言“仄仄平平仄仄平”句式中，除了尾字的平声之外（尾字的平声是韵脚），一句诗中只剩下了一个平声字，如“仄平仄仄平”，这种情况是严格的律诗创作所不允许的。二是要避免三平调或三仄脚。收尾三字都是平声或全是仄声，叫作三平调（仄仄平平平）、三仄脚（平平仄仄仄），这在律诗中也是不允许的。三是在不犯孤平的前提下，诗句中第一字、第三字（如果是七言诗，则也包含第五字）是可平可仄的，俗称“一三五不论，二四六分明”。四是全诗首句末字可平可仄，可入韵也可不入韵，这样一来，也给创作带来了一定的自由。在唐诗中，五言律诗首句以不入韵的为多，七言律诗首句以入韵的为多。

就杜甫这首《春夜喜雨》而言，由于其首二字（更重要的是第二字）为仄声，所以称为仄起式。如果首二字尤其是第二字是平声，便称为平起式。无论平起式还是仄起式，按首句首二字和末字的声调来分，又都有这样四种情形，即平起平收（平平仄仄平）、平起仄收（平平平仄仄）、仄起平收（仄仄仄平平）、仄起仄收（仄仄平平仄）。

以上说的是五言律诗的一些规则。至于同属格律诗的七言律、绝，只要在此基础上稍作变化就可以了。七言律诗，实际上是在五言律诗每句句首增加两个声调不同的音节，便可以了。比如五言的“仄仄平平仄”，变成七言就成了“平平仄仄平平仄”，五言的“仄仄仄平平”，变成七言就成了“平平仄仄仄平平”。至于绝句，无论五言绝还是七言绝，在某种意义上都可以说是截取了五、七言律的一半，或二十字，或二十八个字，所以古人有时又把绝句叫“截句”。绝句除平仄要求与律诗相同外，在对仗方面放得宽一些，可对可不对，自由度更大一些。下面各举一首七律和七绝及其平仄式，以见一斑：

一上高城万里愁，蒹葭杨柳似汀洲。
溪云初起日沉阁，山雨欲来风满楼。
鸟下绿芜秦苑夕，蝉鸣黄叶汉宫秋。
行人莫问当年事，故国东来渭水流。
（许浑《咸阳城东楼》）

仄仄平平仄仄平，平平〇平仄仄平平。
平平〇平仄〇仄平仄，〇平仄〇仄平〇平仄平。
仄仄〇仄平平仄仄，平平〇平仄仄平平。
平平仄仄平平仄，仄仄平平仄仄平。（仄起式）

清时有味是无能，闲爱孤云静爱僧。
欲把一麾江海去，乐游原上望昭陵。
（杜牧《将赴吴兴登乐游原一绝》）

平平仄仄仄平平，〇平仄平平仄仄平。

仄仄〇仄平平仄仄，〇仄平〇平仄仄平平。（平起式）

好了，关于律诗的构成和规则，我们就说这些，有一个大致了解就可以了，要真正深入了解，还需要自己在创作实践中摸索。下面，我们从律诗发展演进的角度，比较一下唐代格律诗与齐梁新体诗的不同，以及由此展示出的文化意义。

齐梁时期是近体诗萌生的时期，这一时期的诗作，有合律的，也有不合律的，有一部分已注意到了粘式律的运用，但也有不少只讲平仄相对，而未顾及联与联之间的粘合。试举永明体创始人之一谢朓的《铜雀悲》为例：

落日高城上，余光入穗帷。
寂寂深松晚，宁知琴瑟悲。

这是一首五言绝句，将其声调按平仄表示出来，就成了如下格式：

仄仄平平仄，(A)平平仄仄平。(B)
仄仄平平仄，(A)〇仄平〇平仄平。(B)

从其声调的使用看，一句之内是平仄相间，两句之间则是平仄相对，这些都已符合了后来格律诗的规定。但在联与联之间，便有了问题，缺少了粘合，下联只是上联的一个重复。也就是说，凡是出句，都是同一种格式；凡是对句，也是同一种格式。每句用 AB 表示，便成了 ABAB 的结构。这还只是四句，如果是写一首长诗，就会出现 ABABABABAB……的结构，这样一来，就形成了一种简单的重复和叠加，一种缺乏变化的单调和枯燥。应该说，这是部分齐梁诗的一大缺陷。

这样一种缺陷，人们逐渐意识到了。比如沈约等人已有了一些讲究粘合的诗作，在稍后的庾信的一些诗中，粘合的比例更有了显著的增加。像庾信《答王司空饷酒诗》：“今日小园中，桃花数树红。欣君一壶酒，细酌对春风。”除了第三句中的“壶”字应仄而平外，基本上已是一首粘对较为规则的格律诗了。而到了初唐时期，格律诗的创作格式已基本定型，于是出现了不少粘对工稳的诗作。以宋之问《渡汉江》诗为例，即可从其平仄式看出这种情形：

岭外音书断，经冬复历春。
近乡情更切，不敢问来人。

仄仄平平仄，(A)平平仄仄平。(B)
○仄平平仄仄，(B)仄仄仄平平。(A)

在这首诗中，我们可以看出几个特点：一是一句之内平仄相间；二是两句之间平仄相对；三是下联出句与上联对句的平仄基本一致，构成了一种粘连；四是首句与末句的平仄基本相同，形成了首尾的圆合。由此可见，这已是一首很规则的格律诗了。

我们知道，在避免孤平的前提下，格律诗的一、三、五等奇字处，是可平可仄的。也就是说，在格律诗中，二、四、六等偶字亦即音组的落点上最为吃紧，只要这些字的声调一致，两联便是粘合了。所谓粘，其功用在于使全诗联与联之间紧密联结在一起，形成一个有机的整体，就好比一把折扇，可以收放自如。以前面标出的 AB 式来表示，唐代格律诗就形成了 ABBA 的格式，两联之间紧相啮合，整体感得到强化。与齐梁诗比较可知，齐梁时代的一首五言八句近体诗中，同一平仄式需重复四次，即 ABABABAB；而在唐代格律诗中，同一平仄式只需重复两次，即 ABBAABBA。这样一来，既避免了过多的重复和单调，也把那种烦琐大大地简化了。

这样看来，由粘式律形成的实际上是一种新的结构。它不是在齐梁诗基础上的简单推进，而是一种大幅度的构型变化；它不再以单个律联重复循环，而是以两个同中略异的律联的特定连接，构成了它的基本单位。也就是说，齐梁诗多以一联两句为单位，而唐代格律诗则以两联四句为单位，它是从整体结构上来进行诗歌的规划布局的。在唐代近体诗里，这样的一种规划布局，应该说既有对立，有差异，又有和谐，有统一。分开来看，一句之中的平仄相间，一联之内的平仄相对，固然是一种对立，但合而观之，这种对立一旦扩大到了两联，则后一联因为与前一联正好首尾相粘，便使得从第一联到第二联的过渡不再生硬，而形成一种流畅自然之美。

而就全诗结构来看，它是前后呼应、首尾圆合的。在齐梁近体诗的ABABABAB式中，首句是A，末句必然是B，二者相反相对，在整体上没有达到和谐的效果；但在唐代格律诗的ABBAABBA中，不仅是上联和下联之间相互粘合，而且是首尾相应，首句是A，末句也是A，起点预示着终点，终点又回到了起点，整个形成了一个首尾圆合的环形。大家说，这不是一种统一、一种和谐吗？深一层看，在这种统一、和谐中，正蕴含着中国文化的最根本的精神。

中国文化是重圆的。这个圆不是圆滑的圆，对圆滑之圆，人们并不欣赏，比如唐代元结就写过一篇《恶圆》的文章。中国文化中强调的圆，是圆融、圆满、统一、和谐之圆，是终始相应、运行而无有穷止之圆。《易·系辞上》说："蓍之德，圆而神。"韩康伯注："圆者，运而不穷。"孔颖达疏："圆者运而不穷者，谓团圆之物，运转无穷已，犹阪上走丸也。"《礼记·经解》："天子者，与天地参。……行步则有环佩之声。"郑玄注："环取其无穷止，玉则比德焉。"《庄子·寓言》说："始卒若环，莫得其伦，是谓天均。"《管子·君臣下》说："圆者运，运者通，通则和。"这里，"圆"被赋予了一种周流通达、循而无穷的内在意蕴，成为天子士庶在言行德智各方面取法的对象。所谓"圆方之相研，刚柔之相干，盛则入衰，穷则更生。有实有虚，流止无常"（扬雄《太玄·玄摛》）、"圣人圆极，理无有二"（范缜《神灭论》）、"形真而圆，神和而全"（白居易《记画》），无不表现出古代文化以圆为美的崇圆意识。这种崇圆意识，强调的是一种生生不已、周流通畅、相互为用、整体和谐的境界。在这种境界里，贯穿着一种循环论的思想，就像日夜交替、春夏秋冬周流不已一样。春夏之际，草木荣生繁茂，到了秋冬，草木落叶凋零，但"野火烧不尽，春风吹又生"，新春来临，又开始了新的一轮历程。整个的四时变化就是这样一种春夏秋冬周而复始的运转。中国人特别重视人生象四时，所以在文化精神中自然趋向于周流圆融。由此来看，格律诗的发展和定型，正体现了一个渐趋和谐、统一、圆融的演进大势。

进一步看，中国文化虽然重圆融、统一、和谐，但在这种圆融、统一、和谐中又不是无差别、无矛盾、无对立的。从根柢处讲，它是由对立、矛盾、差别而构成的统一与和谐。大家看《论语》中孔老夫子是怎么讲的，他说“君子和而不同”。什么是“同”？“同”就是完全无差别，你怎么说我也跟着你怎么说。什么是“和”？“和”是在“不同”的基础上达到的和谐统一，它的前提是有差别，只有有了差别并消弭这种差别，才能“和”，无差别的东西那就是单一了。这里讲的实际上是一种二元对立与统一的关系。老子也非常重视这一点，《老子》第二章明确指出：“有无相生，难易相成，长短相形，高下相倾，音声相和，前后相随。”你看他举的有无、难易、长短、高下等，都是两个对立项，只有这种对立，才相生相成，才构成了一种整体的和谐。《国语·郑语》里引用史伯的一段话说：“和实生物，同则不继，以他平他谓之和，故能丰长而物归之；若以同裨同，尽乃弃矣。”和才能生物，同就不能发展了。韦昭注这段话说，“和，谓可否相济”，“谓阴阳相生，异味相和”。这就是说，可与不可在一起，才能够相济，才能够和谐；以阴对阳才能相生，将不同味道的东西放在一起才能调和。这就是“以他平他”“异味相和”。声音也是如此，只一个音部或一种乐器，发出的乐音便无抑扬，无变化，无错综之美，只有宫、商、角、徵、羽有机地配合在一起，才能五音共鸣、谐美畅和。先秦时期的晏婴就曾论述过“和”与“同”的关系，并由此指出：“若以水济水，谁能食之？若琴瑟之专壹，谁能听之？”（《左传·昭公二十年》）同样的道理，刘勰在《文心雕龙·声律》中说得更为透彻：“异音相从谓之和。”不一样的声音才能达成和谐，如果都是一样的，没有了差别和对立，那就只剩下单调、乏味了。

具体到格律诗的创作，也是如此。前面说过，格律诗的一句之内，是平仄相间的，前面是平平，后边即须仄仄；两句之间，是平仄相对的，出句是仄仄，对句必须是平平，出句是平平，对句就必须是仄仄，这是它的基本规则。这样一种规则，表面上看是相对立的，但实际上却是利用平仄二元对立的性质，既使上下两句间因差异各具不同的音调特性，又通过二者的中和与更高层次上的类似获得一种整体感。可见，充分利用平仄二元之间既相异又互补的特点是格律诗音乐性的奥秘所在。它体现的是一种“异音相从”“以他平他”的声律规律，是营造统一、和谐的不二法门。如果一首诗或一句诗全部是平或者全部是仄，那么就很难形成一种变化错综之美了。对格律诗中存在的这种现象，我们可以用八个字来概括，那就是“二元对立，整体和谐”。既注重对立，又注重和谐；和谐中有对立，在对立中求和谐。在这样一个规律内部，体现的实质上是中国文化的一种基本精神。

当然，格律诗中不仅有整体的和谐，而且有局部的和谐。我们还以前引杜甫《春夜喜雨》的平仄格式为例，再稍作一点分析：

〇仄仄平平仄，平平仄仄平。
〇平平平仄仄，〇仄仄仄平平。
〇仄仄平平仄，平平仄仄平。
〇仄平平仄仄，〇平仄仄平平。

在这里，它的对立都表现在一联的两句之间，如一、二句，三、四句，五、六句，七、八句，都是两两相对的。它的统一则表现在上联的对句与下联的出句之间，如二、三句，四、五句，六、七句，其平仄格式都是基本一样的。然后我们再看，第一句与第四句、第三句与第六句、第五句与第八句基本相似，它们之间形成了一种纵横交叉、前后关联的态势，其中有不隔句的小关联（上联对句与下联出句的关联），也有隔两句的大关联（上联出句与下联对句），此外，还有前边提到过的尾联末句与首联首句的呼应拍合、首尾衔接。于是，诗的一联之内和两联之间便形成了一种虽局部对立却整体关联的结构，而就整首诗来说，则形成一个首尾回合、回环往复的整体，其结构来得异常精妙。这样一种精妙的诗歌结构，自唐代定型之后，一直持续了千年之久。若想在此结构上再加变化和推演，已是很困难的事了。杜甫曾经意识到了这一问题，他想打破格律诗定型之后的过分圆融和平弱，于是试作了一些拗体诗，如《白帝城最高楼》等，不顾格律的要求，出现了失对、失粘甚至三平调、三仄脚的情况，意在破坏原有的平衡和刻板，借以展现一种异乎寻常的拗峭的声调。后来到了黄庭坚，从杜甫这一路下来，也写了一些拗体诗。但这毕竟不是律诗的正路，所以后继者寥寥。当然，唐人为了达意的需要，也创作过一些不对、不粘的作品，但那毕竟是少数，而且他们有“拗救”之法。

也就是说，前边出现了拗句拗字，后边就进行补“救”。有的是句内救，有的是隔句救。关于“救”的方法较为繁杂，我们就不多谈了。

了解了格律诗的声、韵、调及其结构内含的文化精神之后，我们来看它的另一个要项，即对仗。

对仗是格律诗中的一个基本要素。在格律诗里，首尾两联可以不对，但是中间两联必须对仗。对仗又称为对偶，早在近体诗之前，中国人就已经开始在创作中使用对仗了。《楚辞》中就有对偶，到了汉代特别是东汉文人的五言诗里，偶对的句式开始增加。比如东汉辛延年写的那首《羽林郎》就是显例，其中的“长裾连理带，广袖合欢襦”“头上蓝田玉，耳后大秦珠”，是两句对仗；“就我求清酒，丝绳提玉壶。就我求珍肴，金盘脍鲤鱼”，则是隔句对仗。到了魏晋时代，曹植、陆机诗中的对仗就非常之多了。不过，这时的对仗没有明确的规定，可以对也可以不对，可以在中间几联对，也可以在首联、尾联对。但是到了格律诗里，就有了明确要求，那就是必须在中间两联也就是颔、颈二联对仗。当然，也有一些变例，有的是首、颔二联对仗，也有首联和颈联对的，甚至还有全首都对的。比如杜甫那首被后人推为唐人七律第一的《登高》，从首联到尾联，全诗都在对仗。仅以首联的“风急天高猿啸哀，渚清沙白鸟飞回”而言，“风急天高”对“渚清沙白”，“猿啸哀”对“鸟飞回”，颇为工稳。而首句的“风急”对“天高”，次句的“渚清”对“沙白”，于是又形成句内对，其中的“风”“天”“渚”“沙”是名词，“清”“白”“急”“高”是形容词，或为天象，或为物名，或表色彩，或表物态，可谓铢两悉称。但让人读来，却看不出人为的痕迹，好像是冲口而出，非常的流走，由此见出老杜的功夫。

关于对仗，古人很早就有理性认识，如南朝萧绎认为“作诗不对，本是吼文，不名为诗”（《文镜秘府论》南卷《论文意》引）。刘勰把对仗分成四类：言对、事对、反对和正对（《文心雕龙·丽辞》）。进入初唐，上官仪在刘勰的基础上又前进一步，提出了“六对”“八对”之说。所谓“六对”，指正名对、同类对、连珠对、双声对、叠韵对、双拟对；所谓“八对”，指的名对、异类对、双声对、叠韵对、联绵对、双拟对、回文对、隔句对（魏庆之《诗人玉屑》引李淑《诗苑类格》）。二者虽不乏重合，但数量已经不少。试看他所讲的几种主要对法：“的名对”的“的”字，是确切、工稳的意思，如“送酒东南去，迎琴西北来”，

"送"和"迎","酒"和"琴","东南"和"西北","去"和"来",对得都非常工稳。"异类对"着眼于类别,如"风织池间树,虫穿草上文","风"和"虫","池间树"和"草上文",其类别各不相同。"双声对""叠韵对",是从声韵上讲的,如"秋露香佳菊,春风馥丽兰","佳菊""丽兰"都是双声;"放荡千般意,迁延一介心","放荡""迁延"都是叠韵。"联绵对",主要指字词的复叠连绵,如"残河河若带,初月月如眉",其中的"河""月",都是重叠使用,有了连绵的意味。"回文对"类似于顶针句法,有人又把它叫作"连珠对",如"情新因意得,意得逐情新",既是顶针,又把前一句的字词稍作变化后重复使用。"隔句对",是指偶对出现在相隔离的两句之中,如"相思复相忆,夜夜泪沾衣;空叹复空泣,朝朝君未归",其中一、三相对,二、四相对。应该说,上官仪在对仗方面的一些论述对唐人创作是有影响的。日僧遍照金刚也就是空海写的《文镜秘府论》的《论对》中,已列出 29 种对法。这 29 种对法过于烦琐,我们不去管它。下面我们来看唐诗创作中较常使用的几种对法。

一是流水对。所谓流水对,就是出句和对句意义连贯,像流水一样连续不断,若单看一句,其意思就不完整了。比如,骆宾王《在狱咏蝉》的"不堪玄鬓影,来对白头吟",王勃《送杜少府之任蜀州》的"与君离别意,同是宦游人",杜甫《秋兴八首》其二的"请看石上藤萝月,已映洲前芦荻花",都属此类。

二是借对。借对又叫假对,就是一个词有两个以上的意义,诗中用其一义,但表现的实为另一义。如杜甫《巫峡敝庐奉赠侍御四舅别之澧朗》的"行李淹吾舅,诛茅问老翁",这个"行李"本来是指行装的,这里借"李"为桃李之"李",来和后句的"茅"相对。这是借义。此外还有借音之对,如杜甫《秦州杂诗二十首》其三的"马骄珠汗落,胡舞白蹄斜",借珠玉之"珠"的音,表颜色之"朱"的义,来与后句的"白"相对。

三是交错对。指对仗之词出现在两句位置相邻却不相同的地方。如杜甫《归燕》的"不独避霜雪,其如俦侣稀",本来"俦侣"应该对"霜雪"的,但它出现的位置不是在四、五字处,而是在三、四字处。李商隐的《隋宫》:"于今腐草无萤火,终古垂杨有暮鸦",这里边的"鸦"是用来对"萤"的,但位置也不一样。当然,类似这样的情形,在作者未必是完全有意的,有时也可以将之作为一种宽对来看待。

此外，唐诗中还有当句对，如李商隐的《当句有对》：“密迩平阳接上兰，秦楼鸳瓦汉宫盘。池光不定花光乱，日气初涵露气干。但觉游蜂饶舞蝶，岂知孤凤忆离鸾。三星自转三山远，紫府程遥碧落宽。”全诗句句有对，其中“平阳”对“上兰”，“秦楼”对“汉宫”，“池光”对“花光”，“日气”对“露气”，“游蜂”对“舞蝶”，“孤凤”对“离鸾”，“三星”对“三山”，“紫府”对“碧落”。从这些不乏工稳的偶对中，可以见出作者在对仗上力求新变的努力和才情。

唐诗中有些对仗是极为工巧的，可以说是对汉字潜能最充分的发挥。举几个诗例来看。如张谓的《别韦郎中》：“峥嵘洲上飞黄蝶，滟滪堆边起白波。”“峥嵘洲”和“滟滪堆”都是地名，“峥嵘”是叠韵，字的偏旁都用“山”，见其高峻；“滟滪”是双声，字的偏旁都用“水”，见其温润。杜甫的《送韩十四江东觐省》：“黄牛峡静滩声转，白马江寒树影稀。”“黄牛峡”对“白马江”，二者都是地名，都以牲畜来命名，而且还各有色彩，于是就形成了“黄”对“白”、“牛”对“马”、“峡”对“江”的奇观。张祜的《江南杂题三十首》其十一：“小鸟闻批颊，微虫弄叩头。”“批颊”是鸟名，“叩头”是虫名，“批”和“叩”是动作词语，“颊”和“头”又都是肢体，仔细体味，来得确实非常工巧。当然，这些诗过于工巧之后也容易出现一个问题，那就是人工的痕迹太明显，有时显得呆板。所以胡应麟指出：“七言律，对不属则平枯，太属则板弱。”——对仗若不工，就显得平淡枯燥；若是太工，就显得板滞纤弱。“二联之中，必使极精切而极浑成，极工密而极古雅，极整严而极流动，乃为上则。”（《诗薮》内编卷五）这就是说，对仗是非常注重既工密又变化的，诗句于对属之中具有一种浑成、古雅、流动的气象和气势，才算是诗歌偶对的极致。

当然，要达到胡应麟所说的这种境界，还是不容易的。从初学的角度看，还是先求工稳，再求变化为好。就唐诗中的对仗来说，它大致有几个规则：一是词性要相同或相近，名词对名词，形容词对形容词；二是上下两句的句法结构要相同或相近；三是偶对字词的平仄要相对——平仄的对立不仅不会造成偶对的不和谐，反而突出了各自或高或低或长或短的声音特性，由此获得一种超越对立的统一。换句话说，前面提到的“二元对立，整体和谐”这八个字，在格律诗的对仗中也得到了鲜明的体现。

此外，格律诗中的对仗还要尽量避免合掌。所谓合掌，指上下两句意义相同或相近，实际上就是同义词相对。这种情况在唐前诗作中普遍存在，以王籍《入若耶溪》的“蝉噪林逾静，鸟鸣山更幽”来说，“蝉噪”与“鸟鸣”，都是动物在叫；“林逾静”与“山更幽”，说的基本是一个意思。二句中任意拿出一句，都是佳句，但合在一起，便嫌烦琐累赘，等于浪费了八分之一的空间。《蔡宽夫诗话》指出：“晋宋间诗人，造语虽秀拔，然大抵上下句多出一意。如‘鱼戏新荷动，鸟散余花落’‘蝉噪林逾静，鸟鸣山更幽’之类，非不工矣，终不免此病。其甚乃有一人名而分用之者，如刘越石‘宣尼悲获麟，西狩泣孔丘’、谢惠连‘虽好相如达，不同长卿慢’等语，若非前后相映带，殆不可读，然要非全美也。唐初余风犹未殄，陶冶至杜子美，始净尽矣。”（《苕溪渔隐丛话》前集卷一引）这里所说，大致指出了合掌的弊端。克服这种弊端的方法，在于从相反的方面遣词立意，使其达到既扩充容量，又相反相成的目的。如杜甫《登楼》：“锦江春色来天地，玉垒浮云变古今。”二句一写水，一写山；一写春色，一写浮云；一写天地，一写古今。悲乐相衬，时空变幻，意境来得颇为阔大。杜牧《九日齐安登高》：“尘世难逢开口笑，菊花须插满头归。”上句写世事之艰难，人生之不易，下句写重阳之习俗，自我之放达。《庄子》有言：“人上寿百岁，中寿八十，下寿六十，除病瘦死丧忧患，其中开口而笑者，一月之中，不过四五日而已矣。”杜牧在此化用庄子句意，将艰难的世事人生一笔写尽。然而，即使人生如此艰难，“我”还是要在九月九日这一天，登上高处去观赏美景，插上菊花，甚至插满了一头回去，借助此句，作者之旷达情怀立见。两句诗，相反相成，形成了一种张力，意义得以大大丰富。在《文心雕龙·丽辞》中，刘勰将这两种情况概括为正对和反对：“反对者，理殊趣合者也；正对者，事异义同者也。”并明确指出：“反对为优，正对为劣。”

进一步来看，诗中的对仗还有一种特殊的功用，那就是扩展、改变作者的思维方向，增加诗歌的意义内涵。比如卢纶《李端公》（一作严维诗）：“故关衰草遍，离别自堪悲。路出寒云外，人归暮雪时。少孤为客早，多难识君迟。掩泪空相向，风尘何处期。”颔联的“路”是行者远去之路，如果不是对仗，他可以围绕行者一方，顺着“路”展开来写，但对仗的使用，使他下边的句子必须有一个名词与之相对，以及送者与行者的比照，于是在约定俗成的规范制约下，自然由“路”想到“人”，由行者映带出送者，由对方的远去联及自己的独归，并由“寒云”过渡到“暮雪”。颈联也是如此，上句是“少孤”，下句就有了“多难”，这个“少”是年少的“少”，但又在多少之“少”的意义上与“多”相对。“少孤”和“多难”，“为客早”和“识君迟”，表面看只是一种技巧，实际上却是由于对仗的原因，而使得诗人在写作时不由自主地、必然地向与之相对或相反的一个方向和物体去靠拢，由此改变了人的思维习惯或思维方向。再如杜甫的《咏怀古迹五首》其三，首联交代王昭君生长的地理环境：“群山万壑赴荆门，生长明妃尚有村。”颔联写其一生的主要行迹，先说她“一去紫台连朔漠”——离开故国，到塞外去了。此时昭君刚离国出塞，按理应写她在胡地的生活呀，或者是一些感受呀，等等，将诗情直线延续下去。可是，由于对仗的原因，作者紧接着就将昭君之死与死后遗冢和盘托出：“独留青冢向黄昏。”为什么会想到这一句呢？仔细揣摩，很大程度上恐怕与上句的“紫台”有关。“紫台”即紫宫，代指汉宫。这里有一个颜色词“紫”字，那么在下句就要有另一个颜色词来和它相对，于是自然联想到远在塞外、作为昭君坟墓的青冢的“青”。以“青”对“紫”，以塞外对长安，再加上一些辅助性词语，一联诗句于是构成。当然，作者也可能是先注意到了“青冢”，而后寻觅“紫台”的，但不管哪种情况，都说明诗中对仗确具改变人思维方向的功用。进一步看，依据诗情发展，作者在颈联的出句中还写了“画图省识春风面”的事件，把毛延寿“画图”一事牵带出来。本来此事是应放在前面的，但由于整个思维方向的改变，遂使得作者在颔、颈二联均以一“去”一“留”、一“识”一“归”（“环佩空归月夜魂”）的生死对比进行安排，于是就大大扩展了空间场景，增加了诗句的情感张力，并在未写的中间地带留给读者广阔的想象余地。

作成一个好的对句，往往是需要深思，需要功夫，需要技巧的。历年春节晚会都会展出对联，其中有些还是不错的，但也有不少在平仄、意义上存在问题。实际上，如果你掌握了平仄偶对的规律，把诗中的对句写好，作个对联也就不在话下了。《声律启蒙》开篇第一段就说：“云对雨，雪对风，晚照对晴空。来鸿对去燕，宿鸟对鸣虫。三尺剑，六钧弓，岭北对江东。人间清暑殿，天上广寒宫。两岸晓烟杨柳绿，一园春雨杏花红。两鬓风霜，途次早行之客；一蓑烟雨，溪边晚钓之翁。”你看，这段话读起来朗朗上口，意象很美丽，声韵、声调也都选得非常到位。不妨说，《声律启蒙》是对中国特有的平仄偶对规律的一个精到总结。如果有机会的话，同学们可以把《声律启蒙》背一下，背不下来就熟读几遍，对其中的韵部、平仄和偶对规律有所掌握。果能如此，一定会对我们的格律诗写作带来帮助的。

关于唐诗声律，可说的还有很多。不知道我今天把已说的说清了没有。如果没说清或者说错了，我们还可以再探讨，也可以向懂的老师、同学请教。但是我要强调的是，诗歌声律的相关知识，学中文尤其是学古典文学的同学一定要掌握，只有过了这一关，学习和分析唐诗的时候，才不至于隔靴搔痒。

第三讲

说立意(上)

这节课我们讲立意。

作诗和作文一样,首先应该立意。意,就是一篇文章的统帅、灵魂。好比我们平常写论文,这篇论文我要解决什么问题,我的核心观点是什么,在写作之前应该有一个基本的想法,这个想法就是意。如果没有这个意,你可能搜集了很多的材料,却说明不了问题。这些材料好比是分散的珍珠,散落在盘子里;而这个意,就是把这些珍珠串起来的丝线,意起的就是这样一个作用。所以古人在论述诗歌立意的时候,都非常重视并高度肯定意在诗歌创作中的作用。下边引几段话,看看古人的一些典型论述。

王夫之在《姜斋诗话》里说:"无论诗歌与长行文字,俱以意为主,意犹帅也,无帅之兵,谓之乌合。"意,就是这篇文章、这首诗中的主帅。没有这个帅的话,那就是一盘散沙、乌合之众。"李、杜所以称大家者,无意之诗,十不得一二也。"这是举了诗坛的大家,说他们的诗大都是有"意"之作。他接着又说:"烟云泉石,花鸟苔林,金铺锦帐,寓意则灵。"无论是写烟云泉石等的山水之作,还是花鸟苔林之类的咏物之什,都需要"意"的支撑,如果有了"意",全篇就灵动起来了。如果不重视"意",仅仅在语言的华美绚丽上下功夫,你也能凑成一首七言八句诗,也能够雕绘满眼,但是,别人读了之后不知你的意之所向,不知你想说一个什么东西,从中看不出你的真情实感和独具的面目,那就是平庸之作或失败之作,就是小结裹,而缺乏大气象。用王夫之的话说，就是“总在圈缋中求活计也”。

《红楼梦》第四十八回写黛玉论诗，有这样一段话：“词句究竟还是末事，第一立意要紧。若意趣真了，连词句不用修饰，自是好的。”这就是说，词句在诗中虽然也重要，但若与立意相比，还只能算是末事。如果你有了比较真淳、高明的意趣，即使不去推敲那些词句，甚至不讲究平仄，也能够感动激发人意，也是好诗。比如崔颢《黄鹤楼》的前半部分：“昔人已乘黄鹤去，此地空余黄鹤楼。黄鹤一去不复返，白云千载空悠悠。”用的是古体形式，到了后半部分才成为律体：“晴川历历汉阳树，芳草萋萋鹦鹉洲。日暮乡关何处是，烟波江上使人愁。”有对偶，讲平仄，是标准的律体。总体来看，它是半古半律的，不合格律，但它的立意非常之好，非常的高远，非常的空灵，同时又很真切。古往今来，时空变换，登高远望，乡关难归，而烟波江上的空濛景观，使作者的一腔愁绪仿佛弥漫开去，令人读来，产生一种共鸣和心灵的震动。这样的诗自然是好诗，所以曾经被评为唐人七律第一。联系到上面黛玉论诗说的这段话，就很可以看出立意的重要了。

宋人姜白石也说过：“诗有四种高妙，一曰理高妙，二曰意高妙，三曰想高妙，四曰自然高妙。”这四种高妙，每一种都可以说出一些道理来，都可以详细地进行解析，但我们重点关注的是“意”。他把“意”作为高妙之一，说明他对意很重视。在“意高妙”前他加了一个“理高妙”，这个理和意有相似的地方，但是也有区别。在某种意义上，意可以说就是一种理，理也可以说就是一种意。但是表现出来的时候，二者就有差别了。那个理较为抽象，如果脱离了形象感而纯粹地去说理，那就成了说理诗，就不是意了。而真正的“意高妙”的诗句，不是去枯燥地说理，而是通过形象的画面，把自己想到的意趣很灵动、很鲜活地表现出来。

宋人的诗有不少是说理的，通首说理。但是宋人说理有说得很好的，很有意趣也很有理趣。比如苏轼的诗，朱熹的诗，有些还是写得很不错的。大家都知道苏轼《题西林壁》那首诗：“横看成岭侧成峰，远近高低各不同。不识庐山真面目，只缘身在此山中。”这是在说理，强调视角的变换、远距离的观察对了解事物总体面貌的重要性，却颇具形象感，易于让人理解。再比如他的《琴诗》：“若说琴上有琴声，放在匣中何不鸣？若说声在指头上，何不于君指上听?”他透过琴和指的关系把这样一个声音之所自的道理,表述得非常清楚。记得国内 20 世纪五六十年代曾经展开过一场美学大讨论,当时几大家,朱光潜啊,蔡仪啊,李泽厚啊,都参与到了讨论之中。当时讨论的一个核心是什么呢? 是美在主观还是客观。讨论来讨论去,似乎都没有把问题说清楚。我觉得还不如苏轼这短短四句诗说得简洁明快。美就好比这个声音,在某种程度上是源于主客观的结合的——如果说琴上有琴声,那么没有人动它,这个声音能发出来吗? 如果说是弹奏者的作用,那么为什么在你的指头上听不到声响呢? 苏轼的这类说理诗,实际上就是一种“理高妙”了。但是,这种“理高妙”又源于“意高妙”,他首先是在写这首诗的时候有这样一种意,然后把这种意通过很巧妙的描写表现出来了,通过说理的形式表现出来了。

还有一些诗,它们不通过说理,它们只是混沌的一片画面,却能让人从中体味出一种高妙的意趣。唐人写诗的时候多重视这种表现手法,那个意是自然地流露出来的,没有痕迹。但是,你掩卷而思的时候就会发现,他有很高远的意想、意趣。“海日生残夜,江春入旧年”,没有说理,全是形象的展示,却把宇宙万物的新陈代谢、生生不息表现得很生动、很真切,而且充满一种令人振奋的蓬勃生机,其中的意趣非常耐人寻味。意趣连用,但又有不同。“意”在作者心里的时候还无“趣”可言,只有通过巧妙的手法表现出来、并被读者感受到了的时候,才生成“趣”。这已属于接受美学的范畴,我们就不去展开谈了。

同样是立意,也还有不同的区别。比如意有深有浅,有精有粗,有正有反。一般而言,立意重在深、新、奇、巧。深,指它有深度;新呢,前人没说过,你说出来了,就新颖;奇,是说它出奇制胜,不仅深,不仅新,而且让人感觉到其中有一种出人意料的妙处;巧,更多的是从技巧方面来讲的,是说那个意通过诗笔非常巧妙地作了传达和表现。意的这样一种深、新、奇、巧,对诗歌的格调、品位是很有影响的。唐人对这点非常重视,比如旧题王昌龄撰《诗中密旨》中就说过这样的话:“诗有二格,诗意高谓之格高,意下谓之格下。”格,主要指格调、品格。这种品格、格调的高下是与“意”的高下深浅紧密相关联的。只有立意深,诗格才能高。所以王昌龄《诗格》认为:“意须出万人之境，望古人于格下，攒天海于方寸。”

下面我们来看两首唐人的诗作。

先看罗隐的《西施》：

> 家国兴亡自有时，吴人何苦怨西施。
> 西施若解倾吴国，越国亡来又是谁？

这是一首力翻旧案的诗作，表现出一种眼光。作者首先提出了一条历史的规律，说家国的兴亡自有它的时限。这个“时”可以作两解：一是从时间角度来看有它的时限，到了一定程度恐怕就由盛而衰、由兴而亡了；二是时会，或者说是风会，就是一个时代的政治文化精神，也就是说，家国兴亡是与时会，与该时代的精神价值取向相关合的。既然家国兴亡有它的时限，并与时会相关合，那么吴人何苦怨西施呢？这里是一个诘问，说吴人没有必要去责备西施。表面说的是吴人，实际指的则是罗隐之前的一批历史学家、文人，他们都在怨西施。以前的人们最常见的论调，就是大家都很熟悉的“女人祸水论”，认为女人是不祥之物，往往会殃及国政，而吴国之亡就是亡在了一个美妇人手里，因为她以自己的美色迷惑了吴王，致使吴王只迷恋于她而荒怠了政事。这个论调呢，包括面很广，如纣王时候的妲己，西周末年的褒姒，唐朝的杨贵妃，都被当成了例证。罗隐就发现了这个问题的症结所在，于是力作翻案文章，认为吴人没有必要去苦苦地埋怨西施，而应从其他方面思考问题。下边就围绕这个话题进一步深入，说“西施若解倾吴国，越国亡来又是谁”，如果是西施把吴国给倾覆了、给亡掉了，那么越国没有西施这样的人，而且越王也不迷恋女色，可后来不也亡掉了吗？那么越国灭亡的原因又是什么呢？这一问，问得很有力。诗贵简洁，按说，他还可以说出更详细一些的道理来，但他仅仅用这样一正一反的例证来进行辩驳，就使得“西施亡吴”这种论调不攻自破。

罗隐这首《西施》可以说是立意在先。罗隐还有好几首诗作，力破传统观念而提出了自己的新的见解。这就需要一种读史的眼光。那么这首诗算不算一首很好的诗呢？我以为是一首好诗，但恐怕算不上很好的诗。因为这首诗的痕迹还是过于明显了。后来宋人的一些诗作就是沿着这样一条路子下来的，但是他们有些说理不如罗隐来得妥帖。这首诗实际上已经露出一些痕迹了，在某种意义上形象感已经不是太强了，而是在说理了，这也是不少晚唐诗的特点。

我们再看一下杜牧《题乌江亭》。这首诗也是独出机杼，表现了一种独特的见解，和上一首有异曲同工之妙。杜牧有很多咏史诗，这首《题乌江亭》就是其中的一篇代表作：

胜败兵家事不期，包羞忍耻是男儿。
江东子弟多才俊，卷土重来未可知。

先说一下这个“儿”的字音。“男儿”在这里应该读男儿(ní)，因为只有读成 ní，和后边“知”才能在韵上相押。若按现在的音读成 ér，它就不押韵了。音韵学中有几大定律，就是“古无舌上”“古无正齿”“古无轻唇”“娘日归泥”，现在“娘”“日”韵母的一些字音在古代多与“泥”相通。比如，五代时花蕊夫人写的一首诗：“君王城上竖降旗，妾在深宫哪得知。二十万人齐解甲，竟无一个是男儿。”最后的“儿”字若读作 ér，就与前面的“旗”“知”不押韵，感觉不谐和了；只有读作 ní，整首诗才顺畅。由于时隔千载，这个字音现在发生了很大的变化。但是，当时那些到中国来求学的日本学人和僧人把唐音就给带回去了，这些唐音在异域具有相当的稳定性。所以日本话里现在还保留着这样一个 ní 的发音，比如“一二三四五”，日语的发音是“いち、に、さん、し、ご”，“二”是に(nī)。再如“日本”二字，可读成にほん，也可读成にっぽん，但“日”的音都是に(nī)。由此可见，音韵学中“娘日归泥”的定律是可信的。

现在回过头来说这首诗，诗是写项羽的。项羽最后被刘邦的军队所围困，陷入四面楚歌中，面对将要失败的局面，他写了一首很有气概但也很悲凉的诗，就是那首“力拔山兮气盖世，时不利兮骓不逝。骓不逝兮可奈何，虞兮虞兮奈若何”。然后呢，兵败，溃围，跑到了乌江边上。这时，后边有追兵，前边有一条船。《史记》写到这里时，记载了一段项羽与乌江亭长的对话：亭长劝项羽说“江东虽小，地方千里，众数十万，亦足王矣”，说你回到江东后还可以再称王，还可以去招兵买马，重振旧业。但是项羽不渡江，他说他无颜见江东父老，愧对江东父老了，于是拔剑自刎，显示了一个男子汉在末路时候的英雄气概。一般读者读到这里的时候，对项羽这个人，大都会生出一种对失败英雄的同情，感觉这位项羽还不错，还有些英雄气概和廉耻观念。当然也有很多人责备项羽，说项羽气量太狭小，而且刚愎自用，当年的韩信他没有留住，仅有的一个谋士范增也被他给气跑了，所以他的灭亡是咎由自取。他最后说“天亡我也，非战之罪也”，把失败归罪于天，这实际上是至死不悟，所以这些人对项羽提出了很多的批评。杜牧这首诗实际上就是从这个角度立论的。

首句开门见山，指出“胜败兵家事不期”。“不期”，不可预料，胜败乃兵家之常事，胜也好败也好都不是人可预料的。先宽解一步——不要把失败看得太重。项羽恐怕对失败就看得太重了一点。接着说“包羞忍耻是男儿”，大丈夫能屈能伸，你只刚而不柔，只能胜而不能败，那不是大丈夫的本色。大丈夫的本色应该是“包羞忍耻”。在中国历史上这个“包羞忍耻”的典范是谁呀？是韩信，韩信甘受胯下之辱。杜牧此时是不是想到了韩信，说不来，但是他提出了这样一个原则，是男儿就要能屈能伸，要能够“包羞忍耻”，要有宽大的胸怀。后两句沿着这个话题继续深入一步，说“江东子弟多才俊，卷土重来未可知”，江东的好男儿还有很多，如果你听从了亭长的话回到江东，招兵买马，重整旗鼓，再度杀回来和刘邦重争天下，恐怕谁胜谁负还真难以预料。以前的人们没有想到这一层，都是仅仅围绕一个方向来思考问题，或是认为项羽乌江自刎表现了英雄末路时男子汉的一种刚烈情怀，或是指责项羽明明自己有了过错还归罪于“天亡我”，却大都没有想到杜牧说的这层意思，或是虽然想到了却没有很明确地说出来。而杜牧想到了，并且把它明确地说了出来，于是就成为一个新的见解，于是就能给读者留下深刻的印象。这说明杜牧善于立意，而且敢于立异。

当然，也有人不同意杜牧的意见。杜牧写了这首诗之后，宋人胡仔就提出了批评。胡仔在《苕溪渔隐丛话》中说杜牧这首诗是“好异而叛于理”——喜欢奇异，却与道理有所不合。为什么呢？因为“项氏以八千人渡江，败亡之余，无一还者。其失人心为甚，谁肯复附之。其不能卷土重来决矣”。这就是说，项羽不仅战败，而且尽失人心，已不具备卷土重来的条件了。那么胡仔的这个话是不是有道理呢？大家觉得有没有道理？我想，胡仔这个话是有一定道理的，因为兵败垓下之际，楚的兵马已丧失殆尽了，若只剩项羽和身边几个人回去，恐怕是有问题的。而且以项羽一贯的作为，他即使回到江东也不会洗心革面。所以能不能卷土重来，真是大可以画一个问号。从这点来讲，胡仔讲的应该有一定道理。但是如果就杜牧这首诗来说，能不能卷土重来是一个问题，敢不敢提出卷土重来又是一个问题。一个从历史的现实而言，一个从文学、从情感的角度而言，其实是属于两个不同范畴的争论。杜牧的贡献就在于他提出了这一问题，以前的人没有提出而他提出来了，所以为新，所以为奇，表现出了他的不同凡俗的见解。清人吴景旭就说杜诗是“用翻案法，跌入一层，正意益醒”。这样一种翻案，往往能够警醒人的耳目。

实际上，杜牧除了这首诗之外还有一些诗作，都是从议论角度切入，说出了一些别人没有说、没有想的理。所以他的立意就新，同时也深。比如写赤壁的那首：“折戟沉沙铁未销，自将磨洗认前朝。东风不与周郎便，铜雀春深锁二乔。”如果没有东风，火烧赤壁的事就难以发生，曹军也就不会战败，那大乔、小乔——东吴最漂亮的两个女人，也就是孙策、周瑜的妻子——恐怕就被曹操给掳掠到邺城的铜雀台去了。尽管这只是假想，而已然的历史事实是容不得假想的；但杜牧作为诗人，却具有这种艺术创造所赋予的假想的权力。他从这个角度拈举最典型的事例展开议论，往往能呈示出一些新鲜奇特的理路。当然后来人又批评杜牧说：“孙氏霸业，系此一战，社稷存亡、生灵涂炭都不问，只恐捉了二乔，可见措大不识好恶。”（《许彦周诗话》）这种批评有没有道理呢？没有道理。因为杜牧在此只是借“铜雀春深锁二乔”来喻示可能出现的结果，喻示整个战局的转变。所以薛雪《一瓢诗话》在引了上述许彦周的话后，反批评道：“此老专一说梦，不禁齿冷。”沈祖棻《唐人七绝诗浅释》则从正面高度肯定了杜牧的创造，认为“用形象思维观察生活，别出心裁地反映生活，乃是诗的生命。杜牧在此诗里，通过‘铜雀春深’这一富于形象性的诗句，即小见大，这正是他在艺术处理上独特的成功之处”。

以上所引几首诗，可以说都表现出了一种眼光、一种见解，表现出了一种不依傍前人、蹈袭前人而能够独出机杼的立意。当然，要有好的立意，除了这样一种敢于翻案的眼光之外，恐怕在写诗的时候还要精思妙想，反复推敲，这就是炼意。这个意呀，我刚才说了，有粗浅精深之别。有的人也有意，但是他的那个意呢比较粗疏，写出来之后不耐人咀嚼和回味。所以你一旦有了一个意想之后要反复地锤炼，反复地细化、深化和精化，包括我们现在写文章也是这样。我们要写一个论文，在把材料都搜集起来之后，如何使自己最初比较朦胧比较模糊的那个意细化、深化，并用最适合的方式表达出来，使人读了之后为之惊讶，为之叹服，这是一种功夫。所以这个意要炼，要从不同的方面去进行思考进行揣摩。刘勰在《文心雕龙·隐秀》里就说：“夫立意之士，务欲造奇。”奇，可以说是立意的关键之一。

比如下边这首唐诗，陈陶写的《陇西行》，就是炼意的一篇杰作。这首诗在立意以及意的表现效果上可以说超过了前边几首诗。前边几首诗虽然也很不错，但读完之后有些一览无余，作者要讲的道理和他的见解较为直白，看完之后马上就清楚了。但是陈陶这首诗所要表现的意，却要让你反复地思索、体味。诗也是四句：

誓扫匈奴不顾身，五千貂锦丧胡尘。
可怜无定河边骨，犹是春（一作“深”）闺梦里人。

首二句写一场战争及其结果。“誓扫匈奴不顾身”，唐军将士怀着报国保边的信念，奔赴边塞，展开了一场非常激烈的战斗。结果战局不利，“五千貂锦”全军覆没，五千人都已经战败，身死。“貂锦”是汉代军队所穿的衣服，这里象喻唐朝的将士。前边是“不顾身”，后边是“丧胡尘”，说明唐军并不是一触即溃的，而是经过了非常激烈的鏖战，最后将士才葬身于沙场。但作者把这样一场非常激烈的战事只用了短短两句话就非常简洁地概括出来了，可见其惜墨如金。沿着这样一条思路，让一般人来写，可能写什么呢？可能写这些将士葬身于沙场了，消息传来，他的家人、亲友无比的悲痛，写那种悲痛的心理，或者由此生发议论，批评唐代的开边政策，等等。但是作者的高明之处在于，避熟就生，另出奇想，说“可怜无定河边骨，犹是春闺梦里人”，将士虽然已经死掉了，但是他的家人、他的爱妻不知道这个消息，还以为他活着，甚至在睡梦之中还梦到他的身影、面容。这句诗采取了这样一种独特的处理方法，把现实与虚幻、荣与枯、生与死，通过艺术表现上的错位，相互置换，相互对照，从而产生一种强烈的情感冲击力。一般来讲，亲人的亡故会引起人很大的悲伤，但由于这种亡故是已然的、不可挽回的事实，生者心知肚明，所以便不再作其他的幻想。但是，如果亲人明明已经死了，已经化为了遥远地域的白骨，可你还以为他活着，还在心里昼思夜想，盼望他回来团聚。那么，这样一种本应是悲伤却被作为思念——痛苦中包含着温馨的思念——的行为，在第三者看来该是何等的残酷！而本诗的作者正是把这样一种非常残酷的情景，用寥寥 14 个字便表现出来了。在这两句诗里，“河边骨”是现实，“梦里人”是幻景；“河边骨”异常的冷酷，而“梦里人”则颇为温馨。作者正是通过这两相对照，借虚与实、荣与枯、冷与暖，透过一层写悲凉。由此不难体悟出作者立意的高妙。

这首诗曾获得明人王世贞的高度评价：“‘可怜无定河边骨，犹是深闺梦里人。’用意工妙至此，可谓绝唱矣。”说其用意非常的工妙，是绝唱，给了它很高的赞赏。但是他接着又说：“惜为前二句所累，筋骨毕露，令人厌憎。”（《艺苑卮言》卷四）认为后二句写得好，前二句写得太直白了，应该把前二句给去掉。对王氏这种意见，刘永济在《唐人绝句精华》里给予了严厉批评：“其立论殊怪诞，不知无前二句则不见后二句之妙。且貂锦五千乃精练之军，一旦丧于胡尘，尤为可惜，故作者于前二句着重描绘，何以反病其‘筋骨毕露’，至‘令人厌憎’邪？”刘永济先生的这个说法我觉得是比较通达的。前两句重在铺垫，如果没有前两句的这个铺垫，后二句之妙你就无从见出。清代的李渔在《窥词管见》里曾经说过作诗词之法，认为“宁为处女于前，勿作强弩之末”。意思是作诗词哪怕前边稍弱一点，但后边结尾的部分一定要精警，只有这样才能给人足够的震惊和回味。如果前边写得非常精彩，可到最后收不住了，那就是虎头蛇尾，不是作文章应取的方法。这首诗就避免了这种弊端，不少优秀的诗作也是如此，前边写得好像比较平，但实际上是在为后边的精彩作铺垫、作准备。如果没有这个准备，那后边的意也就体现不出它的精妙来。我们看这首诗后两句中，作者用了两个很有分量的词语，一个是“可怜”，一个是“犹是”，通过“可怜”“犹是”相关合，特别是那个“犹是”，略作提顿，便有空中传神之感。这些，便需要我们反复细读，深入体会了。

要有好的立意，还要改换视角，在同中见异。朱庭珍《筱园诗话》卷一有言：“诗人构思之功，用心最苦，始则于熟中求生，继则于生中求熟，游于寥廓逍遥之区，归于虚明自在之域，工部所谓‘意匠惨淡经营中’也。每一题到手，先须审题所宜，宜古宜今，我作何体，布置略定，然后立意。立意宜审某意为题所应有，某意为题所应无，某意为人人所共见，某意为我所独得，某为先路正面，某为左右对面，孰重孰轻，孰宾孰主，一一审择于微，分毫不爽，于题之真际妙谛，一眼注定，不啻立竿见影。然后沉思独往，选意炼词。”可以说，这是深得创作甘苦之言。大家都同写一件事情，那么就看谁取的角度好。取的角度好，就能够出奇制胜。

这里给大家布置一个小小的任务，什么任务呢？现在校园里的樱花已经开了，希望各位写一首有关樱花的诗，五律或者七律都行。到下一次课的时候给我，我来评鉴一下，看看哪位同学写的角度比较新，立意比较好。词句工拙倒在其次，如果你立意立得好，让人惊奇——啊，我怎么没想到从这个角度去写呢？那就是好诗。当然，如果立意好，词句用得也好，平仄粘对很工稳，那就更好了。

下面我举几首同是写早春的诗，看它们各从什么角度来立意。

一首是杨巨源的《城东早春》。杨巨源是中唐时期的诗人，他和白居易、元稹的关系都不错，现在留存的诗不是很多，但是有那么几篇写得颇见功力，《城东早春》就是其一。

诗家清景在新春，绿柳才黄半未匀。
若待上林花似锦，出门俱是看花人。

诗写早春，从一个非常独特的角度来观察早春的特色，一开始就说“清景在新春”。这个“清景”现在可能是用得俗了、滥了，感觉不到它的好处了。

但你若仔细体味，不难发现这个“清景”正是新春最典型的特色。首先是清新，那个早春之景确实透露出一股清新之气。而且从后边来看，这个“清景”不仅写早春景色的清新，同时内含着早春环境的清雅，不嘈杂，非常雅静。清雅的环境和清新的景色相组合，就蕴含在这个“清景”之中。在“清景”之前又加了一个“诗家”，说明这不是简单的新春清景的描摹，而是说在诗家眼中，新春的清景是最为可贵的。这个诗家不单单指作者，而且指其他一些诗人，就是说，在诗人看来，新春的清景是最堪留意的。这就先作了一个必要的铺垫。接着就写这个清景了。写清景可写处很多，但他只拈出了绿柳，而且写绿柳的“才黄半未匀”。“黄”，大家注意啊，初春时候的柳树先是嫩黄，然后才转向绿的。“才黄”，是刚刚黄，这刚刚黄呢和枯黄是大异其趣的，这是一种嫩黄。这嫩黄非常令人喜爱。而且嫩黄还有一半没有黄匀，你看他写得非常精细，初春柳色从嫩黄而且还没有黄匀、还没有向绿转换的这样一个特点，就通过五个字表现出来了。我觉得诗人真是写生的妙手。一个“才”，一个“半”，在用词上非常讲究。“才黄”，刚刚黄，表明初春的时令。“半未匀”呢，给人展现了一个动态的进程，处于正在向绿转换的过程之中。这一句可以说把初春写活了，说它摄初春之魂也不为过。

接下来两句，与前边两句作了一个比照：“若待上林花似锦，出门俱是看花人。”上林，就是上林苑，在现在西安市的西部，是汉代的皇家林苑，这里借指长安。如果等到长安城中花苑里花团锦簇、非常繁盛的时候，那个景色已经不足为贵了。为什么呢？因为花太多了，到处都是春色了。物以稀为贵，那个时候已经和现在的感觉不一样了。而且“出门俱是看花人”，看花的人熙熙攘攘，人头攒动，那就很煞风景，很煞情趣。现在大家都会有这种体验，出去旅游的时候真是人满为患，你本来是兴致勃勃到某一个名胜之地欣赏去的，结果呢，人挨人人挤人，摩肩接踵，原有的一点情趣就在这种嘈杂之中、熙熙攘攘之中给破坏殆尽了。所以现在就想找幽静的地方去。唐代的长安人是很好奇的呀，好奇到什么程度呢？一听说哪个地方有一个新闻或胜景啊，蜂拥而至，这在史书上记载很多。单就看花而论，你看白居易《买花》说的“帝城春欲暮，喧喧车马度。共道牡丹时，相随买花去”，就表明了这一点。长安人特别喜欢花，花盛开的时候人潮涌动，这时再去欣赏，恐怕就意趣不多了。所以杨巨源通过对照，通过仲春或者晚春来和初春对照，一方面突出了初春的那种清新之景，另一方面通过末句反衬了初春的优雅环境，从而就把新春的那种“清”，非常突出地揭示出来了。而你仔细再看一下，这里还包含着一些理趣，特别是第一句，“诗家清景在新春”，未尝不是对欣赏美的一种规律的揭示，其中恐怕还存在一种文人所特有的雅趣。我们可以换一个角度来理解这首诗，那就是立意要与众不同。诗家立意，如同初春清景，若等上林花繁了，那就“泯然众人矣”。

接着，我们再来看一下大家很熟悉的韩愈的《早春呈水部张十八员外二首》。这里只看第一首。张十八员外是谁啊？张籍，就是以乐府诗创作而和王建并称“张王乐府”的那个张籍。张籍这个人写乐府诗写得很好，而且写心理活动也写得非常好，是一个很有建树的诗人。当年韩愈和白居易两个人关系不好，有些矛盾。张籍和白、韩关系不错，于是就通其驿骑，给他们调和关系。穆宗长庆年间，张籍曾想把韩愈和白居易组合到一块儿去城南游玩，但是呢，白居易下了请帖而韩愈借故推托没去，就把两个大诗人关系往好走这条路给堵上了。他们关系不是太好，估计是韩愈这个人名气大，位置也比较高，而且他写的诗走奇险高古一路，而白居易写的诗有点太俗了，韩愈有点儿瞧不上他。

闲话打住，言归正传。韩愈这首诗是写给张籍的，但它是一首写景诗，写的是长安城中初春的景色。这首诗和韩愈其他诗的一些风格都不相类。韩愈其他的一些诗特别是他在贞元后期和元和前期的诗作走的是怪奇一路。而这首诗的风格却非常的细腻，非常的工稳，表现出了一种回归正统的趋向。

天街小雨润如酥，草色遥看近却无。
最是一年春好处，绝胜烟柳满皇都。

天街，指长安的街道。长安城中下着小雨，这个小雨可以说非常关键，它是下面草色的一个前提、一个铺垫、一个大的环境。所以我们在看那个草色的时候千万不要忘了这个小雨。这个小雨与大雨不同，大雨的话人躲之不及，没有闲暇的心情去看景色了。天上下着迷蒙小雨的时候感觉最为惬意。我有一年到西湖去，顶着大太阳，那个什么断桥啊什么三潭印月啊都索然乏味，没有一点神秘感。若是在小雨中去看西湖，才会有那种“山色空蒙雨亦奇”的感觉。所以这个雨能给人很多的遐想，制造很多妙境。很多情况下，雨在诗中是不可缺少的。韩愈一方面用“小雨”来做大的背景，一方面又写这小雨“润如酥”。这几个字描写雨的特点也写得非常之好，说雨非常的细润，润到什么程度——“如酥”。这个“酥”，既是外在的，更是内在的，是一种主体感觉，你可以从视觉、触觉、感觉等方面去细加体会。这种个体性的体验，有时是只可意会而不可言传的。酥跟麻不一样，把你哪个地方撞一下，你麻了，那不是酥。这个酥啊，浑身的舒泰，好像被溶化了一般，这就是酥的含义。

接着写草色。韩愈和前边提到的杨巨源不同，杨巨源写绿柳，用绿柳来表征初春，而韩愈特别喜欢写草，所以他说“草色遥看近却无”。“看”，在这里要读平声，而不要读仄声。在唐诗里这个“看”啊、“过”啊等一些词都是两读的，两用的，可平可仄。所以你看杜甫的《空囊》，“囊空恐羞涩，留得一钱看”，意为口袋里边什么东西都没有了，但是留上一个钱，只留一个铜板，放在口袋里边看守着。这个看（kān）不能读看（kàn），否则就成仄声韵了。我们接着来看韩愈写草色，这个草色写得非常的好。远远看去，绿蒙蒙的，连成了一片。绿的色泽不深，比较浅，比较淡。大家都有这个经验，春草初生的时候，绿色尚浅，路边田野，绿蒙蒙的一片延伸开去。可是“近却无”，如果你往跟前一走的话，由于距离太近了，那样一种由众草渲染出的浅绿之色就不太看得到了，没有那样一层绿色了。由此可见作者体物极精、极深。每一个人都有这样一种经验，但是没有把它写出来。只有韩愈用了“遥看近却无”五个字，把它写出来了，让人感觉到确实是在写初春，写初春的草色。而且这个“遥看近却无”的“草色”由于前边小雨的滋润，更显得细润鲜活，遥看绿色一片的感觉也就更突出了。同时，这句诗的造语炼字也非常精到。它的意思是说草色遥看有近看却没有，但若这样写就冗长烦琐了，就像散文了。韩愈只用了非常简约的“草色遥看近却无”七个字来表现，可谓既简洁省炼又恰到好处。

后边两句也是进行比照，说这个时候的春色是一年最好的春色。为了形容这个好的程度，特别用了“最是”两个字，“最是一年春好处”，极度地称赏这个时候景色的宜人。——前人用“最是”这样的语词不是太多，大概自中唐以后使用频率就加大了。比如清人赵翼曾跟随乾隆皇帝到塞北，走的时候他妻子已病重，回来的时候便亡故了，他那个痛不欲生啊，于是连着写了六首《悼亡》诗，其中有一首的结尾写道：“最是弥留情更惨，一声声问客归期。”用了“最是”，意谓亡妻弥留之际情感最为凄楚惨痛了，她一声声在呼唤丈夫什么时候回来。结果他回来时已物是人非了。他在这里用了“最是”，用得很好。但是也有一些“最是”，用得就不是很好了，只是为了衬韵，或者为了凑足字数。韩愈这个“最是”用得就好，“最是一年春好处”强调春色之好，下边又用了一个绝对性的程度词语“绝胜”——不是一般的胜，是“绝胜”，绝对地、超绝地胜过“烟柳满皇都”。到了仲春、暮春的时候，杨柳疯长起来，就成了“杨柳堆烟，帘幕无重数”了。虽然繁盛，也宜人，但是新鲜感已经没有了。所以一个“满”字，形象地表现了如烟柳树满布于皇都的情形，说明此时已经没有物以稀为贵那种特点了。韩愈在此强调的是初春的新鲜感，那种人刚见到春色的惊讶之感。所以这首诗从远近着眼，把春草的神给传出来了，而且写春草之神、之魂的时候，又从淡处着墨，写得非常的淡雅，以淡雅之句摄早春之魂，可以说是这首诗成功的一个秘诀。而所有这些又回归到立意，因为写初春可写的东西很多，写柳，写花或其他景物，都行，但他写了草，而且是“遥看近却无”的淡绿色的草，最关键的一点被他把握住了。如果没有这种把握，整首诗恐怕都会逊色不少。所以这里面有视角新变，有同中见异，而且还有工巧的描写。

下面接着看韩愈的另一首诗《春雪》：

新年都未有芳华，二月初惊见草芽。
白雪却嫌春色晚，故穿庭树作飞花。

新年的时候，花还没开，一片冷寂。中国幅员辽阔，相比之下，南方要好一些，北方新年伊始应该是非常冷清的。大家如果往北方走一下，过了武汉一进入河南地界，便会有一种苍茫萧瑟之感，因为树木没有绿色了。然后你再往北走，进入河北，萧瑟之感更甚。如果过了山海关，往东三省走，那就是“春风不度玉门关”了，那就极度荒寒了。有一年11月我在海南，然后大跨度地穿行到东北，到了吉林省吉林市，去看雾凇，我就感到那个落差实在是大。北、南气候的不同引起了自然景色的极大变换。当然，南方也有它的弊端，我在珠海住过半年，最不习惯的是秋天还百花盛开，到了冬天还是绿蒙蒙的一片，和春天夏天差不多——没有了秋，真是人生中的一大损失。我们欣赏秋，秋韵、秋情真是好，所以陈维崧说“耿耿秋情欲动”。中国人是喜欢秋的。冬天没有雪，我觉得也很遗憾。所以有一年台湾的一拨学者到了北方，当时我在西安，他们来的一大目的就是来看雪，结果那年在他们来的期间刚好没下雪，他们遗憾得不得了。一辈子都没见过雪，你说这难道不是一种遗憾吗？这里，韩愈描写的是北方的初春，初春的雪，这就别有韵致了。宋代的欧阳修也写过一首初春的诗，他和韩愈的表现方法有相似之处，但是他的感触非常不一样。当年欧阳修被贬到夷陵，就是现在湖北的宜昌，三国时期的彝陵之战就是在那里打的。夷陵并不是很远，但是他感到非常落寞，于是就写了一首诗，开头两句是：“春风疑不到天涯，二月山城未见花。”他感觉来到这里好像是到了天涯，连春风都到不了这个地方，以至于二月山城未见花。二月不见花在北方是常见的事情，但是在南方就是罕见的了。

这样看来，韩愈的感觉就和欧阳修的很不一样了。韩愈所在的北方，新年的时候没有花，而到了二月，才见到新生的草芽，这使他感到新奇、惊讶。上一首诗写了草，“草色遥看近却无”，时间要晚一些；这首诗又写了草，是草刚生新芽之际，时间要早一些。在一片荒寒之中，突然看到了新生的草芽，所以他为之一“惊”。这个“惊”字，表现了刚刚见到春草萌生时的激动、欣喜的心情，很是传神。

前两句对新年的物候特征以及自己乍见草芽时的心情略作交代，接着两句就很奇妙了，作者不是像前首诗那样围绕春草做文章，而是转写白雪：“白雪却嫌春色晚，故穿庭树作飞花。”春色晚，说明这一年比较寒冷，以至于二月的时候还有白雪在降。草芽刚刚生出来，天上还下着雪，你说是不是很荒冷很寂寞也很单调啊！这个季节，实际上没有什么奇景可观，可是此诗的妙处就在于把那样一个非常冷寂的环境写得非常繁闹，非常的活泼和生动，说这个白雪好像是意识到了春色来得晚了，所以才故意在庭树间飘来飘去，宛如飞花一般。在这里，诗人用了一个“嫌”、一个“故”，将飞雪拟人化，赋予它以意识和感情。而在“嫌”字前又加了一个“却”字，可以说是虚字传神，用其他任何字都不好代替，都不如这个“却”字来得工稳。进一步看，这个“却”字又是有实义的。从前两句的描写看，新年无芳华，二月见草芽，是北方初春的常态，春色来得并不晚；但白雪“却”嫌春色来得晚了，于是“故穿庭树作飞花”。这样看来，“却”字强化了“白雪”对春色的渴望，具有一种明显的转折作用。然而，无知的白雪怎么会有渴望？写白雪“却嫌”春色晚，实际上反映的是诗人急切盼春的心理。由于诗人盼春，所以寄意白雪，让它“却嫌”，让它“故穿庭树”，以至于把它的漫天飘洒也当作了春天的飞花。

这还只是一个方面的情况。从另一方面看，诗中这些描写实在又是倒果为因的。也就是说，本是因了二月降雪，才导致了无芳华、见草芽等“春色晚”的现象；但在作者笔下，白雪反倒成了嫌春晚、扮春色的主角。他把白雪这个因作为果来写，于是就出现了这样一幅美妙场景：在萧瑟荒寒的二月，白雪纷纷扬扬地自天而降，在庭院的树上飞过来飞过去，就好像春天的花随风飘落一般，从而把初春的景色给装扮出来了。

由此看来，这首诗的立意非常巧妙，而在表现上又非常简洁。全诗描写的重点是白雪对春天的这种装扮，其直接效果就是把一个冷寂的场面、静态的场面动态化、繁闹化、灵性化了。

第四讲

说立意(下)

唐人创作重视立意的同中之异,即使是同一题材同一事件,也要力求彰显自我面目。如果我们要写上一首诗,也应该在同中见异上下功夫,争取立意巧一些、妙一些。当然我想在座的同学要写的话其立意恐怕是比较多样的,可能会出奇制胜。有些即使不常写诗的人,他那个想法很工巧,很出奇,写出来也会有不错的效果。当然,有的人学问很好,写出的诗却平平,这种事情所在多有,所以严羽才说:"诗有别材,非关书也。"这个"别材",也作"别才",有人认为是指构成诗歌的材料,也有人认为是指作诗者的悟性和灵性,一种对事物敏锐的观察力和感悟力。用我们讲的同中见异的立意来说,就是一种视角的改变,思维方式的改变。要活,不要线性思维,而应该是多角度、多层面的一种思维方式。同一个题材,看看从哪个角度去反映、去表现最好,我就选取哪个角度。唐人妙解此理,所以同样的一个对象,他可以作不同角度的表现,有些人角度选得好,于是就出奇制胜。计有功《唐诗纪事》卷三九记载了一件中唐诗人同题竞胜的趣事:"长庆中,元微之、(刘)梦得、韦楚客同会(白)乐天舍,论南朝兴废,各赋《金陵怀古》诗。刘满引一杯,饮已即成。曰:'王浚楼船下益州,金陵王气黯然收。千寻铁锁沉江底,一片降幡出石头。……'白公览诗曰:'四人探骊龙,子先获珠,所余鳞爪何用耶!'于是罢唱。"这件事的真实程度且不去说它,但它所揭示的道理却值得重视。刘禹锡的诗(即《西塞山怀古》)之所以能脱颖而出,令人叹服,关键就在于选取了最好的表现视角，抓取了与金陵相关的最重要的历史事件，而又借古鉴今，感慨遥深，力透纸背，沉重苍凉。充溢于诗中的，是一种悲凉而不衰飒、沉重而不失坚韧的精神气脉，以及纵横千古、涵盖一切的气象。联系前引几首写早春的诗作，其成功的秘诀都在于变换角度，既重视同，更重视异，借独特的视角表现出早春最具有魅力的那个特点。

下面我们再看一首韩愈写晚春的诗。写早春的上节课已经讲过，那么写晚春该怎么写呢？《游城南十六首·晚春》这样写道：

草树知春不久归，百般红紫斗芳菲。
杨花榆荚无才思，惟解漫天作雪飞。

这首诗理解起来并不困难，大意是无论草树还是杨花榆荚，都意识到春天很快就要归去了，于是便借最后的机会来表现自己。这里用到了拟人化的手法，把草树都作为有灵之物，好像它们也知道春天很快就要归去了。因为预料到春将归去，所以它们有些留恋，想拉住春天的脚步，或者说在春归之前尽量展示自己的一种美丽，一种才情。于是“百般红紫斗芳菲”，尽情怒放，红的紫的，各种各样，争奇斗艳，非常热闹，等到春天一过，它们就没有施展的机会了。因此，初读之下，可以感觉到诗歌表现的是一种惜春的情感。后来南宋的辛弃疾写了一首词《摸鱼儿》，写得很好，大家记得吗？“更能消、几番风雨。匆匆春又归去。惜春长怕花开早，何况落红无数。春且住。见说道、天涯芳草无归路。怨春不语。算只有殷勤，画檐蛛网，尽日惹飞絮。”词中把惜春、留春之情写得非常的细微，可与韩诗对读。韩诗实际上表现的是暮春时节诗人的一种感情，以及诗人眼中所见百花的那样一种情状。但是诗人不这么写，而是说草树知春即将归去，它们是有意地去斗芳菲的，这样一来就巧了。

接着又写到杨花和榆荚(jiá)。榆荚，又叫榆钱，是榆树上生出的似花的白色小串。杨花，古诗中多指柳絮。榆荚、杨花无香乏色，与“百般红紫斗芳菲”的各种春花相比，是最不起眼也最没特点的了，可是呢，在这样一个热闹的场合，它们也要去施展一番，所以说它们“无才思”“惟解漫天作雪飞”。有过类似体验的各位可以感觉到，“作雪飞”也是一种奇妙的景色，而前面冠以“漫天”二字，更把如雪飘洒的情状渲染到了极致。一边是红紫的百花在斗芳菲，一边则是白蒙蒙的杨花随风飘洒。杨花柳絮飘洒的情景真是很壮观的，风吹得那个杨花呀，毛茸茸的，缓缓地飘舞，漫天皆白，感觉也有一番情致。所以后来北宋章楶有《水龙吟》一词咏杨花，用韩愈此意写道：“燕忙莺懒花残，正堤上、柳花飘坠。轻飞乱舞，点画青林，全无才思。”苏轼也作一首《水龙吟》，次章词之韵，却反其意而为之，开篇就说：“似花还似非花，也无人惜从教坠。抛家傍路，思量却是，无情有思。”说杨花柳絮并非“全无才思”，而是“无情有思”。那么，韩愈在诗中说榆荚杨花“无才思”是什么意思呢？

后人对“无才思”作过若干推测，起码有两种意见争执不下。一种说是赞赏，一种说是讽喻。讽喻什么呢？借杨花讽喻那些劣质的作家和作品。认为在唐诗这样一个百花园中，大诗人、好诗作非常之多，他们在争奇斗胜，而有些不入流的作家本无什么才思、才情，却也要挤进来，也要显露一番。但他们懂得什么呢？只懂得“漫天作雪飞”而已。所谓“作雪飞”，不过是白茫茫的一片，像什么花呀，那根本就不是春色嘛，它们根本就不入春色之流嘛。因而，韩愈是借写杨花对文坛上那样一些他所反对的作家作品、他认为不入流的作品进行了揶揄、讽刺。这意见对不对呢，似乎有一定道理。韩愈创作在当时走的是高冷路线，他不去有意地吸引观众，他不管有没有读者，有没有叫好声，他与孟郊等人坚持自己的创作方向，他相信这样一类诗作虽然不被当世人欣赏喜爱，但是后人会记住这一笔的。与韩愈、孟郊等人不同，白居易、元稹他们走的是另一条路线，很注重读者的感受，当下的人越喜欢、读者越多，他们越高兴，他们写的诗就是给一个很广的读者群看的。白居易在《新乐府》五十首的序里边就讲过，他的诗在用词、意义、音调等方面都力求让人易解易懂，易于流行。白居易的接受意识非常之强，传播意识也非常之强。除家藏之外，他临去世前把自己的作品又抄写了三本藏在不同的处所，希望能传流后世。在这点上，韩、白两派的态度是很不一样的。而在对李白、杜甫的态度上，韩、白也有不同。比如白居易写过《与元九书》，元稹写过《杜工部墓系铭》，都对杜甫给予了极高的称赏。白居易尚有保留，认为杜甫的好诗也就是《塞芦子》《留花门》和“三吏”“三别”等三四十首；至于李白那就差了很远，李白有关风雅比兴的作品“十无一焉”，对李白是有点否定的。与元、白的态度不同，韩愈写了一首《调张籍》，开篇就讲：“李杜文章在，光焰万丈长。不知群儿愚，那用故谤伤。蚍蜉撼大树，可笑不自量。”这里的“群儿”指谁？肯定有所指。于是后世注韩诗者便纷纷索解，有人认为指的当为元、白诸人。这些意见，可以参看钱仲联《韩昌黎诗系年集释》中的相关材料。是不是如此，还可以再思考。但是韩愈和元、白一派不大同调却是实情，他和元稹的关系似乎还过得去，但对白居易就有点瞧不起了。当时他们确是分立的两种不同审美标准的流派，流派意识已经出现了，我有文章专门论述这个问题。那么上述这些情况在这首《晚春》诗里是不是有所反映？元、白等人那些通俗化的作品是不是属于“无才思”之列？“惟解”，是只懂得的意思，说他们只懂得“漫天作雪飞”，其中自然含有某种贬义。

与前一种意见相反，还有一种解释，认为诗是赞誉杨花的，各种争芳斗艳的花草比喻主流作家，榆荚、杨花比喻的是被人冷落的边缘性作家、苦寒作家。诗人的意思是说：我们就算没才思，但也可以在这个春天里去展示一番吧。就像契诃夫讲的：世上大狗在叫，小狗也在叫，小狗不能因为大狗在叫而停止了自己的吠叫。揣摩诗意，似乎也可以得出这样一层含义。那么，这里的杨花、榆荚就是自指了，指韩愈、孟郊、贾岛、卢仝、马异、刘叉这么一批作家，而这批作家当时都是苦寒作家，都没有什么高的官职，除了韩愈的官职稍高一点——实际上韩愈到了元和后期才逐渐好了一点，在元和前期他的官职一直不高。而孟郊、贾岛、卢仝、马异和刘叉这些人都是下层的苦寒诗人，不被人看重。这样一些人当然不是没才思之辈，其所以说“无才思”，实际上是一种自谦和自嘲。意谓即使无才思，我们也要发出自己的声音，更何况我们本来是有才思的。这后两句诗是不是也可以从这个角度理解？如果可以，这首诗就有两层含义了。

那么，上面两种解说的合理性如何呢？这些解说是不是有点微言大义、离文本太远了呢？我感觉恐怕还是有一点。无论是讽喻，还是赞赏，恐怕多多少少有点微言大义，如果我们能让韩愈起死回生，当面问他一下，恐怕韩愈的回答会出乎我们的意料。有可能他就是单纯地写晚春之景，而根本没有想到我们上面解说的那些东西。但是从另一个角度来说，上面那些解说也不算错。清人谭献在《复堂词录序》里说过一句话："作者之用心未必然，而读者之用心何必不然。"虽然作者没有想到这层意思，但并不妨碍读者领会到这层意思并把它讲出来。从接受美学的角度来说，上述两种解释是可行的，所以我们姑且把这样两层意思讲出来，见仁见智，或是或非，由各位独自作判断。

下面，再看一下白居易在元和十二年（817）作于庐山的《大林寺桃花》。元和十年（815），白居易被加以越职言事的罪名，贬到了江州做司马。到了九江以后他的心绪完全变化：以前是大呼猛进，写讽喻诗，反映民生的贫困，批判官府和各类权要对老百姓的压榨；被贬之后，他决计急流勇退，高蹈远引，声言"浩然江湖，从此长往"，不再过问政事了。这是白居易心理变化的一大转折点。这段时间，白居易常到近旁的庐山游赏，创作了不少写景之作，这首《大林寺桃花》就是写晚春之景的，而且写得比较好。

> 人间四月芳菲尽，山寺桃花始盛开。
> 长恨春归无觅处，不知转入此中来。

开篇二句直陈其事：山外四月的时候百花都已经凋谢殆尽了，可是在山里边，在大林寺这样一个高深幽静的场所，桃花却还在盛开。在这里，"人间"与"山寺"对举而出，宛如两个天地。这自然是写实，因为大林寺在庐山的香炉峰上，地势较高，与山下温差较大，桃花盛开的时间要晚一些、长一些。然而，细味这两句诗，似乎还可以体会出作者对山寺的一种由衷的喜爱，这种喜爱并未直接表述，而是借山寺与人间的对照、借"始盛开"的描写，隐然透露出来了。

诗妙在后边两句。"长恨春归无觅处"，"春归"，就没有觅处了，找不到踪影了，而且前边加了一个"长恨"，说明他对春的匆匆归去，有着一种非常遗憾的心理。接着说"不知转入此中来"，又把春给灵性化了、拟人化了，好像它在和人捉迷藏一样。虽然在外边找不到春的踪影了，但它却转移了阵地跑到山里边来了。这个"转入此中来"应该说非常有灵气，也有一定的理趣。这首诗也是写晚春的，与前引韩愈重点写杨花榆荚的诗相比，这首诗重点写的是桃花，而且写的是大林寺的桃花。借大林寺的桃花与人间的芳菲作比，外边已衰，此间独胜，于是他热爱山林的情意，也就通过这样一种形象化的诗句表现出来了。这首诗应该细细地品味一下，体会它的妙处。它与前几首诗作的一个共同特点，就是面对同一个对象能够发现它的奇异之点。而之所以能够发现它的奇异之点，就在于作者观察问题的视角发生了改变，他站在不同的位置去观察世间人们习焉不察的一些物事，从中发现了奇趣，同时又用非常得力的妙笔，把这样一种意趣给表现出来了。

实际上呢，现在有很多人也有很高深的意，但是写出来不行，没有这方面的训练。有些人虽然有生花的妙笔，但是苦于乏意。怎么能把意和笔结合起来，这是需要长期训练的，而唐人在这个方面应该说是做得比较好的。记得刘勰在《文心雕龙》里说过几句话："方其搦翰，气倍辞前；暨乎篇成，半折心始。"常常有这种感觉，写一篇文章，写之前心里想得很复杂、很细密、很高远，好像各种各样的意念都融汇过来，集聚于脑海之中了，觉得自己可以把这篇文章从不同的方面写好，但是真的一写就知道了，原先你脑海里想到的事情真正能把它反映出来个十分之三四就非常不错了，是"半折心始"。这里就有一个练笔的问题。我们现在一些同学往往疏于练笔，实际上应该把读和写结合起来，只有经常写，到了真的写一篇大著作的时候你才能得心应手。人们常说三天不练手生，是不是啊？我隔一段时间不写再拿起笔写东西就感到很滞涩。我写的东西可能比你们要多一点，因为我年龄比你们要大一些。因为你们写得少，尤其需要练，如果写得少而又不练的话，那到时候真是要出问题的，所以一定要练。要经常做一点读书笔记，有一些心得就把它写下来，力求省净，力求准确，力求深刻，不把它拿出去发表，就是练笔。练笔的时候注意立意这一点，时间长了自然就会形成一些很好的观察力和写作习惯。而且有一些文章要反复地改，不改的文章我觉得很难成为好文章。当然，也确实有大才之人，像王勃写《滕王阁序》，那就是打好腹稿一挥而就，像汉人枚皋写赋，也是援笔而成，但是这种情况应该说是非常之少的。只有在改的过程中你才知道自己的不足，才知道下一次写的时候应该注意哪些事情。现在有很多人写东西懒得改，这不行。我跟我的学生写文章，有时候是我的一个思想，由学生搜集材料把它写出来，写出来之后我们共同改，有的改了七八次。改一次提高一次，他本人也从这个过程中感觉到确实是提高了。这些都是题外话，供各位参考。

除了上述几个方面的特点外，立意还与构思紧相关联。有了好的立意，接下来便是构思了，也就是通过什么样的步骤、哪些环节把这种意表现出来的问题。在创作中，立意高固然很好，但如果你不善于构思，不作铺垫，不含蓄蕴藉，直截了当地把那个意说出来，就一览无余了，就发挥不了最佳效果。这里，我们先来看一下王建的这首《新嫁娘词》。诗写的是刚刚嫁到夫婿家的一位新娘，要写这个新娘的话可以从不同的角度来写，但怎么写才能把新娘进入夫婿家以后，她的一种情态、一种心理，既细微又确切地表现出来，恐怕还是需要费一点心思的。从中国古代的习惯来看呀，新媳妇儿嫁到夫婿家里之后，过门三天就要下厨了。那么王建就选准了第三天来写这个新娘。诗这样写道：

三日入厨下，洗手作羹汤。
未谙姑食性，先遣小姑尝。

一个“三日”，表明了新娘的身份，暗示了习俗，交代了事件，营造了一个典型的环境。然后说她“洗手作羹汤”，准备正儿八经地做点儿饭菜给家人尝一尝。前两句只是一般性的叙述，到了后两句就别具匠心了。她要做羹汤，但这羹汤的味道是不是合公婆的胃口她不知道。如果是一位粗心大意、毛里毛糙的新媳妇儿，她不会想到这一点，她只按照自己的口味去做，那么做出来有可能会太淡或者太咸，家里人就会很不满意。她呢，注意到了这一点，在做羹汤时非常注意汤的味道是不是符合公婆的食性。但她又不了解公婆的口味究竟如何，于是就“先遣小姑尝”。这一举动，就展示了这位新娘的心思非常的细腻。晚唐的时候朱庆馀写了一首诗给张籍，大家记得那首诗吧，就是“妆罢低声问夫婿，画眉深浅入时无”。因为她是在洞房，所以她可问的只能是夫婿。而这里的新娘不问夫婿而问小姑，有两个方面的原因。一是古时男人一般很少下厨的，小姑下厨的比较多；二是小姑与母亲最为接近。记得鲁迅说过一句话，说你要知道你的媳妇儿未来的风姿，就先看看你的丈母娘。这还只是说的长相,实际上就食性而言,母亲和女儿也是相似的、吻合的。所以诗中的新娘要“先遣小姑尝”,让小姑尝一尝,只要小姑感觉可以了,那么婆婆大概也就满意了。这里暗含着一个逻辑的推理过程。首先,新娘意识到:长期在一起生活的人,食性必然相同;其次,小姑和她的母亲长期生活在一起;最后,让小姑来尝,尝了之后就把她婆婆的食性了解到了。这种想法看起来很简单,却非常细微,也非常贴合生活实际。短短一首诗,只有五言四句20个字,却把新嫁娘在过门三天之后的那种生活情态、心态以及她那种细密的心理活动都给表现出来了。一方面说明他立意很巧,另一方面也说明这首诗构思很精妙。所以,沈德潜评价说:“诗至真处,一字不可移易。”(《唐诗别裁》)这首诗就非常的真切。后来的宋人评价张籍和王建的诗,说他们的作品最大的特点就是能道得人“心中事”。稍后我们讲张籍的诗,会更深切地意识到这一点。

再看晚唐罗隐的一首诗。这首诗的构思也很妙,题名是《偶题》,也叫《嘲钟陵妓云英》——钟陵就是现在江西的进贤县。诗写作者与钟陵歌妓云英阔别十多年后重逢时的情景和感受。

钟陵醉别十余春,重见云英掌上身。
我未成名君未嫁,可能俱是不如人。

讲这首诗之前,我们先来了解一下罗隐的情况。罗隐大家都知道,才气非常之大,是晚唐著名的才子。可是,这样一个才子竟然十举进士而不第,最后只得落魄江湖。他曾写了一本《谗书》,里边全是对当时社会、政治讽刺批判的一些言论。他的小品文也写得非常好,鲁迅曾评价晚唐陆龟蒙、皮日休、罗隐等人的小品文,是一塌糊涂的泥塘里的光彩和锋芒。罗隐有过人的才华,但他的身世是沦落的,所以这首诗就表现了这样一种身世和感触。

首句回忆往事:“钟陵醉别十余春。”十余春是概举离别的年数,据考准确的时间是12年,就是说,12年前他在钟陵碰到了云英。一个“醉别”,说明当年相别时曾喝了酒,而且喝到了醉的程度,由此见出二人的感情很深。如果相交不深,不会饮酒,更不会饮到醉的程度。第一句写别,第二句就写聚。现在十多年过去了，又一次与云英见面。在作者看来，虽然经过了十多年的时间，但云英好像变化不大，依然是那么苗条可人，所以用了“掌上身”三字。“掌上身”源于什么典故啊？汉代的赵飞燕身体很轻，似乎可以在手掌上跳舞。你说这个身体该有多轻！当然这是夸张了。形容体形非常的苗条，身体非常轻盈，所以一个“掌上身”，马上就把云英的那样一种形状、身材的姣好给表现出来了。由此可以看出，云英是一个美人。如果不是美人恐怕不会和罗隐这么一个大才子相识，更不会饮到醉的程度。所以前两句仅寥寥十余字，就把他俩非同寻常的关系给交代出来了。

据载，二人重见的时候，云英问了罗隐一句，说罗才子呵，怎么十多年过去你还是布衣之身呢？意思说你怎么还没有发达。有这么一问，罗隐才写这首诗来作答，而前两句只是平平地叙事，只作铺垫，到了第三句，才切入正题，说“我未成名君未嫁”。首先提出“我未成名”的问题，并将我之未成名与君之未嫁联系到了一起。意思是说：我确实没成名，到现在还是一介布衣；可是你呢，你到现在不是也还没嫁人吗？反问了一下。当然这句话既可以作为一个反问，也是一种陈述，交代了二人的现状。进一步来看，这一句里还包含着一些深意，说我未成名是因为我的才气不足，所以还情有可原；可是你呢？你既然长得那么漂亮，又是“掌上身”，又那么解人意，怎么到现在还没有嫁人？是你的长相不行吗？不是。前边已经说明了是“掌上身”，长得很好，可是仍然没有嫁人。那就说明你没有嫁不是长相的原因，而有其他的原因。既然你这样美妙的人都没有嫁，那么我没有成名也就在情理之中了，我们两个恐怕同是天涯沦落人，就把这一层意思给逗出来了。有了这层意思，末句的“可能俱是不如人”，便水到渠成，自然流出了。表面看来，我未成名你也没有嫁，就是结论；但是在“俱是不如人”前边加了“可能”两个字，就有了一种悬想、推测、不肯定的意思。那么，是不是不如人呢？不是。罗隐的才名那么高，云英的身段那么好，都远胜于他人，却落得一个“我未成名君未嫁”的结果，其中的原因究竟何在？由此问题向前探索，诗意就深入了一步，就有了一种沦落人的不平之慨。本来，作者这层意思是很清晰的，但他开始绝不说破，直到最后也只是用了一个“可能”，把他的不平之气隐含其中。这是什么方法呢？就是不直致，不直接把意思表现出来，而是隐含在诗句之中，让人们去体悟、去把握。

所以从写法上看，作者实际上是用了一个抑扬的手法，先扬后抑。先写云英掌上身，把云英抬得很高，结果又谈到“君未嫁”“不如人”，于是一抑。但这种抑又不是对一个真无才貌者作的肯定性的贬抑，在他这一抑里实际上又内含着一种扬，是对自己和对方都比人强、但因命运不济而同成沦落人这样一种情况所作的更为深婉的表现。而在这个表现中，又互分宾主，是一宾一主。表面上看，写的是云英，云英是主而罗隐是宾；但实际上，一个“我未成名君未嫁”又倒了过来，作者真正想说的是自己，于是，云英成宾而罗隐成主，所以二人又互为宾主。这种由扬到抑、内里又含着一种隐在的扬的写法，这种互为宾主的写法，使得这首小诗非常曲折，读起来也非常耐人寻味。而整个来看，又与作者精妙的构思不无关联。由此我们可以看到，一些优秀的唐诗在立意上、在构思上是非常下功夫的。虽然非常下功夫，但读起来好像就是随手写成、随口吟出的一样，这就尤见功力了。

第五讲

说结构(上)

上节课我们讲了立意,这节课我们重点来谈一下诗的结构。

结构是诗歌创作中的一大要项。它是诗歌的骨架,又是诗歌的筋脉,它包括诗歌的布局、走势和一些基本法则,与诗歌创作的成败紧密相关。所以古人作诗非常注重结构,注重诗的布局安排。清人江顺诒《续词品》的《布局》就谈到结构问题:“名园之树,国手之棋。起复相应,疏密得宜。峰腰云断,水面风移。千岩万壑,尺幅见之。”这几句话,我觉得讲得是比较到位的。“名园之树,国手之棋”,他说诗词的这个结构布局呀,就好比在园林中种树一样,什么地方种什么样的树,种于高处或种于低处,都需讲究;又好比国手下棋,那一局棋以及棋子如何安排,都需了然于胸——这个棋不是指象棋,指的是围棋,因为中国古人下围棋是非常盛行的,在唐代即已如此。传说国手王积薪自谓棋艺天下无敌,携技前往长安一试身手。路上住在一小旅馆。夜深灯熄,忽听隔壁的旅馆主妇叫她的儿媳说:“我睡不着,跟我下一盘行么?”儿媳说行。于是婆媳二人就下起盲棋来。数十个“我在第几道下子”的对话后,婆婆说:“你输了!”媳妇说:“我认了。”王积薪暗暗记下她们的棋谱,次日按她们的棋谱下了一遍,不得不承认自己技逊一筹。事载《唐国史补》卷上。这里就有一个对棋路熟悉程度和安排布局的问题。当然,这些是题外话。接着看“起复相应,疏密得宜”,诗歌的起句和后边的结句要相互回应,而且疏和密要得宜,不能过于紧凑,也不宜过于松散。“峰腰云断,水面风移”，是说应该有断有续，不宜一气直下，就像那个山峰，山腰处有云给遮断；同时又要像风行水上，奔走流畅；最后达到的结果就是“千岩万壑，尺幅见之”。虽然写出来只是一方纸那么大，却有千里之势，有千岩万壑包含其中，这就是布局。如果“求方必矩，刓圆必规”，那是不可以的，不应该按照那个规矩一成不变。在这段话里，江顺诒既讲了布局的重要性，又讲了布局的灵活性。

这种重要性和灵活性，在沈德潜的《说诗晬语》里是通过对“法”的论述来强调的：“诗贵性情，亦须论法。乱杂而无章，非诗也。然所谓法者，行所不得不行，止所不得不止，而起伏照应，承接转换，自神明变化于其中。若泥定此处应如何，彼处应如何，不以意运法，转以意从法，则死法矣。试看天地间水流云在，月到风来，何处着得死法？”这里所说“法”指法则、规定，实际上就是结构，就是布局。按照这个法则来写，就避免了乱杂无章的弊端；同时这个法需有所变化，要行于其所不得不行，止于其所不得不止，要有起伏，有照应，有承接，有转换，如果只知守法而不知变化，不知以意运法，这法就僵死了，就成了束缚人的东西。“兵无常势，水无常形。运用之妙，存乎一心。”这里强调的是一种活法，要根据所写的内容来随机变化。这种活法到了南宋杨万里手下，可以说是达到了淋漓尽致的程度，于是就有了流转如弹丸的诚斋体。杨诚斋的诗读起来确有风行水上的感觉，看着好像没有法，其实是有法度的；你说他有法度，但是他又超越于法度之上，是把有法和无法相结合的典范。用清人朱庭珍的话说，就是“作诗者以我运法，而不为法用。故始则以法为法，继则以无法为法。能不守法，亦不离法，斯为得之。……无法之法，是为活法妙法。造诣至无法之法，则法不可胜用矣”（《筱园诗话》卷一）。

法是可超越的，但也是必需的，尤其对初学者而言，作诗不可无法。所以，周振甫先生在他的《诗词例话》里就列了一些条目，论述结构和法则，如开头、承转、结尾、线索，这些都是诗歌创作的基本结构和法则。将之总括一下，诗歌结构的主要内容大致有三点：一个是开头和结尾，另一个是层次段落，再一个是过渡照应。用我们常说的一句话来讲，就是起、承、转、合。就布局来看，它的原则有两个：一个是不可一览而尽，让人一览无余的诗过于直白，过于显露，没有一点含蓄和曲折，这个是要避免的；另一个是不可杂乱无纪，东拉西扯，而应该循序渐进，有条不紊，有一种内在的逻辑关联。

下边我们先来看一看开篇。严羽的《沧浪诗话》就论述过开篇的重要，说“对句好可得，结句好难得，发句好尤难得”。这就是说，好的对偶句是可以得到的，但好的结句就不易得到，而好的起句尤其不容易得到。

徐增在《而庵诗话》里也讲了这一点，而且向前推进了一步，说“诗无一定腔拍，只须净落笔，第一句起头一二字尤要紧”。考查古人好的开篇，大致有这样两种情形：一是入笔擒题，开章明义，一开始就直奔主题了，把自己要写的东西非常明确地交代给读者；一是起笔突兀，来势迅急，情景高远，使读者“直疑高山坠石，不知其来”（沈德潜《说诗晬语》），出乎意料，想不到你有这样一种开篇方法，这样的话，首先就把人给吸引住了。比如杜甫的《登楼》，一上来就写道：“花近高楼伤客心，万方多难此登临。”发端突兀，不作任何交代，就说自己悲伤。按正常的写法应该是怎样呢？应该是“万方多难此登临”，登临之后才有“花近高楼伤客心”。可是施补华认为如果“倒装一转”，“便是平调”，只有把这个“花近高楼”放在前边，才起得“沉厚突兀”，并认为这是作诗的一个“秘诀”（《岘佣说诗》）。就杜甫这第一句来看，也是大有深意的：高楼之旁，花团锦簇，应该是一种非常好的令人喜悦的景色。可是，为什么看到花就使“客心”为之伤呢？大家注意，熟读杜诗可以发现，杜甫常常善于使用一种“丽景哀情”。他表现自己悲伤情感的时候不是去写那个悲景，而是用丽景来反衬悲情。这一点我们在说情景时还会谈到。这首诗就是这样，前四字写景之丽，后三字写心之伤。不仅是伤心，而且是伤“客心”，一个“客”字，中间有多少的内涵！杜甫在长安是“骑驴十三载，旅食京华春。朝扣富儿门，暮随肥马尘。残杯与冷炙，到处潜悲辛”，非常困苦。后来他在长安待不下去了，于是由陇入蜀，流落四川，客居异地。这一个“客”字实际上就把他客居异地的那种心情给表现出来了。但是这个“伤”并不仅仅指客居异地，还有更重要的原因，那就是“万方多难”。所以第二句这个“万方多难”，既交代了客心之伤的缘由，同时用“此登临”补足了前边“花近高楼”的未足之意，前后呼应，就显得很紧凑了。特别是“此登临”这三个字，杜甫用得非常好。仔细吟诵这样一种句式，会有明显的顿挫之感。杜甫诗的特点是沉郁顿挫，这个顿挫从哪儿来，“万方多难此登临”，在“此”处一用力顿挫感就出来了。这要各位去细读，去体味。所以我觉得施补华讲的话是有道理的。

类似的说法，朱庭珍也讲过。他说：“凡五七律诗，最争起处。凡起处最宜经营，贵用陡峭之笔，洒然而来，突然涌出，若天外奇峰，壁立千仞，则入手势便紧健，气自雄壮，格自高，意自奇，不但取调之响也。起笔得势，入手即不同人，以下迎刃而解矣。”（《筱园诗话》卷四）实际上，唐人在创作中大都熟悉此法，只是用得好坏不一样，路数不一样。用得比较好的，还有王维，比如他的《观猎》：“风劲角弓鸣，将军猎渭城。草枯鹰眼疾，雪尽马蹄轻。忽过新丰市，还归细柳营。回看射雕处，千里暮云平。”非常好的一首诗，章法、句法、字法堪称绝妙。而就首联来说，本应写成“将军猎渭城，风劲角弓鸣”——将军先出猎，然后风呼呼地刮着，角弓也响起来了。但是作者不那么写，如果那样写就落于凡庸了。他先写“风劲角弓鸣”，制造了一个长风劲吹，角弓噼啪作响的非常紧张激烈的氛围，接着才交代将军在渭城出猎之事，因而这也是典型的倒装句法。就“风劲角弓鸣”来看，五个字来得非常突兀，凭空而起，让人不知道是怎么回事，后一句才把它说出来。这种倒置法用得好了，诗就有了气势，就精彩。我们平常写诗怎么样呢？我们平常写诗往往起首的时候容易平铺直叙，按照顺序把它一一地叙述出来。但那样一来，就有些平直了。唐人深懂此理，所以常常给人弄出点意外来。当然，也不是每一首诗都要采取这个做法，倘若每首诗都采取这个做法的话，恐怕就见多不怪了。这里重要的一点就是要与诗情、场景相适合，也要与人的性情相吻合。适合、吻合的时候你这么一倒装，那气势就来了。所以在李白的诗里边，这类起首突兀的开篇应该说非常之多。比如《蜀道难》：“噫吁嚱，危乎高哉！蜀道之难，难于上青天。”先给你长叹一声，“噫吁嚱，危乎高哉”，然后才说“蜀道之难，难于上青天”。《宣州谢朓楼饯别校书叔云》也是这样，“弃我去者昨日之日不可留，乱我心者今日之日多烦忧”，一上来就没头没脑，不说内容，只提“弃我去者”和“乱我心者”两端，但已足以将诗人形象立体地呈现出来了。而且它是长句式，这种长句式最容易抒发诗人郁闷至极后的那样一种情怀。相比之下，《诗经》里的四言诗写得也不错，却很受句式的限制。四言诗句子太短，那种复杂的情感很难被淋漓尽致地表现出来。四言诗的表达效果，与上引李白的诗句，以及李后主的“问君能有几多愁，恰似一江春水向东流”这样的长句式，是很不相同的。李白性格豪放，感慨多端，所以他就喜欢使用这种长句式，他的一些乐府，一些七古，一些歌行，很多都是采用这种做法。典型的还有《将进酒》，一开始就是“君不见”，“君不见黄河之水天上来，奔流到海不复回。君不见高堂明镜悲白发，朝如青丝暮成雪”，那个气势排山倒海，摄人心魄，这就是起头的妙处。所以沈德潜评论说：“歌行起步，宜高唱而入，有黄河落天走东海之势。以下随手波折，随步换形，苍苍莽莽中，自有灰线蛇踪，蛛丝马迹，使人眩其奇变，仍服其警严。”（《说诗晬语》）由此看来，在开篇的时候，如果能够先声夺人，那么你就成功了一半。

再来看结尾，结尾也很重要，而且很多评论家认为结尾比开头还要重要。杨载《诗法家数》就讲：“诗结尤难，无好结句，可见其人终无成也。”所以古人有一句话说“善始者实繁，克终者盖寡”，能够开一个好头相对来说比较容易，能够结一个好尾的却不多。诗的结句实际上是盖棺定论的时候了，就是最后做结果、最后提升、最后给人留下一种更深印象的时候了，如果你结句很弱，就会影响整首诗艺术效果的发挥。李渔在《窥词管见》里说得尤其好：“如不能字字皆工，语语尽善，须择其菁华所萃处，留备后半幅之用。宁为处女于前，勿作强弩之末。”这话讲得是有道理的。如果你觉得结尾结不好的话，干脆把精华的部分先留着不用，放到结尾。前人论元曲的结构，说元曲的结构是什么呢？是凤头、猪肚、豹尾。凤头，很漂亮，一开始像凤头。然后呢，中间部分能够装东西，像猪肚。最后，豹尾，那个尾巴一甩呀，非常的响亮。就好比《西厢记》里说崔莺莺最是临去秋波那一转，临走之际，眼波一转，给人留下勾魂摄魄的印象。所以，结尾好不好应该说是很重要的。前人有这样的话，“为人重晚节，行文看结穴”。 般来说，结尾有二种结法。第一种是词意俱尽，这种不好，不能给人什么联想；第二种词尽意不尽，这就好了一些；最好的是第三种，词意俱不尽，这可以说达到了一个很高的境界。

我们来看一首诗，看王建的《十五夜望月寄杜郎中》：

中庭地白树栖鸦，冷露无声湿桂花。

今夜月明人尽望，不知秋思落谁家。

诗中的“落”，《全唐诗》作“在”，但别本作“落”。“落”比“在”更具动感。这首诗写得非常之好。“中庭地白”，庭院的地上一片白亮。为什么白呢？因为月光非常的明亮。诗题已交代这是“十五夜”，从末句的“秋”来看，应该是八月十五中秋节，中秋节的月光非常的明亮，以至于把地都给照白了，宛如一片白霜。一个“地白”就含融了李太白“床前明月光，疑是地上霜”的诗意。“树栖鸦”，一方面是为了趁韵，另一方面树上应当有鸦。这个鸦可能是作者看到的，因为月光非常明亮，而作者又在仰头看月，所以树上有鸦应该可以看到。当然，也可能是听到鸦鸣而察觉的，这个都不打紧。下边一句说“冷露无声湿桂花”，因为到了中秋，露珠就开始降了。到了晚上，露珠降下来，把桂花给打湿了。桂花很切合秋天的情状，所以即使不看后边，我们也知道这已经是秋天了。如果进一步看，这句还有一层意思。是写地上的桂花吗？好像不完全是。可以是地上的桂花，但又何尝不是在写天上的桂花？因为他在望月，远远望去，月中影影绰绰的那些暗影可能会使作者联想到月宫的传说——吴刚砍桂树，白兔捣药，还有嫦娥，“嫦娥孤栖与谁邻”，传说很多。这样看来，这个“无声湿桂花”啊，就有可能写的是作者望月时一种很湿润的感觉，好像那个露水把月宫的桂树给打湿了。所以这一句既可以是地面的实景，也可以是遥观天上月宫的幻觉，它将地面与天上、实在与虚幻打成了一片，对此种情形，读者是不难意会的。

第三句开始写自己，但作者又不完全写自己。本来是他一个人站在庭中望月的，但他由自己一人望月而想到这么明亮的夜晚该有多少人和他一样在向月遥望呵，于是写道：“今夜月明人尽望。”一个“人尽望”，由己推人，由小而大，由一点而涉及一个非常广阔的范围。如果仅仅是一个人在望，虽然显得很专注，但毕竟狭小了一些，单一了一些。如果大家都在望月，那个场面就宏大了。李白《子夜吴歌》中有这样两句：“长安一片月，万户捣衣声。”在一片月明之下，千家万户都在河边捣布，赶制寒衣，其场景与此诗所写就颇为相像。由于“今夜”月明，“今夜”人尽望，于是就给人一种相思都在此夜的感觉。末句承上作结，却不明言，而以“不知秋思落谁家”虚点一笔，逗人遥想。在作者看来,那秋思,那对远人的思念,究竟是落在了谁家呢?话好像问得有点无理,但是无理之中却有情。一方面,本来是自己的思念,那个秋思肯定集中在作者这里,但经他这么一问,就把那种非常确实的东西朦胧化了,虚泛化了,这是其一。其二呢,那个秋思是落下来的,好像随着月光飘飘洒洒,落到了人间。这样一来就有了一种轻灵缥缈的感觉,让人在不知确切答案的思考中、想象中把诗给空灵化了,所以意境显得非常的悠远。评论家常说言有尽而意无穷,这种情形,恐怕从此一结句中就表现出来了。

这首诗写了中庭、树、鸦、露、桂花、月明等一些物象,或者意象,但是这些意象或者物象,表面上看是独立的,没有必然关联的,而在经过了诗人的妙手组合之后,它们就具有一种新的内涵,也就是把各类单质因素融合成了新质,它就不是一个简单的拼合了,而是一种化合,一种产生新质的方式。所以在诗歌作品中,两个意象的叠加所产生的效果大于它们之和。两个意象合在一起,结果不仅具备两个原有意象的内涵,还具有经过两个意象组合所形成的混合交融的新的内涵。比如冷露和桂花,本来冷露是清寒的意象,桂花是幽香的意象,但是二者结合之后,我们除了感觉到清寒和幽香,还有一种新的空灵、幽静之感。尤其是用了“细雨湿流光”(冯延巳《南乡子》)一样的“湿”字之后,这几种感触,立刻生动起来,成为一个逐渐袭人衣裳、袭人神思的过程。借用结构主义者列维-斯特劳斯的话来说,就是“意识品尝一种元素组合时所知觉到的一种特殊味道,而这些元素如果分别品尝却没有味道”(转引自钱宁《诗即隐喻》,《文艺研究》1989 年第 6 期)。王建这首诗的魅力,应该说是来自四句诗的有机结合,来自由此构成的新意境所产生的独特效果。如果你把四句分开来看,那个意思就显得残缺了。

谢榛在《四溟诗话》里对诗歌的起结也作了论述:“凡起句当如爆竹,骤响易彻;结句当如撞钟,清音有余。”起句,要能够吸引人,要如爆竹般骤响;结句呢,就像撞钟,重响之后余音袅袅,久久不绝。由此联想到张继的那首《枫桥夜泊》,其非常绝妙的就是诗中写了钟声,没那个钟声啊,恐怕会失色很多。那首诗怎么说的?“月落乌啼霜满天,江枫渔火对愁眠。姑苏城外寒山寺,夜半钟声到客船。”“夜半钟声”,你看多悠远啊。他既用了钟声,同时又是结句,就是谢榛这句话,“如撞钟,清音有余”。可是到了宋代以后呢,有人就指责张继，说诗写得虽好，却与实际不符，因为寒山寺夜半是不敲钟的。这是拿生活实际去评诗的一个典型案例，其结果只能是对诗歌创作规律的损害。诗是艺术作品，允许作者的想象和虚构，是不能处处坐实的。

上面说了开篇与结尾的重要性，但中间部分也不宜忽视，尤其是五、七言律诗的中间两联，是一首诗的核心部分，如果处理不好，整首诗就缺少了坚实的内容，易于给人乏力的感觉。就一般情况来看，唐人律诗的中间两联是情景间隔的，一联写景，一联写情，有人径直将之称为景联和情联。举杜甫的一首诗来看一下。就举大家都很熟悉的《登岳阳楼》吧。

昔闻洞庭水，今上岳阳楼。
吴楚东南坼，乾坤日夜浮。
亲朋无一字，老病有孤舟。
戎马关山北，凭轩涕泗流。

首联交代登楼的缘由及登楼之事：老早就听说有洞庭湖有岳阳楼这样的地方了，直到今天我才实现了夙昔的愿望一登斯楼。一个“昔闻”，一个“今上”，表现了由昔而今得遂心愿后的欣喜情怀。所以仇兆鳌在注杜诗的时候，说“昔闻”“今上”写其初登之喜也。是不是喜？西北大学的傅庚生先生在解杜诗的时候认为仇兆鳌解得不对，他说杜诗末句写的是“凭轩涕泗流”，是泪流滂沱啊，那开始哪有喜啊？开始就是悲，因为全诗感情应该是一致的。我倒是赞同仇兆鳌的意见，感觉这首诗的开端恐怕有欣喜的成分，因为杜甫的感情有个发展的过程，刚开始登上这个久已盼望的岳阳楼，而且看到那么壮阔的洞庭水，心胸岂不为之一振？所以其中应有喜的成分在。

交代完行踪，下边就开始写景了。紧承“岳阳楼”和“洞庭水”来写这个洞庭湖，说“吴楚东南坼，乾坤日夜浮”。这两句话可以说是把洞庭湖一笔写尽：以洞庭湖为界，划分了吴楚两个地域，而乾坤、日月好像都沉浮于这样一个阔大的湖面之上，由此见出洞庭湖之广大、之壮阔。这两句我感觉比孟浩然写洞庭的那两句来得还要好。孟浩然是怎么写的？“气蒸云梦泽，波撼岳阳城”。后来有人批评，说这两句有什么好，“云梦泽”“岳阳城”都是原有的地名，孟浩然只写了一个“气蒸”、一个“波撼”，他就贡献了这四个字，这样的句子能算好吗？这意见就有些极端了。实际上，虽然是地名，却也有用得好与不好的分别。孟浩然说“气蒸云梦泽，波撼岳阳城”，应该说用得是非常之好的，把那个“蒸”和“撼”的景象真切地展示出来了。但就全句看，稍嫌简单了一点，蕴含不够。相比之下，杜甫的“吴楚东南坼，乾坤日夜浮”就显得更为深厚博大了。这两句重点是写景，其中有没有情呢？应该是有的，这种情就是杜甫初登岳阳楼放眼四望时那种开阔的情怀，很开阔，开阔中还有一些感慨。

第三联由景而情，直抒悲怆心绪：“亲朋无一字，老病有孤舟。”这时的杜甫已是晚年了，已经出蜀了，出蜀以后漂泊于荆湘一带，而且身体有病。所以登高而望，与广袤的宇宙相接，思绪滚滚而来。他想到了自己的亲朋，想到了独抱病体栖居孤舟之上的际遇。身世的感怀使他情绪骤转，由前边那种还算稍微开朗一点的情怀转向了对自己一身的感慨。

最后一联承上作结：“戎马关山北，凭轩涕泗流。”他由自己一身的遭际又想到了国家的动荡局面，一身如此，国家也如此，怎么能不让他凭栏而泪流滂沱呢？所以最后以悲情告终。前人读此诗曾对尾联颇为欣赏，如黄生就认为，这首诗在写了登楼之后，一下把景致拉得非常之大，非常之壮阔，是大手笔；可是到了第三联，又由阔大景致逐渐缩小，聚合到自己一身，境界显得狭窄。他就担心写到这个地方怎样收结，收结能不能承托得住上边第二联的阔大景象。可是杜甫只用了五个字，就把境界由聚合一身的狭窄处给放开了。哪五个字？“戎马关山北”。这五个字起的作用非常之大，正是这五个字把境界、把事件从狭小、从一己而扩展开来，有了这五个字才足以承托起前边诗中的描写。如果没有这五个字，这首诗恐怕最后就有些不好收结了。我想，就作诗之法而论，黄生这个意见恐怕是值得深思的。

从结构上来看这首诗，它有两个特点。一是符合起承转合的规律：起写登楼，接写在楼上所见景色，次由景转情，写身世遭际，情怀骤变，最后一合，既把视野放到“戎马关山”这一更大的范围，又以“凭轩”回应首联登楼事，借“涕泗流”三字结束全篇。二是中间两联符合一景、一情这样的规则，是典型的景联和情联。

中间两联写景写情者居多，但也不是固定不变的。在高手那里，并无一定不变之规，只有根据不同情况善于变化，才能出新见巧。以杜甫另一首诗《春望》为例，就可以看出这种由变化展现出的新巧来。

国破山河在，城春草木深。
感时花溅泪，恨别鸟惊心。
烽火连三月，家书抵万金。
白头搔更短，浑欲不胜簪。

这首诗与前一首有所不同，它不是在中间两联写景写情，而是一上来就写景："国破山河在，城春草木深。"没有任何的交代，开篇就是国破，很有点劈空而来的味道。如果要说开头的好与不好，我觉得《春望》的开头就非常好，一上来就把人给吸引住了。国家接近灭亡，城池都已经破碎，虽然是春天，却是草木丛杂，给人的感觉非常的荒冷。所以司马光在读这首诗的时候就说："山河在，明无馀物矣；草木深，明无人矣。"也就是说，除了山河和草木，再没有其他任何东西了，连人都见不到了。所以这两句寥寥十字，既是写景，又将无物、无人这种情形隐隐作了交代。进一步看，首联十字相互对举而含义相反："国破"，非常残败，"城春"，则不无生机，两个意思正好相反；国已破，但山河还在，城虽春，但草木深深——这个深呢，不是欣欣向荣，而是草木非常的丛杂，非常的荒芜，是这样的一种深。所以"国破"和"城春"对举，"国破"和"山河在"对举，"城春"和"草木深"又对举，春景与衰景相互映衬，诸多内容可以说包含殆尽。以至于胡震亨在《唐音癸签》里高度赞赏，认为其"对偶未尝不精，而纵横变幻，尽越陈规，浓淡浅深，动夺天巧"。

接着颔联写情："感时花溅泪，恨别鸟惊心。"这两句话可以有两解。因为有感于这个动乱的时局，花都溅泪；因为恨别，鸟也惊心。把物拟人化了，把"花"和"鸟"作为"溅泪"和"惊心"的主语，这是一种解法。还有一种解法，因"感时"而看花溅泪，因"恨别"而闻鸟惊心，主语变成了诗人。前者是拟人，后者是移情，无论是拟人的手法，还是移情的手法，都说明了杜甫那种情感悲伤的程度，所以这两句也是非常有名的写情之句，历来受人称赏。

颈联本来应该写景或者写情的，但是前边两联已经把景和情给写了，于是就开始记事："烽火连三月，家书抵万金。"什么叫"烽火连三月"，这个"三月"指什么？到底指暮春三月，还是指烽火连着燃烧了三个月，即初春的一月、二月、三月，三个月？记得 1994 年我到日本东京的早稻田大学，曾和著名的唐诗专家松浦友久先生聊过两个多小时，当时就谈到这个"烽火连三月"，他说这个"三月"恐非实指，因为这个地方只能用"三"，不能用其他的数量词。在汉语里数量词从一到亿、到兆，只有两个平声字，哪两个平声字呢？一个"三"，一个"千"，我们现在读"一二三四五六七八九十"，其中有好几个平声，一、三、七、八、十，都是平声字。但是在古音韵里，只有"三"是平声，其他都是仄声，所以他说这个地方只能是"三"。再如李白的名句"白发三千丈，缘愁似个长"，第三字必须是平声，也只能用"三"。"白发"，仄仄，"三千"，平平，所以必须用"三"，否则这句诗在声律上就出了问题。由此来看杜诗中的"三月"——松浦先生当时认为应是多个月，好几个月，不专指暮春三月。我的理解，恐怕指春天的三个月。从实际来看，战火也是初春的时候起，而到了"草木深"的时候还没有止熄，所以应该是三个月。由于有烽火，邮路阻隔，家书就非常的难得，非常的珍贵，就抵万金了。没有得到家书，又面对这样的时局，以致倍感苦闷、抑郁。苦闷抑郁就搔头，这是解闷的一种方式。头发已经白了，而且因了常搔，已经稀疏了，短了，他还在搔，其结果便是"搔更短"，用簪子把它卡上都很困难了。于是末联出以"白头搔更短，浑欲不胜簪"，既自然流出，又承上作结，则诗人愁之重、之深可想而知。

这首诗与上一首是有所不同的。上一首《登岳阳楼》是中规中矩的，既符合基本的起承转合的规律，又是景联和情联的自然交替。但是到了《春望》，就在一定程度上打破了常规，一开始就写景、写情，然后叙事、作结，体现了一种在规则中求变化的创作思想。清人王夫之说过这样的话："夫景以情合，情以景生，初不相离，唯意所适。截分两橛，则情不足兴，而景非其景。"(《姜斋诗话》卷下)这就是说，应该根据你所描写的对象、内容来灵活地进行把握，而不要把景和情强分开来，或固定在中间两联上。明人谢榛认为："作诗不必执于一个意思，或此或彼，无适不可，待语意两工乃定。"(《四溟诗话》卷三)也是要求根据实际情形来进行定夺，而不必墨守成规的。如果再向前推，可以发现，南朝时的刘勰在《文心雕龙·明诗》中就曾讲过类似的话。他说："诗有恒裁，思无定位。""有恒裁"讲的是法则，"无定位"讲的是变化，既遵守法则，又力求变化，才能使诗歌常作常新。

上面讲的规则与新变，是一对矛盾，处理不好二者的关系，会直接影响到诗歌创作的质量。而说到规则，更应该注意的是律诗创作中的起承转合之法。我们都知道，诗是讲究起承转合的，那么对这个起承转合之法呢，前人是比较关注的。特别是到了明代，明代前后七子写的一些诗，注重向盛唐人取法。盛唐人虽然没有讲起承转合这类话，但他们在创作中大都比较重视这样一个法则。所以我们初学写诗，应该在起承转合上下一点功夫。如果你起承转合做好了，那么这个诗作就比较到位、比较耐人看了。等到你写得差不多的时候，再把那个起承转合的法则抛开一点儿，变化一点儿，这就有了独特性。而在刚开始学的时候，我想还是按照这个法则来的好。就好比临帖，你写大字刚开始要描红。如果开始时连基本笔画都没有掌握，就想写狂草，那不行。只有经历了描红的阶段之后，基本功夫打下了，你才能求变化。

下面再来看一下杜甫的《蜀相》，这首诗在起承转合上用得比较得体。

丞相祠堂何处寻，锦官城外柏森森。
映阶碧草自春色，隔叶黄鹂空好音。
三顾频烦天下计，两朝开济老臣心。
出师未捷身先死，长使英雄泪满襟。

按理，杜甫是到诸葛祠也就是成都的武侯祠去参谒的，但是诗题不用武侯祠或诸葛祠而用"蜀相"，就说明他的着眼点在人而不在庙。他的重点是写人的，但是写人要从庙写起，于是一开始就写"丞相祠堂何处寻"，这恐怕是杜甫到成都后不久去拜谒诸葛祠的。因为杜甫对诸葛亮非常崇拜，在诗里不止一次提到了这位蜀国名相，所以他到了成都之后的第一件事应该就是参谒诸葛祠。由于是第一次去，不熟悉路径，于是用了"何处寻"三字。这是一个问句，却不是正面发问，而是有点自言自语的味道。到哪里找呢？下边回答:“锦官城外柏森森。”在成都城外柏树成林的那个地方就是了。这两句可以说入笔擒题,一上来就提出了丞相祠堂,然后交代了地点和整体环境。

次联紧承上联而来,由远而近,由外而内,由寻找而至观赏。于是诸葛祠内的景色便在眼前顺序展开:“映阶碧草自春色,隔叶黄鹂空好音。”这是春天,有碧草有黄鹂,碧草在下而黄鹂在上,说明作者在俯视仰观,左顾右盼;碧草就在眼前,一看便知,黄鹂隐于树叶间鸣叫,闻其声方知,故两句中一写视觉一写听觉,静中含动。“映阶碧草”,“隔叶黄鹂”,景象怎么样呢?景象应该是比较优雅比较清新恐怕还有些悦耳声音的,是一幅丽景。但是从诗句里我们却读不出杜甫欣悦的感情,而是一种寂寞,甚至还有一点悲凉。不知道大家读这句读出来没有。这里边非常关键的两处表述,是“自春色”“空好音”。一个“自”,一个“空”,在平仄上都作了拗峭,就是说,在用“自”的地方本来应该是平声,却变成了仄声,用“空”的地方应该是仄声,却变成了平声。这在律诗的写作上是允许的,但是能不这么变更好。作者这一变,一方面突出了“自”“空”二字,另一方面在传达感情上就起了变化,由平顺畅达转向了沉郁顿挫。进一步看,“自”字虽然写出了草至春而变绿的自然状态,但也展示了整个祠堂空寂无人甚至有些荒冷的场景;“空”字有徒然的意思,这句是说,即使黄鹂的鸣叫再婉转动听,因无人欣赏、无心情欣赏,也只能是徒然。

写完祠内景色,第三联转开一笔,回首写历史。如果仅仅围绕着祠内或者是祠堂来写,格局便放不开,便显得狭小。杜甫非常善于作转,转的时候他往往将视野放得非常的阔大。所以,从祠内景色,一下就转到了“三顾频烦天下计,两朝开济老臣心”,一联14个字,总括了诸葛亮的一生。“三顾”,写当年先主请诸葛出山,以及诸葛未出山就定下三分天下这样的远景大计。这在大家熟悉的《隆中对》里都有记载。“两朝”,指先主刘备、后主刘禅两朝,诸葛亮经历先主、后主两朝,“鞠躬尽瘁,死而后已”,一个“老臣心”,就把诸葛亮这种精神包含进去了。这两句诗,一写他的出山和谋略,一写他的经历和精神,概括力非常之强。而诗歌能达到这种效果,关键在于一转。大家注意,颈联这种转折,力度是很大的,它虽与上联也还有一些联系,但这种联系已远远抵不过转折的力量。这种转折，是由祠到人的转折，是由现实到历史的转折，也是由景色到人事精神的转折，所以视野骤然扩大，内蕴也变得非常丰厚了。

末联是合，即总括。这个合也合得非常之好，“出师未捷身先死，长使英雄泪满襟”。“出师未捷”使人们联想到诸葛亮当年是如何六出祁山，如何驻军五丈原而中道殒命的。这一点在我们读《三国演义》的时候感触尤其深刻——孔明病体缠身，夜观天象，然后让人推着四轮车出去作最后一次巡察，出去之后夜空寂寥，秋风扑面，他感觉到自己已命在旦夕，而大业未成，那种感伤、悲怆，真令人为之动容。这样的一幅情景，杜甫只用了“出师未捷身先死”七个字，便简洁有力地表现出来了，这是何等的笔力！诸葛亮有多少理想多少计划要实行呀，可是天不假年，在出师途中就殒命了，想到这一点，怎能不“长使英雄泪满襟”呢？话说得非常的感慨，也非常的苍凉，感慨苍凉之中又有一种沉雄的力度。我读这首诗，常常想起唐史。中唐时期曾有过一个大的革新运动，人称“永贞革新”，就是王叔文集团进行的革新。王叔文到了革新后期受到各方面联合打击的时候，常常挂在嘴边的一句话就是杜甫这两句“出师未捷身先死，长使英雄泪满襟”。整个永贞革新从开始到结束总共也就是100多天，很快就在宦官、藩镇和宪宗、旧臣的联合打击下夭折了。所以王叔文当时读这两句诗，我想他的心境恐怕是一般的人不太好理解的，同时也说明杜甫这首诗影响后人很深远。

这首诗从结构的法则上来看，应该说起、承、转、合运用得比较得体。但是，如果过于局限于这样一种法则，篇篇如此，不越雷池，那么写出来的作品就可能过于单调，过于呆板，有的时候还会限制作者的思路。所以明人李东阳《怀麓堂诗话》就曾明确指出：“律诗起承转合，不为无法，但不可泥，泥于法而为之，则撑拄对待，四方八角，无圆活生动之意。”这就是说，律诗创作是有法的，且可依从，但不可拘泥，不可被这种法给限制住，一被它限制住，诗歌就缺乏生机活力了。接着他又说：“然必待法度既定，从容闲习之余，或溢而为波，或变而为奇，乃有自然之妙，是不可以强致也。”在法度这个大框架之内，允许你作一些变化，以达成自然之妙。“若并而废之，亦奚以律为哉？”如果把法度都给废掉了，根本不讲起承转合，那么还要那个“律”干什么呢？

这样看来，律诗之律就是法，就是规则。而在这个规则中，较难做好的是第三联的“转”与第四联的“合”。记得梁实秋说他中学老师对他说过两句话，使他受益终生：“该转的地方，硬转；该接的地方，硬接。”仔细想来，这话不无道理。我们平常写文章的时候往往容易把话说得语意俱足，一定要把我们那个意思全部表达出来，好像唯恐别人听不明白。实际上呀，真正的高手不完全是这样的，一方面要让人明白，但另一方面呢，他突然之间转折了，人也同样能读明白，并能从中体悟出高手作文的妙处。作诗也是这样，特别是在第三联转的时候，有时看似转不开，总觉得这一转离前两句太远了，总在一个很狭小的范围内去进行构思，所以格局就显得打不开。我想梁先生的这两句话在作诗上恐怕是有启发意义的，就是在转不得的地方硬转，在收不住的地方硬收，就可能获得一种出乎意料的惊奇。

第六讲

说结构(下)

我们接着来看诗歌的章法。章法就是一首诗全篇怎么安排布局的问题。一般来说,诗歌有所谓章法、句法、字法,章法包括的范围要宽一些,是就一首诗而言的。那么依据上一讲的起承转合这样一种法则来看,一般绝句的第三句就要转了,律诗呢是第三联也就是颈联就开始转了,这是定法。但是有些人不依据这样一种法则,像李白的《越中览古》,就是这种情形。

越王勾践破吴归,义士还乡尽锦衣。
宫女如花满春殿,只今惟有鹧鸪飞。

诗只四句,写得也很清晰,大家一看就明白。第一句写越王勾践把吴国打败了,得胜回朝了。这个历史事件大家都很清楚,勾践是卧薪尝胆,十年生聚,十年教训,终于打败了吴国,举国上下都非常高兴。所以诗一上来就是一种喜气洋洋的氛围,说"义士还乡尽锦衣"。锦衣是越王给他们的赏赐,原先都是穿着什么呢?铁甲,也就是战衣。现在呢,把战衣都给脱了,换成了锦衣——非常亮丽。他的战士们打完了胜仗,要衣锦还乡了。除了义士之外,还令人感觉到那种战胜后喜悦气氛的,是"宫女如花满春殿"。越王当年为了打败吴国,非常的艰苦,但现在获胜了,便志得意满了,要好好享受一下了,于是在他周围便拥满了宫女。"如花",说明这些女子非常的漂亮;"满春殿”，说明宫女极为繁多。这个“春殿”既可以理解成春天的宫殿，同时也可以理解成洋溢着喜庆气氛的殿堂。“春”喻指一种时光、一种有如春天般的气氛，而不宜把它完全坐实了。

前边三句都是写破吴归后胜利者的志得意满，以及对生活的尽情享受，其所表现的情态，用一个“满”字即可概括，就是“满招损，谦受益”的那个“满”，自得，自满。城里城外都是穿着锦衣的战士，宫中则是如花的美女，越王就是在这样一种气氛中来享受胜利者的愉悦的。可是，等待他的是什么呢？等待他的是自得、自满后的破败、灭亡，是“只今惟有鹧鸪飞”的一片荒冷苍凉。在这里，前三句写胜、写喜，后一句写衰、写悲。在鲜明的对比中，表现出巨大的落差，给人造成强烈的震撼和警醒。所以沈德潜指出：“三句说盛，一句说衰，其格独创。”（《唐诗别裁》）这个“格”，这种法跟别人的不一样。别人都是从第三句就开始转了，可是呢，李白却在第四句作转，前三句是一个系列，最后一句是另一个系列。沈祖棻先生评论这首诗说：“它的前三句一气直下，直到第四句才突然转到反面，就显得格外有力量，有神采。这种写法，不是笔力雄健的诗人，是难以挥洒自如的。”（《唐人七绝诗浅释》）这话说得是不错的，由于李白突破了常法，独出机杼，所以就显得奇异，显出了他的特别。

与李白相类的还有同是盛唐大诗人的王昌龄，其《从军行》第四首也是用的这样一个法则：

青海长云暗雪山，孤城遥望玉门关。
黄沙百战穿金甲，不破楼兰终不还。

这首诗大家都非常熟悉，但在章法上却有它独特的地方。首句写自然环境，表现出一种沉重、压抑的气氛——青海湖边，雪山被大片大片的云笼罩着，显得非常的黯淡。一个“暗”，就在开篇处把整体的低沉的格调给定下来了。接着写大漠荒野上的一座“孤城”，而这孤城又是通过遥望所见，便越发显得荒寒冷落了。第三句，写战士们那种艰苦的生活，艰苦的征战。“百战”，见出战事之频繁；“黄沙百战”，见出战事之艰苦；“穿金甲”，则说明艰苦的程度，以致把身上穿的铠甲都给磨穿了。所以，从第一句直到第三句，都是写那种压抑的、荒寒的、艰苦的环境、气氛和生活，而到了第四句突然一转，昂然而起，是“不破楼兰终不还”。前边根本没有这方面的预示，按说应该接着前边的诗情写下来，如果换在晚唐人笔下，最后一句就应该是很衰杀的笔调了，比如写战士们如何如何思念家乡等，晚唐的那些边塞诗基本上都是此格。但是，王昌龄的高妙之处，盛唐人的高妙之处，就在于能在艰苦中作雄豪之音，给人一种力的震撼。所以最后一句“不破楼兰终不还”，一下就把前三句那种低沉压抑的气氛一扫而空，表现出了抗敌的坚强决心。在该转时不转，不该转时突转，大家细细品味一下，看这首诗是不是和一般诗作在章法布置上有所不同呢？

李商隐的不少诗作，也有类似情形。如其《茂陵》这样写道：“汉家天马出蒲梢，苜蓿榴花遍近郊。内苑只知含凤觜，属车无复插鸡翘。玉桃偷得怜方朔，金屋修成贮阿娇。谁料苏卿老归国，茂陵松柏雨萧萧。”纪昀评论这首诗说：“前六句一气，七八转折，集中多此格，此首尤一气鼓荡，神完气足。”讲的就是这样一个道理。这首诗比较长，不去细讲了。但是大家初读之下就可以感觉到，他是七八句转折的，就是从“谁料”转折一笔，于是就把前边的气氛通通打杀。这样一种做法，无疑属于章法新变的范围。

说完章法，再来看句法。唐代近体诗的句法，五言一般是上二下三，七言则是上四下三，如果细分起来的话，也可以是二二一，或者二二三。这是常规，多数人都这么写。如果打破这样一种常规，句法就获得了新变，就易给人新奇之感。怎么打破呢？主要有以下这样几点：

一是颠倒语词的排列顺序。比如杜甫《秋兴八首》中的第八首：“香稻啄余鹦鹉粒，碧梧栖老凤凰枝”，这两句诗经常被人提起，本来应该怎么写呢？应该是“鹦鹉啄余香稻粒，凤凰栖老碧梧枝”，或者是“鹦鹉啄香稻余粒，凤凰栖碧梧老枝”，但那样一来就显得平了，显得欠缺诗味了。而经他把词序这么一颠倒，句子就显得精警，显得有一种耐人思索的味道。你一读“香稻啄余鹦鹉粒”，这是怎么回事？于是你就要费思索了，一思索这诗就把你吸引住了，造成了一种陌生化的感觉。他的另一首诗《陪郑广文游何将军山林十首》的第五首，有“绿垂风折笋，红绽雨肥梅”之句。如果按照正常的语序，应是“风折笋垂绿，雨肥梅绽红”，但若这样一写，就既不合韵，也显得一般化。经过他这么一颠倒，就显得精警了，同时也增加了诗歌的意义内涵。这两句如果不把它当作语序颠倒的诗句来看，还可以解读出一番新的意味，其内在含意确实增加了。

二是变化句式结构，改变句子停顿的位置。吴齐贤《杜诗论文》曾指出杜甫诗歌中句法的变化，说：“文章句法，参差随意，易于见工。诗则束于五字七字中，而各有段落转折，工巧之极，遂成自然，而非纂组雕绘之谓也。”下边，他举了杜诗中相关的几个例子：“有五字一句者‘美名人不及，佳句法如何’”，五字合成一句，你不大好强行把它从哪个地方断开，但实际上也未尽如此，像“美名人不及”，在“美名”这个地方也是可以断一下的。此外，“有上一字下四字者，‘青/惜峰峦过，黄/知橘柚来’”，上一下四，读起来已觉拗口。“有上二字下三字者‘晚凉/看洗马，森木/乱鸣蝉’”，这是正常的。“有上三字下二字者，‘夜郎溪/日暖，白帝峡/风寒’”，五言诗一旦改变了上二下三的句式，变成了上三下二，读起来就像散文句式了，后来韩愈的以文为诗即多采用这样一种句法。“有上四字下一字者，‘风连西极/动，月过北庭/寒’”，这里的“动”和“寒”是可以在前边划开的，但也可与前边二字连读，界限不是很严格。至于七言诗，也有类似情况：“七字句，有七字一句者‘岂有文章惊海内，漫劳车马驻江干’”，这个七字一句者虽也可以从中间划分为上四下三型，只是内部联系很紧密，不如一气读下的好。“有上一字下六字者，‘松/浮欲尽不尽云，江/动将崩未崩石’”，读起来颇为不顺。实际上这句话可以这么理解，“松/浮云”，“江/动石”，然后细细分析，浮什么云呢，浮“欲尽不尽云”；动什么石呢，动“将崩未崩石”。这样一来，前边的那个“松”和“江”便在语义上与后六字分开了。“有上二字下五字者，‘朝罢/香烟携满袖，诗成/珠雨在挥毫’”，从意义分析上来说，这是上二下五型。“有上三字下四字者，‘渔人网/集寒潭下，估客舟/随反照来’”，这个上三下四是最不符合我们阅读习惯的一种句式，我们一般读成“渔人网集/寒潭下，估客舟随/反照来”，但从意义上来看，在“集”和“随”这个地方是不可停顿的，停顿的话就不成意思了，什么叫“渔人网集”“估客舟随”呀？“有上四字下三字者，‘香飘合殿/春风转，花覆千官/淑景移’”，这个是常规句法，与五言诗上二下三的句型相同。“有上五字下二字者，‘五更鼓角声/悲壮，三峡星河影/动摇’”，上五下二的如果处理得不好，也容易出现拗口的弊病，但是如果处理得好，整个呵成一气，你就感觉不出来了，而易将之读成上四下三型。实际上，上述诗句则应读成“五更鼓角声悲壮，三峡星河影动摇”。他前边写的是“五更鼓角声”，然后是“声悲壮”；“三峡星河影”，继之以“影动摇”。这个“影”和“声”既关合上句，又关合下句，是上一句所修饰的对象，又是下一句的主语，所以既变成了上五下二，也可以读成上四下三。这都是句法变换的一些显例。

可以这么说吧，唐代诗人中，对近体诗句法予以大的变化的肇始人是杜甫。杜甫在唐代诗歌史和中国诗歌史上，贡献都应是最大者之一。大家读一下仇兆鳌《杜诗详注》，细细揣摩其中一些名篇名作，可以获得非常大的启发。这种启发，不仅仅表现在诗的作法上，而且表现在思想境界以及对唐代历史的了解上，表现在对中国文化博大精深的体悟上。我们常说要多读名家，道理就在这里。记得李泽厚在《美的历程》里评价李白、杜甫二人，认为李白主要是对旧规范的一种破除，而杜甫则是对新规范的一种建立。李白的那样一种浪漫不羁、潇洒风流，一方面是沿袭了六朝的一种余绪，另一方面也是对六朝的一种终结。而杜甫呢，更重要的是在规则之内求变化求发展，所以他的一些创造性的实践就开启了后来千年诗歌创作的不二法门。所以杜诗、颜字、韩文，就成为后世千年效法的一种楷模了。还记得范文澜在《中国通史》里也说过一句话，他说任何一个大的转变时期，都会出现两位趋向不同的代表性人物，一个是对过去的终结，一个则是对未来的开启。比如建安时代的曹操和曹植，四言诗到了曹操基本可以说是绝响，虽然后来有嵇康、陶渊明的一些作品，但似乎都及不上曹操的四言之作。曹植的五言诗，他的写法，他的辞藻，他的对偶，对后来是一个开启。到了盛唐，开、天年间，出现了一个李白，出现了一个杜甫，也是这种情况，一个是对前代的继承和终结，一个是对后代的开启和新法则的创建。那么我们读杜诗，恐怕就应从这个方面来发现他的意义。杜甫的这样一种新变，被谁给学去了呢？在唐代最得杜甫法门的，我想首先就是中唐的两位大家，一个是韩愈，一个是白居易。杜甫诗中同时存在两种倾向：一种倾向是“语不惊人死不休”，非常注重词语的锻造、诗歌的作法，在技巧上下功夫，并展示出奇险的倾向，这是一个方面；另一种倾向是平易、通俗，杜甫入蜀以后的相当一部分诗已非常通俗，有时就像说白话，以致后人有讥杜甫为村夫子者，说杜甫写的诗太俗了。杜诗中同时存在这两种倾向，但是都没有达到极端，只是有些显露而已。到了中唐，韩愈看准了他的奇险处，白居易看准了他的通俗处，于是一主奇险，一求平易，形成了中唐韩孟和元白两大诗派，营造出了唐诗大变于中唐的壮阔景观。

那么，我们来看看韩愈诗在结构上的一些变化。韩诗的句法，非常紧密地接续了老杜，他努力打破诗歌的定式，去创造一些突破常规的句法。比如，他的《春雪》诗有这样两句："入镜鸾窥沼，行天马度桥。"正常语序应该是"鸾窥沼入镜，马度桥行天"。意思是说，鸟在沼泽上向下看，沼泽的水就像一面大镜子一样，将鸟摄入其中；马在很高的桥上走，由下向上看，就好像在天上穿行一般。诗意极佳，造境也很奇妙，但若按正常语序来写，就显得一般化了，而经韩愈将语序这样一颠倒，马上就精警了许多。

在句式结构上，韩愈也作了许多创新，如五言诗上一下四型的"千/以高山遮，万/以远水隔"，清人赵翼即非常欣赏，说"此创句之佳者"。什么叫"千/以高山遮，万/以远水隔"？你仔细体悟，体悟出来后会感觉到这个诗句很有妙意。再如七言诗的上三下四型："虽欲悔/舌不可扪""子去矣/时若发机"。另有一三三句式："命/黑螭侦/焚其元""或/采于薄/渔于矶"；散文句式："乃一龙一猪""顾未知之耳""无曰既蹙矣""溺厥邑囚之昆仑"，既改变句式，又大量使用虚字助词，确实有些像散文了。由于韩愈大力求新、求变，所以对中唐的诗风作了很大的改变，对后来的宋诗也有着非常大的影响。宋诗能具有我们现在看到的某些显著特点，如散文化、议论化，和中唐韩愈的贡献是密不可分的。韩愈的诗里固然有很多成功的范例，但因其过于求新、求异、求奇，也写出了不少不像诗的诗句，打破了诗歌的流转畅达、含蓄谐美，把诗的韵味给毁坏了很多，以致招来了后世的不少批评。所有这些，恐怕是一个诗坛创新者所不可避免的吧。

诗歌结构的变化，一方面能够引起人的新奇之感，能够造成一些陌生化的效果，另一方面它还发挥着改变诗意的功能。举一个例子，唐代李涉写了一首诗《题鹤林寺僧舍》，记他的一次山寺之行：

终日昏昏醉梦间，忽闻春尽强登山。
因过竹院逢僧话，又得浮生半日闲。

诗写游寺前后情绪的转变：平日里昏昏沉沉好像在醉梦中一样，突然感觉到春天要过完了，于是强打精神登山去，潇洒一回放松一回吧。登上山就来到一个长满了翠竹的寺院，在寺院里边和僧人闲话，感觉很舒服，很过瘾，发觉自己终日奔走忙碌，在茫茫人海中浮沉，偶尔抽空闲散散心，实为难得。于是感慨地说："又得浮生半日闲。"就全诗来说，其心情先抑后扬，由烦闷低沉转向了闲逸愉悦。但是同是一首诗，到了宋代莫子山的笔下就不一样了。他字句一个没变，就是把整首诗的结构，也就是句子的先后次序作了一个调整，结果竟与李诗的诗情完全不同：

又得浮生半日闲，忽闻春尽强登山。
因过竹院逢僧话，终日昏昏醉梦间。

首句"又得浮生半日闲"，很高兴。次句"忽闻春尽强登山"，因为有了闲暇了，于是登山去玩一玩。第三句"因过竹院逢僧话"，写他走到了寺院，寺院虽然也长了翠竹，但是和僧人谈了一席话后，就使得他"终日昏昏醉梦间"。与李涉诗一比，其前后心绪截然相反。后人根据这首诗，演绎出了一则故事，说这个莫子山读了李涉的诗，觉得李涉的做法不错，于是效法他也去登山，结果在寺院里碰到了一个僧人。这个僧人和李涉碰到的僧人大不一样，李涉碰到的是一个高僧，一席话后令人感到清爽；莫子山碰到的则是一个沾满铜臭气而又附庸风雅的俗僧，先是向他索要布施，接着又要他题诗留念，莫子山急欲走脱，遂于无奈之际将李涉诗颠倒次序后题写一遍，而其中表现的则是与李涉完全相反的感情。这个故事的真假不去管它，却告诉我们一个事实：诗歌结构的改变会引起诗意的改变。

结构和诗意的关系，说到底是结构与构思的关系。好的构思，可以达致相应的结构；而巧妙的结构，也可以表现好的构思。反过来说，二者有一个不到位，都会影响诗情的表达。

那么，什么样的构思好呢？答案有多种，但较常被人认可的一种是不要过分直白，而宜宛曲其意，一波三折。清人方东树就特别强调作诗要讲曲折。他在《昭昧詹言》中说："诗人无顿挫，只是说白话，无复行文之妙。顿挫者，横断不直下，欲说又不直说，所谓'盘马弯弓惜不发'。"所谓顿挫，就是在流走的过程中应该有横断，该打住的地方要打住，不让它再往下走，把它截流一下，有如盘马弯弓，惜而不发，这样才能增加读者的想象力，耐人品味咀嚼。"若一直滚去，如骏马下坡，无控纵之妙，成何文法？"这个讲法是得体的，是深明个中甘苦之言。写文章也是这样。我们写文章的时候要表述一个意思，如果速度很快，哗哗哗几下子就把它给写完了，没有一点曲折，那不是上好的文章。前人说"文如看山不喜平"，讲的就是这个道理。比如《三国演义》里写三顾茅庐，每一顾都不一样，都有变化。先是景色不同：第一次，秋末冬初，落叶飘飘，四野萧条；第二次，正是隆冬，下着鹅毛大雪；第三次去，已是春暖花开，刘、关、张三人一路看着美丽的景色来到了孔明的宅院。每次见到的人也不同：第一次见到的是童子，第二次见到了孔明的弟弟，到第三次才见到了孔明其人。再比如，《三国演义》写战争非常出色，它总共写了几次大战呢？三次大战，一个是官渡之战，一个是赤壁之战，一个是彝陵之战。但这三次战争既有相似处，也颇多不同。三次大战全用火攻，是其相似点，但火攻情形却不一样。先是烧的地点不同：官渡之战火烧在平原，赤壁之战火烧在江面，彝陵之战火烧在山林。其次是烧的对象不同：官渡之战，烧的是粮仓；赤壁之战，烧的是战船；到了彝陵之战，则是火烧连营七百里，烧的是营帐和树林了。由此可见，虽然三次大战都是写火攻，但是火攻的情形各有不同。这就有了曲折，有了变化，读起来就有味道了。再比如《水浒传》里写武松打虎，更是层层曲折，惊心动魄。武松先到山下酒店，店中明写着三碗不过冈，为什么三碗不过冈呢？说山上有大虫。武松觉得这是店家骗自己，想让自己在这儿留宿。于是他就连喝十八碗，上山去了。上山不久，便看到官府立的文告，确实有大虫，心里一惊，文意一转。但是既然已经来了，回去会被店家笑话，便硬着头皮向前走。心想虽说有大虫，未必大虫真的出现。正在想的时候，老虎出来了，文意由此大转。看见老虎，武松禁不住一身冷汗，拿起哨棒就打，结果打了没几下，哨棒断了，生命可以说危在旦夕了，于是文意再转。最后他费了九牛二虎之力终于把这个大虫给打死了，松了一口气，可突然之间，又出现两个大虫，于是文意又一转。这时武松已筋疲力尽，料定必死无疑了，可是定睛一看，两个大虫原来是两个猎户装扮成的，于是放下心来，文意最后一转。综观整个过程，可以说是一波未平，一波又起。文章写到这种程度就好了，就耐人看了。写诗同样是这个道理。

唐代无名氏的《醉公子》也写得曲折回环，耐人品读：

门外猧儿吠，知是萧郎至。
刬袜下香阶，冤家今夜醉。
扶得入罗帏，不肯脱罗衣。
醉则从他醉，还胜独睡时。

“猧儿”就是小狗，门外小狗在叫，于是女主人从狗叫的声音就知道是萧郎来了。狗对生人的叫和对熟人的叫是不同的，而由狗叫就知道是熟人中的哪一位来，说明她和萧郎熟悉的程度超过了一般的熟人，是老相好了。“刬袜下香阶”——穿着袜子就下了台阶，借动作写其内心的兴奋和激动，十分传神。老相好如果常来，她会很高兴，却不至于如此激动，她之所以如此激动，是由于这位老相好已很久没来了，今天突然而至，实在是喜出望外。这里的写法虽是一气直下，但暗中已有了几层曲折。

女主人满怀兴奋地去迎接萧郎，可是，见到了萧郎之后才发现这家伙今夜竟喝得酩酊大醉，心不禁往下一沉。本来是满怀期待，想好好叙一叙亲热一下的，可他喝醉了有点儿不省人事，诗意于此一转。醉就醉吧，毕竟还是来了，于是就安下心来扶着他进入罗帏。可是到了罗帏之后，这位醉汉却不肯脱罗衣，这又是一转。这位女主人的心情由刚开始的兴奋激动到看见萧郎醉后的一沉，由此一沉到扶入罗帏后的稍感宽慰，再到不肯脱罗衣的又一沉，已是几度转折，诗情也就在这几度转折中得以层层深化。

既然不肯脱罗衣，那么还是自我宽慰吧：“醉则从他醉，还胜独睡时。”——尽管是醉了，也总比我独个儿在那儿睡好，他能回来说明还记挂着我，这未尝不是一件好事。所以女主人的心情又从低沉中转了一下，转到了一种自我宽慰。所以韩子苍在评这首诗的时候就说：“只是转折多耳。且如喜其至，是一转也；而苦其今夜醉，又是一转；入罗帏，是一转矣，而不肯脱罗衣，又是一转；后二句自家开释，又是一转，直是赋尽醉公子矣。”（《怀古录》）各位读此诗不妨细加品味，会赞同韩子苍的这个评说的。

这样一种有转折、有抑扬、有曲折的诗歌还有不少，而在李商隐的诗中表现得尤为突出。如下面这首《梦泽》：

> 梦泽悲风动白茅，楚王葬尽满城娇。
> 未知歌舞能多少，虚减宫厨为细腰。

当年楚灵王喜欢细腰的女子，于是那些女孩子便纷纷节食减肥，要把自己的腰身变得瘦一点、细一点。《后汉书·马廖传》就记载了这样的话：“楚王好细腰，宫中多饿死。”李商隐这首诗便是概括这个故实而写成的，实际上是一首史评。写诗的时候，李商隐大概从桂林的幕府东行，路过梦泽，就是云梦泽，其地当在今洞庭湖以北的长江中游一带。这一片地区非常广阔，武汉西南、西北周边当时都应该是大片的水草泽国。李商隐路过这个地方，而这又是故楚之地，所以自然就想起了这一历史上的传说。但第一句不写传说，先写梦泽的风，风前冠一“悲”字，一下就营造了一个非常低沉、非常苍凉的背景。接着写悲风“动白茅”，从声韵上讲，这个“茅”字发声比较响亮，易于渲染苍茫的气氛；而在视觉上，白茅比其他物象更容易令人产生悲感。记得有一年深秋我到神农架去，神农架有很多白茅，远远望去，大片大片的白色，刺人眼目，让人产生一种苍茫的意绪。所以这里写“梦泽悲风动白茅”，首先就制造了这样一种氛围，正是在这种氛围中，诗人大笔一挥“楚王葬尽满城娇”，这里用了夸张的手法，把“楚王好细腰，宫中多饿死”这一传说推到了顶点。传说只是说宫中女子，这里则从宫中扩大到了“满城”；传说只说“多饿死”，这里则说“葬尽满城娇”，由此形成极度的悲凉气氛。进一步看，传说中提到“楚王好细腰”，还只是楚王的一种喜好，楚王并没有在制度上、法律上作什么规定去施虐于这些女性。但是诗中一句“楚王葬尽”，就把楚王的残酷极端化了，也把当年“宫中多饿死”的那些女孩子的悲剧给普遍化了。读了这一句，使人似乎感到在李商隐所经过的梦泽之地就残存着当年楚宫那些女子的累累白骨。所以这句话对楚王是一种批判，对宫女们则是一种哀悼。按理，批判了楚王，意思到这个地方应该说有了一个基本的结束，作者沿着这个思路生发感慨，也就可以终篇了。

然而，作者在后两句里又生新意：“未知歌舞能多少，虚减宫厨为细腰。”这两句颇为关键，将批评的对象进一步指向了当年的那些女子。由于在上位者有这样一种喜好，所以女孩子们纷纷地去节衣减食，想让自己变得瘦一点，可是，你变得瘦了是不是就能够走进宫廷来呢？这是一层意思。另一层意思是，宫中这些女孩子虽然变成了细腰，想通过歌舞去赢得楚王的爱怜，但是你又能歌舞多久呢？有的女孩子恐怕即使减了细腰也得不到楚王的宠幸和爱怜，有些女孩子虽然能够得到这种爱怜，但是歌舞的时间不长，就先殒命了。所以，末句着一“虚减”——白白地减，即使减了也是徒然！可谓入木三分。这些女孩子们呀实在可怜可悲。如果往深处想，末句还有一层意思：有些悲剧是被迫的，别人强迫你这么去做，这是一种无奈的悲剧；而另一种悲剧出于自愿，却非常的盲目，楚宫这些女子们就是一种自愿而盲目的悲剧。所以作者在这里对这些女孩子们是讽刺的，讽刺中间包含一种同情，而这种同情又因了“虚减”二字变得冷峻起来。

姚培谦在《李义山诗集笺注》里指出：“普天下揣摩逢世才人，读此同声一哭矣。”这就是说，此诗已超出了单纯讽刺宫女的目的，而具有一种普遍的意义。凡是那些追风派，那些受着现世风潮影响而盲目追随却不明其所以然的人，都具有这样的一种命运，也都逃脱不了这样一种可悲可叹的结局。所以屈复在《玉谿生诗意》里就由此联想到“制艺取士，何以异此”，所以“可叹”。当年那个科举呀，作八股文呀，所有的士子都去追风，都要进入那样一个龙套里边去，以至于《儒林外史》里所描写的周进、范进之流，所在多有。不仅明清，在唐代这种士子也非常之多，有人考到五六十，考到七八十，终其一生都奔波于家乡和京城之间。晚唐时，五位年过七十者还没有及第者，皇帝开恩，特赐他们及第，号为五老榜，这就和《儒林外史》中的周进颇有相似处，周进最后是由商人们花钱给他捐了一个贡生。这些人自觉、自愿，但是盲目，把自己的整个生命都挥霍到了一种外在的诱惑之上。虽然李商隐这首诗不是写这些东西的，主要是就宫女而发的，但是从中引发的这样一种意义，可以使人作多种多样的思考。由此我就想到，最近报纸报道的那位兰州的杨丽娟，痴迷刘德华到了死心塌地的程度，真是铁杆追星族，最后追到令她父亲为了让刘德华见她一面而在香港跳到海里自杀！从时间上看，她父亲投海那天我就在香港，因为我是 28 号到的香港，30 号离开，当时不知道这件事情。我想那个杨丽娟差不多也快三十了吧，她追了十年了，十七八到二十七八，最起码应该有二十七八了，而且家长那么纵容，真是让人感到不可理解。由此联及李商隐这首诗所批判的女子，她们实际上只是想得到楚王的一个顾盼、一个赏识，而以糟蹋自己的身体为手段，最后得到的却是一个悲剧性的结局。就此而言，此诗所揭示、批判的现象，不是在今天也有现实意义吗？而从构思和结构上看，李商隐这首诗颇为曲折，层层逼进，内涵十分丰厚，作者能将这样一种内涵通过短短四句诗表现出来，不是大手笔恐怕很难达到。

李商隐写了很多咏史诗，大都具有独特的构思和结构。下边这首《贾生》也是这样。贾生即西汉时的贾谊，《史记·屈贾列传》有这样一段话："贾生征见，孝文帝方受釐"，"方受釐"就是刚刚祭拜过，通过祭拜以得到神灵的福佑。"坐宣室。上因感鬼神事，而问鬼神之本。贾生因具道所以然之状。至夜半，文帝前席"，"前席"就是把自己的座席往前拉。"既罢，曰：吾久不见贾生，自以为过之，今不及也。"这个事件发生在贾谊被贬之后。贾谊应该是中国历史上第二个最有名望的被流贬的文人，第一个是屈原。他被贬到长沙待了三年后被召回长安，受到汉文帝的召见，于是就有了上边这段记述。李商隐的《贾生》就是依据这篇记述而写成的。

宣室求贤访逐臣，贾生才调更无伦。
可怜夜半虚前席，不问苍生问鬼神。

"宣室"代指汉文帝。"宣室求贤访逐臣"，是说文帝求贤若渴，不仅朝内那些大臣他都访了，而且连被贬逐的臣子他也要去求访。“贾生才调更无伦”，极力表扬贾谊才华之出众。前两句写了汉文帝的“求”和“访”，写了贾生的才华和品格，一个是明主，一个是良臣，明良相际，真是千载一时了。读到这里，我们感觉这似乎是一篇歌颂汉文帝的诗作了。第三句承上而来，又妙笔作转，或者说是承转交错，既承又转。承是承接前边的求访而来，所以说“夜半虚前席”——到了半夜的时候汉文帝还跟贾生长谈，为了听得真切一点，也为了表现对贾谊的重视，他还把自己的座席往前移了一下。本来他应该让贾谊向自己靠近，但是汉文帝由于求贤若渴而把座席往前移，让自己向贾生靠近。这样一来，便把汉文帝的求贤态度表现得更突出了，因而是紧承前句而来的。但这句诗的一转，又另辟新境。一个“可怜”，就把味道给变了，就有了明显的转折意味。“可怜”者，可惜、可悲、可叹也。作者不用可惜可叹，因为这些词来得太直接太生硬了，用一个“可怜”，就有了一种中性的意味，可以供人去思索。“可怜”什么呢？可怜“夜半虚前席”！史书上记载只是“前席”，而诗中却在“前席”前加了一个“虚”字，就有了一种讽刺的意味——你虽然在半夜时分把自己的座席前移，好像对贾谊很亲近、很礼遇，但那也是徒然的，于事无补的。为什么呢？答案在第四句：“不问苍生问鬼神。”至此，作者讽刺、批判的意图才全部揭开：你那么求贤那么赞赏贾生，不仅谈到“夜半”，而且还要“前席”，可你问的内容是什么呢？问的不是黎民百姓的疾苦，而是为你求福的鬼神之事。就凭这一点，就说明你前边那些求贤之类的举动都是假的，都是骗人的。有此最后一句，遂将前边的描写统统打杀；虽然打杀，却又不将答案完全给读者说出来。他点破而不说尽，有论而不下断语，真正的内涵让读者自己去思索。于是就含蓄，就蕴藉，就有了言有尽而意无穷的效果。

从诗题看，这首诗写的是贾生，汉文帝只是配角，但全诗正面写贾生的只有一句，即“贾生才调更无伦”，其他写的都是汉文帝，这样一来，贾生岂不被冷落了？细读全诗，我们才发现，作者实际上是明写文帝，暗写贾生，是借对汉文帝的讽刺、批判来深化对贾生遭遇的同情。因为事情很明显：贾谊既然“才调更无伦”，何以会成为“逐臣”？以贾谊这样的绝代才子和治国良臣，竟得不到重用，而只被皇帝问以鬼神之事，则其在帝王心目中处于何等地位，不就很清楚了吗？而从根本上说，有才而不能被重用，这岂不是贾谊的悲剧？岂不是与贾谊具有相似处境的古今众多才士的悲剧？进一步看，连贾谊这样的才士都得不到重用，那么汉文帝又如何能称明主？文帝既非明主，则诗篇开头所写“求贤访逐臣”岂非虚晃一枪，明褒暗贬？清人刘熙载在《艺概》里说“抑扬之法”有四种情形：“曰欲抑先扬，欲扬先抑，欲扬先扬，欲抑先抑。”这首诗用的就是欲抑先扬之法，先把你抬高，抬得越高，最后这一转啊，就把你摔下来了，而且摔得越重。所以这个抑扬之法就有这样一个好处。而在结构上，这种抑扬之法由于李商隐构思的巧妙，既微露锋芒，又于隐显明暗间腾挪变换，不全说破，从而大大增加了诗作内涵的深厚度和多元性。

由以上几首诗作的解析可知，优秀诗作的构思大都比较深邃，比较细密，而在结构上富于变化，注重曲折，读来很耐人寻味。有些诗的好处妙处你粗看看不出来，只有细细品读，才能发现。像杜甫著名的《闻官军收河南河北》就是这样：

剑外忽传收蓟北，初闻涕泪满衣裳。
却看妻子愁何在，漫卷诗书喜欲狂。
白日放歌须纵酒，青春作伴好还乡。
即从巴峡穿巫峡，便下襄阳向洛阳。

这首诗是杜甫听到安史叛军被平定之后写下的生平第一快诗。杜甫诗的风格大家都知道，以沉郁顿挫为主，针脚很细密，往往带有很多曲折，有很深的蕴意，具有一种“润物细无声”的渗透力和感染力，而轻快流利者不是很多。但这首诗你读起来，整个行云流水，节奏非常之快，所以古今评家多称赏此诗的气韵流走。但是，你仔细分析，在这首快诗里仍然有很多的波折。所以清人施补华在《岘佣说诗》里分析此诗，就说了一段很有见地的话：“《闻官军收河南河北》，喜事也。‘剑外忽传收蓟北’，今人动笔，便接‘喜欲狂’矣。忽拗一笔云：‘初闻涕泪满衣裳’，以曲取势。活动在‘初闻’二字，从‘初闻’转出‘却看’，从‘却看’转出‘漫卷’，才到喜得还乡正面，又不遽接还乡，用‘白日放歌’一句垫之，然后转到还乡。收笔‘巴峡穿巫峡’‘襄阳下洛阳’，正说还乡矣，又恐通首太流利，作对句锁之，即走即守。再三读之思之，可悟俯仰用笔之妙。”按施补华的意思，杜甫在遥远的剑外忽然听到官军收复了河南河北的消息，不禁欣喜万分，按理在“初闻”后就应接写“喜欲狂”了，可是杜甫偏不这样写，而是说自己“涕泪满衣裳”，这种做法便是“以曲取势”，曲折一下，改变那种一气直走的气势。接下来不写自己的心绪，而是用“却看”二字引出妻子的表情，再由妻子转写自己“漫卷诗书”的动作，最后逗出“喜欲狂”三字。既然喜而欲狂了，既然把诗书都卷起来了，自然要写回乡之事了，可他并不马上写，而是先用“白日放歌”把诗的流走之势延宕一下，然后才从正面涉及回乡。虽然着手写回乡了，但还是怕整首诗过于流利，于是在一般不用对偶的末句使用偶对句法，将诗的气势再作延缓，这就是“即走即守”——一边走一边守，守与走结合在了一起，从而使得全诗快中有慢，直中有曲，一波三折，曲尽其妙。

宋人姜夔在《白石诗说》里论及诗歌的结构、法度，打了一个比方，他说：作诗需“波澜开阖，如在江湖中，一波未平，一波已作。如兵家之阵，方以为正，又复是奇；方以为奇，忽复是正。出入变化，不可纪极，而法度不可乱。”既要遵守法度，又要有波澜起伏、开阖动荡之势，其布局、安排应如兵家之阵一样，正正奇奇，奇正变化，令人不可捉摸。只有这样，一首诗读起来才有了深度，有了味道。由此联想到我们平日里那些习作呀，似乎就显得平了一些，直了一些。如果能令人读来、讲来如剥茧抽丝，层进层深，那这诗就达到一个很高的境界了。

第七讲

说语言(上)

这节课,我们来谈唐诗的语言。

清人朱彝尊在《静志居诗话》里讲到唐诗,他说:“唐诗色泽鲜妍,如旦晚脱笔砚者;今诗才脱笔砚已是陈言。”这句话对唐诗的评价非常之准确。唐诗的色泽确实很鲜妍,用词用语确实很精警,很生新,虽然已历时千载,却好像刚刚写成的一样。而今人的诗呢,才脱笔砚就已经不新鲜了,就成陈言了。何以会如此呢?很重要的一点是语言问题。

语言对诗来说,恐怕是第一要义。诗到语言止,诗又从语言始。对作者来讲,语言是一个利器,你的思想,你的心绪,都通过语言来表达。但是,如果使用不好,如果没有一种创造性,语言恐怕就成了一种桎梏,结果不是人在使用语言,而是语言牵着人的鼻子走,人的思维、人的灵感就会淹没在语言已经形成的那样一种定式之中。所以,语言对诗作者来讲,在某种意义上也可以说是一柄双刃剑。

诗歌是语言的艺术,诗歌给予读者最重要的,或者说唯一的东西,就是语言。从这点来讲,诗歌艺术分析的第一步就是语言分析。同时,诗歌又是语言的变形,诗中所使用的语言往往是超逻辑、超语法、超常规的。从语音方面来讲,它通过建立格律来造成一种音乐美;在用词、造句方面,它主要表现为改变词性、颠倒词序、省略句子成分等;从其最终目的看,它就是要打破语言常规,增加语言的容量和弹性,取得新、巧、奇、警和多义性、启示性以及写意传神的效果。这样看来，诗的语言和日常语言亦即口语是不同的，口语的特点是随意性、日常性，它不需要过多的思索和字斟句酌，随口而出，但是诗歌的语言要求凝练、精整，要有艺术穿透力和感染力。同时，诗的语言与科学语言相比，也很有不同。一般的科学语言要求严谨、整肃，要求单解，避免多义性，避免歧义。如果一种科学语言可以这样理解也可以那样理解，那么这个科学恐怕就不是很科学了。而诗歌语言恰恰相反，它要求多义、多解，以少总多，在尽可能少的字句中传达出尽可能丰富的信息。这样看来，诗的语言应该是既遵循规范，又超越规范，在规范的制约和对规范的超越之间来进行语言的使用和锻造。

通过比较，我们大致了解了诗歌语言的上述特点，但若总括一下，其主要者不外乎两点，即含蓄和明快。这两者好像是矛盾的，其实不然。含蓄不是晦涩难懂，让人不解其意，它可能字句都很明白，但一旦要探查其中真意的时候啊，就让你大费思索了。明快不是直白，明快显得非常的直截了当，非常的气势流走，但是其中又有蕴藉。在这里，明快和含蓄往往是可以结合在一起的。叶嘉莹先生在她的《迦陵论诗丛稿》里曾说中国的诗大概有四种情形。哪四种情形呢？第一种是易读易解的诗，第二种是易读难解的诗，第三种是难读易解的诗，第四种是难读难解的诗。易读易解的诗，像白居易的《卖炭翁》，读起来很容易，解起来也不费劲。一开始怎么说的？“卖炭翁，伐薪烧炭南山中。满面尘灰烟火色，两鬓苍苍十指黑。”如此等等，写下去了。你看，读起来没有生词僻句，而且意思很好解。这是一种。难读难解的诗，像卢仝写的那首《月蚀诗》，字词很生僻，读懂它你要查字典，同时诗意也晦涩，究竟是讽刺还是写实？不好解，所以难读难解。难读易解的诗，比如韩愈的《南山》，诗中的用字不常见，多是带石字偏旁的字，但是你一旦认识了那些字，便容易了，因为他写的就是山石的各种形状，各种走势，容易解。叶先生最推崇的是易读难解的诗，比如“行行重行行，与君生别离”，这是《古诗十九首》中的一篇，读起来没有什么生词难字，但你要真正体味出诗中男女主人公的心绪，而且能够解读得到位，却颇为不易。再比如李后主的词，“流水落花春去也，天上人间”，什么叫“天上人间”？学者对这句话有多种解读，莫衷一是，所以易读难解。再如李商隐的一些无题诗，读起来都很精美，但是你想真正确知它的含义啊，就不容易了。“一春梦雨常飘瓦，尽日灵风不满旗”，什么意思？每个字你都认识，却解不清。更不用说那个《锦瑟》了，诗的最后说“此情可待成追忆，只是当时已惘然”，他所说的“此情”是什么意思？不好解释。如此看来，在这四种情形中，最让人感到不值的是那种难读易解的诗，读起来很费劲，结果读了之后没有什么收获；最值得我们重视的就是易读难解的诗。诗首先应该易读——这是说它须明快；同时又应蕴含丰富，不是一览无余——这是说它须含蓄。而所有这几种类型啊，都和语言相关。

语言就好比一个魔方，就看作者怎么去摆弄它。你可以把它组合成不同的形状，而各种组合所形成的意义都不相同，这就要求创作者千方百计去寻求最佳组合，由此形成意义的最大值。黑格尔《美学》曾从精神层面论述过语言及其功用：“适合于诗的对象是精神的无限领域。它所用的语文这种弹性最大的材料（媒介）也是直接属于精神的，是最有能力掌握精神的旨趣和活动，并且显现出它们在内心中那种生动鲜明模样的。”与黑格尔这段论述相呼应的是闻一多谈诗的一段话，他说：“诗这东西的长处就在它有无限度的弹性，变得出无穷的花样，装得进无限的内容。”（《文学的历史动向》）就此而言，诗，无论是它对精神的反映还是其弹性、其花样、其内容，哪一个方面都和语言脱离不了干系，所以诗歌的语言是我们应该注意的一个关键所在。

语言在诗里的展示有多种情形，郭绍虞先生在《中国语词之弹性作用》里就讲到了语言的伸缩、语言的分合、语言的变化、语言的颠倒等情形。这个呢，大家有机会可以去翻看一下，我就不多谈了。由于语言有这样一些特性，所以中国的诗人就在语言上下足了功夫。比如那个回文诗，简直就是语言的一种高妙的游戏。大家都知道回文诗的首创者是苏蕙，苏若兰。苏蕙生活于北朝前秦时期，与窦滔结为夫妻，两个人感情很好。后来窦滔被迫远行，一走就是多年，最后来到了敦煌，在敦煌另结新欢。在窦滔第一次出行的时候苏蕙就写了很多思念的诗，后来得知他另结新欢，非常气愤，于是又写了一首很长的诗，还用五彩丝线织成诗文，长宽各八寸，也就是《璇玑图诗》。在这首诗里，除了中央的“心”字是后人加进去的，其他都是苏蕙的手笔。原诗总共840个字，纵横各有29个字。在这样一个诗歌组成的方阵中，无论纵、横、正、反，都可交互来读，都可以成诗。而且读出来的诗句有三、四、五、六、七言几种诗体。有人作过统计，说这840个字可以组成7 958首诗。是不是真有这么多，没有验证。这里我们简单举一二例，如从最右侧的直行开始，顺时针来读，就组成了如下四句："仁智怀德圣虞唐，贞志笃终誓穹苍。钦所感想妄淫荒，心忧增慕怀惨伤。"如果从逆时针的方向来读一下呢，便组成了同样押韵的四句："伤惨怀慕增忧心，荒淫妄想感所钦。苍穹誓终笃志贞，唐虞圣德怀智仁。"当然，这里只是正反两读，只是它的冰山一角，实际上它可以有多种读法。

这样一个传统被后人传承下来，于是历代都有作回文诗的人。比如北宋时期宋庠写的《寄范仲淹》，也是一首回文诗。正读是："矶滩露荻槁，微翠近开花。飞萤聚乱麻，野阔接平沙。"如果反读，就成了"沙平接阔野，麻乱聚萤飞。花开近翠微，槁荻露滩矶"。如果取其中一个字，即从第二字"滩"开始正着读，就有了如下组合："滩露荻槁微，翠近开花飞。萤聚乱麻野，阔接平沙矶。"如果倒着读，我们从"花"这个地方开始读，便有了新的变化："花开近翠微，槁荻露滩矶。沙平接阔野，麻乱聚萤飞。"如果我们再从"平"这个地方开始读，也是可以的："平接阔野麻，乱聚萤飞花。开近翠微槁，荻露滩矶沙。"另外，还可以把它当作七言诗来读："平沙矶滩露荻槁，荻槁微翠近开花。开花飞萤聚乱麻，乱麻野阔接平沙。"形成了顶针句法。也可以从第二个字开始，组成这样的诗句："滩矶沙平接阔野，阔野麻乱聚萤飞。萤飞花开近翠微，翠微槁荻露滩矶。"《回文类聚》里解释这首诗说："花字藏头，双呼三唤，五七成章，左右贯通。"就指出了这样一首诗所具有的多种特点。

再比如清代女诗人吴绛雪写的《春夏秋冬》，曾经被世人誉为回文诗中的珍品。诗如下：

莺啼岸柳弄春晴夜月明。（春）
香莲碧水动风凉日月长。（夏）
秋江楚雁宿沙洲浅水流。（秋）
红炉透炭炙寒风御隆冬。（冬）

先看《春》诗:“莺啼岸柳弄春晴夜月明。”大家说这首诗该怎么读?应该这么读:“莺啼岸柳弄春晴,柳弄春晴夜月明。明月夜晴春弄柳,晴春弄柳岸啼莺。”这样一读,就成了一首完整的绝句了。《夏》诗同样“香莲碧水动风凉,水动风凉日月长。长月日凉风动水,凉风动水碧莲香”。《秋》诗:“秋江楚雁宿沙洲,雁宿沙洲浅水流。流水浅洲沙宿雁,洲沙宿雁楚江秋。”《冬》诗:“红炉透炭炙寒风,炭炙寒风御隆冬。冬隆御风寒炙炭,风寒炙炭透炉红。”这几首诗,都是正读与反读相结合,而且诗句之间顶针相贯,连得非常紧密。读这样的诗,有时候你会觉得好像是文字游戏,但是,诗歌本身在某种意义上说就是一种游戏,是语言的游戏。怎样在一首短短的诗中发挥语言最大的潜在值,使字与字的联结构成意义,并产生它的效用,非常不易。但是,汉语言构成的中国诗就能做到这一点,而这一点恐怕是任何一个非汉语国度的诗作都做不到的。由此我们就可以深一层认识诗歌和语言间的这样一种关联了。

与回文诗相比,其他诗歌在形式结构上也具有一定的灵活性,也可以通过某些变动而导致意义和风格的变化。如杜牧的那首《清明》,只有短短四句:“清明时节雨纷纷,路上行人欲断魂。借问酒家何处有,牧童遥指杏花村。”如果你把它按词的方式来读,就变成了下面的样式:“清明时节雨,纷纷路上行人,欲断魂。借问酒家何处,有牧童,遥指杏花村。”这样一来,就似乎成了一首词了,而有了别一种味道。王之涣的《凉州词》是首名作:“黄河远上白云间,一片孤城万仞山。羌笛何须怨杨柳,春风不度玉门关。”如果稍加变化,也可以成为词的形式:“黄河远上,白云一片,孤城万仞山。羌笛何须怨?杨柳春风,不度玉门关。”事实上,不少诗都是可以这样进行断句的,或将其结构打乱重组的。它可以伸缩,可以变形,可以改变原来的意味。王蒙先生曾经做过一个试验,把李商隐《锦瑟》诗的56个字颠来倒去重组,竟然可以构成数种新的形式。一种是七言的:“锦瑟蝴蝶已惘然,无端珠玉成华弦。庄生追忆春心泪,望帝迷托晓梦烟。日有一弦生一柱,当时沧海五十年。月明可待蓝田暖,只是此情思杜鹃。”还是那56个字,情调也相似,但诗意已有了改变。另一种是长短句:“杜鹃、明月、蝴蝶,成无端惘然追忆。日暖蓝田晓梦，春心迷，沧海生烟玉。托此情，思锦瑟，可待庄生望帝。当时一弦一柱，五十弦，只是有珠泪，年华已。”也是那56个字，但因格局变化大，其意义变化也就更大了。此外，他还将这56个字变成28字一句的上下联，于是就形成了这样一种新的样式：“此情无端只是晓梦庄生望帝月明日暖生成玉烟珠泪此一弦一柱已，春心惘然追忆当时蝴蝶锦瑟沧海蓝田可待有五十弦托年华杜鹃迷。”王先生说，他原以为这是他的一个发明，后来发现早在清代就有人把王羲之的《兰亭集序》完全打乱，重新写一篇，叫作“颠倒兰亭集序”，也一样能读，读出不同的意义和味道来。（见王蒙《说“无端”》，载《安徽师范大学学报》2002年第4期。）

与上边说的试验相似，葛兆光先生也做过一个试验。他从李贺、李商隐诗中抽取28个他们偏爱的字组成一个矩阵，形成如下类似绝句的形式：“血露泣红笑鬼灰，雨死幽金茔淋龙。魂凝老冷骨虫垂，狞寒泪蟾烟风愁。”然后把这28字快速地读一下，会形成什么感觉呢？他作了统计，说大概60%的人感觉到这样的一种印象，即衰飒、幽艳、谲诡、死亡。大家都读过“二李”的诗，“二李”的诗非常着重于写心绪，他们有些特殊的用词用语，这样一些用词用语，在这28个字里大致是齐备了。他说由这个试验可以知道，汉字具有较强的视觉性与自足性，由此易于形成中国古典诗歌鲜明的意象、自由的语序，并超越了理念束缚而直指经验世界。所以他在《汉字的魔方》里指出：“由于汉字的视觉性与自足性，使它往往可以摆脱严格而死板的语序，在比较自由的范围内组合它的语义形式，这与中国人的‘思维—语言’习惯有关，与中国人的阅读心理定式有关，但是更与汉字的视觉印象与意义自足性有关。当这些具有形象与意义的汉字跳入眼帘的时候，人们往往无暇细致地分理它们之间的逻辑关系、语法顺序，而是凭借直观感受，在心中拼合出意义与意境来。”这里所说的视觉性、自足性，也就是我们所说的语言的活性、弹性、可塑性。这样一些特点，在其他语言里也存在，但似乎不及汉语言来得突出。拿英文来看，因为它不是象形的，是字母，就很难产生这样一种感觉。日文中有汉字，好一点，但汉字和假名——无论平假名、片假名——混在一起，都达不到这样一个效果。

由此可见，与其他语言文字相比，汉语言文字是有着非常独到的特点的。而从最基础的层面看，汉字都是独立体，每个字都可单独成立，都有它独特的形状和含义。所以，写好诗首先在于用好字。刘勰在《文心雕龙·练字》里就谈到了用字，说用字有这样四个避忌："一避诡异，二省联边，三权重出，四调单复。"诡异就是指生僻的、不习用的字，这个要尽量避免；联边指偏旁，比如一首诗里过多水旁的字，过多石旁的字，过多人旁的字，组合在一起不好看，要避开；重出就是叠用，同一个字反复出现，在视觉和听觉上就易于令人产生单调感；单复主要指字的肥瘦，将一些笔画过少或过多的字分别集中在一句或一联之内，就不好看、不美观了。这里强调的几个方面，都与视觉美相关。所以他讲："善酌字者，参伍单复，磊落如珠矣。"就是要间杂着插放，诗才有一种视觉的美感。刘勰这个要求对今天使用计算机的作者来说，好像不是很重要了，但因古人是用毛笔来书写的，而汉字用毛笔写和用计算机打出来是不一样的——计算机打出来的，即使很繁杂的字也能缩小到和简单字体一样的空间；但要用毛笔来写，笔画过多的字就不好写，把过多这类字集中在一起，就显得很臃肿了。

用好字的另一个要点在于选择精确的字义。清人沈德潜曾就诗歌的语言、用字发表过意见，其《说诗晬语》有言："诗有不用浅深，不用变换，略易一二字，而其味油然自出者，妙于反复咏叹也。"说的就是诗歌用字要注意选择注意锤炼。同样一首诗，如果换上那么几个字，就会精神陡振，让人眼睛一亮，有时几个字就可以决定一首诗的优劣。如李嘉祐有"水田飞白鹭，夏木啭黄鹂"的诗句，写得虽工稳，但读起来好像并不是很突出，而王维只给它加了"漠漠""阴阴"四个字，即"气象陡生"。大家读一下，"漠漠水田飞白鹭，阴阴夏木啭黄鹂"，那个韵味是不是就足了？再如江为的诗"竹影横斜水清浅，桂香浮动月黄昏"，宋人林逋改"竹影"为"疏影"，"桂香"为"暗香"，只动了两个字，便有了大家熟知的那首《山园小梅》中颔联的两句："疏影横斜水清浅，暗香浮动月黄昏。"于是"遂成千古绝调"（顾嗣立《寒厅诗话》引李日华语）。按理，林逋的贡献就是两个字，其他十二个字都是从别人那儿拿来的。如果那时有著作权法的话，恐怕是不允许的。但奇怪的是，古往今来的人都为这一改叫好，其原因何在呢？我想呀，比起江诗，林诗最起码有这么两点提升：一是描写更集中了。在江为诗里，一联分写两物，前边写竹影，后边写桂香，分散了。好的诗作往往整首诗都去描写一个东西，更何况两句？两句之间分写，既写竹影又写桂香，就显得零乱了。二是“竹影”太实，“桂香”也太实，确指那个竹的影子和桂花的香，把它改成“疏影”“暗香”，含意增加了，而且虚灵了，有了一种灵动之气。“竹影”“桂香”没有其他的含义，它只是一个物象，但是一变成“疏影”“暗香”，就内含了作者的某种观物赏物之“意”，就构成了意象。物象和意象的区别，前人论得很多，如果有机会我们可以来单独谈一下，这里不去谈它。但令读者感觉明显的是，在“疏影”和“暗香”里已经有了人物的情绪渗透其中。那个疏疏落落的影子在水里倒映着，横斜在水中，而那个“暗香”在月夜黄昏的时候在空中漂浮着，感觉非常好。一个“暗香”一个“疏影”，这两个字真是把诗句给变得灵动了。在这首《山园小梅》中，其他诗句写得并不是非常之好，真正生色的就是三四两句。所以林逋后来也因为这两句诗而被人知晓被人称赞，而江为呢就有点儿可惜了，很少有人记得起他了。

杜甫写诗善于在用字上下功夫。据说有一个姓陈的宋人读杜甫的《送蔡都尉》诗，读到“身轻一鸟□，枪急万人呼”二句时，发现上句“鸟”后边这个字因为日久而被虫给蛀破了，不知道那是个什么字。于是就与他人一起来揣摩，有的说是“疾”，有的说是“落”“起”“下”。后来见到了善本，才知道这是一个“过”字。大家想一想，如果用了“疾”“落”“起”“下”，当然也可以，但是有没有这个“过”好呢？这个见仁见智，大家可以仔细品味一下，为什么用这个“过”字。

贾岛的特点是苦心为诗，他的苦吟，非常著名。如果推举唐代苦吟作家的代表，恐怕就应该是贾岛、孟郊等人了。贾岛很著名的是关于“推敲”的故事，《唐摭言》《唐才子传》等都记载了这件事。说是贾岛一次在长安街市上骑头驴子，一边走一边吟诗，非常投入。在吟到“鸟宿池边树，僧敲月下门”时，到底是用“推”还是用“敲”，他拿捏不定，不断用手作推、敲之状，旁观者都感到惊讶，最后竟因过于投入过于专注而冲撞了京兆尹韩愈的车驾。作为唐代长安市的市长，韩愈并没有发火，他比较亲民，对待诗人尤其谦和。当他的随从把贾岛推下驴子，拥到车驾前，他问明了原因后，竟呆在原地思考了半天，说还是用“敲”好吧，最后与贾岛并辔而归。另一个记载是说，贾岛骑驴走在街上，当时秋风正厉，黄叶满地，于是便顺口吟出了一句“落叶满长安”。想凑足一联，却苦思不得，结果因极度专注而冲撞了京兆尹刘栖楚，这个刘栖楚就不如韩愈那么和善了，他一怒之下，竟然把贾岛给关了一夜。这两个故事好像都不太可信，起码头一个是不可能的。因为韩愈做京兆尹已到了晚年，而他与贾岛最迟在元和初就相识了，这中间隔了十好几年啊，既然早已相识，冲撞事便无从谈起。但这两则故事本身却非常真切地体现了贾岛耽于作诗、注重用字的苦吟精神。

如果单就“推”“敲”之事来论，却还真值得推敲一番。这首诗是首五律，诗名“题李凝幽居”。其前四句是：“闲居少邻并，草径入荒园。鸟宿池边树，僧敲月下门。”将这四句作一整体看，应该承认，“敲”比“推”好。为什么呢？大家来看，首先“闲居少邻并，草径入荒园”，写的是一个很偏僻的小屋和园子，连围墙恐怕都不一定有，周遭长满了荒草，环境非常荒冷。而且从后面的“鸟宿”“月下”看，贾岛去的时候已是夜晚，因而，这个“荒园”更显得冷落寂静。接着看，诗的题目是“题李凝幽居”，贾岛不是回自己家，他是跑到李凝那儿去了，既然是去别人的住处，就不可能推门而入，而是要敲一下门的。同时，这个“敲”能发出声音，这种声音在夜深人静之际尤其显得响亮，形成了一种音响效果。由于有声音，就有了动静。动静在哪儿呢？动静在“鸟宿池边树”，是敲门声惊动了栖息在树上的鸟儿，于是被贾岛察觉了。这样看来，一个“敲”字，似乎与诗意更为密合，也更为合理。当然，诗无达诂，也可以见仁见智。如果不是这样，当年的贾岛也就不至于拿不定主意了。

贾岛这个人写诗有一个特点，就是诗思不够敏捷。他有艺术敏感，但是句子来得慢。比如他曾经写了一句诗“鸟从井口出”，下句呀怎么对都对不上来，想了好长时间，大概有一年吧，才把下句给想出来。是什么句子呢？是“人自洛阳过”。这两句诗好像也不是很奇警啊。“鸟从井口出”，这个偶然性很大，或许那是一眼荒井，贾岛路过时，忽然从中飞出一只鸟来，于是就写了这么一句。至于下句，好像与上句并无关联，纯粹是为了偶对。可是就这样一句，他就想了这么长时间。由此说明两个问题：第一，贾岛的诗思很慢；第二，贾岛非常执著。有的人一时想不起来，时间一长就忘掉了，但他执著地想，非得把它给想出来不可。再比如他的《送无可上人》，其中有这样两句："独行潭底影，数息树边身。"这两句诗好不好？似乎也一般，就是写一个人在水潭旁边独自行走，他的影子映到了水潭之中；走累了，就靠在树边休息了一下，而且休息了好几次。就是这么回事儿。但贾岛对这两句非常珍视，句下自注道："二句三年得，一吟双泪流。知音如不赏，归卧故山秋。"这就是说，短短两句十个字，他就想了三年，你说这诗思是不是有点儿慢了？而且三年之间他不停地在想，想出来后竟然"一吟双泪流"，由此可见他对诗歌重视的程度。当然，贾岛所说或许有夸张的成分，但在唐代，确确实实有相当一批诗人，特别是中晚唐的诗人，其作诗的投入啊，真是达到了废寝忘食的地步。据说，贾岛每到年终的时候，就把自己写的诗给供奉起来，供在那个香案上，然后倒上一杯酒，说：诗句呀诗句呀，我为你整整辛苦了一年，我辛苦你也辛苦，就给你敬上一杯酒吧。贾岛就是这样对待作诗的，那个态度确实很虔诚。到了晚唐，有些人对贾岛佩服得不得了，把贾岛当成佛来供奉。他们甚至把贾岛的诗烧了，烧成灰以后放到酒里边，然后喝下去，希望自己能够写出像贾岛诗那么好的作品来。晚唐时期，贾岛诗风盛行一时。南宋后期，贾岛又被人效法起来。而说到底，他们推崇贾岛，重在苦吟，重在用字。

再看几个例子。据《诗人玉屑》记载，晚唐齐己有一首《早梅》："前村深雪里，昨夜数枝开。"写雪中开放的梅花。郑谷给他改了一个字，把"数枝"改成了"一枝"，齐己当时就下拜，称郑谷是"一字师"。那么改了这一个字是不是使全诗生色？应该是的。这一个字的修改妙在切合诗题中的一个"早"字。如果是"数枝"的话就不是"早"了，这里实际上是从两个方面切合"早"，一是梅比众花开得早，二是这一枝梅比众梅开得早。所以说是"昨夜一枝开"，一枝才能见出它的早，如果数枝的话好像就不是很早了。所以改成"一枝"比"数枝"更精妙一些。

《葆光录》卷一录了李频的《过四皓庙》，诗是这样写的："东西南北人，高迹自相亲。天下已归汉，山中犹避秦。龙楼曾作客，鹤氅不为臣。独有千年后，青青庙木春。"李频将这首诗拿给方干看，方干看后说诗写得不错，但是两个字有问题，一个字是"作"，"作"显得很粗，但是这个字不好改；另一个字就是"为"，说"为"这个字呀非常不合适。大家看他的原句"鹤氅不为臣"，方干的意思是说,“率土之滨,莫非王臣”,若用“不为臣”,就违背了这一通则,因而建议把“为”改成“称”。这么一改,就成了“鹤氅不称臣”。比起“为”字来,“称”字在意义内涵上就要准确得多了。

《唐才子传》卷十记载了王贞白的一首《御沟》诗:“一派御沟水,绿槐相荫清。此波涵帝泽,无处濯尘缨。”王贞白是非常自负的一个诗人,他把诗写好后,就拿去给贯休看,想得到贯休的夸赞。谁知贯休看后一点也不客气,直截了当地说:你这诗有问题,其中有一个多余的字。王贞白没得到夸赞,反而被批评了一通,脸上很有点挂不住,于是拂袖而去。这时贯休就对别人说,王贞白这个人思维敏捷,过一会儿他还会回来的。于是贯休就写了一个“中”字在自己的掌心。果然,王贞白没去多久就想通了,赶紧回来,说你提醒得对,这个“波”是个废字,应该改成“中”。这时贯休伸出手掌,二人相视而笑。大家看,那个“波”字是不是一个多余的字?这个“波”字是可以不要的,因为本来写的就是御沟嘛。

字词是语言的基础,字词用得好,确实能为诗歌增色。所以唐代士子曾发生过为一个字而争著作权的事件。据《朝野佥载》记载,国子监生辛弘智写了一首诗:“君为河边草,逢春心剩生。妾如堂上镜,得照始分明。”这首诗写得不错,他不无得意地拿给自己同宿舍的朋友常定宗看,常定宗看后说:“始”字用得不好,不如用“转”字来代替。于是就把“始”改成了“转”。这一改之后呢,辛弘智也认为增色不少。我们看,“妾如堂上镜,得照转分明”,着一“转”字,确实比“始”字准确、灵动。但是,这个常定宗就开始提要求了,常定宗说,你那首诗全靠我这一字生辉,如果没有我这一个“转”字,你那根本就不叫诗,所以这首诗应该归我所有。听了这话,辛弘智就不干了,辛弘智说,哪有这样的道理呀,我写了二十个字,你只用了一个字,就要把这个著作权拿去,不行。于是,两个人就争执起来,争得很厉害。结果就争到了国子博士罗为宗那儿。罗为宗遇到这个官司也不好判呀,想了想,便提笔写了如下判词:“昔五字定表,以理切称奇;今一言竞诗,取词多为主。诗归弘智,‘转’还定宗。以状牒知,任为公验。”你常定宗不就是贡献了一个“转”字吗?那好,你把这个“转”拿走好了,诗还是要还给人家辛弘智的。由此看来,唐朝的士子们还是蛮有趣味的,他们对用字确实是非常重视的。大家都知道

“吟安一个字，捻断数茎须”（卢延让《苦吟》）这句话，唐人是留胡子的，他们一边捻着胡须一边想诗句，如果把这句话坐实，恐怕作诗多的人早就把胡须给捻光了。

唐人重视用字，后代的诗评家也多从用字的角度去评诗。宋人胡仔就说过：“诗句以一字为工，自然颖异不凡，如灵丹一粒，点石成金也。”并举孟浩然的诗句“微云淡河汉，疏雨滴梧桐”说：“上句之工，在一‘淡’字，下句之工，在一‘滴’字。若非此二字，亦乌得而为佳句哉？”（《苕溪渔隐丛话后集》卷九）你仔细体悟，一个“淡”，一个“滴”，用得确实准确精妙，它与前面的“微云”“疏雨”紧相关合，把自然界细微变化的样态、声响都展露无遗。换句话说，疏雨洒落在梧桐叶上滴答作响的声音，只有用“滴”字才表现得真切，如果用了“打”字，那就不是疏雨了。苏轼的“莫听穿林打叶声”，那个“打”字与孟浩然的“滴”字，表现的景况是很不相同的。

与孟浩然的诗句相比，杜甫《水槛遣心》的“细雨鱼儿出，微风燕子斜”两句也历来被人称道。细读这两句，你看他体物多么深刻，用字何等贴切！“细雨鱼儿出”，天上下着蒙蒙细雨，鱼儿纷纷从深水中浮了上来，在水面上呼吸，这个情景我们经常看到。“微风燕子斜”，如果是疾风，那燕子就不是“斜”了，它会奋力前飞；只有风比较轻微，燕子才会倾斜着身子上下飞舞，显得自在而欢乐。一个“斜”字，一个“出”字，和前面的“微风”“细雨”紧密关合。诗写到这样一种工稳的程度，就真是好诗了。

韦应物的诗也重视用字，他的《赋得暮雨送李胄》，写“暮雨”中的情景：“漠漠帆来重，冥冥鸟去迟。”读这两句诗，首先要联系到诗题中的“暮雨”才能体悟得真切。暮雨湿帆，帆因湿而重；归鸟入雨，振翅而不速。一“重”一“迟”，都下得很到位。与此相比，常建《题破山寺后禅院》的“山光悦鸟性，潭影空人心”更受人称道。一个“悦”，一个“空”，深刻地写出了鸟性与山光、人心与潭影间的关系，既可以将山光、潭影理解为施动者，也可理解为鸟性因山光而悦，人心因潭影而空。特别是“潭影空人心”的“空”字，因与禅院的环境紧密结合，所以，在意义内涵上更显得无法替代了。

类似的例证还可以举出很多，其中较突出者是大家都很熟悉的王安石《泊船瓜洲》中的那句“春风又绿江南岸，明月何时照我还”。据说在草稿里，那个“绿”字最初是“到”，后来改成了“过”，又改成了“入”“满”……一直改了十几次，最后才定为“绿”。这则在《容斋续笔》里记载的材料成为后来人们谈作诗时必用的一个案例。用了“绿”是不是好？确实是好。“绿”有色彩，它不仅仅表现了其他几个字所内含的春到江南的意义，而且还表现了春到江南所产生的结果，极具形象性。如果是“又过”“又入”“又满”，形象度都不够，都不如这个“绿”能让人产生春至江南、绿满江南的感觉。由此看来，在用字上，无论唐人还是宋人都非常讲究。

汉语中的字词，除了具有强烈的动作性、形象性和感情向度外，还具有鲜明的色彩性。唐人非常注重颜色字词的使用。范晞文《对床夜语》就举杜诗为例，说“老杜多欲以颜色字置第一字，却引实字来”。杜诗里确实有不少诗句第一个字就是颜色字，以范氏所举诗句来看，就有“红入桃花嫩，青归柳叶新”，一“红”一“青”，“红入桃花”而使之嫩，“青归柳叶”而显得新，“不如此则语既弱而气亦馁”。他如“青惜峰峦过，黄知橘柚来”“碧知湖外草，红见海东云”“绿垂风折笋，红绽雨肥梅”“红浸珊瑚短，青悬薜荔长”“翠深开断壁，红远结飞楼”“翠干危栈竹，红腻小湖莲”“紫收岷岭芋，白种陆池莲”，都是这种情况。至于“白摧杇骨龙虎死，黑入太阴雷雨垂”，便“益壮而险”了。这些颜色字词用在第一个字的位置，可以说是一种先色夺人，一上来那种颜色就映入眼帘了，然后再写那个颜色那个物体进入某种情境之后的结果，令人去细细体味。

到了中唐诗人李贺那里，使用颜色字就更是蔚为壮观了。李贺不仅善用颜色字，而且同样一种颜色能够作非常细腻的划分，把自己不同时期的感情意绪融入这种色彩中去。像红，有“老红”“愁红”“笑红”，大家想一想这个“笑红”是一种什么红？再如绿，有“凝绿”“寒绿”“颓绿”“静绿”“空绿”，每种绿都是不可互相替代的，都具有独特的意味。除此之外，李贺还发明了一些独有的代词，如“空白”“圆苍”，都代指天空，所以它既显示色彩，又是代指某物。钱锺书在《谈艺录》里对李贺诗中用颜色字这种情况和用代词的情况给予了非常细致的分析，前两年我有一篇论钱锺书对韩愈、李贺诗艺术解读的小文，就谈到这样一种情况。下面举两个诗例来看一下。

《将进酒》：“琉璃钟，琥珀浓，小槽酒滴真珠红。……况是青春日将暮，桃花乱落如红雨。”前边几句写酒杯和酒的颜色，非常之鲜艳。酒钟是透明的、晶体的琉璃制成的，呈现出琥珀一样的色泽，至于那个酒滴，红得就像真珠一般。前边有了酒的红，后边进一步写桃花的红，红得像什么呢？像红雨。一句“桃花乱落如红雨”，渲染出一片极为绚丽的红色的海洋，使得全诗都笼罩在这样一种由红构成的氛围之中，令人感到震撼。

《长平箭头歌》：“漆灰骨末丹水沙，凄凄古血生铜花。”写一个被埋在地下时间已经非常久了的箭头，写它的色泽。“漆灰”写其黑，“骨末”写其白，“丹水沙”写其红，“铜花”写其古铜般的黄，这几种颜色的生成既与箭头长久被埋在地下的蚀变有关，也与它经历战争后所残留的人的骨末和血渍有关，令人一读之后，便会产生一种久远的历史感和战争的残酷感。而就这两句来看，又极为贴切传神，整个就是一种色泽的搭配。李贺好比一个高明的画师，他用色彩把自己的所观所感淋漓尽致地描绘出来，简直无以复加。所以当年我参加高教版《中国文学史》的编写时，就重点谈了这首诗。

当然，李贺除了用颜色字描形绘状外，还特别善于在诗句的末字使用颜色字。比如“云楼半开壁斜白”“王母桃花千遍红”“饥虫不食堆碎黄”“笛管新篁拔玉青”“恨血千年土中碧”，所用颜色字都在最后，这与上边谈到的杜甫的情形恰好相反。如果说杜甫是先色夺人，那么李贺在某种程度上就是泼彩如雨，最后用这个色彩字来殿尾。所以罗根泽先生在他的《乐府文学史》里就评价李贺“冷如秋霜，艳如桃李，‘冷艳’二字，确可为贺词评语”。“艳”是李贺诗的一大特点，“艳”由什么而来？由用色彩字而来。就是这样一种很多色彩字的运用，使得李贺有了“艳”的特色。至于对李贺诗中所用色彩的详细论述，大家可以参看陶文鹏先生的一篇文章——《论李贺诗歌的色彩表现艺术》。文章发表在前几年的《文学评论》吧，后来收到了他的《唐宋诗美学与艺术论》中。

关于诗中的用字，前人论述很多。张炎说，好诗词“一个生硬字用不得，须是深加锻炼，字字敲打得响，歌诵妥溜，方为本色语”（《词源》卷下）。着力于“响”，有声，用那个字不能太哑、太沉，要响亮。黄子肃讲：“下字必须清，必须活，必须响。与一篇之意、一句之情相通，各自卓立而复相成，是为本色。”（《诗法》）“清”“活”“响”，这是一个很高的要求了。袁枚说：“一切诗文，总须字立纸上，不可字卧纸上。人活则立，人死则卧，用笔亦然。”（《随园诗话补遗》卷五）字要立在纸上，使这个字充满生机。韩愈有诗云：“字向纸上皆轩昂。”字呀落在纸上一个一个都很有精神，都很“轩昂”。恐怕这就是袁枚评语的最早出处。费经虞《雅论·琐语》认为：“下字响则调高，知响而不知蕴藉则浮。”如果你光注意字声的响亮，而不知道字的蕴含，就显得浮了。“下字静则句古”，如果是一个含义安静的字，句子就显得古朴，但是“知静而不知萧疏则哑”，这就要求在静之外还要讲究字词安排上的疏落有致。“下字轻则体秀，知轻而不知深透则肤”，“肤”就是肤浅，“下字实则格老，知实而不知圆活则板”。将这几句话归纳一下，就是说下字要响、要静、要轻、要实，同时又要有变化，要避免它所带来的弊端，即“浮”“哑”“肤”“板”这样四个弊端。这样看来，要把诗写好，恐怕真是要下一些功夫的。唐人在写诗的时候，特别是杜甫写诗的时候，确确实实很下功夫，是不肯轻易下一个泛字的。同时，他写完之后还要反复地吟诵，是“新诗改罢自长吟”。要吟，要读出声来。我发现，古人和今人读诗文有一个很大的不同，古人读诗文一般是朗读的。这种习惯直到我的老师那一辈还保持着，他们年轻的时候读书一定要朗读，要出声的。现在我们基本上都是默读，这个不行。“读书难字过”，默读的一大弊端就是让那些不认得的字给滑过去了，如果出声读，那个难字你就跳不过去。而且朗读、吟诵，可以帮助你掌握诗文的声情。诸如调的升沉高下，声音的响亮与否，你都可以通过朗读来掌握。如果大家对声韵比较熟悉的话，那么哪个地方仄，哪个地方平，在读的过程中也都会感觉到，并对不谐合处加以纠正的。

第八讲

说语言(中)

上一节课,我们谈了诗歌语言中关于字词的运用。这节课我们来看一下炼句。

炼句是诗歌语言中非常重要的一环,一句的好坏直接关系到诗歌的精彩程度和它意义的表达,所以唐人是非常重视炼句的,后代的诗评家对于炼句也发表过很多有价值的意见。明人谭元春就说:“必一句之灵,能回一篇之运;一篇之朴,能养一句之神,乃为善作。”(《题简远堂诗》)如果全篇写得不是很好,但有一句非常灵动,非常精彩,就能使一篇为之生色;一篇看起来都很朴实,但这朴实能围绕起来为一句起一个奠基、烘托作用,就“能养一句之神”。那么,具体到诗句的炼造,其主要方法是什么呢?就是打破规则,超脱语法。叶维廉认为:“在我们进入一个境之前,事物与事物之间是无所谓‘关系’的。”“中国诗人能使具体事象的活动存真,能以‘不决定、不细分’保持物象之多面暗示性及多元关系,乃系依赖文言之超脱语法及词性的自由。”(《中国古典诗中的传释活动》)大家注意这里的“超脱语法”和“词性自由”,在叶氏看来,“此自由可以让诗人加强物象的独立性、视觉性及空间的玩味”(《寻求跨中西文化的共同文学规律——叶维廉比较文学论文选》)。前边讲了“超脱语法”和“词性自由”是中国诗的两大特点,后边讲到这样两个特点所带来的结果。应该说,这段评说看到了问题的症结所在。

总体来看,中国的古诗,特别是唐诗存在一个非常明显的特点,就是剔除虚字甚至是系词、动词，从而形成了一种景物排列、画面叠加的情形，诗人借此来展示物象的原生态，扩大诗歌的意蕴空间。也就是说，事物原来是什么样的，他就如实地把它搬上来，而不进行人为的联系和加工。在唐诗中有相当多的诗例可以证实这一点，下边我们先来看王维的诗句。

“乡树扶桑外，主人孤岛中”，这是《送秘书晁监还日本国》中的两句。当时晁衡到中国来求学，回国的时候，王维、李白都写诗相送。王维这两句只写了“乡树”“扶桑”“主人”“孤岛”，后边仅加了一个“外”、一个“中”，没有系词，也没有虚词助词之类。如果是日常用语，应该怎么表达呢？应该是“乡树在扶桑之外，主人在孤岛之中”，但在诗句中他把那个“在”字给去掉了。去掉之后，诗句的意蕴变得更为浓厚了，可以想象的空间进一步加大了。其他如《送方城韦明府》中的“高鸟长淮水，平芜故郢城”，也是这样一种情形。至于他的《田园乐》其五，又有了一些变换。这是一首六言诗：“山下孤烟远村，天边独树高原。一瓢颜回陋巷，五柳先生对门。”前两句，格式比较相近，山下——孤烟远村，天边——独树高原，两句中都是可以加进一个“是”或“有”字的，但由于诗人把这个系词给省略掉了，便使得诗句显得凝练、精警，也非常形象。映入眼帘的，首先是山，以及山下的“孤烟”和“远村”；接着再向远处眺望，是“天边”，在无尽的远方有“独树”，有“高原”。苏东坡说“味摩诘之诗，诗中有画”，指的恐怕就是这样一种情形。到了后两句，句式又有变化：“一瓢颜回陋巷，五柳先生对门。”视野从远而近，由大而小，从山下、天边回到了一个“陋巷”，然后呢，陋巷中又交代了具体的住址，是五柳先生对门。这种逐渐收缩、聚合的写法，在结构上是很有讲究的。进一步来看，前两句是写景，后两句更重要的是表现诗人的兴趣、生活和品格。一提起颜回陋巷，人们马上就会想到《论语》里所说的那段话：“一箪食，一瓢饮，在陋巷。人不堪其忧，回也不改其乐。贤哉回也。”并由此联及本诗作者像颜回那样的品格。“五柳先生”，自然是指陶渊明了，陶渊明写了《五柳先生传》，其中有非常著名的五“不”：“闲静少言，不慕荣利。好读书，不求甚解”；“性嗜酒，家贫，不能常得”；“既醉而退，曾不吝情去留”；“环堵萧然，不蔽风日”。这五个“不”，形象地展示出寒士身处困境却萧然洒脱的情状，也由此隐微地暗示出家住“五柳先生对门”者的节操。以上是从内容来看的，如果从炼句角度看，这两句诗里没有一个动词，却表达了使用动词所不能表达的丰富内涵，其中既有画面的叠加，又有意义的延展，确实能达到“加强物象的独立性、视觉性及空间的玩味”的效果。

杜甫的一些诗也是这样一种写法。“细草微风岸，危樯独夜舟”，这是《旅夜书怀》中的两句话，其重点落脚在“岸”和“舟”上。一个“岸”，一个“舟”，在句末出现，就使其突显化了。再看，岸上生长着细草，微风吹拂，这个景象应该是比较和谐的，也是比较恬静的，但紧接一句“危樯独夜舟”，高高的桅杆竖立着，夜晚的孤舟上一人独处，显示出一种凄寒孤寂，这就又和前句的和谐形成一种对照。同时，由于句中没有动词，没有固定化的联结，就使得我们可以对诗意作多方面的理解。

类似的情形在李白诗中也有表现。如李白的《送友人》：“浮云游子意，落日故人情。”“浮云”是漂浮不定的，漂浮不定的浮云和行踪不定的游子具有相似性，所以诗中以浮云比喻游子的意图应是明显的。叶维廉对这句诗有一个解释，他说：“李白的‘浮云游子意’究竟应该解释为‘浮云是游子意’和‘浮云就像游子意’吗？我们的答案是，既可亦不可。我们都会感到游子漂游的生活（及由此而生的情绪状态）和浮云的相似之处；但语法上没有把这相似性指出，就产生一种不同的美感效果，一经插入‘是’‘就像’便完全破坏。在这句诗中，我们同时看到‘浮云’与‘游子’，是两个物象的同时呈现，用爱森斯坦的话来说，两个不同镜头的并置（蒙太奇）是整体的创造，而不是一个镜头和另一个镜头的总和，它是一种创作行为……其结果在质上和个别镜头独立看是不同的。”（《寻求跨中西文化的共同文学规律——叶维廉比较文学论文选》）这段话围绕“浮云游子意”展开说解，认为在“浮云”和“游子意”之间虽然可以加入“是”和“就像”，但一旦真的加入，整个诗意就遭到破坏了，就缩小了它的意义空间。他的一个核心的观点，大家都很熟悉，就是两个物象合到一起所获得的意义，并不是它们简单的叠加，而是一种整体的创造。由此出发，我们能否从“浮云游子意”引申出另一层含义，即浮云所具有的象征意义呢？像《行行重行行》的“浮云蔽白日，游子不顾反”、李白《登金陵凤凰台》的“总为浮云能蔽日，长安不见使人愁”，都具有明显的象征性。那么“浮云游子意”中有没有这样一层象征意义呢？大家可以去思考。

再看“落日故人情”。为什么用“落日”来比“故人情”呢？二者之间究竟有什么关联？我想是不是可以从这样几个方面来理解：首先，落日和朝日不一样，朝日初升，灿烂而有朝气，非常的热烈、紧张且迅捷；而到了落日的时候呢，是比较缓慢的，落日的光彩多呈橘红色，染红了整个西边的天际，给人一种温暖、慰藉的感觉。这样一种样态和色泽，与故人之间绵长而深厚的情谊具有某种相似性。其次，作者送友人，可能是送了一程又一程，一直到了落日时分，还不忍让友人离去。所以“落日故人情”中似又含有一种时间延宕、恋恋不舍的意义。再次，前人诗中多用落日表达思念之情。如陈后主的《乐府》说：“思君如落日，无有暂还时。”李诗会不会对此有所借鉴？如果联系全诗来看，对这两句的理解会更全面些。《送友人》是这样写的：“青山横北郭，白水绕东城。此地一为别，孤蓬万里征。浮云游子意，落日故人情。挥手自兹去，萧萧班马鸣。”这首诗写得非常之好。尤其是那个“此地一为别，孤蓬万里征”，往往令人想起《庄子》中“君自此远矣”的感叹，闻一多先生对这句话拍案叫绝，说它真是诗的语言。一个“君自此远矣”，无限的情思都包容在这五个字中。李白的“此地一为别，孤蓬万里征”是说，这一别你就像孤蓬一样远飘万里了，何日再见，真是未可期呵！正是由于别易会难，所以下边才接着说：“浮云游子意，落日故人情。”其情意的深厚绵长，全部融入一片落日的晚景之中了。最后两句，侧面写人，正面写马：“挥手自兹去，萧萧班马鸣。”挥一挥手，自此远去了，只听见那两匹马在嘶嘶地鸣叫。全诗就在这种场景中结束，可以说真是达到了言有尽而意无穷的效果。这样看来，如果在“浮云”和“游子意”、“落日”和“故人情”中间加上一个系词，整个意思就被固定下来了，读者便很难由此再作更为广远的想象。这一固定就把诗的意义空间大大缩小了。唐人深谙其理，创作时便有意打破语法规范，既使诗句简洁，又尽量增加其内在意蕴。

同样的情况，在晚唐温庭筠的《商山早行》中有着更出色的表现。《商山早行》的名句大家都熟悉：“鸡声茅店月，人迹板桥霜。”两句诗中用了六种景物，十个名词。六种景物是：鸡声、茅店、月、人迹、板桥、霜。这是一种定语加中心词的偏正结构，都保留了语言指义前的原初形态，不作任何改变。鸡声就是鸡声，茅店就是茅店，作者把它们原封不动地拿到诗中，将几种景象叠合在一起，于是就构成了千古名句。对这种句法和它所表现的意境，宋人梅尧臣非常赞赏，认为这样的诗句可谓“状难写之景如在目前，含不尽之意见于言外”（语载《六一诗话》）。明朝的李东阳在《怀麓堂诗话》里也以此诗为例指出：“人但知其能道羁愁野况于言意之表，不知二句中不用一二闲字，止提掇出紧关物色字样，而音韵铿锵，意象具足，始为难得。若强排硬叠，不论其字面之清浊，音韵之谐舛，而云我能写景用事，岂可哉！”这里所说“闲字”，指的就是名词以外的那些词语。由于作者将所有“闲字”一概省略，使得诗句的意义内涵大大增强，而读来又使人觉得“音韵铿锵，意象具足”，所以这两句诗受到后人的一致称赏。

《商山早行》重点是“早行”，而且是山中的“早行”。大家知道，商山在陕西省的东南，和湖北交界，西汉初年的“商山四皓”就隐居在那里。20多年前，我曾经到商洛学院去讲学，在那里待过一段时间，对当地的自然景观和民俗很有些体悟，当时就想起了“鸡声茅店月，人迹板桥霜”的名句，并为它的真切表现而激动。它好在哪里？最重要的一点，是切题。它紧紧地围绕“早行”来写：诗人为客在外，住在一家茅店，这茅店是商山独有的一种茅店，一般城市里不会有茅店的。睡到半夜，就听到鸡声，鸡叫二遍天就快明了，抬头看看月色，时间差不多了，于是出门上路。原以为自己上路的时间已很早了，但来到路上一看，才发现已经有行人了。从哪儿得知有行人呢？从印在板桥白霜上的足迹看出来的。真是“莫道君行早，更有早行人”呵！在这里，“板桥”两个字值得注意。不用“板桥”行不行？也可以，但是“板桥”二字既贴合山间场景，又具有很浓的诗意，不是石桥、铁桥，而是木板搭成的小桥，桥上又铺满白霜，白霜上印着行人的足迹，可以说处处引发人们的联想。而这种联想，说到底，又是以看似随手拈出的六种景物的并列为引线的。

由温庭筠这样的写法再往后发展，就是元代那位非常著名的散曲作家马致远了。马致远写过一篇有名的小令《天净沙·秋思》——那个“思”字读去声——其中出现了九种物象的叠加。哪九种物象呢？枯藤、老树、昏鸦、小桥、流水、人家、古道、西风、瘦马，最后用“夕阳西下，断肠人在天涯”绾合全篇。这样一种主要用名词来组合构句的方法，在修辞格上称为“列锦”。这样一种句法无因果关系或明显的逻辑关系，用友人李浩《唐诗美学》中的话说，它的主要特点就是画面叠加、自由呈现，具有伸缩性、灵活性、超分析性、抗译性。伸缩性、灵活性，这个大家一想就明白；超分析性，是说你很难用简单的逻辑关系或因果关系来明晰地解说它；抗译性，是说你不大容易用白话或英语来准确地翻译它，如果一定要翻译，那么它的意义、内涵就会缩减，会丧失很多原汁原味的东西。我想只有学了汉语的人，而且对中国古代的文化、诗歌、意象有充分解悟的人，读这样的诗才能读出一些味道。清人方东树在《昭昧詹言》里说："文法以断为贵。"这话很值得深思。一般人都注重文法的连贯，可他却强调"以断为贵"，当然，这个"断"并不是截然断裂，而是"蹊径绝而风云通"，道路好像断绝了，但有风云相连通；字面上好像是断开了，但内在的意蕴是一脉相连的。诗能写到这种程度，那就是好诗。所以他又说："古人文法之妙，一言以蔽之曰：语不接而意接。"达到这一步恐怕是比较难的。但一旦做到了，就会使诗的意义空间得到扩展。

除了文法上的变化，唐人在诗歌语言上的追求还表现为努力创造佳句和活句。

句子是语言构成的表达较完整意义的单位，佳句则是语言运用的成功体现。所以，古人无不重视佳句的营造。谢榛说："诗以佳句为主。"（《四溟诗话》卷二）安磐说："古人一句诗称振绝者，如'枯桑知天风'，如'海日生残夜'。下此如'满城风雨近重阳'之句，然未若谢客之'池塘生春草'也。少日读此不解，中岁以来始觉其妙。意在言外，神交物表，偶然得之，有天然之趣，所以可贵。"（《颐山诗话》）佳句固然可贵，但生成佳句的方式尤为可贵。少时读"池塘生春草"，并不能真正感觉到它的妙处，不就是到了春天，池塘里新长了些青草嘛！你说它妙在哪里呢？可是到了中年，有了人生阅历，有了写诗的这样一种甘苦和体验，才感觉到真是妙，妙就妙在"意在言外，神交物表，偶然得之，有天然之趣"。这四句评语是对谢诗妙处的绝佳说明。如果大家把谢灵运的《登池上楼》诵读一遍，再用心体悟一番，大概是会赞成安磐的说法的。谢灵运这首诗是在贬所写的，他被贬到哪儿了呢？贬到了永嘉，就是现在的温州，在这样一个很偏远的处所做地方官。原先是贵公子，朝廷的显宦，现在是被弃置的贬官，感觉心情很不舒服，于是他就病了。一病就是一个冬天，连门都没有出，整日卧病在床，与衾褥为伴。好不容易盼到了春天，病情稍减，于是强自起床，来到窗边，向外远望。这一望不打紧，突然间就有了新的发现。发现了什么呢？发现池塘里生出了翠绿的春草，小园的柳树上有了欢叫的禽鸟。这种发现不由他不生出由衷的惊喜。想一想，一个长期卧病在床的人，突然看到大自然这样一种生机，该是怎样一种欣喜啊！更重要的是，他是无意中看到了这样一番景象，没有太多的加工、雕琢，就把所见所闻顺手写到了纸上，于是便来得格外真切、自然，充满天然之趣。“池塘生春草，园柳变鸣禽”之所以备受后人称赏，其原因恐怕就在这里。

类似这样的诗句，唐以前还有一些，比如“大江流日夜，客心悲未央”，我非常欣赏这两句诗。这是谁的诗句？就是李白诗中多次称道的“解道澄江静如练，令人长忆谢玄晖”的谢朓。但是相比之下，唐人诗中的佳句就更多了，简直不胜枚举。像杜甫《后出塞》中的“落日照大旗，马鸣风萧萧”，那种气势，那种沉雄，那种境界，只有老杜的笔力才能扛起。再比如刘禹锡的“沉舟侧畔千帆过，病树前头万木春”，写得也非常精到。现在人们解释这两句诗，往往认为它具有昂扬劲健的意志，实际上远不是这么回事儿。就刘禹锡的本意看，这两句话是很有些悲观、伤感的。“病树”“沉舟”都是自指，这是刘梦得被贬 23 年之后从贬所回朝时写的一首诗，诗题就是“酬乐天扬州初逢席上见赠”。由诗题可知，他从贬所来到扬州，正好在扬州和白居易见面。这里所说“初逢”，究竟是第一次和白居易见面，还是从贬所回来后的首次相聚，这点我还说不清楚。我曾细读过他们的诗歌，在此之前，似乎没见到刘、白二人直接交往的证据。然而，不管是哪种情况，两位大诗人在扬州见面了。于是在宴席上白居易挥笔写下一首《醉赠刘二十八使君》：

为我引杯添酒饮，与君把箸击盘歌。
诗称国手徒为尔，命压人头不奈何。
举眼风光长寂寞，满朝官职独蹉跎。
亦知合被才名折，二十三年折太多。

开篇就说你为我举杯痛饮，我为你击箸高歌，两位诗人相见时那种心气投合、那种氛围，一下就渲染出来了。下面单写对方，回溯以往，诗情陡转："诗称国手徒为尔"，诗歌创作已是国家级水平了，却敌不过命运的摧折，所以说"命压人头不奈何"。第三联为刘禹锡叫屈，说在这么长的时间里，虽然世间风光很好，你却长期处于寂寞之地；满朝都是高官，只有你一个人半生蹉跎。"亦知合被才名折"，也知道你的才气太大、才名太高，老天恐怕要让你受点委屈的，但这委屈一受就是23年，折损得岂不是太多了一点！

白居易这首诗对刘禹锡寄予了深切的同情。而被贬23年的诗人，读了友人这样一首诗，自然会心有戚戚焉。于是满怀感慨地和作一篇：

巴山楚水凄凉地，二十三年弃置身。
怀旧空吟闻笛赋，到乡翻似烂柯人。
沉舟侧畔千帆过，病树前头万木春。
今日听君歌一曲，暂凭杯酒长精神。

首联陈述被贬经历，次联怀旧。怀谁呢？元和十四年（819），47岁的柳宗元死掉了，柳宗元之死完全是缘于专制政治的迫害。刘、柳的关系非常好，他们二人是"二十年来万事同"。可是眼下呢？柳宗元死了，只剩下自己一人回朝，对逝去的故人岂能不感怀系之？所以他"怀旧空吟闻笛赋"。"闻笛赋"指《思旧赋》，是向秀在去洛阳赴任途中，经挚友嵇康故居时闻邻人笛声而作，其中充满物是人非的凄楚和感伤。刘禹锡借此事典，既表对亡友的怀念，又用"空吟"二字，极写其感伤之情。"到乡翻似烂柯人"，23年过去，再度回朝，已是面目全非了。就像《述异记》所载，晋人王柯入山观棋，虽只一会儿工夫，其斧柄已烂，待他回到家乡后才发现，与他同时的人都已作古了。刘禹锡用这样一个典故，将久贬归来后的一种人世沧桑、一种自身沉沦都尽数包含了。

正是有了前面的铺垫，第三联才有了"沉舟侧畔千帆过，病树前头万木春"的感叹。这两句意思是说：我就好比沉舟，在我这沉舟的侧畔千帆都已过去；我又像那病树，而周围的其他树木则是万木葱茏。仔细体味这两句诗，大有从贬所回来自伤落伍、自感衰颓那样一种落寞情怀。这样的一种情怀在刘禹锡被贬后的诗中所在多有，所以今人将之解释为奋进的、积极昂扬的情怀，显然是不符合诗歌本意的。但是，换一个角度来看，这两句诗又确实内含一种辩证的哲理。如果我们暂且超出作者的身世背景，纯就诗句的喻示意义看，其中就包含了更多的意义指向：虽然一舟沉没了，但沉舟的侧畔有千帆竞发；病树的前头，展现的乃是万木的葱茏景观和勃勃生机。读完此句，人们会感受到事物新陈代谢势所难免的一种发展规律，以及应辩证地看待一己困厄的豁达襟怀。而在结构上，它与白居易诗中"举眼风光"一联相呼应，却在精神意脉上远超前者的低沉伤感，显得明朗劲健。在手法上，这两句将诗情、画意、哲理熔为一炉，表现出形象隽永的理趣和情韵。就此而言，后人将之视为佳句而广为传诵，就不难理解了。

刘禹锡的诗佳句甚多，诸如"莫道桑榆晚，为霞尚满天"(《酬乐天咏老见示》)、"马思边草拳毛动，雕眄青云睡眼开"(《始闻秋风》)等，都具有一种振衰起废的力量。至于著名的《西塞山怀古》，不仅有佳句，而且全篇都极精当，即使在全唐的律诗中，恐怕也可占据数一数二的位置：

王濬楼船下益州，金陵王气黯然收。
千寻铁锁沉江底，一片降幡出石头。
人世几回伤往事，山形依旧枕寒流。
今逢四海为家日，故垒萧萧芦荻秋。

诗的前四句，以简洁凝练的笔墨概括伐吴战事，突出运用了对比手法。首联一写西晋军队的浩大军事攻势，一写东吴朝廷的闻风丧胆；颔联一写战前东吴千寻铁链横锁江面的军事部署，一写兵败后举旗投降的狼狈场景。鲜明的对比，给读者留下了惊心动魄的深刻印象。第五句却以"几回"二字，"括过六代，繁简得宜"(屈复《唐诗成法》卷十)。第六句折回西塞山，笔法圆熟。最后一联怀古慨今，收束全诗。就其佳句而言，颔联历来被人称赏，颈联更是深寓感慨，将一种人世的沧桑感、历史的厚重感以及他俯瞰历史沧桑时那种劲健而又沉郁的精神气脉贯穿诗中，使人再三把玩，不忍放手，也使得全诗为之神气陡生。白居易对刘禹锡的这种诗才非常佩服，誉之为"诗豪”。据宋人计有功《唐诗纪事》记载，白居易、元稹、刘禹锡等四人，一起议论南朝兴废，各赋怀古诗一首，刘禹锡先写完，所作即此诗。“白公览诗曰：‘四人探骊龙，子先获珠，所余鳞爪何用耶！’”于是搁笔。清人薛雪评价此诗：“似议非议，有论无论，笔著纸上，神来天际，气魄法律，无不精到，洵是此老一生杰作，自然压倒元白。”（《一瓢诗话》）

那么，怎样才能创作出佳句呢？这除了依赖作者个人的才华、眼光、笔力外，还有两点需要注意。

一是重自然浑沦气象而少雕琢。南朝锺嵘在《诗品序》中明言：“观古今胜语，多非补假，皆由直寻。”要直寻胜语，尽力避免人为的雕琢，避免对自然灵光的遮蔽。到了王国维的《人间词话》里，进一步提出了“隔”与“不隔”的观点。王国维举诗例来说明“隔”与“不隔”的区别：“‘池塘生春草’，‘空梁落燕泥’等二句，妙处唯在不隔。词亦如是。即以一人一词论，如欧阳公《少年游》咏春草上半阕云：‘阑干十二独凭春，晴碧远连云。千里万里，二月三月，行色苦愁人。’语语都在目前，便是不隔。至云‘谢家池上，江淹浦畔’，则隔矣。”“‘生年不满百，常怀千岁忧。昼短苦夜长，何不秉烛游？’‘服食求神仙，多为药所误。不如饮美酒，被服纨与素。’写情如此，方为不隔。‘采菊东篱下，悠然见南山。山气日夕佳，飞鸟相与还。’‘天似穹庐，笼盖四野。天苍苍，野茫茫，风吹草低见牛羊。’写景如此，方为不隔。”据这些诗例来看，王国维所要求的“不隔”就是指绘景形象、写情真切，能达到“语语都在目前”的效果；反之，过多地用典、用代词，形成阅读时的障蔽，就是“隔”。一般来说，古今的佳句大都“不隔”，若老是用典，让人参不透本意，就容易形成“隔”。当然，也不能由此得出结论，凡是用典的诗作都不好，不能这么说的。比如李商隐很多诗都是用典的，它也“隔”，但他的那些诗你即使不甚了解典故的本意，读起来也会产生一种美感，因为它的文字本身的组合很顺畅，很华美，很有诗味。《锦瑟》写“庄生晓梦迷蝴蝶，望帝春心托杜鹃”，究竟是什么意思，你可能解会不了，但诗句读起来很美，有一种雾中看花的感觉，于是在整体的“隔”中也形成一种“不隔”。

二是于苦思、推敲之后尽力抹去痕迹。中唐诗评家皎然在《诗议》中这样说道：“或曰：诗不要苦思，苦思则丧于天真。此甚不然。固当绎虑于险中，采奇于象外，状飞动之句，写真奥之思。夫希世之珍，必出骊龙之颔，况通幽含变之文哉？但贵成章之后，有易其貌，若不思而得也。‘行行重行行，与君生别离’，此似易而难到之例也。”在《诗式》中，他又专设“取境”一条，对上述论点加以引申：“诗不假修饰，任其丑朴，但风韵正，天真全，即名上等。予曰不然。无盐阙容而有德，曷若文王太姒有容而有德乎？又云不要苦思，苦思则丧自然之质。此亦不然。夫不入虎穴，焉得虎子？取境之时，须至难至险，始见奇句。成篇之后，观其气貌，有似等闲，不思而得，此高手也。”这是对“苦思”与“天真”间关系的一次明确而深入的辨析：创作过程中，如果不苦思，便不可能“绎虑于险中，采奇于象外”；而在创作完成后，又须去其痕迹，易其形貌，“若不思而得”。如果一味提倡“天真”，不用“苦思”，就可能大开取巧偷懒致使诗境浅易流滑的方便之途，结果戕害诗道。同时，这段话也告诉人们：世间任何事情，若不经过艰苦的探索和思考，都不可能取得真正的成功，而艺术创作尤其如此。这就如同求取希世之珍必于骊龙颔下、不入虎穴焉得虎子一样，在前人的诗语、方法、意象等已达纯熟之境后，欲“状飞动之句，写真奥之思”，只能通过“苦思”，才能进入至难至险至奇之地，从而超越前人。

佳句的一大特点是“活”——活泛、活脱、灵活。大凡佳句，必为活句；句意活脱，才有成为佳句的可能。清人吴乔说：“诗贵活句，贱死句。”什么是死句？“无丰致，无寄托，死句也。”(《围炉诗话》卷一)袁枚更明确指出“莫将死句入诗中”，“扫尽粗豪见灵活”(《仿元遗山论诗》)。李日华举例说：“寇莱公化韦苏州‘野渡无人舟自横’句为‘野水无人渡，孤舟尽日横’，已属无味；而王半山改王文海‘鸟鸣山更幽’句为‘一鸟不鸣山更幽’，直是死句矣。”(《寒厅诗话》引)人家的句子原来挺好的，你一改却给改坏了，改成死句了，岂不是一种罪过！寇莱公就是寇准，韦苏州即韦应物，韦应物那个诗你看写得多自然呀，是“春潮带雨晚来急，野渡无人舟自横”，结果寇准将“野渡”一句变成两句，说“野水无人渡，孤舟尽日横”。这样一来，不仅不省净，而且把原有的意义内涵给限制了、缩小了。“野渡无人舟自横”，是说既没有渡的人，也没有撑船的人，就是一只孤舟停在渡口，被带雨的春潮打得横七竖八的，是一种疏野的场景。但经寇准这一改，好像就变成了只有撑船者而没有渡江人，这就跟韦诗的原意有所不同了。当然，寇准改的诗也未必一定是说有个撑船的人在那里，但容易给人造成这样一种误解。梁朝王籍的《入若耶溪》说："蝉噪林逾静，鸟鸣山更幽。"诗意很好，却犯了一个毛病。犯了什么毛病啊？合掌。两句话说的是一个意思。诗歌本来是贵精练的，用最少的话表示最多的含义，结果他用两句话来表现一个含义，这就有点儿浪费了。不过，由于"鸟鸣山更幽"讲出了一个发人深思的道理，所以还是很被后人称赏的。王安石给它加了"一""不"两个字，想在这名句的所有权上占一席位置，结果却弄巧成拙，不仅从根本上改变了原意，而且句子也显得累赘。所谓"一鸟不鸣山更幽"，你仔细想想，不是有点画蛇添足么？

所以，好的句子要句中见意、句中见巧，婉转活脱，达到"句句如转丸"的境界。而所有这些都和语言的使用紧密关联。词汇的弹性与张力，使一些极平易烂熟的字眼，在特定的组合结构中萌发新意，就好比玩魔方，在高手那里可以随意转动，无不吻合的。同样是十个字，在不同人的笔下，就有死活之分、巧拙之分。你怎么去组合变化，使句子的结构、意象、含义获得最大值，这便是对每位诗人的考量了。所以写诗的时候，恐怕不能不注意语言，尤其不能不注意语言的组合与变化。明人谢榛认为一首好诗的标准有四条："凡作近体，诵要好，听要好，观要好，讲要好。诵之行云流水，听之金声玉振，观之明霞散绮，讲之独茧抽丝。"(《四溟诗话》卷一)吟诵的时候不打磕绊，没有什么艰涩之处，可以行云流水一样读下去；听起来要悦耳，要金声玉振；看起来字词的色彩、意象，要能给人一种美感；讲起来又可以层层深入，移步换景，内涵丰富。就好比我们曾说过的那个易读难解的诗，你读起来很好读，但是解起来呢它又有很多的曲折之处、引人入胜之处，这样的诗才是好诗。谢榛总结说："此诗家四关，使一关未过，则非佳句矣。"这个标准提得高了一些，要想把这四个标准都达到是比较难的。一般写诗，我想能符合其中的一两个条件也就不错了。但是，也唯其提的标准高，人们写诗才有了一种努力的方向。"取法乎上，仅得其中"，我们学习和分析唐诗时，似乎也是可以从这样几个标准来作一番审视的。

第九讲

说语言（下）

在语言运用上，唐诗作者除了重视字词、句法外，还有很重要的一点，在于打破诗的固有节奏和韵律，用非诗的方法来写诗。简单来说，就是以文为诗、以议论为诗，别出手眼，另辟蹊径，使传统诗歌呈现出一种新的面貌。

韩愈在这方面是一个典范，他的不少诗作都用散文的笔法来写，一定程度上消融了诗和文的界限。关于这点，我们前几课曾经提到过，这里可以再看一下。他的五言诗，像“乃一龙一猪”“固罪人所徙”“在纺织耕耘”“时天晦大雪”，都具有散文的特点；七言诗，像“嗟我道不能自肥”“子去矣时若发机”，也是这样一种散文的句式。最突出的是他的《嗟哉董生行》：“淮水出桐柏山，东驰遥遥，千里不能休。淝水出其侧，不能千里，百里入淮流。寿州属县有安丰，唐贞元时，县人董生召南隐居行义于其中。……”像这样的一种写法，你是把它当诗读还是当文读，其间的界限已经不清晰了。这样一些诗句，不受韵律、节奏、对称的约束，完全打破了诗歌圆转流利、和谐对称的特点，而在形式上表现为新颖、生僻、怪奇，散文化的倾向非常明显。这种倾向在韩愈的《山石》一诗里表现也非常突出，所不同者，前边一些诗作对韵律节奏的打破并未取得成功，使诗根本就不像诗了，所以招致了后人很多的批评，而《山石》则是他运用这种手法创作非常成功的一个显例。下面，我们来看一下这首诗的写法和语言。

山石荦确行径微，黄昏到寺蝙蝠飞。升堂坐阶新雨足，芭蕉叶大栀子肥。僧言古壁佛画好，以火来照所见稀。铺床拂席置羹饭，疏粝亦足饱我饥。夜深静卧百虫绝，清月出岭光入扉。天明独去无道路，出入高下穷烟霏。山红涧碧纷烂漫，时见松枥皆十围。当流赤足踏涧石，水声激激风吹衣。人生如此自可乐，岂必局束为人鞿？嗟哉吾党二三子，安得至老不更归！

这首诗作于贞元十七年(801)七月二十二日，当时韩愈从徐州来到洛阳，途中和几个友人一起登上了洛阳北边的惠林寺。这年韩愈33岁。诗取名“山石”，与《诗经》中那些诗的取名方式相类似。它并不表明这首诗要写一个什么样的主旨，而是取诗歌开篇的头两字作为诗题。这种标题方式虽然没有什么深意，但显得很古朴。

诗开篇就写登山：“山石荦确行径微。”山上那个石头呀，大大小小，高高低低，很不平，道路又很窄狭，由山石和道路的情状即可见出登山之不易，表面上写的是山石的形状，实际上暗喻攀登者的艰辛。写登山虽只这么一句，却把整个登山的过程给表现了。经过长途攀登，来到了山上，来到了寺院，于是自然带出“黄昏到寺蝙蝠飞”。登山一直登到了黄昏，也可能一大早就开始登了，一直到了黄昏时分才来到了山上的寺院。到了寺院看到什么景象了呢？是“蝙蝠飞”。黄昏时寺院最多的恐怕就是蝙蝠了。蝙蝠在黄昏的时候上下翻飞，诗人抓取了这一典型的场景，来表现黄昏时分初到寺院的见闻，笔墨非常省净生动。然后呢，就写“升堂坐阶”。来到了寺院，就向佛堂走，走了一半就停下了，坐在石阶上观看。这时，正是雨后，而且是一场历时不短的雨。何以见得呢？“新雨足”三字可以为证。那么，新雨“足”表现在什么地方呢？表现在“芭蕉叶大栀子肥”。那些芭蕉树叶子都非常大，栀子叶也非常的肥厚，一个“肥”，一个“大”，交代了新雨“足”的程度。写完了景致，便写寺中的主人——和尚。和尚说：古壁上有很好的佛画，你去看一看吧。韩愈是非常喜欢佛画的，他相当一部分诗歌都受到了佛教壁画的影响，李贺诗也是如此。复旦大学的陈允吉先生曾发表了多篇论韩、李诗歌所受佛教壁画影响的文章，颇有新见。韩愈虽然是反佛的，但并不排斥佛教艺术，某种程度上，佛教艺术对开拓他的想象力是不无助益的。所以，他听僧人说有好的壁画，就高兴地跟去看了。结果是“以火来照所见稀”。因为天已黄昏，必须借助火把，就着火光一看，果然是天下稀有，画得实在太好了。当然，这里的“稀”也可作稀疏解的。看完了佛画，就要考虑食宿的事了，于是“铺床拂席置羹饭”。饭不是很精美，但诗人并不在乎。一是爬了一天的山，已是又累又饿，即使粗茶淡饭也觉得非常的好吃；二是诗人追求的主要不是物质上的享受，而是精神上的愉悦，这由诗末的“人生如此自可乐”可以看出，所以才说“疏粝亦足饱我饥”。吃完饭就开始睡觉，但他却睡不着。何以见得呢？由“夜深静卧百虫绝，清月出岭光入扉”可知。夜已经比较深了，已经是“百虫绝”“清月出”了，诗人还未入眠。他先是听着山上虫子唧唧鸣叫，虫鸣停歇之后，又看到从窗子外边射进来的月光。这时候的月是什么月呢，是上弦月还是下弦月？前面我们说韩愈登山的时间是七月二十二日，农历，那么这个时候就该是下弦月。下弦月升起，而且到了岭上的时候，鸡已经叫了头遍了，说明夜确实已经比较深了，周围的环境非常静谧。但在这静谧中，却不难发现所隐含的诗人内心的激动、欣喜及对大自然的热爱之情。否则，他是不会等到这时还不睡的。

接着写天明之后的行踪。“天明独去无道路”，这个“独去”，并不是说一个人离开，实际上同行者还有另外几个友人，只是因为表达的需要才这么说的。到了天明要离开了，但是没有道路。不是山上没有道路，而是道路被云雾遮掩了笼罩了，于是“出入高下穷烟霏”。清晨的山里雾霭浓重，能见度极差，大概几米之外就看不清道路了，由于雾大，又在流动，所以一会儿进到雾中，一会儿出于雾外，随着山势时升时降，或高或下。如果大家有过这样一种清晨登山的经历，你会感到这是写得很真切的。韩愈在此只用七个字，就把那样一种情景写活了，写得非常好。紧接着，雾消了，太阳出来了。太阳出来之后景色就漂亮了，是“山红涧碧纷烂漫”。“红”，指秋天变红了的树叶；“碧”，指山间清澈碧绿的涧水；“纷烂漫”，指各色各样的花草。这些花草与红的树叶、碧的流水经初出的阳光一照，真是美极了，而作者只用七个字，便将山间绚丽多姿的景象一笔囊括。在山里行走，最多见的是树木，不写不行，但又要抓取特点，于是写树的粗大，用“时见松枥皆十围”一笔带过。

前边主要写下山时所见，诗人尚非画面中的主角，而至“当流赤足踏涧石，水声激激风吹衣”二句，诗人便占居了中心位置。这两句诗我觉得是全诗最好的句子了。韩愈是年虽已33岁，却童心未泯，见到泉水那么清澈，忍不住要把鞋子脱下来，站到湍急的水流中去试一试。那水呢，流速很快，他赤着脚踏在涧石上，水从双脚上冲过，遇到阻力，发出悦耳的响声。“激激”，既写水之形，又状水之声。下面，双脚感受着涧水的凉意，上面，衣袂被山风吹起，此时此际，诗人的感觉应是非常惬意的。大家都有登山的经历，你在山间走了很长的时间，很累了，人困马乏的时候打着赤脚踩到水里边试一试，是不是感觉很舒畅呵？人生有很多乐境，清朝的金圣叹就列举了他自己感受到的几十种乐境，我觉得韩愈所写的就是人生乐境之一。所以他下边说“人生如此自可乐”，虽然这只是很小也很简单的一件事，但他已感到快乐、满足了。既然人在自然中随处都可快乐满足，那么，“岂必局束为人鞿”——何必寄人篱下，被人羁绊、受人约束呢？在此之前韩愈曾经入汴州幕、入徐州幕，在幕府里给人做过幕僚，生活很不自在，所以由衷地发出了这样的感叹。从写法上看，这两句已经转入议论，在说道理了。但是道理说得不露痕迹，你没有感觉到他是在议论。下面仍然是议论和感慨：“嗟哉吾党二三子，安得至老不更归！”意思是说，与我心性相同的这几位友人呵，不要在那个官场和仕途再去奔波再受拘束了，应该追求人生自由的一面，到自然中去，为自己获得一些自由的天地和独立的人格吧。

这是一首很有特点的诗。大家读完有什么感觉？综合前人的意见，可以看出此诗与传统的诗有好些不同。第一，非常注重剪裁，略于上山而详于出山，上山只一句话就交代了，而下山是不厌其详，不厌其细。由于剪裁到位，所以详略得宜。第二，全诗使用铺叙的方法，也就是赋法。从《诗经》时代开始，就有了赋、比、兴这样三种方法，一般诗是以比兴为主、为重、为贵的，少用赋法。但是这首诗几乎全用赋法。赋是什么呢，就是铺排，就像写散文一样，铺排陈述。这就和传统的诗不一样了。第三，此诗的铺排陈述完全按照时间的顺序，从上山的时候写起，一直写到了傍晚，写到了夜，写到了晨。然后从晨又写到了午，完全按照时间的顺序来写。第四，由于按照时间顺序写成，又用的是赋法，所以在表现形式上全是单行顺接，不用偶句。当然，这是一首古体诗，唐代古体诗不要求用偶句，但从现存诗作来看，很多古体诗，包括杜甫一些用赋法写成的古体诗，都是有不少偶句的。但韩愈这首诗却一个偶句都不用，不事雕琢，纯依自然，直书所历所见。这个特点就很鲜明了。第五，他还采用了议论的手法。这种议论手法和散文式的表现技法结合到一起，意在打破诗歌固有的节奏、韵律、对称，使之从约束中获得一种解放。所以陈寅恪在《金明馆丛稿初编·论韩愈》中就称赞韩愈的诗“既有诗之优美，复具文之流畅，韵散同体，诗文合一”，这应该是一个很高的评价了。韩愈以前有没有人尝试这种写法呢？偶尔可以见到，但不够成功。到了韩愈，他在做这个尝试的时候，就有了一个成功的范例。这在诗界应该算是一个不大不小的革命了，对后来宋人的以文为诗、以议论为诗有着直接的影响。所以苏轼非常称赞韩愈的这样一种贡献，说“荦确何人似退之，意行无路欲从谁。宿云解驳晨光漏，独见山红涧碧时”（《王晋卿所藏着色山二首》其二）所说重点就是这首《山石》。从另一个角度看，韩愈这首诗充满了阳刚之气，劲健，硬朗，无雕琢，重自然。所以后来的元好问就非常赞赏韩诗这一特点，写诗道：“有情芍药含春泪，无力蔷薇卧晚枝。拈出退之山石句，始知渠是女郎诗。”（《论诗三十首》）前边先引秦观《春日五首》中的两句，用来与韩诗比较，说把韩退之的《山石》拿来比一比，才知道你秦少游的作品不过是女孩子的诗，太柔弱太细嫩了。批评的是秦观，称扬的是韩愈，重点在称扬韩愈这首诗的阳刚之气。由此也可以看出韩愈在以文为诗方面的开创作用，而这样一种开创作用归根结底是语言方面的一种创造，用韩愈的话来说就是“惟陈言之务去”，“降而不能乃剽贼”。

除了以文为诗之外，韩愈的诗还有一些特点。他特别关注人伦物态，以俗语入诗，把一些此前入不了诗的字词拿到诗里边来。上节课我们说诗歌的语言既不同于科学的语言，又不同于日常生活的语言，它是经过高度提炼、浓缩了的诗化的语言。但是韩愈硬要把这个打破，而把日常生活的语言给拿进来，这又是一个突破。所以欧阳修评价韩愈，说：“退之笔力，无施不可。……其资谈笑，助谐谑，叙人情，状物态，一寓于诗，而曲尽其妙。”（《六一诗话》）阅读韩诗，确实可以看出他叙人情、状物态的功夫，他能把人情物态丝丝入扣地表现出来，把人物的心理活动非常真切地表现出来。比如，

《送侯参谋赴河中幕》，侯参谋是他的老友，老友相见，马上又要离别，应该是既高兴又有点感伤的事情，一般要说点夸赞对方和惜别的话才好。可韩愈却说："我齿豁可鄙，君颜老可憎。"——我这个牙齿呀掉了很多，漏着豁豁，你那个脸呀也已老得令人厌憎了。类似这样的句子前人写过没有？没写过，所以他写了之后就新奇。

韩愈的《落齿》诗是一个代表："去年落一牙，今年落一齿。俄然落六七，落势殊未已。"开篇入笔擒题，极写落齿的来势和速度：去年落了一个，今年又落了一个，而且接连落了六七个，看起来还要继续落下去。"余存皆动摇，尽落应始止"，说现存的几个牙也都开始动摇，恐怕只有等它们全部落尽才能停止了。这是开篇的概述，接着写自己的心理活动："忆初落一时，但念豁可耻。"刚开始落第一个的时候，别提那个难堪呀！原来整整齐齐的牙现在突然落掉一个，有了那么大的一个缝隙，让人看着实在不雅观，那个豁豁牙着实令人羞耻。"及至落二三，始忧衰即死"，等到落了两三个的时候呢，又觉得已经非常衰老了，恐怕活不了多长时间了。以致"每一将落时，懔懔恒在已"，总担心哪一个又要落了，心中常常有一种恐惧。不仅是心里有负担，而且在生活上造成诸多不便："叉牙妨食物，颠倒怯漱水。"没有落牙的人可能体会不到，落过牙或牙有病的人可以理解，特别是牙神经发炎，遇到过冷过热的水或酸东西啊，那个刺激呵，是非常难受的。不知道你们有没有过这种体验。现在一种名叫"冷酸灵"的牙膏，就是治这个的。但韩愈的时候哪有什么冷酸灵呢？而且牙一掉，牙缝就大了，一吃饭，食物都夹进去了，很不舒服。"终焉舍我落，意与崩山比"，最终它还是舍弃我落掉了，我的感觉就像山崩了一样。这是进一步写他的心情。"今来落既熟，见落空相似"，说现在既然已经落得这么多了，我已经习惯了，所以落一个是落，落两个三个也是落，让它落去吧！落得多了，心态倒也平和了。仔细数一下，存留的还有二十多颗，知道它们还要一个接一个地落下去。于是下边开始说理："倘常岁落一，自足支两纪。如其落并空，与渐亦同指。人言齿之落，寿命理难恃。我言生有涯，长短俱死尔。"如果每年落一个，那么还可以支撑两纪。一纪是多少年呀？12 年。两纪就是 20 多年了。即使一下都落了也不妨，与逐渐地落并无根本的差别，因为牙齿总是要落的，人活得长活得短总是要死的。

想通了，对待落齿的态度也就变了。“人言齿之豁，左右惊谛视。我言庄周云，水雁各有喜。语讹默固好，嚼废软还美。”别人都说牙落了之后不美观，不漂亮，可在他看来，落有落的好处。虽然牙齿落后说话不把风，说不清楚，但自己不说或少说不就结了？沉默也是一种境界嘛。咀嚼的功能虽然废掉了，但柔软的舌头不还存在吗？想通了，心里便豁然了，于是为全诗作结：“因歌遂成诗，持用诧妻子。”作者由最初落齿的忧惧，心惊胆战，转变到想通以后的顺随自然，并把此事写成诗，拿去给老婆和孩子看，可以说经历了一个跌荡起伏的心路历程。而且运笔写来，是如此的细腻、真切，令人读后，情态如闻如见，真可以说是写生的高手。所有这些，既缘于作者对生活细密的观察，缘于其审美目标的转换，也缘于他对语言尤其是日常语言、散文式语言的纯熟运用。

再看他的《嘲鼾睡》，也是一篇善状人情物态的奇诗。人打呼噜，打鼾，在以前是从不入诗的，但韩愈也用诗来表现。南朝那些宫体诗人虽然品位不高，写女人，写女人的唇、眉、眼、足、手，但还是带着一种欣赏的感情把它往好处写，是以美为美。韩愈不一样，韩愈是以俗为美，以丑为美。刚才那个《落齿》是俗的丑的，这个《嘲鼾睡》也是，诗中专写一位叫澹师的和尚，写他如何打呼噜。这个澹师的呼噜是非常厉害的，非常够级别，恐怕把韩愈给烦得不得了，所以就写了这首诗来嘲弄他。诗开篇就说：“澹师昼睡时，声气一何猥！”中午睡觉呼噜声就响起来了，而且那个声势啊宏壮得不得了。“顽飙吹肥脂，坑谷相嵬磊”，这个人长得很肥胖，随着呼噜声的高下震荡，他身上那些肉也在起伏颤动，有的突起来，有的低下去，就像风吹肥脂一样。“雄哮乍咽绝，每发壮益倍”，呼噜声非常之大，像“雄哮”，刚刚落下，接着第二声就出来了，而且是“壮益倍”，比第一声还要厉害。“有如阿鼻尸，长唤忍众罪”，阿鼻地狱是佛教里最残酷的一种刑罚了，非常难以忍耐，澹师这样一种呼噜声，就好比阿鼻尸哀声长叫一般。接着写这鼾声造成的结果：“马牛惊不食，百鬼聚相待。木枕十字裂，镜面生痱癗。铁佛闻皱眉，石人战摇腿。”听了这呼噜声后，牛马都吓得不吃东西，百鬼纷纷跑过去观看，他所枕的木枕成十字状裂开，室内的镜面也被震得斑斑点点，凸凹不平了。接着作了一番议论和铺叙之后，作者大发慈悲地说：“何山有灵药，疗此愿与采。”——哪座山里有治打呼噜的灵药，我愿意采来给他根治一下。

写了一首，还不够，于是又写一首。“澹公坐卧时，长睡无不稳”，这个人睡觉睡得好，无论坐还是卧都能睡着。“吾尝闻其声，深虑五藏损”，我曾经听到他的呼噜声，真担心那个呼噜声把他的五藏都给损坏。“黄河弄溃薄，梗涩连拙鲧。南帝初奋槌，凿窍泄混沌。迥然忽长引，万丈不可忖。”这几句写得很形象，说他的呼噜声有的时候非常强壮，像黄河涛涌，像战鼓咚咚，有的时候则是放声长引，高达万丈！“谓言绝于斯，继出方衮衮”，原以为声音拉得那么高，搞不好呼吸在那极高处就断绝了，可是呢，那一声刚停，第二声又衮衮而来。作者觉得不可思议，想不到那“幽幽寸喉中”竟会有如此大的变化。上一首诗中，还有为澹师到名山采药治疗的打算，而在这首诗里，作者干脆放弃了，他觉得人与人不一样，实在无法找到澹师呼噜声如此之大的原因。他的最后结论就是：“何能堙其源，惟有土一畚。”——怎么能让这老兄的鼾声止息呢？唯一的办法就是弄一簸箕土把那个出气口堵上！真是敢想，恐怕也只有善谐谑的韩愈想得出这妙招！联系到前引欧阳修所说“退之笔力，无施不可。……其资谈笑，助谐谑，叙人情，状物态，一寓于诗，而曲尽其妙”，可以进一步加深对韩诗的了解、对韩诗语言特征的了解。

韩愈诗里已表现了很明显的赋化倾向。他以文为诗，铺张扬厉，恣肆纵横，逞才纵笔，或叙或议，使本来玲珑剔透凝练和谐的诗歌几乎成为押韵的大赋。他的《南山》诗写南山各种怪石的形状，连用了五十多个“或”字句，或如什么，或如什么，字词艰涩，用排比法蝉联而下，这在以前是没有过的。很多字常人不认识，很难读，但了解了字词的意思后又很易懂，是一种典型的难读易懂的诗。诗的内容含量不是很多，但洋洋洒洒，体现了韩诗的一个特点，即在语言上、形式上求险逐怪。早在元和初年，韩愈就和孟郊、张籍等人联手创作了一批联句诗，这些联句诗也有明显的赋化倾向和险怪特征。而在他的另一些作品中，这种险怪倾向表现得更为突出。为什么会有这种倾向呢？原因固然很多，但其中重要的一点恐怕在于要营造一种陌生化的效果。俄国美学家什克洛夫斯基在《作为艺术的手法》中谈到：艺术要克服人们对熟悉事物在感觉上趋于麻木的机械性，艺术家应用专门手法使习惯或无意识的熟识的东西陌生化，把对象从其正常的感觉领域移出来，使之成为一种读者与文本的特殊关系。“那种被称为艺术的东西的存在，正是为了唤回人对生活的感受，使人感受到事物，使石头更成为石头。艺术的目的是使你对事物的感受如同你所见的视象那样，而不是你所认识的那样；艺术的手法是事物的‘陌生化’手法，是复杂化形式的手法，它增加了感受的难度和时延，既然艺术中的领悟过程是以自身为目的的，它就理应延长；艺术是一种体验事物之创造的方式，而被创造物在艺术中已无足轻重。”（《关于散文理论》，见方珊等译《俄国形式主义文论选》）据此可知，陌生化效果的一个重要方面就在于把人们的注意力引到形式方面，由常态进入非常态。诗歌到了韩愈时代，语词、意象都被用得差不多了，惯常的语言已不大能引起人们的关注了，如何由熟、俗走向生、新，如何吸引读者的眼球，便成为诗歌创作中不可忽视的一大问题。韩愈意识到了这一点，他与孟郊等人的一大贡献，就是推动了诗歌创作由常态进入非常态、由熟到生、由俗到新的发展过程。

当然，这样一种求奇逐险的现象并非始自韩愈，韩愈之前，杜甫诗中就已经有了这种变化。如果给中唐的苦吟诗派找一个祖师的话，我想非杜甫莫属。杜甫苦吟，他的不少诗都经过反复的推敲，一再地琢磨，改了又改。他说“为人性僻耽佳句，语不惊人死不休”，由此可知他在语言方面所下的功力。比如他形容慈恩寺塔也就是大雁塔的高度，是“七星在北户，河汉声西流”；写安史叛军的暴横惨烈，是“川谷血横流，豺狼沸相噬”；写羌地突发战争所产生的那种荒乱，是“鸟惊出死树，龙怒拔老湫”；写登泰山的感受，是“荡胸生层云，决眥入归鸟”；看了别人画的两棵松树，就描绘其状“白摧朽骨龙虎死，黑入太阴雷雨垂”。这些句子可以说都是奇句、险句，在词语运用上是颇费了一些苦心的。这种创作倾向，实际上已经开了韩愈一派的先河。

韩愈在杜甫的基础上又向前迈进了一大步。其诗语之生新、夸张之大胆、想象之怪诞，都达到了一个很高的境地，有的简直令人瞠目结舌。比如，写炎热，“自从五月困暑湿，如坐深甑遭蒸炊”，说五月以后天气之湿热，就好像坐在蒸馍的锅里边被蒸炊一样。这种状况有点像武汉的天气，有人说“武汉”就是捂人的汗，把人的汗往外捂。我记得 1998 年，就是发大水的那一年，我初到武汉，那个气候之潮湿、闷热，实在让人受不了，真像被蒸笼蒸烤。读了韩诗，我感到他写得非常形象。韩愈之前没见有人用这样的句子，韩愈用了，于是就新颖，就给人深刻的印象。韩愈写热，也写冷，他状酷寒的程度，说“啾啾窗间雀，不知已微纤。举头仰天鸣，所愿晷刻淹。不如弹射死，却得亲炰燖”。寒冬腊月，鸟雀已经快命到尽头了，它仰天鸣叫，希望能够把生命往后推延片刻。韩愈看到这个景象就说了，唉，可怜的鸟儿呵，你与其这样活着还不如被人拿弹弓打死，死了之后让人拿去蒸炒，如此你就能和热接近一步了。其设想之奇绝，确是匪夷所思。再如写遭遇之险，说“湖波翻日车，岭石坼天罅”，波浪之大可以掀翻太阳神之车，岭石之硬可以使青天坼裂有隙。写藤杖的颜色非常红，红到什么程度呢？“共传滇神出水献，赤龙拔须血淋漓；又云羲和操火鞭，暝到西极睡所遗”，由此把其红的特征推到极限，无以复加，这就是韩愈写诗的特点。有个道士给他寄了点木耳，他表示感谢，说“烦君自入华阳洞，直割乖龙左耳来”——真是有劳你了，让你跑到华阳洞里把龙的耳朵给割来了。木耳的形状像龙耳，割龙耳又是非常的不易，韩愈用这样一句诗，既比喻又借着比喻表达了对人的感谢，而就诗句本身来说，则非常的险怪。韩愈有时还写蝎子，蝎子是蜇人的，大家都很害怕，可是韩愈却将这种可憎可怕的毒虫写得可喜可乐：“昨来得京官，照壁喜见蝎。”得到了一个官，心情很高兴，于是看到蝎子也激动起来。

与韩愈相比，李贺是另一种典型。李贺诗有这样几个主要特征：情感凄怨、色彩冷艳、意境奇诡、格调激越。而就其意象来说，大概有这样几种类型：绮丽迷幻型，阴森恐怖型，瘦硬残败型，冷艳凄迷型。李贺写诗在语言运用上最突出的特点就是字词狠重。他多使用狠重的词语，来营造质地尖锐、脆硬、狞恶的物象或意象，诸如“青狸哭血寒狐死”“一双瞳人剪秋水”“荒沟古水光如刀”，都出乎常情之外，是一种独特的感受，达到的是极度陌生化的效果。“花楼玉凤声娇狞”也是这样，花楼玉凤，很美好、很艳丽的意象，玉凤发出的声音自然应是娇嫩的，然而，“娇”字之后突然加了一个“狞”字，一下就把前边那种给人美好的印象给改变了，变得戟目刺心起来。陈允吉先生写过一篇文章《说李贺〈秦王饮酒〉中的“狞”》，就围绕这个“狞”字展开论述，入题甚小，出题颇大，由小题写出了大气魄的文章，大家不妨找来读一下。再比如大家熟悉的诗句，“老鱼跳波瘦蛟舞”“老景沉重无惊飞”，用词都是非常狠、非常重的。其《昌谷北园新笋四首》，写笋，却突发异想：“斫取青光写楚辞，腻香春粉黑离离。无情有恨何人见，露压烟啼千万枝。”要“斫取青光”，你看他用词狠重到什么程度。他的《苦昼短》说：“飞光飞光，劝尔一杯酒。吾不识青天高，黄地厚，唯见月寒日暖，来煎人寿。”通常的日升月落、日暖月寒，到了李贺笔下就成了“煎人寿”的象征，一个“煎”字，读来真令人魄动心惊。

以上韩、李诗中这些怪奇狠重的字词，都是语言创新方面一些较典型的例证。字词如果运用得好，可以使诗歌生色，达到陌生化的效果，吸引人的眼球，进而引起人的思索。如果用得不好，连篇累牍，令人费解，就可能形成一种障蔽，形成一种偏执化的风格，这种偏执风格可能会给诗人带来不利的影响。所以陌生化的效果，它既可以成就一批诗，也可以淹没一个诗人。

在诗歌创作的语言运用上，唐人已经达到了很高的水平，再求新的发展和变化，已颇为不易了。宋人为了再有创新，便发明了一种“禁体诗”，又叫“白战体”，明确规定所作诗中有些字词不许出现。据欧阳修《六一诗话》载：“国朝浮图，以诗名于世者九人……当时有进士许洞者，善为辞章，俊逸之士也。因会诸诗僧分题，出一纸，约曰：‘不得犯此一字。’”九僧是活跃在宋初的著名诗僧，最擅长写山水风云花鸟雪月之类的风景诗、咏物诗。许洞为了检验他们的真本事，就把九位诗僧叫到一起，命题作诗，并事先约好，所作诗中不得出现山、水、风、云、竹、石、花、雪、霜、星、月、禽、鸟这样一些字。大家想一想，九僧都是写山水写花鸟的，不用上述这些字词他们还能写下去吗？“于是诸僧皆阁笔”，写不下去了。后来欧阳修在汝南的时候，也曾与他的一些友人约定，赋雪诗的时候不得使用玉、月、梨、梅、练、絮、白、舞、鹅、鹤等字。如果不用这些字词，你又能写出一首好的雪诗来，那就不简单了。但就诗歌创作而言，这种方法并不是一条正路。它一方面固然说明，某些同一题材的诗歌中相同字词出现频率太高，用得太多，于是造成过滥过熟的结果，而熟、滥之后就油滑了，就引不起人的新鲜感了。为了造成生、新等陌生化的效果，诗人们开始注意这种现象，并作出了自觉的努力。但从另一方面看，这样一种“禁体”的规定，仅仅着眼于语言形式，使诗歌创作向越来越狭窄的方向发展，其结果必然是死路一条。事实上，这种禁体诗并没有形成市场，只在个别文人那里偶有试作后便销声匿迹了。由此看来，诗歌的创新以及陌生化效果的营造,并不只表现在词语一端,在很多情况下,语言的组合、变化更为重要,通过这种组合、变化,旧的词语完全可以展示新的意境。他如立意、构思、比喻、用典乃至意象营造、通感运用等,也都是可以造成审美距离,改换审美向度的。

第十讲

说比兴

这节课，我们来讲唐诗中的比兴。比兴就是比喻和兴寄。关于比喻和兴寄，人们已说过很多了，朱熹在《诗集传》中为比、兴下了一个简要的定义："比者，以彼物比此物也"；"兴者，先言他物以引起所咏之词也。"下面，我们先来看比。

具体来说，"比"就是比喻。刘勰《文心雕龙·比兴》认为："夫比之为义，取类不常；或喻于声，或方于貌，或拟于心，或譬于事。"这里重点说了喻声、方貌、拟心、譬事四端。"比类虽繁，以切至为贵，若刻鹄类鹜，则无所取焉。""比"的类别虽然很繁杂，但最重要的一点，在于"切至"。"切至"就是准确、贴切，若刻鹄类鹜，画虎似犬，这种比喻就没什么意思了，就"无所取焉"。当然，被比的两个物类在性质上可以差别非常大："物虽胡越，合则肝胆。"唐代皇甫湜引申这一观点说："凡喻必以非类。"同一类的"比"说明不了什么问题，只有性质不同的两样东西来作比，才可以发挥比的效果，见出比喻的新奇。陈望道在《修辞学发凡》里总结了比喻的两大特点，他说："要用譬喻，约有两个重点必须留神：第一，譬喻和被譬喻的两个事物必须有一点极其相类似；第二，譬喻和被譬喻的两个事物又必须在其整体上极不相同。"既要相似，又要在整体上极不相同。"倘缺第一个要点，譬喻当然不能成立；若缺第二个要点，修辞学上也不能称为譬喻。"钱锺书《谈艺录》论"比喻"时作了进一步的引申："不同处愈多愈大，则相同处愈有烘托；分得愈开，则合得愈出意外，比喻愈新奇，效果愈高。”这里更看重的是“不同处”，如果“不同处”越多，“相同处”越能被它烘托出来，二者分得越开，则合得越出意外。在《读〈拉奥孔〉》一文中，钱先生又引南宋诗人巩丰所写雨打落叶诗来作说明。巩诗云：“是雨亦无奇，如雨乃可乐。”钱氏分析说：“‘是’就无奇，‘如’才可乐，简洁了当地说出了比喻的性质和情感价值。如而不是，不是而如，比喻体现了相反相成的道理。所比的事物有相同之处，否则彼此无法分辨；两者全不合，不能相比，两者全不分，无须相比。”这话说得很精到，借用亚里士多德在《诗学》里说的一句话来概括，那就是：“比喻是天才的标识。”

比喻又分本体和喻体，本体是被比喻的事物，喻体是用来作比喻的事物。中国最古老的诗歌集《诗经》中，就有大量运用比喻的篇章。如大家很熟悉的那篇《氓》，就反复使用比喻手法，“桑之未落，其叶沃若”，就先以葱茏茂盛的桑树比照女子的青春，继而又以诱人的桑葚比喻令人沉醉的爱情，把恋爱中的少女比作贪食而快乐的小鸟。至“桑之落矣，其黄而陨”，便是以桑叶枯萎凋零来比拟流年带走了青春，曾经光彩照人的少女在岁月中蹉跎了美丽的容颜，最后遭人遗弃。在《楚辞》中，比喻得到更多的使用。香花、香草以喻君子，恶花、秽草以喻小人，以男女关系比君臣关系，以众女妒美比群小嫉贤，以婚约比君臣遇合，以至形成了一个源远流长的以比喻为核心的香草美人系统。

后世更多的是用花来比美人，花是喻体，美人就是本体。花与美人，有多方面可资比照：二者都是美丽的，花漂亮，美人也漂亮；二者的美都具有短暂性，花到了暮春就衰落了，美人的美貌也是在青春时代，过了这段时间就徐娘半老或人老珠黄了；二者都有高洁清香这样一种质地或品格。正由于二者有这么多的相似点，所以人们常常把花和美人放在一起来比况。同时，这二者又属于不同性质的种类，一是人，一是物，人和物之间因存有这样非常相似的共同点，遂将二者联系在一起，比喻就成立了。比较典型的，是唐朝李白的《清平调》三首，其中第三首说：“名花倾国两相欢，长得君王带笑看。解释春风无限恨，沉香亭北倚阑干。”这是赞美杨贵妃杨玉环的，把名花与美人放在一起来说，比喻很贴切。也有一些诗是借咏花来赞赏某种品质的，像“菊花如志士，过时有余香”（陆游《晚菊》）、“雪虐风饕愈凛然，花中气节最高坚"(陆游《落梅》)、"不与群芳争绝艳,化工自许寒梅"(叶梦得《临江仙》),这也是一种比喻,只是说得隐晦一些而已。瑞恰兹《文学批评原理》曾指出:"比喻最能够在诗歌中把不相干的、彼此本来不联系的东西结合在一起,由于这种排比与组合,这些东西在读者头脑中就建立起关系,因而影响他的态度和意向。如果仔细考虑,比喻的效果很少是产生自其中所包含的逻辑关系的。比喻是一种半明半偷的办法,通过这种办法,更多的不同的因素可以组织到经验的结构中去。"这段话讲得蛮有道理。他一方面讲了比喻的特点,另一方面告诉我们,比喻能大大地增加文本的内涵。它排除了逻辑关系,把一些没有必然联系的东西放在一起,从而能够让人产生多方面的联想,有时候一个喻体可以喻示着不同的本体,从同一个喻体可以获取多方面的启迪。这恐怕就是比喻的一种文化运用价值了。

比喻的类别细分起来大约有数十种,很多,不一一罗列。常用的有这样几种,一种是明喻,明喻就是甲类乙,是一种相类关系。像白居易的名句"芙蓉如面柳如眉",直接讲出芙蓉与美人的脸、柳条与她的翠眉之间的相似性;再如刘禹锡《竹枝词》里"花红易衰似郎意,水流无限似侬愁",以"似"这一词语联系本体与喻体双方,令人一看就明白作者是在比喻。当然,也有不用这些字眼,但这些字是隐含句中的,像"浮云游子意,落日故人情"等,大都可以称之为明喻。

隐喻是较难处理的一项了。我查过《辞海》,所说有差异。《辞海》解释隐喻即甲是乙,是一种相合的关系。比如"莫攀我……我是曲江池畔柳,这人攀来那人折,恩爱一时间"。在这诗里,已明确告诉你,"我是曲江池畔柳",但实际上"我"是不是那棵柳呢?不是。作者的意思是在隐曲地表明,"我"好比是那棵柳,所以把它称为隐喻,也有人把它称为暗喻。但我想这只是隐喻的一种意义。从现在的实际情况看,隐喻比其他比喻概念的应用要广泛得多。现在我们常提到隐喻,如某某事情隐喻着什么、隐喻手法的妙用,等等。就此而言,隐喻的另一层含义应当是指喻体与本体之间的关系不明确,而这个喻体具有多方面的含义,其中一种映射着本体。它令人在意会之中,去把握两种事物间的内在关联。换句话说,隐喻是指喻体不直接揭示本体而具有潜在指向性的一种比喻。

接下来就是借喻了。借喻是指本体不出现，用别的词语来代替自己所说事物的一种方式。比如，曹植《野田黄雀行》中“利剑不在掌，结交何须多”，这个“利剑”就是一种借喻，比喻什么呢？比喻权力。诗意是说，我手中没有权力，救不了你，我结交这么多人有什么用呢？陶渊明《归园田居》有“误落尘网中，一去三十年”的诗句，便是用“尘网”借喻世俗社会。

还有一种方法叫曲喻，在古代文学作品中使用较多。钱锺书在《谈艺录》中曾重点来谈李贺诗歌的曲喻，认为：“其比喻之法，尚有曲折。……长吉往往以一端相似，推而及之于初不相似之他端。”紧紧抓住那一点的相似，然后扩大化，推衍到其他不相似的事物，进行二者之间的比并。如《天上谣》的“银浦流云学水声”，将云与水联结在一起。天上的流云和地上的流水本来是两种东西，没有多少相似点，其唯一的相似点是“流”，即都是流动的物体。进一步看，水的流动有声响，而云的流动是没有声响的，但在李贺看来，既然两者相似，水流有声音，那么云流自然也就有声响了，于是就有了“银浦流云学水声”的表述。再如《秦王饮酒》有“羲和敲日玻璃声”的诗句，将太阳与玻璃联结到了一起。太阳之所以能与玻璃相联结，在于二者都是光明的物体；由此推进一步，既然太阳有玻璃那样的光亮，那它也就会像玻璃那样有声响，于是羲和敲日就会发出“玻璃声”了。这就是从一端的相似推到不相似的他端，从而把两个物体结合起来了。黑格尔《美学》指出：“隐喻也可以起于主体任意配搭的巧智，为着避免平凡，尽量在貌似不伦不类的事物之中找出相关联的特征，从而把相隔最远的东西出人意料地结合在一起。”并曾多次称赞东方人“在运用意象比譬方面特别大胆”。这种说法，在李贺诗中即可得到印证，并与钱说互通驿骑。

李贺善用曲喻，但由于他过分追求幽渺的意象和曲折的方法，所以也形成了一些缺失。钱锺书一方面指出了李贺诗歌的特点，另一方面对李诗又提出了严厉的批评。他说：“长吉铺陈追琢，景象虽幽，怀抱不深；纷华散藻，易供挦扯。若陶、杜、韩、苏大家，化腐为奇，尽俗能雅，奚奴锦囊中，固无此等语。蹊径之偏者必狭，斯所以为奇才，亦所以非大才欤？”（《谈艺录》）这话讲得是有一定道理的。

与李贺诗所用曲喻手法相似，李商隐诗里也有一些曲喻的手法，比如他的《天涯》：

春日在天涯，天涯日又斜。
莺啼如有泪，为湿最高花。

短短二十个字，包容量很大，很耐人寻味。首二句说：春光美好，但自己在天涯，而且又是日落时分。寥寥十字，就将一种遥远感、落寞感展示无遗，将春日虽美好却无缘消受的遗憾和盘托出。进一步看，"天涯日又斜"的一个"又"字，既是上句的递进，也是对"日斜"的强调，暗示诗人每日此时都在遥远的"天涯"观看日落，其中隐含着春光易逝、人生迅疾的意味，以及诗人百无聊赖、愁苦困顿的情思。由于有了这些铺垫，所以"莺啼如有泪，为湿最高花"就水到渠成了。这两句意思是说，黄莺的啼叫如果有泪的话，就会把最高处的花打湿。为什么说是最高花呢？因为最高枝头的花是最后凋零的，也最为孤独，将最高花打湿，所展示的悲剧感最为沉重。李商隐才华卓荦，却怀才不遇，某种意义上，不正与那最高花有相似之处吗？莺啼之泪打湿最高花，正反映出作者极沉重的内在情感。然而，所有这些都还没有说到"喻"，它的"喻"在哪里呢？在于一个"啼"字。黄莺之啼是没有泪的，只有人的啼哭才有泪。由于这两种啼用的是一个字，而且莺之"啼"和人之"啼"有相似处，于是"以一端相似，推而及之于初不相似之他端"，莺之"啼"就不仅有了泪，而且还可以打"湿"花。这样一种曲喻，增加了诗歌的意蕴，很耐人品味。

曲喻之外，还有博喻。这也是古代诗人经常使用的一种方法。所谓博喻，就是用一连串比喻将对象的特征反复强调，或用一个接一个的不同事物来比喻对象的各个侧面。简言之，就是用多个喻体来修饰一个本体。比如韩愈《南山》，连用 50 多个"或"字来比喻描述南山之石的形状——"或散若瓦解，或赴若辐辏。或翩若船游，或决若马骤。……或覆若曝鳖，或颓若寝兽。或蜿若藏龙，或翼若搏鹫。或齐若友朋，或随若先后。或迸若流落，或顾若宿留。或戾若仇雠，或密若婚媾。或俨若峨冠，或翻若舞袖"——这就是博喻，但用得稍欠高明，令人生堆垛之感。

再如李商隐的《泪》这首诗，便是通过多个比喻，来表现人的悲痛情感的：

永巷长年怨绮罗，离情终日思风波。
湘江竹上痕无限，岘首碑前洒几多。
人去紫台秋入塞，兵残楚帐夜闻歌。
朝来灞水桥边问，未抵青袍送玉珂。

这首诗写得很有特点，作者连着用了多个喻体，而且几乎每个喻体都含有一个典故。第一句写宫女，“永巷”是汉代幽禁宫人的地点，宫人、嫔妃呀受冷遇了，就被幽闭在永巷之中，所以她们“长年怨绮罗”。第二句写离别，可能写居者，也可能写行者。从居者一方看，离别之后，就一直为出没于风波中的远行者担忧；如果从行人角度看，则因遇风波而思念那些居家者。第三句“湘江竹上痕无限”，用舜的两个妃子娥皇、女英的典故。舜南游不返之后，娥皇、女英一直追寻到湖湘一带，在洞庭湖的君山上洒下了痛苦的泪水，泪水滴到竹子上，就留下了斑点，成为后人所说的湘妃竹或斑竹了。这是写追忆逝者之恨。第四句“岘首碑前洒几多”，用的是羊祜的典故。晋人羊祜曾镇守襄阳，因有惠政在民间，所以死后被人追思，人们在他的碑前洒下了很多的泪水，后来立了一块碑，叫堕泪碑。第五句用的是王昭君的典故。“紫台”就是紫殿、紫宫，比喻朝廷，杜甫就有“一去紫台连朔漠”的名句。“人去紫台秋入塞”，离开故国，到了异域，所以流下许多伤心之泪。第六句“兵残楚帐夜闻歌”，用的是项羽的典故。项羽被刘邦围困，四面楚歌响起，项羽在帐中感怀无限，洒泪作了一首七言楚辞体的诗歌。

以上六句，句句都用与“泪”相关的事件来写“泪”，其中有宫女被弃之泪、离别相思之泪、伤逝追思之泪、忆德怀念之泪、异域悲苦之泪、英雄末路之泪。表面看来，每句间都没有必然的关联，六句纷然杂陈。但是到了最后两句，作者大笔一挥：“朝来灞水桥边问，未抵青袍送玉珂。”非常得体地把前六个互不关涉的事件绾合起来，让它们都成为末联的陪衬。一个“未抵”，说明前面六种“泪”都不如最后这一种泪来得多，来得痛。这是什么泪呢？是文人有才而不被重用的屈辱之泪。诗人在末联将视野转向长安城外著名的送别之地灞桥，说在这里有多少穿着“青袍”的寒士在迎送骑着高头大马的达官显贵呵(“玉珂”，本为马络头上的精美饰物，这里代指达官贵人)！寒士迎送贵人要强颜欢笑，但心中已经在流泪了。他们才华卓荦，却不能大获其用，只能在灞水桥边迎送贵胄豪门，那种感觉是极度屈辱的。屈辱之泪，不能明流，而是暗流，不是流在脸上，而是流在心里。这样一种泪，是前面几种泪不能比的，也是最令作者感怀欷歔的。前人读此诗指出：“首言深宫望幸；次言羁客离家；湘江、岘首，则生死之伤也；出塞、楚歌，又绝域之悲、天亡之痛也。凡此皆伤心之事，然自我言之，岂灞水桥边，以青袍寒士而送玉珂贵客，穷途饮恨，尤极可悲而可涕乎！前皆假事为词，落句方结出本旨。”(程梦星《重订李义山诗集笺注》引陈帆语)综观全诗，前面写的几种泪，就是博喻，通过博喻，突现了义山内心的寒士之恨。

还有谁用博喻用得比较好？宋代大诗人苏东坡。他的那首《百步洪》是经常被人们提及的运用博喻的代表作。诗写百步洪流水之急速、之剧烈、之凶猛：“长洪斗落生跳波，轻舟南下如投梭。水师绝叫凫雁起，乱石一线争磋磨。”四句话已将百步洪在乱石缝中奔腾而过的情形写得非常形象了，但作者还不满足，连着又用了七个比喻：“有如兔走鹰隼落，骏马下注千丈坡，断弦离柱箭脱手，飞电过隙珠翻荷。”兔走、鹰落、骏马下坡、断弦离柱、飞箭脱弦、电光飞掣、露珠翻荷，这一连串比喻的使用，可以说把百步洪的态势写得淋漓尽致、穷形尽相。如果不是博喻，恐怕很难达到这样一种效果。

说了“比”，我们接着说“兴”。

所谓“兴”，一方面确如朱熹的解释：“先言他物以引起所咏之词也。”这种方法，在《诗经》中表现最为普遍，《诗经》首篇《关雎》开篇写道：“关关雎鸠，在河之洲。窈窕淑女，君子好逑。”用的就是“兴”的方法。另一方面，“兴”又有情怀感发的意思，特别是与“寄”联系在一起，成为“兴寄”之后，便既有感兴、比兴的成分，同时又有寓意寄托的成分。所以，“兴寄”，简单地说，就是比兴寄托，用比兴的手法托物言志。初唐陈子昂《与东方左史虬修竹篇序》较早提倡兴寄：“仆暇时观齐梁间诗，彩丽竞繁，而兴寄都绝。”齐梁间的诗缺少“兴寄”，多的是华丽辞藻和美的形式。对真正优秀的诗歌而言，没有内涵、没有寄托是不行的，所以陈子昂反对齐梁文风，而极力提倡兴寄，希望借此给唐诗增加充实的内容和强劲的风格。综观唐代诗歌创作，这样一种兴寄的方法，使用频率是比较高的，而像《诗经》中那样的借物起兴的手法倒用得少了。

比如大家很熟悉的骆宾王那首《在狱咏蝉》，用的就是一种比喻兼寄托的方法："西陆蝉声唱，南冠客思侵。不堪玄鬓影，来对白头吟。露重飞难进，风多响易沉。无人信高洁，谁为表予心？"写的是蝉，处处比喻的是他自己，在这种比喻中寄托了诗人愤恨不平之志和他那高洁的情怀。再比如陈子昂《感遇诗三十八首》之二："兰若生春夏，芊蔚何青青。幽独空林色，朱蕤冒紫茎。迟迟白日晚，袅袅秋风生。岁华尽摇落，芳意竟何成。"整首诗咏物，写兰若，"兰"是泽兰，"若"是杜若。屈原的诗歌中经常用到这两种花草，都是比喻君子品格的。这首诗写兰若也有此意，表面上说兰若在春夏时那种高雅、高贵的形姿和蓬勃的状态，实际上内含着诗人的主体情志和青春的怀抱。到了秋天以后，兰若摇落，芳意无成，而我们的诗人呢？也避免不了怀才不遇、一事无成的命运。这里，作者借物比人、寄托情志的意图是很明显的。这是唐人喜用的一种手法，而标题多用"感遇""咏怀""杂咏""无题"之类来表现。

还有一种兴寄，全诗都是比喻，但整体上又在寄托，寄托某种怀抱。比如张籍的《节妇吟》就是如此：

君知妾有夫，赠妾双明珠。
感君缠绵意，系在红罗襦。
妾家高楼连苑起，良人执戟明光里。
知君用心如日月，事夫誓拟同生死。
还君明珠双泪垂，恨不相逢未嫁时。

表面上看，写一个已经有了丈夫的妇女，受到第三者的挑逗和勾引，予以拒绝，而又含情脉脉的态度。诗开篇就说：你明明知道我有了丈夫还赠给我明珠，意在何为？这句话其实把赠送者的意图给直截了当地说穿了。下面转折一下:虽然我知道你别有用意,但是有感于你的缠绵之情,还是把双明珠收下,收下了之后呢,就系在我的小红袄上。由此看来,这位节妇对这位第三者还是有些情意绵绵的。下面又作转折:虽然我把你的东西收下了,但是呢,我家还是非常气派的,“妾家高楼连苑起,良人执戟明光里”,我家楼宇高大,我的先生贤良帅气,而且是执戟护卫,职位显要。这有一点像汉乐府《陌上桑》中罗敷拒绝使君的用语。这两句话是为下面的“事夫誓拟同生死”作的铺垫。接着作者一笔双写,一方面“知君用心如日月”,你对我的爱,是真诚的,我是知道的,另一方面,我家的先生非常好,所以我是不会背离他的,我誓与夫君共存亡。话说得很绝然,但对这位有情于己的第三者毕竟难以完全割舍,于是就有了“还君明珠双泪垂,恨不相逢未嫁时”的结语。意思是说:我还是把明珠还给你吧,但我内心是很痛苦的,我两眼流泪,感叹没有早一点遇到你;如果你我相逢在我嫁人之前,那就好了,可惜迟了一步。这是一种两美难全的心理,作者写得很细腻,很婉转。贺贻孙《诗筏》评论道:“此诗情辞婉娈,可泣可歌。然既垂泪以还珠矣,而又恨不相逢于未嫁时,柔情相牵,展转不绝,节妇之节危矣哉!”这就一笔点到了这位节妇的软肋。当然,贺贻孙的解释含有一点逗乐的成分,实际上,作者的重点在于表现人物两美难全时的复杂心理,只有充分表现其“柔情相牵”,才易于把人物既犹豫彷徨又非常执著的本真意念展示出来。所以如果仅仅就吟咏节妇来讲,这已是一首很好的诗作了。

然而,这首诗又不仅仅止于吟咏节妇,而是借节妇来表现作者的某种情志的,这是一首爱情诗,同时又是一首政治诗,它是以节妇自况,用爱情来比喻政治的。这首诗原有一个题注“寄东平李司空师道”。李师道是河北藩镇首领。中唐时候藩镇的势力非常强盛,割据了大量的土地,虽然挂着朝廷的职衔,却不受朝廷的指挥和约束。当时有相当一批在中原的士人,因仕途受阻,就投奔到河北藩镇,以另谋发展。比如韩愈就写了《送董邵南游河北序》,表面上是送董邵,实际上是为了留他。而河北藩镇为了增加自己的力量,也纷纷将目光投到中原地区,希望寻找精明强干的士人作为辅助。正是在这样的背景下,李师道给张籍写了信,想让张籍到自己的麾下来。由于藩镇当时还没有与朝廷撕破脸,又掌握着不小的权力,张籍不便明确拒绝,于是就自比节妇，用这样一种欲就还脱、欲迎实拒的方法来表现。如果就象征的层面讲，这里的节妇自然是指张籍，“君”指李师道，“夫”就是指唐朝廷。如果这样将人物稍微置换一下，那么这首诗的情爱话语便都可以与当时的政治语境关合起来了。也就是说，张籍一方面感谢李师道对自己的邀请，但另一方面又对中央朝廷怀有耿耿的忠心，“誓拟同生死”而绝不会背离；由于不会背离朝廷，所以要还“君”明珠；又由于有感于李师道对自己的看重，所以“双泪垂”。整个诗情非常委婉曲折，在委婉曲折中表达了作者的那种政治性情感。如果不是兴寄手法的运用，这首诗恐怕达不到这种既委婉又厚重的艺术效果。

我们再看一首与张籍有关的诗，是朱庆馀的《近试上张水部》：

> 洞房昨夜停红烛，待晓堂前拜舅姑。
> 妆罢低声问夫婿，画眉深浅入时无。

这是一首闺意诗，写一个新媳妇在新婚之夜的一种特殊心态。“停”，与现在的意思不一样，不是熄灭了，而是一直点着红烛。昨夜洞房里一直点着红烛，有一种非常温馨、宁静的气氛。新妇呢，一直没有入睡，等待着第二天在堂前拜见她的公公婆婆，“舅姑”就是指公婆。由这种等待，可见她心中还是有些忐忑不安的，同时也表现了新媳妇的一种虔敬的心理。当然，她不是干坐在那里傻等，而是一边等一边在准备。因为第一次拜见公婆呀，总要给公婆留下一个好的印象，于是就要化妆，打扮自己，妆化完了，又有点不自信，光对着镜子自己看还不自信，于是就问夫婿。问夫婿是“低声问”，非常切合新妇的身份，说明这是一个懂得礼节、娇羞婉转的女性。问夫婿什么呢？问“画眉深浅入时无”。我这眉画得怎么样呀，是不是比较前卫、比较时髦？是不是符合时人观赏的标准？能不能博得公婆的喜爱？这样一系列的心理都表现出来了。

进一步看，诗题既然是“近试上张水部”——接近考试时写给张籍的诗，则其内容便不只是写闺意，而应与科举考试有关了。我们知道，唐朝的那些士子们在科举考试之前，往往要进行干谒，干谒的具体形式就是行卷或温卷,即把自己写的诗文誊好,送给当时在上位的知名人士看,以博得他们的好感和赞誉。过了一段时间,害怕他忘记了,再送一些诗文给他。第一次叫行卷,第二次叫温卷。由于唐朝的科举考试不糊名,这样的一种行卷、温卷就有了效用啦。如果哪位知名人士相中了你,会为你宣扬或向主考官打招呼的,这样一来,你金榜题名就八九不离十了。话说回来,这位朱庆馀要参加科举考试了,于是先献诗给张水部。张籍当时是水部员外郎,是著名诗人,而且与韩愈的关系很好,如果能得到张籍的赞赏,那么朱庆馀此次考试恐怕就有了一定的胜算。于是他就给张籍写了这样一首诗。既然诗是写给张籍的,就要贴合张籍的身份。怎样贴合呢?用典,用张敞画眉的典故。张敞是西汉平阳人,宣帝时做过京兆尹。他的政绩并不显著,却因在家中替妻子画眉而名传后世。古代对妇女不是很尊重,而张敞能为其妻画眉,表明张敞与他妻子的关系很亲密。朱庆馀在此暗用这个典故,写出了“妆罢低声问夫婿,画眉深浅入时无”的名句,既切合新婚夫妇洞房化妆的内容,又借典故中的张敞暗点诗题中的“张水部”,将两个姓张的人巧妙地关合在一起,可谓别具匠心,一箭双雕。如果将此诗坐实来看,诗中的人物、事件便都有了一层新的象征意义。其中的新妇自然是指作者,夫婿无疑是指张籍,而舅姑指的便是主考官。诗人的意思是说:临考之前我一直在准备,但是呢,我对主考官的评价标准实在把握不住,也有点不自信,所以在准备好了之后,我还要请教您一下,我的这个打扮,我的这个准备,我敬献您的这些诗文,是否符合审美时尚呢?你看这首诗呀,就来得比较工巧了,它整体上是一种比喻,在比喻之中又有一种内在情志的寄托,写得含而不露,极耐人品味。

张籍不是无情之辈,接到这首诗之后,还是很欣赏的,于是就回赠一首,题名“酬朱庆馀”:

越女新妆出镜心,自知明艳更沉吟。
齐纨未足时人贵,一曲菱歌敌万金。

这首诗写得也很含蓄,完全顺着朱庆馀的诗意来回答。朱庆馀是越州绍兴人,就是现在的浙江绍兴人,所以诗中用“越女”代指。越女的漂亮是出了名的，其中最典型的就是西施，西施与越女之间是可以画等号的，以至后人常用越女来指美人。“越女新妆出镜心”，一个“越女”已经为她的漂亮定了基调，更何况这个漂亮的越女还是“新妆”，而且还有清澈的镜湖水的映照，便越发美丽了。这里，“越女”“新妆”“镜心”互相为用，旨在衬托越女之明艳、美丽，所以第一句话就写得很到位了。第二句“自知明艳更沉吟”，是说明明知道自己已经非常美丽了，但是还在沉吟，还拿不定主意，实在是美丽过分之后的一种不自信了。言外之意：你大可不必这样不自信，应该鼓起信心来。于是第三句说“齐纨未足时人贵”（一本作“未识人间贵”）。“齐纨”，齐地出产的丝织品，非常美丽，这里代指其他女性。作者意思是说：还有其他很多姑娘穿着也非常美丽，但并不被时人看好。末句“一曲菱歌敌万金”，对朱庆馀作最后评价，说你虽然没有穿着艳丽的齐纨，但是你已经非常了得了，你的一首诗歌就可抵过万金了。

张籍这首诗也用了比喻和兴寄，与朱庆馀的诗可谓珠联璧合。从实际情况来看，张籍是在长庆二年（822）由国子博士迁水部员外郎的，朱庆馀是在宝历二年（826）中的进士，则此诗当写在宝历元年前后。我想，朱庆馀能够进士及第，固然与他的才华相关，但与张籍这首诗的赞誉和推荐，恐怕也不无关系吧！

下面，我们再看一首唐人运用比兴手法写的诗，章碣的《东都望幸》：

懒修珠翠上高台，眉月连娟恨不开。
纵使东巡也无益，君王自领美人来。

先看“东都望幸”这个题名。唐代分为东都和西都，西都是长安，东都就是洛阳，也是陪都。武则天时代，其大部分时间是在洛阳处理政务的，其他皇帝主要的办公地点虽在长安，有时也到洛阳去，于是就在东都设置一些别馆，供自己休息享乐之用，所以呢，东都也有一些后宫的宫女。这些宫女，不像西都宫女那样近水楼台，她们见一次皇帝很不容易，虽然“望幸”——盼望皇帝来亲幸自己，但更多的是一种无望的怅惘和失落。这首诗主要写东都宫女的这样一种心情，是一首典型的宫怨诗。

说到宫怨诗，我的一个博士生现在做的学位论文就是唐代宫怨诗研究，对唐代的宫怨诗进行了比较全面的梳理，其中有一些数字统计：唐代后宫中的宫女、宫人人数极多，多到什么程度呢？有四五万人。这是一个非常庞大的群体呀！皇帝只有一个，为他服务的人这么多，真是一种人力资源的浪费。而面对那些如花的宫中佳丽，皇帝一个人是顾不过来的，许多宫女终其一生也见不到皇帝的面，青春的年华、美丽的容颜、大好的时光，就在孤独的等待中逝去了，从本质上说，这是对人性的一种戕害，于是就有了很沉重的哀怨。唐代宫怨诗非常之多，有宫女自写的，也有士人代写的。这首诗就是代言的宫怨。

听说皇帝要来了，东都的宫女还是打不起精神，其原因一是宫女太多，皇帝即使来也不一定能轮到自己受宠，一是从诗的末句看，皇帝身边带着他宠爱的人。所以第一句就是“懒修珠翠”，连妆都懒得化了，心中那种悲怨不言自明。虽然心中不快，懒修珠翠，但在内心深处还是有一丝期盼的，还是希望皇上到东都来能把目光投到自己身上，于是权且登上高台望一望吧。这是一种很矛盾的心理——已是懒修珠翠了，还是要上高台；虽登上了高台，却是一种懒修珠翠的状态。次句紧承上句而来，说“眉月连娟恨不开”，正面点出了“恨”。为什么恨呢，后两句交代了原因：“纵使东巡也无益，君王自领美人来。”君王有他心爱的人，那么他到不到东都与“我”关系都已经不大了。一个“自领美人”，写尽了东都宫女的失望和悲怨。诗仅短短四句，却包蕴很广，将宫女的心理刻画得非常深细，是一首优秀的宫怨之作。

但稍加寻绎可以发现，这首诗又不止于宫怨，它是借宫怨来写士怨的。据《唐摭言》卷九载：“邵安石，连州人也。高湘侍郎南迁归阙，途次连江，安石以所业投献遇知，遂挈至辇下。湘主文，安石擢第。诗人章碣赋《东都望幸》以刺之。”联系这个本事，我们就可以看出，此诗的喻体和本体是非常明确的：望幸的东都宫女指的就是众考生，或者说就是章碣本人；东巡的君王代指主考官高湘；君王自领的美人是谁呢？就是也要参加考试的邵安石。诗人的意思是说：可怜我们这些像东都宫女一样的士子们呵，今年的科举考试看来是无望了！因为听说那个南方人邵安石已经得到了主考官高湘的赏识，高湘还把他带到了都下。既然如此，那金榜题名哪还有我们的份儿呢？

细详诗意，其中既有怨，更有“刺”，虽然有辛辣的讽刺，但又非剑拔弩张，而是委婉曲折，借宫女的望幸和失落表述出来，写得非常得体，让人读后，能从中品出深一层的意蕴来。这也许就是比兴之体所能达到的非常好的一种效果了。

当然，这些诗如果脱离了它的本事，那么，它们所内含的这种深层意蕴就不大容易被人理解了。它们有其具体的语境，这种语境是我们把握诗中比兴寄托的基础；脱离了这种语境，其中的比兴寄托往往会变得含混，对解读古诗也就造成了一种障碍。从整体上来讲，这些诗歌实际上都是一种隐喻，都可以用我们前面提到的隐喻的第二重含义来进行解释，而不可以把它完全坐实。一方面，我们有责任从中发现它的寄托义；另一方面，我们还应该按照文本所提示的内容进行理解，在说不清的时候不硬说，不强说。综观唐诗，这种本事不明的情况在李商隐诗中表现得最为突出。李商隐的许多诗都是欲说本事而不能，但是在隐显明暗的交叉中又是应该有一种本事存在的。他是借男女情事来写他的某种怀抱的，现存文本所描写、歌咏的情事恐怕不一定是他的真正意图。像他的《锦瑟》，肯定是有寄托、有寓意的，但究竟是什么寄托和寓意，那个“庄生晓梦迷蝴蝶，望帝春心托杜鹃”，表现的到底是什么东西，不太好说解。所以前人对此一再兴叹：“诗家总爱西昆好，只恨无人作郑笺”（元好问《论诗三十首》）、“獭祭曾惊博奥殚，一篇锦瑟解人难”（王士祯《论诗绝句》）。李商隐的诗如此，阮籍的一些诗也是如此。阮籍的 82 首《咏怀》也是有寄托的，但古人对其中的寄托已不甚了然了。如锺嵘《诗品》卷上论阮籍《咏怀》就指出：“言在耳目之内，情寄八荒之表。洋洋乎会于风雅，使人忘其鄙近，自致远大，颇多感慨之词。厥旨渊放，归趣难求。颜延年注解，怯言其志。”《文选》卷二三《咏怀诗》李善注也说：“嗣宗身仕乱朝，常恐罹谤遇祸，因兹发咏，故每有忧生之嗟。虽志在刺讥，而文多隐避，百代之下，难以情测。”便典型地说明了阮诗意蕴的多义性和不确定性。

诗的多义性和不确定性缘于比兴寄托，事实上，恰恰是这多种可能性和意义的不确定性，召唤着读者参与文学文本的结构机制，进入意会、感受、体验的状态，为他们提供驰骋想象的广阔天地，促使他们去填补空白，从而获得更为丰富的信息。但是，如果把握不好，不顾文本提供的信息，在不掌握本事和文献资料的情况下，将比兴寄托的范围扩大到无所限制的地步，强行索解，处处寻找微言大义，又势必会造成过度诠释，使文学艺术作品本身受到严重的破坏。典型的例子就是清朝常州词派的代表人物张惠言，他解读温庭筠的那些情爱词，非要从中找出类似屈原作品中香草美人之类的寄托寓意来，结果把作品完美的意境都给破坏掉了。这一点，也是我们在解读诗歌时应予避免的。

第十一讲

说剪裁

这节课，我们来看一下诗歌创作中的剪裁问题。

无论是作诗还是作文，剪裁都是非常重要的一环。现在很多人写文章，老是冗长烦琐，把事情巨细都放进去，让人读来昏昏欲睡，这与缺少剪裁、不能突出重点有直接关系。作诗也是这样。诗歌的精警与否与构思和剪裁紧密相关，题材不错，读来却淡而无味，问题多半就出在构思和剪裁上。

什么是剪裁呢？简单地说，剪裁就是把多余的、不需要的东西去掉。在实际生活中，很多事情都要用到剪裁。比如裁衣，制作衣服的时候给你一块布料，那么你要量体裁衣，根据人的身材高矮胖瘦来进行剪裁。剪裁得体的话，能使人穿上这衣服分外精神，否则，即使是很好的布料，没有剪裁好，穿到身上也会显得臃肿或者邋遢。再比如制作电影，也要用剪裁，那是很重要的一道工序，由剪辑师把那些多余的镜头裁剪掉，然后使得情节故事比较集中，比较紧凑，不拖沓。诸如悬念法呀，闪回法呀，倒叙式结构呀，都与剪裁相关，其目的都在于达到紧凑，突出、增加作品意义空间的效果。在很多情况下，你舍不得把一些臃赘的东西去掉，好像面面俱到了，但实际上整个空间反而狭小了；你把那些多余的东西给去掉以后，空间反而阔大了。

就作诗作文而言，剪裁实际上就是一种选择，一种取舍，更是一种提炼。剪裁的主要功用在于把那些不必要的场景和语言去掉，使情节紧凑，重点突出，并造成出人意料而又在人意中的效果。

剪裁伴随着整个创作过程。成稿之前，你首先要做到心中有沟壑，也就是胸有成竹，哪些东西放上去，哪些东西不放上去，哪些东西重点描写，哪些东西只是一笔带过，恐怕应该有一个设计。古代有不少人创作时往往一气呵成，文不加点，像王勃写《滕王阁序》就传为美谈。但实际上，在成稿之前，他的腹稿已经打好了，他在心里已经开始剪裁取舍了。如果不能做到这一点的话，那么，成稿之后就要反复修改。所谓好文不厌百回改，这种修改，在某种意义上就是剪裁。有增加的部分，但更多的恐怕是删去的部分。“删繁就简三秋树，领异标新二月花”嘛，重在删繁就简。古人在评诗论文时常常谈到这个问题，比如王安石《题张司业诗》就说：“看似寻常最奇崛，成如容易却艰辛。”拿张籍的诗来读，感觉作者似乎没有费多大的力量，得来很容易，而实际上呢，其创作过程却蕴含着一份艰辛。他并不是不去雕琢，不去打磨，而是在雕琢、打磨了之后，把痕迹全然抹去，让你看不到雕琢之痕了。这种抹去痕迹的工作，就与剪裁有关。陆游在《九月一日夜读诗稿有感走笔作歌》中也提到自己作诗的经验，说：“天机云锦用在我，剪裁妙处非刀尺。”“云锦”指布料，“天机”就是织布机，诗人的意思是说，优秀作者的创作，就像天上的织女用天机织锦，妙用全在“我”，在“我”一心，虽然需要剪裁，但是这种剪裁是不留刀尺之痕的。

举几个诗例来看一下。唐人杨敬之写了《赠项斯》这样一首诗，主要是用来表扬项斯的。要表扬一个人，可说的话很多，但诗只有四句 28 个字，不可能面面俱到，而只能拣最重要的方面来说，这就需要剪裁了。你看杨敬之怎么说：

几度见诗诗总好，及观标格过于诗。
平生不解藏人善，到处逢人说项斯。

前两句只写项斯的诗歌和为人，但绝不作枝枝节节的描述，而是大处着眼，总体概括，极力突出项斯诗之“好”和他的“标格”之高。首句“几度见诗”，说明他读项斯的诗不是一次，而是几次了，每一次读诗都觉得好；说诗好也就不错了，说“诗总好”，用了一个概括一切的词语，就把项诗之妙说尽了。诗已经很好了，可是，待到见了项斯其人，感到他的“标格”还超过了他的诗。“标格”就是一个人的风范、品格，“标格过于诗”，说明项斯这小伙子风流倜傥，品学兼优，这又向前推进了一步。寥寥 14 个字，就把项斯的诗和人囊括净尽，并提举到了一个非常完美的高度。正是因为诗好人也好，所以他才“到处逢人说项斯”。这里，“逢人说项斯”是一层意思，“到处逢人说项斯”又是一层意思。“逢人说项斯”已经是不遗余力地去表扬他了，前面加了一个“到处”，说明他推荐项斯真是到了极致了。为什么“到处逢人说项斯”呢？除了前二句说的项斯诗好人好的原因外，还有一个原因，那就是第三句说的“平生不解藏人善”——与人为善，扬人之善，绝不嫉妒别人的长处。这是说自己，但说自己是为了给末句的“到处说项斯”作铺垫，其归结点还是在项斯身上。换个角度看，以杨敬之这样的名诗人，能够到处说项斯，则项斯其人其诗“好”到什么程度，便可想而知了。今天我们常用的“说项”这一词语，实际上就是从这儿来的，只是后经转化，这一词语又有了替别人说情的含义。

总观此诗，剪裁到位，重点突出，于是传播众口。项斯后来的进士及第，便与此诗的褒扬有关。杨敬之在中唐是一个有地位有名声的文学家。项斯，据《唐诗纪事》卷四十九记载，“字子迁，江东人。始，未为闻人，因以卷谒杨敬之，杨苦爱之，赠诗云云。未几，诗达长安，明年擢上第”。这样看来，在唐代，一首诗真可以成就一位新人。

我们再看一首长一点的诗，就是杜甫的《赠卫八处士》。我喜读杜甫的古诗，尤其喜读这首诗，平易、古朴而情感极深挚。

> 人生不相见，动如参与商。今夕复何夕，共此灯烛光。少壮能几时，鬓发各已苍。访旧半为鬼，惊呼热中肠。焉知二十载，重上君子堂。昔别君未婚，儿女忽成行。怡然敬父执，问我来何方。问答乃未已，儿女罗酒浆。夜雨剪春韭，新炊间黄粱。主称会面难，一举累十觞。十觞亦不醉，感子故意长。明日隔山岳，世事两茫茫。

诗写于乾元二年，即公元 759 年，这一年杜甫 48 岁，安史之乱爆发已经三年了，整个中国北边处于动荡乱离之中。此时杜甫从洛阳返回华州，途中走访了卫八处士。老朋友了，多年未见，在此乱离时世，乍一相逢，能不激动吗？所以诗开篇就感慨地说道：“人生不相见，动如参与商。”——人生别易会难，就像参星和商星，此起彼落，难以碰到一起呵！那么今夕究竟是什么样的夜晚，使我们两个阔别多年的老友又聚在一起，“共此灯烛光”呢！寥寥四句20字，就把人生那种别易聚难，尤其是兵荒马乱年代的相聚之难特别地点了出来。其中有对人生不可料的认知，有对长久别离又突然相会的惊喜，惊喜之中还充满着一种深长的感慨。“少壮能几时，鬓发各已苍”，这两句紧承“灯烛光”而来。你想，两个老朋友隔离了20年之后，在摇摇晃晃的烛光之下互相盯着对方细看，一看都老了，都已是鬓发苍苍了，此时此地，能不感慨流年的飞逝吗？由“鬓发各已苍”，自然想到当年的那些同伴，于是就打问他们的下落，结果是一半都已经作古了，与他们阴阳相隔了，当此之际，能不“惊呼热中肠”吗？“惊呼”二字用得非常绝妙，活画出人物“访旧”后的情态。这里请大家注意，在“共此灯烛光”之后，作者只写了两件事，一是写鬓发各已苍，一是写老友半为鬼。老友相见可以写的事情非常之多，但他一概略去不写，就写这两件事，因为这两件事是最突出的，也是老朋友相见之后题中最应有的意思，所以作者把它作为重点突出描写，这其中就有剪裁。如果不分详略地把见面时的所有事情一一罗列出来，重点便得不到突出，就没有现在这样一种效果了。

如果说前八句更多的是一种叙述之中的感慨，那么“焉知”以后就重点是叙述了。“焉知二十载”，回首以前，二人整整阔别了20年呵！如果在和平年代，相隔20年再见面倒是常事，可这是兵荒马乱的时代，老友一半都去世了，唯有我和你现在还活着，而且相聚到了一起，这真是难料啊！“昔别君未婚，儿女忽成行”，这两句话转折得极妙，“昔别”之后还可以说上几句话的，都省去不说，只用一句“儿女忽成行”，就把今天这样一种情形一笔写尽。写了“儿女忽成行”之后，也还可以就儿女说些话的，如几个儿女，老大老二怎么样，男孩女孩怎么样，他们各有什么情态，都是可以写的，但作者也略去不提，只用“怡然敬父执，问我来何方”予以总括，既交代这些“儿女”们的恭谨、礼貌，又概略地展示了作者与他们“问答”的生活情态。至于问答的详细内容，也全部略去，只用“问答乃未已”五字轻轻带过，你看这里边又省去了多少东西！问答还没有完，儿女就把酒给端上来了，接着炒菜做饭。炒菜做饭很不好写，但作者仅用了十个字，便把一个凡俗的、日常化的烹饪场面，给予了非常艺术化的、诗意的表现——“夜雨剪春韭，新炊间黄粱”。你说这十个字来得妙不妙？我觉得真是妙，非常的妙。妙在何处，各位可仔细品味。

“主称会面难，一举累十觞。”二句将诗意拉回正题，并为结尾的别离作铺垫。卫八处士说：“我们见上一面真不易呀，那么喝酒吧。”不是一杯一杯地敬，很文雅地喝，而是连着喝了十大杯。这里有老友之间忘形到尔汝的率直，有阔别之后终得相见的畅快，也有因马上又要分手而对当下相聚的珍惜。“十觞亦不醉”，说明杜甫的酒量不错，十觞还没有醉，而且喝了酒之后，情绪更易激动，对老友一片深长的心意，非常感谢，说：“感子故意长。”“故意”，就是相交以来的情谊，从 20 年前一直持续到今天的情谊。由“故意”，想到了昔时，想到了明日。这里实际上有几个时空转换：“昔别”指的是过去，二十载后的“重上”写的是现在，“明日隔山岳”写的是明天，是将来。从现在想到过去，推及明天，一种内心的感动、感慨、感伤便可以察知了。过去到现在已经是 20 年了，二人才见一面，可是明天呢？明天这一别，比“昔别”更令人悲伤，更令人感慨，更令人难以预料，难以把握。“昔别”时都还年轻，还有相聚的机会，可是眼下都已老大，时世又动乱如此，明天这一别，那就水长山高，“世事两茫茫”了，能不能再见，谁都难以把握，难以预料。诗写到这里，算是结束了，但整个诗情却远未结束，作者还有很多话要说，却不能说，也不必说。他把没说出的话留给了读者，让读者去把握，去想象，去揣测。整首诗从“人生不相见”，一直到“世事两茫茫”，可以说是从“茫茫”始至“茫茫”终，整个诗情就笼罩在这样一种苍凉、苍茫的气氛中。

这首诗很有特点，从诗情来看是悲喜起伏：相见为一喜，但是看到鬓发已苍，老友半已作古，又为之一悲；当看到老友儿女成行，而且这么懂事，又为之一喜，可是等到二人把盏，想到明天要离别了，又是一悲。这是悲喜的错落，里边饱含着温馨与苍凉。温馨，是和老友相聚感到的人情之可贵；苍凉，是与老友作别深感世事难料的痛楚。这样一种作别，应该比 20 年前的那次作别苍凉许多。整首诗作没有一点雕琢，完全像是说家常话，但是每一字每一句都非常精整。读这种诗让人想起读汉魏古诗，读陶渊明的诗，非常古朴，这种古朴与杜甫那种有代表性的沉郁顿挫的诗风略有不同，但是由于杜甫剪裁得体，感慨无端，又有顿挫之妙。所以在这首诗里，既有古朴的一面，又有顿挫的一面，两者是结合在一起的。杨伦《杜诗镜铨》引张上若的话说："情景逼真，兼极顿挫之妙。"这个评语应该是比较到位的。从杜甫这首诗里，我们还可以感受到这样一种情形，就是在写诗的时候，不能过分地沉溺于字词的雕琢，过分地追求表面的整饬或者华丽，那样会掩盖性情，会对意义形成遮蔽。字词只是语言和情感的符号，能最贴切、最深入表现意义、情感的字词才是最好的文字。

下边再看几首小诗，从中可以进一步领略剪裁的妙用。一首是贾岛的《寻隐者不遇》：

松下问童子，言师采药去。
只在此山中，云深不知处。

诗仅四句 20 字，非常简单，似乎一读就懂，但稍作寻绎，就会发现它还是很有些曲折的。《增订唐诗正声》解释说"首句问，下三句答，直中婉，婉中直"，认为只有第一句是问，下三句都是童子的回答，诗的特点是直与婉的结合。这是一种解法。到了《唐诗评注读本》，就进了一层，认为"此诗一问一答，四句开合变化，令人莫测"。哪一种说法好呢？显然是《唐诗评注读本》的解说更符合诗意，也更能见出作者剪裁手法的妙用。我们来看，这首诗虽然只用了一个"问"字，但前三句实际上句句含问，与第四句一起形成三问三答的格局。只是作者为了营构简洁疏朗的诗境，只写了答语，而把问句给剪裁掉了，这样一来，就使得这首小诗非常紧凑，留下了若干供读者想象的意义空间。

首句"松下问童子"，点明是一问，但却省略了问的内容，而从第二句童子的答话中把问的内容补充出来；第三句、第四句也都省略了问的内容，这些内容同样隐含在童子的回答中。如果对这些问答作一个还原，便有了如下话语——问："你的师父呢？"答："师父采药去了。"问："到哪里采药去了？"

答:“到此山采药去了。”问:“到这山里的哪一个地方采药去了?”答:“山中云遮雾罩,不知在哪个地方。”这一问一答,宛如一场生动的独幕剧,使得这首看似直白的小诗一下就曲折了许多。如果只有一问,下边三句都是回答,那么整个诗境就显得直白了,浅弱了,而且这个童子也好像太善于回答别人的问题了,才问一句,就连着回答了好几句,话也忒多了点。所以就诗意来说,应该是一问一答,只有这样,才能解读出这首诗的妙趣所在。进一步看,虽然是一问一答,但问句却不明白写出,而是寓问于答,让读者从答句中去寻找,这一下省去了多少笔墨!又为诗歌增添了多少意趣!

清人徐增《而庵说唐诗》对这首诗进行了更细的解读:“夫寻隐者不遇,则不遇而已矣,却把一童子来作波折,妙极!有心寻隐者,何意遇童子,而此童子又恰是所寻隐者之弟子,则隐者可以遇矣。问之,‘言师采药去’,则不可以遇矣……曰:‘只在此山中’,‘此山中’,见甚近;‘只在’,见不往别处,则又可以遇矣。岛方喜形于色,童子却又云:是便是,但此山中云深,卒不知其所在,却往何处去寻?是隐者终不可遇矣。此诗一遇一不遇,可遇而终不遇,作多少层折!今人每每趁笔直下。古人有云:‘笔扫千军,词流三峡’,误尽后贤。此唐以后所以无诗也。”这段解说非常精彩:作者一心要去寻的是隐者,没想到会碰到童子,而这个童子又正好是所寻隐者的弟子,那么要找到他的师父应该是没问题了,于是心中一喜。可是结果竟出乎意料,童子的师父采药去了,这样一来,便不可遇了,于是心中不免失落。可是,再一打问,才知道其师采药处不远,就在这座山里嘛,你在这山里,我也在这山里,看来还是可以遇到的,于是心中又有了希望。然而,接着问才知道,虽然在这座山中,但这山大得很,云雾又深,童子也不知其师究竟在何处所,如此看来,这位隐者是“终不可遇矣”,而作者的心情也终告失望。诗中一遇一不遇,一希望一失望,确是一波三折,引人入胜。由对此诗的解读,徐增深感那种“笔扫千军,词流三峡”的说法,那种只图一时畅快,不要波澜曲折的作诗方法,实在是误尽了后贤。当然,徐增的解说也还有未尽处。我想,这首诗之所以能一波三折,曲尽其妙,除了作者立意高妙,还在于精到的剪裁。如果他把每个问句都罗列上去,就远远不是这二十个字所能容纳的了,那就要写成一首长诗了。正是由于把那些不必要的东西剪裁掉了,所以全诗才显得简洁紧凑而又有令人遐想的空间。

我们再看一首工于剪裁的问答型诗作,即杜甫的《石壕吏》。

> 暮投石壕村,有吏夜捉人。老翁逾墙走,老妇出看门。吏呼一何怒,妇啼一何苦。听妇前致词,三男邺城戍。一男附书至,二男新战死。存者且偷生,死者长已矣。室中更无人,惟有乳下孙。有孙母未去,出入无完裙。老妪力虽衰,请从吏夜归。急应河阳役,犹得备晨炊。夜久语声绝,如闻泣幽咽。天明登前途,独与老翁别。

这首诗,大家是再熟悉不过的了,中学的时候学过,大学的时候也学过,这么熟悉的一首诗本来是不该拿来讲的,但是这首诗有它另外的妙趣,也是非常善于剪裁的。我的老师霍松林先生就非常欣赏这首诗,讲得很好,我试着讲一下,看能不能说到位。

《石壕吏》与前面讲的《赠卫八处士》写作时间相前后,是杜甫西行时写下的组诗"三吏三别"中的一篇。诗下原注:"陕县有石壕镇。"交代了地点,也与首句的"暮投石壕村"相关合。不过,二者又略有不同:题中说的是"石壕镇",诗中写的是"石壕村",那么很有可能是在镇的旁边还有一个村子和镇同名。当然也可能是押韵的缘故,用"村"替换了"镇"。但中国古诗里,特别是五言诗里,首句多不入韵,这样看来,在石壕镇旁应该是有一个石壕村的。一般来说,镇比村大,而且镇上的货物人流都比较多,日暮投宿,理应在镇上住。但杜甫却避镇而投村,其中的原因恐怕有二:一是兵荒马乱之际,荒僻一点的村子可能安全度要高一些;二是可能杜甫也来到了镇上,但因拉兵役等缘故,镇上已荡然一空了,于是从镇又到了村。杜甫来到石壕村已是日暮时分,从下句的"夜"来看,他很快就住下并入睡了,直到"有吏夜捉人"方被惊醒。捉人不白天捉,却到夜晚去捉,有两种可能:一种可能是捉人的事经常发生,白天已无法捉到了;另一种可能是突然袭击,趁着夜深人静、人都在家的时候去捉,一捉一个准,说明吏很狡猾。无论哪种情况,诗一开篇就借一"投"一"捉"营造了一种由黄昏至夜半既萧条冷落又紧张惊险的气氛。由于"夜捉人",所以"老翁逾墙走"——趁着吏尚未进门的当口翻墙跑掉了。这两件事之间时间很短，动作很连贯，说明“夜捉人”不是一次两次了，老翁早就有了准备，也许墙边就放着梯子，一听到敲门声就噌地爬起来，跳墙跑掉了。为什么老头跑了老太太留下来？因为抓丁主要是抓男丁。家中唯一的一个男性跑了，于是“老妇出看门”。这句话别的本子又写作“老妇出门看”，意思更显豁些，但就不押韵了。

老太太一出门，就碰到了来捉人的吏，于是下面紧接着就是一“呼”一“啼”：“吏呼一何怒，妇啼一何苦。”吏大声地怒喝，怒到什么程度呢？“一何”。这个“一何”是个程度副词，可意会而不可言传，表明呵斥得非常厉害。两个“一何”，把吏怒呼的情状和老妇哭哭啼啼的情态非常传神地表现出来了，而且在这一“呼”一“啼”里就有了问答。也就是说，吏之“呼”中本就含着问：“你家的人呢？”或者“你家的男人呢？”而“妇啼”就带出了后面的回答：“听妇前致辞，三男邺城戍。一男附书至，二男新战死。存者且偷生，死者长已矣。”再往下是：“室中更无人，惟有乳下孙。有孙母未去，出入无完裙。老妪力虽衰，请从吏夜归，急应河阳役，犹得备晨炊。”这都是老妇回答的内容。吏只呼了一声，问了一句，老妇就滔滔不绝，一下回答了这么多，好像老妇还挺善于言辞；而在老妇说的时候，吏就站在一边听，似乎挺懂得尊重别人说话的权利，让老妇把这么长一串话说完。实际上是不是这么回事呢？不是的。衡之当日情形，吏那么凶暴，是容不得老妇一个人作长篇独白的。在这个过程中，始终存在着二人间的问答，问和答是交错进行的。只是为了减少枝蔓，为了语言的省净，作者把那些从答语中即可推知的问话给剪裁掉了。如果作一个还原，那么，从“三男邺城戍”一直到“死者长已矣”，恐怕是第一段回答。三个男孩都已经被抓去了，而且其中两个已经战死。按说两个孩子都战死了，那绝对是烈属，应该受到特殊的关照才行，可在这里行不通。吏继续喝问：“既然如此，那么家里还有谁呢？”老妇就回答了“室中更无人”。为什么又回答“惟有乳下孙”呢？我们设想，这时会不会出现这样一种情况：夜深人静的时候吏呼得太厉害了，把小孩儿吓哭了，听到哭声之后吏才会问：“那哭的是谁？”于是老妇回答说：“还有一个正在吃奶的孙子。”于是吏又问：“既然还有一个孙子，那么孙子他妈呢？”因有了这一问，才带出了“有孙母未去”的答语。听了这话吏会接着说：“把她叫出来看看。”老妇遂回答：

“出入无完裙。”家里太贫贱了，以至连件完整的裙子都没有。这样一种解说是否符合杜甫的原意呢？不敢确定；但从诗意来看，这样一种设想是可能的，要不然她讲那么多，讲她的孙子，又讲她的媳妇干什么呢？难道只是为了引起吏的同情吗？

“老妪力虽衰，请从吏夜归。急应河阳役，犹得备晨炊。”这是老妇最后说的几句话。有人认为：这几句话说明老太太充满了爱国之心，踊跃参军，参加平叛，表现了唐代老百姓对政府、对平叛的支持。这恐怕是一种过度诠释。从诗意来看，这应是老妇万般无奈后的一种话语，意思是说：“实在不行的话，只好我老太太跟你们一起去了。”按说，过去军中是不能让女人去的，觉得女人会给征战带来不吉利。老妇大概也料到这一点，以为自己不会被带走，才说了这几句话。可是，她没料到吏为了完成抓丁的任务，竟然违背常规，连自己这样的老妇人也要带走。从诗末的“独与老翁别”来看，老太太最终是被带走了，她走了之后屋里便沉寂下来：“夜久语声绝，如闻泣幽咽。”这两句既回应“暮投”和“夜捉”，又将屋内孙之母的啜泣声隐隐道出，营造出一种宁静中的凄凉氛围。老太太被抓走了，老头到了天明又回来了，作者也要离开了，于是“天明登前途，独与老翁别”，一个已经不完整的家庭就这样又一次被拆散了。

仇兆鳌注杜诗指出：“古者有兄弟，始遣一人从军。今驱尽壮丁，及于老弱。诗云：三男戍，二男死，孙方乳，媳无裙，翁逾墙，妇夜往。一家之中，父子、兄弟、祖孙、姑媳，惨酷至此，民不聊生极矣！”（《杜少陵集详注》卷七）这一段评说，切中肯綮。而杜甫这首诗之所以受人传诵，大概和它反映现实非常之深刻有紧密关系。就此诗的写法来看，《唐诗镜》总结得很准确：“其事何长，其言何简。‘吏呼’二语，便当数十言。文章家所云要令，以去形而得情，去情而得神故也。”这样一个复杂的事情就被作者概括在这样数十语的一首诗中，可见何等的简练、得当。而这样的简练、得当恐怕和作者妙于剪裁的功夫密不可分。否则，要是把问话、答语、都写上去，就难以达到现在这种效果了。

问答体是唐代诗人比较擅长的一种体式，其中不乏佳作。最后，我们再来看崔颢的《长干行》。诗共四首：

君家何处住？妾住在横塘。停船暂借问，或恐是同乡。
家临九江水，来去九江侧。同是长干人，自小不相识。
下渚多风浪，莲舟渐觉稀。那能不相待，独自逆潮归。
三江潮水急，五湖风浪涌。由来花性轻，莫畏莲舟重。

这四首诗相互间有着关联，但是现在一般人大多把第一首诗单独拿出来，这是因为第一首诗写得最为精妙。由于时间关系，我们也重点来看第一首。

此诗写的是两位年轻男女间的问答。“君家何处住”，这种问法，作为说话的引子，在日常生活中有时也会见到，但是出自一个姑娘之口，就显得有点突兀了。还不知道对方是谁呢，就问人家住哪里，是不是有点太主动、太大胆了？但由此也可看出这位姑娘爽快、率直的性格。姑娘问了之后，小伙子回答了没有呢？作者不作交代，造成意义空白，让读者自己去想象，这就增加了诗作的内在意蕴。一种情况是，小伙子可能回答了自家住址，然后问她：“你家在什么地方住呢？”于是引出“妾住在横塘”的答语；也可能小伙根本就没来得及回答，姑娘就紧接着自报家门：“妾住在横塘。”如果是后一种情况，那就大有深意了。先问君家住何处，接着说我家在哪里，可见这个姑娘除了大胆、爽快之外，对小伙子似乎还有那么一点情意。所以俞陛云认为：“既问君家，更言妾家，情网遂凭虚而下矣。”（《诗境浅说续编》）

“停船暂借问，或恐是同乡。”这仍然是姑娘说的话。为什么姑娘会说这样两句话呢？也可能有两种情况：一种情况是听了姑娘前面的话后，小伙子反问一句：“你问这些干什么？”于是姑娘回答：“停船暂借问，或恐是同乡。”另外一种情况是，姑娘根本就没等小伙子回答，就接着说了这两句话，为的是怕引起对方的误解，借此来为自己作一个开脱，意思是说：“我只是随便问问罢了，看我们是不是老乡，并没其他什么意思。”话好像说得很得体，很圆满，没有什么破绽，但将其放在当时的语境中，就会发觉这种补充说明略有一些用来掩饰的慌张神态，其结果可能是欲盖弥彰，把最初恐怕连姑娘本人也未清楚意识到的内心秘密给点破了。在这里，作者纯用答语，纯用白描，却将问答情景和人物心性如此鲜明地活画出来，令人如闻如见，其手法实在了得。前人对此诗颇多好评，如：

《唐诗归》："急口遥问语，觉一字未添。"

《增订唐诗摘抄》："次句不待答，亦不待问，而竟自述，想见情急。"

《诗法易简录》："此首作问词，却于第三句倒点出'问'字，第四句醒出所以问之故，用笔有法。"

《唐诗选注》："忽问'君家'，随说自己，下'借问''恐是'，俱足上二句意，情思无穷。"

《姜斋诗话》："论画者曰：'咫尺有万里之势'，一'势'字宜着眼。若不论势，则缩万里于咫尺，直是《广舆记》前一天下图耳。五言绝句以此为落想时第一义，唯盛唐人能得其妙。如'君家何处住'云云，墨气所射，四表无穷，无字处皆其意也。"

为什么会达到这种"墨气所射，四表无穷，无字处皆其意"的效果呢？我认为很重要的一点就是作者善于剪裁，把那些核心的语句拈出来，重点突出，非常紧凑，将纸面的有限文字向外作多元的无限的喷射，使作品意境产生张力，在空白中荡漾出生机。而这种空白的形成，实在源于剪裁手法的合理运用，这种空白的出现，反而产生了比充实拥挤的画面更为神妙的表现效果。俞陛云曾就此一组诗的其他几首作了一个分析："第二首承上首'同乡'之意，言生小同住长干，惜竹马青梅，相逢恨晚。第三首写临别余情，日暮风多，深恐其迎潮独返，相送殷勤，柔情绮思。"这个分析虽非定论，但可以帮助我们了解几首诗之间的关系。

如果对以上所讲作一个大致总结的话，可以看到，精当的剪裁，可以造成意义空白，增强诗歌的内在蕴涵，并扩大读者的联想空间。沃尔夫岗·伊塞尔在《阅读过程的现象学研究》中说过："文学的本文也是这样，我们只能想见本文中没有的东西；本文写出的部分给我们知识，但只有没有写出的部分才给我们想见事物的机会。的确，没有未定成分，没有本文的空白，我们就不可能发挥想象。"所以从接受美学的角度来看，留下适当的空白，比把整个画面填得非常满，效果要好出许多。中国古代诗评家也有类似的观点，但他们讲得更为形象。如清人赵执信在《谈龙录》中记录了一段对话："钱塘洪昉思昇，久于新城之门矣，与余友。一日，并在司寇宅论诗，昉思嫉时俗之无章也，曰：'诗如龙然，首尾爪角鳞鬣，一不具，非龙也。'司寇哂之曰：'诗如神龙，见其首不见其尾，或云中露一鳞一爪而已，安得全体？是雕塑绘画者耳。'余曰：'神龙者屈伸变化，固无定体，恍惚望见者，第指其一鳞一爪，而龙之首尾完好，故宛然在也。若拘于所见，以为龙具在是，雕绘者反有辞矣。'昉思乃服。"这里记载的是三位诗友的三种意见。一种意见认为，写诗就应该像画龙一样，把全龙画出来，这才是好诗。第二种意见认为，诗不是一般的龙，诗是神龙，见其首不见其尾，在诗中只需把这一鳞一爪表现出来就可以了，干吗非得把它的全部体貌描绘出来呢？如果那样的话，就和雕塑绘画没区别了。第三种意见也就是赵执信的看法是：神龙屈伸变化没有定体，人于恍惚中见到的不过是一鳞一爪，千万不要以为这一鳞一爪就是龙了，要根据一鳞一爪想象到全龙的形体，想象出龙的首尾；如果你拘于这一鳞一爪，以为这一鳞一爪就是龙的话，那些雕塑绘画者反而会有攻击你的口实了。

在这里，赵执信的意见表达得很到位，其核心在于说明一种缺省美。而这种缺省美的形成，主要即源于精当的剪裁。它给我们的启示是：一方面，写诗时千万不要事无巨细面面俱到，好像越详细越全面，你反映的问题才越真实越本质，不是的，那样写出来的东西叫流水账，不叫诗了。但另一方面，诗中被剪裁、被省略的东西又要在存留的部分有所暗示，有所体现，要给读者留下想象的线索，使他们能由此缺省还原出未缺省前的样态。如果在创作中只顾剪裁，只顾缺省，而忽略了局部与整体间的有机联系，那么，这种缺省便是一种没有张力的缺省，其结果反而缩小了诗的意义空间。

顺便提一下，诗歌的缺省美与书法中的"飞白"有相通的一面。它们同样是通过剪裁所形成的意义上的延宕，是一种不写而写的方法。书法中的飞白是指因快速运笔而导致的部分笔画的墨迹缺省，虽然一部分没有墨迹，但上下的连接还是可以明确感知的。诗歌中的"飞白"则是一种描写上的空白，虽然没有文字，但其意义仍在延续。如《琵琶行》中写到"曲终收拨当心划，四弦一声如裂帛"后，给出了"东船西舫悄无言，惟见江心秋月白"这样一个画面，演奏虽暂时停止了，但余音犹在，此时无声胜有声。这是一种延宕，它形成的艺术空白为读者留下了想象的空间。前面说的杜甫《石壕吏》中

“夜久语声绝，如闻泣幽咽”，便与下文“天明登前途，独与老翁别”之间出现了间隔，这也是一种延宕。诗人不写，实际是为了写，是为了更能激发读者的艺术想象。类似的例证，还可以举出不少，但那样一来，就显得啰嗦了，所以我们也剪裁一下，就此打住。

第十二讲

说情景

中国古诗的内涵主要有二端，一为主观之情，一为客观之景。在情景之间，情为主，景为客，一主一次。虽然如此，但景的作用也不可低估，作为情的载体，景的描写对诗歌意境的营构是必不可少的。中国文化追求天人合一，表现在诗歌创作中，便是情景合一。

在诗歌创作中，不仅仅是山水外物属于景，宽泛地说，一切言事之笔无不属于景的范围。而这些景，一般都与情有着这样那样的关联。在中国传统诗歌美学中，纯粹写景是诗歌创作的大忌，或者可以这么讲，优秀的诗歌创作没有纯粹写景的诗句，任何景语都包含有作者的主观情感，只是有的直露，有的隐晦一些而已。王国维在《文学小言》里说过："文学中有二原质焉，曰景，曰情。前者以描写自然及人生之事实为主，后者则吾人对此种事实之精神的态度也。故前者客观的，后者主观的也；前者知识的，后者感情的也。"这里对景和情做了一个大致的分判：一个是客观的，一个是主观的；一个是知识的，一个是感情的。明人谢榛《四溟诗话》有一段论情景的话，可供参考："夫情景有异同，模写有难易，诗有二要，莫切于斯者。观则同于外，感则异于内，当自用其力，使内外如一，出入此心而无间也。景乃诗之媒，情乃诗之胚；合而为诗，以数言而统万形，元气浑成，其浩无涯矣。同而不流于俗，异而不失其正，岂徒丽藻炫人而已。"这里将情景之异同、表现之难易视为诗之二要，认为作诗应在作者独特的心理感受上用力，而在描写表现时，又要争取做到内外如一，使得心与物、情与景相合无间。“景乃诗之媒，情乃诗之胚”，一个是媒介，一个是胚胎，两者如果结合得好，就可以“数言而统万形”，达到元气浑成、浩然无涯的地步。李维桢在《青莲阁集序》中进一步指出：“触景以生情，而不迫情以就景；取古以证事，而不役事以骋材。”意思是说，优秀的诗歌创作应触景生情，而不宜让情去迁就景；可以借古代的人事来作例证，为诗歌的主题服务，但不能不分轻重地堆积典故，炫耀一己之才情。

从上引这些评说，可见古人对情、景二端的高度重视。实际上，早在《诗经》一些诗歌的创作中，就已经有情景相融的典型案例了。

比如：“昔我往矣，杨柳依依；今我来思，雨雪霏霏。”（《诗经·小雅·采薇》）描写一个经年未归的戍卒在回家路上的内心感受。同是一个“我”，有昔与今之别；同是一条路，有“杨柳依依”和“雨雪霏霏”之异。人的情感，就在这样一个时间和空间的变换中生成了。当年他离家踏上征途时，春风吹拂着杨柳，一派和煦温暖的动人景象；而今由边地返乡之时，天寒地冻，白雪漫野纷飞。虽然作者在此并没有将情感明白道出，但在这“杨柳依依”与“雨雪霏霏”中，实际上就包含了人的欢乐与悲哀，今“来”和昔“往”，痛苦和欢乐，在此形成了鲜明的对照。所以，这种表现既应该说是情与景会，同时也可以说是情寓景中，达到了两相结合的地步，以至于“历汉、魏、南朝至唐，屡见诗人追摹，而终有弗逮”（陈子展《诗经直解》）。

《诗经》这种情与景会的表现方法，在唐诗创作中得到了进一步的发展。其中用得较多的，是移情。

所谓移情，简单地说，就是将主体情感投射于客观景物，使外物具有人的情感因素。这种移情法，大家都很熟悉了。朱光潜先生曾经在《谈美》中非常形象地说过：“移情作用就是把自己的情感移到外物上去，仿佛觉得外物也有同样的情感。这是一个极普通的经验。自己在欢喜时，大地山河都在扬眉带笑；自己在悲伤时，风云花鸟都在叹气凝愁；惜别时蜡烛可以垂泪，兴到时青山亦觉点头。柳絮有时轻狂，晚峰有时清苦。陶渊明何以爱菊呢？因为他在傲霜残枝中见出孤臣的劲节；林和靖何以爱梅呢？因为他在暗香疏影中见出隐者的高标。”这里所举例证，大都缘于移情的作用，或者说属于移情的范围。如果举唐代诗作为例，那么，较为典型的应该是杜甫《春望》“感时花溅泪，恨别鸟惊心”两句子。这两句可有两种解释，一种解释，作者因感时而观花溅泪，因恨别而闻鸟惊心；另一种解释，因为感时，花好像都在流泪，因为恨别，鸟都为之惊心。一个主语是作者，一个主语是花和鸟。无论是哪一种情况，都可以说明这种移情的作用，就是说，因为作者有这种主观的悲伤情感，才使得他或花鸟溅泪惊心的。

除了这种移情手法，还有一种情形，那就是情景互藏其宅，哀乐正反为用。王夫之《夕堂永日绪论》指出：“情景名为二，而实不可离。神于诗者，妙合无垠。巧者则有情中景，景中情。”情、景之所以不可离，是因为“情景虽有在心在物之分，而景生情，情生景，哀乐之触，荣悴之迎，互藏其宅”。这就点到了问题的本质，情中景是把客观景物化作主观的情，使一切景物皆着我之色彩；景中情则是把主观感情融入客观景物，使一切景语皆成情语。人心与外物，天然感应，景与情互相催生。有了“哀乐”，那么视听所“触”之景物，便都染上了人的情绪色彩；反过来，用心去“迎”自然变化，情感必然波动。这样一来，可以说人心就成了外物的居所，外物也成了人心的居所，也就是“互藏其宅”。在情与景中，情固然是更为重要的一个方面，但景也忽视不得。所以王夫之又说：“不能做景语，又何以做情语耶？”（《夕堂永日绪论》）如果景语写得不好，情感就不能达到一种完满的体现。所以，写好情语的前提条件是把景语写好，使主观的情自然包含在客观的景中。这里表述的，实际上是一个看似矛盾实则统一的美学原则，一方面，纯粹写景是诗歌的大忌，另一方面，做不好景语就做不好情语。景与情之间，是密合无垠、缺一不可的关系。而优秀的唐诗，大都具有这种情景合一的完美体现。

我们先来看许浑的《谢亭送别》：

> 劳歌一曲解行舟，红叶青山水急流。
> 日暮酒醒人已远，满天风雨下西楼。

读这首诗是一种悲美的享受，特别是末句只写了一个动作，但作者的满怀伤别之情便已充溢在“满天风雨”之中，令人回味无尽。

先看诗题中的“谢亭”。谢亭在宣州，当年谢朓曾在这里送过范云，由是知名，常常被唐人在别诗中提及。如李白的《谢公亭》：“谢亭离别处，风景每生愁。客散青天月，山空碧水流。”就是围绕谢亭和离别做的文章。实际上，类似谢亭这样的离别场所，在唐代还有若干处，如灞桥，李白有《灞陵行送别》：“送君灞陵亭，灞水流浩浩。上有无花之古树（一作木），下有伤心之春草。”诗写得非常古朴、非常感伤，而因了灞桥、灞水的介入，其别离的况味便尤其浓郁。唐人郑綮有言：“诗思在灞桥风雪中驴子上。”（《北梦琐言》卷七）各位试想一下，灞桥本是送别地，有着丰厚的内涵，一人骑驴经此远行，又恰逢风雪天，那该是一种什么况味呵！与这两处齐名的还有劳劳亭。劳劳亭在南京南面，也是著名的送客之地。古人送客常常要唱歌，以表现送别的情感。还举李白的例子吧。《赠汪伦》写道：“李白乘舟将欲行，忽闻岸上踏歌声。桃花潭水深千尺，不及汪伦送我情。”汪伦踏歌，就是唱着离歌来送行的。所以《谢亭送别》开句就说“劳歌”。劳歌就是在劳劳亭送客时唱的歌，后来成为别歌的代称。“劳歌一曲解行舟”，唱着送别的歌，解缆登舟，客将远行。第二句不写对方，而是写景，“红叶青山水急流”。两岸是青山，山上又满是红叶，青碧的山加上红叶，一青一红，色彩极为绚丽，这样就把景象烘托得非常鲜亮。景虽极美，但送者已无暇观览，一个“水急流”，说明水流非常急速。“急”字可谓此诗的诗眼。表面写水流之急，实际上暗示出舟行之速；舟行之速，又暗示出客行之遥。如此，则丽景适足以衬托哀情，而且景愈丽，情愈哀。

送走了客人，诗人并没有马上返回，在送客和下楼之间，有一个不算太短的时间过程。这从第三句的酒醒、日暮可以看出。送客时，可能还没日暮，而且两人还是饮了酒的，因为在送别时往往要以酒见情，王维送元二使安西时就曾“劝君更进一杯酒”的。头二句不写饮酒，第三句点出了饮酒之事。而且酒喝得不少，何以见得呢？从“酒醒”二字。如果喝得少不至于沉醉。这个“醒”说明已经醉了。客人走后，一个人在谢亭稍作休息，等待酒醒，而酒醒之时已是日暮时分了。日暮对于送别来说起着非常关键的作用，它烘托了一个暮霭沉沉的苍茫氛围。等到日已落山，酒已醒，诗人才感觉被送者已远去，只剩自己孤零零一个人。不仅日暮，而且天下起了雨，刮起大风。这使得青山、红叶和水流统统都笼罩在这一片风雨之中。读者可用心地体会一下，如果你身临其境，在满天风雨苍苍茫茫中独下西楼，会是怎样一种感受？这里，“满天风雨”是写景，“下西楼”是写行，其中并未明确写情，但就是在这写景和写行的句子中，寄寓了作者极为浓郁的伤别情感。反复赏读，可以感觉到其景极鲜活，情亦极浓厚，所谓“情景互藏其宅，情景相互为用”，说的便是这种情况。

除了“情景互藏其宅，情景相互为用”，我们看到，在唐诗中情与景的关系还表现出正和反两种形式。

正的形式就是以哀景托哀情，以乐景衬乐情，情和景是同向度的。比如柳宗元的《登柳州城楼寄漳汀封连四州》，这首诗作于初到柳州之时。元和十年(815)，被贬永州已达十年之久的柳宗元好不容易盼到了朝廷的诏书，从永州返回京师，可是到京师席未暇暖，就又被朝廷远迁柳州，史书称之为：“官虽进而地益远”，比原来贬谪的打击还要严重。所以到了柳州之后，柳宗元登上城楼，看到重山叠嶂，江水回环，非常悲伤，写下了寄给被贬漳、汀、封、连四州友人的这首诗作。

城上高楼接大荒，海天愁思正茫茫。
惊风乱飐芙蓉水，密雨斜侵薜荔墙。
岭树重遮千里目，江流曲似九回肠。
共来百越文身地，犹自音书滞一乡。

城上，已经很高了，而且是城上高楼，愈发的高。站在城楼之上向远处望，那真是与大荒相接，海天茫茫呵！在柳州实际上是看不到海的，但离南海不远，在作者想象中，那茫茫的地方就是海。海天相接，苍茫一片，这种景象，与作者的满怀愁思正好拍合，或者说正触发了作者的茫茫愁思，于是景也茫茫，愁也茫茫。接下来两句，进一步强化悲景与哀情间的关联：“惊风乱飐芙蓉水，密雨斜侵薜荔墙。”这十四个字可以说把作者远迁之后的悲痛、悲愤情绪和盘托出。我们知道，屈原赋作中往往以鲜花香草来比喻君子、美好的事物，如《离骚》有“制芰荷以为衣兮，集芙蓉以为裳。不吾知其亦已兮，苟余情其信芳”；《九歌·云中君》有“采薜荔兮水中，搴芙蓉兮木末”，都是借美好的外物来表现自己的情操的。在柳宗元这里，芙蓉和薜荔也是自比美德。然而，这美好却柔弱的芙蓉、薜荔竟遭到狂风暴雨的侵袭：风是“惊风”，雨是“密雨”，“飐”前着一“乱”，“侵”前着一“斜”，极度凸显了其来势的凶猛、迅急及其对芙蓉、薜荔摧残的暴烈程度。这既是望中所见，也是意中所感，有明显的比喻象征色彩。朱三锡说：“惊风密雨，有寓无端被谗斥逐惊怀之意，又寓风雨萧条、触景感怀之意。”（《东岩草堂评订唐诗鼓吹》卷一）金圣叹说：“惊风密雨，全不顾人；乱飐斜侵，有加无已。虽盛夏读之，使人无不洒洒作寒，默默无言。”（《贯华堂选批唐才子诗》卷五）都道出了读此二句的独特感受。在这里，由于作者心绪是悲伤的，所以描写的都是和沉痛、悲伤相吻合、相配套的场景，而通过这些场景，正可以最真切地表现作者极沉重的心情。

五、六两句承上宕开，一笔双写，俯仰分观，由望中所见的高处“岭树”和眼底“江流”，兴起睹物感怀的悲思。诗人登楼本欲远望同时被贬、分散各处的友人，但山岭重重，江流迂曲，其“千里目”先被岭上繁密的树木所遮挡，又被脚下弯曲环绕的柳江所隔断，在望不见友人而忧心忡忡的作者看来，这江流不正像他一日而九回的愁肠吗？细味这两句，因欲有所见而远望，又因视线被遮而增愁，复因愁思环绕而生出江流似肠的联想，诗意步步作转，层层递进，而读来又极为畅达，由此见出诗人工于运思造句的本领。最后两句照应题面，归到寄诸友本意，以音书不达怅然作结：本是千里同来，今却异地分散；已是蛮乡异域，犹自音书阻隔；当此之际，愁思满怀的诗人不是愈加忧愁了么？这里，“百越文身地”遥接首句“大荒”，“音书滞一乡”呼应次句“愁思”，从地到人，从景到情，首尾密合，从不同角度一再渲染，“不明言谪宦而谪宦之意自见”（王文濡《唐诗评注读本》卷三）。而就全诗的写法来看，情与景色彩相似，情悲景亦悲，不知是情悲还是景悲，或者说，借助悲景来渲染悲情，乃是此诗的最大特点。

这是正的形式，还有反的形式，就是以乐景衬哀情。这种形式在杜甫诗中用得非常之多。所以，有些论者专门著文探讨杜甫以乐景衬哀情的表现手法。举例来看，杜甫的《绝句》这首诗，是他在成都时写下的。杜甫流落蜀地，虽然生活得到了暂时的稳定，但他的思归之情一直没有打消，有时候表现得还很强烈。这首小诗就是表现这种情感的。

江碧鸟逾白，山青花欲燃。
今春看又过，何日是归年？

前两句完全是写景，用了四种物象：江、鸟、山、花。江是碧的，鸟是白的，山是青的，花是红的。光这四种物象、四种色彩搭配在一起，整个景致就美妙至极了，而由江之“碧”益发衬出鸟之“白”；由山之“青”加倍显出花之红，红到什么程度呢？红到“欲燃”的程度。这般景致简直可以入画，可以令观赏者心醉的。在这晚春时令，面对如此绝妙的景色，正应该放怀春游才是。然而，杜甫的心思却不在景色，他念念不忘的是千里之外的故乡，而且景色愈美好，他的思乡之念愈迫切。“今春看又过，何日是归年？”一年的春天又将过去，人的青春也在消逝，可是“我”年复一年日复一日地客寓异地，什么时候才是“我”归去的日期呢？这深深的一问，将作者羁旅漂泊有家难归的苦闷和盘托出。杜甫的这种情感，如果以悲景来表现，也是可以的，但是，以丽景来衬托，哀情就越发浓重悲痛了。王夫之曾说过大家都很熟悉的几句话：“以乐景写哀，以哀景写乐，一倍增其哀乐。”（《姜斋诗话》）这话讲得非常深刻，指出了事物间相反相成的道理。情、景表面上的色调对立，不仅不会导致不和谐，反而会通过互相衬托达到更理想的互补效果。换句话来说，这里存在着一种反比的关系，景越丽，情越哀。

当然，在唐代诗人笔下，情与景的关系并不完全像我们上面说的这样界划分明，二者往往是多元存在的，几种手法也是互相渗透融合的，而表现最突出的，则是以景结情之法。

我们知道，与宋诗相比，唐诗的一大特点是重浑融，重情韵。唐人的情感，往往不是明白道出的，他们多将情感寄寓在景物之中，通过景物的描写，特别是通过结尾处的景物描写，来展示自己隐而未发的深长情韵。这样，就能使读者在形象的画面中，去感受、体悟作者的内在心曲，由此产生言尽而意不尽的艺术效果。杜甫的《江南逢李龟年》是一显例：

岐王宅里寻常见，崔九堂前几度闻。
正是江南好风景，落花时节又逢君。

李龟年是开元年间著名的歌手。据载，李龟年的歌唱得非常之好，不仅得到皇帝的欣赏，“屡蒙顾遇”，而且经常出入达官贵人的宅邸。岐王是皇亲李范，崔九是秘书监崔涤。杜甫当时虽然年少，但已经颇有诗名了，所以经常能够在岐王宅里、崔九堂前遇到李龟年。“寻常见”“几度闻”，既交代了二人的关系，也侧面展现了弦歌宴舞的盛唐气象，语句中透露出多少从容、闲雅。可是，紧接着发生的长达八年的安史之乱，将大唐拖入战争的泥淖，纷飞的战火使昔日的繁华荡然无存。杜甫先从长安流落到秦州，然后到了四川，又来到夔州，辗转下江来到湖南的潭州。而李龟年这样一位当年被朝廷看重的著名歌手，也离开长安而流落到了长江之南的湖湘一带。据《明皇杂录》卷下载，流落江南后的李龟年“每遇良辰胜景，为人歌数阕，座中闻之，莫不掩泣罢酒”。可见，杜、李两人的境遇都发生了今昔巨变，借用白居易的话来说，他们“同是天涯沦落人”了。当此之际，二人再度相遇，心中必然充满了人世变迁、沧海桑田的极为感伤的意绪。“正是江南好风景，落花时节又逢君。”表面上句句是写景纪事，实际上句句是写意抒怀。你看，季节是春天，而且是江南的春天，虽然是战火之后，但风景并没有多大变化，还是“好风景”，但是人世已经巨变，昔日的盛世变成了乱世，昔日的青年变成了白头的老者，昔日的满怀意气到而今只剩下了索寞怅惘。总之，时事的残败，人生的衰老，时光的流逝，一切的一切都过往了、衰败了。回首这过往的、残败的一切，“风景”再好又有什么用？岂不越发刺激人的心境！岂不加剧人在今昔对照后的心理落差！进一步看，前面写“寻常见”“几度闻”，看起来是平平常常，可是，现在能碰到一次就极为不易了。人是故人，时间、地点却完全不同了，一盛世一衰世，一京城一江南，而且恰逢这暮春三月的花落时节，此时此地“又逢君”，不是令人百感交集吗？从作者来看，“落花时节”固然主要是实写景色和时令，实写其中包蕴的伤怀意绪，但从读者来看，“落花时节”又何尝不是大唐帝国由盛而衰的象征呢？就好比李商隐的《乐游原》：“向晚意不适，驱车登古原。夕阳无限好，只是近黄昏。”他本人虽没有把夕阳西下比作大唐帝国衰落的明确意图，却不妨碍读者从中读出这层意思来。“一叶落而知天下秋”，文学家、艺术家非常敏感，他们的某些形象表述的内里，往往蕴含着发人深省的东西，而在急剧变化的时代中，这种蕴含就越发丰富。

从写法上看，此诗的最大特点就是以景结情，情寓景中。前人读此诗时已意识到了这一点，如沈德潜就说它“含意未申，有案无断”（《唐诗别裁》）。杜甫刚刚和李龟年碰面，本有很多话、很多事要谈，但都避开不写，刚开了头就戛然而止，就刹尾了。这样一种不谈之谈、不言之言，远胜于把胸中的话一览无余地讲出来，它能给读者留下更充分的想象、回味的余地。孙洙指出：“世运之治乱，华年之盛衰，彼此之凄凉流落，俱在其中。”（《唐诗三百首》）细味此诗，确是如此：“落花时节”是写景，“又逢君”是写事，都不涉及感情，但从这极简单的一句话中，却可以清晰地感受到老杜晚年自伤飘零、感慨时世的浓郁情怀，由此产生意在言外、悠然无尽的艺术效果。

下面再看几首以景结情的范例。严维《丹阳送韦参军》：

丹阳郭里送行舟，一别心知两地秋。
日晚江南望江北，寒鸦飞尽水悠悠。

丹阳，今江苏镇江一带。第一句点明在丹阳城里送朋友渡江远行，只是实写其事。第二句写别情，巧妙地使用了拆字法，将“愁”析分为“秋”和“心”二字，而丝毫不露痕迹。南宋吴文英有“何处合成愁，离人心上秋”（《唐多令》）的词句，恐怕就受到严维此诗的影响。第三句承上作转，写两人分手后，作者于日暮时分从江南向江北久久地凝望。古人写诗不避重复，一个江南，一个江北，用在一句之中，在声韵上有一种回环往复之妙；而一个“望”字，由于配上“日落”，则别具一种感伤、怅惘的意味。最后一句写景，江水悠悠流动，江上寒鸦在飞，而且已“飞尽”，由是营构出苍茫暮色中一片晚景，其本身就极具感伤色彩。进一步看，一个“尽”字用得极好，包蕴无限，既展示了时间的推移，同时表现了作者所“望”时间之久。已是傍晚了，他还在望，一直望到水面上的寒鸦都飞尽了，只有江水在悠悠流淌，由此可见其对友人情谊之深。虽然此句无涉情语，但其一片挚情已浓浓地包含在景色之中了。前人说“一切景语皆情语”，由此可见。

郑谷《淮上与友人别》：

扬子江头杨柳春，杨花愁杀渡江人。
数声风笛离亭晚，君向潇湘我向秦。

这首诗，突出的特点在于别离氛围的渲染和烘托。作者为了烘托出氛围，首二句连用三个“杨”（扬）字，形成一种回环跌宕的声情效果。在诗歌创作中，某些字词的反复使用，不是简单的重复，而是营造特殊效果的必需。崔颢《黄鹤楼》诗的前三句连用三个“黄鹤”，就是如此，读来琅琅上口，有一唱三叹的韵味。

相别的地点是“扬子江”，就是长江的下游；相别的时间恰逢“杨柳春”的季节，这个季节万木争绿，春风摆柳，煞是诱人，而给人印象最深的就是漫天飞舞的“杨花”了。杨花的特点是轻柔、优雅，在风的吹拂下，纷纷然飞扬于天地之间。这是一种非常美丽的景象，让心旷神怡者看来，是很容易陶醉的。然而，作者看到这种景象，却用了“愁杀”二字，极力形容其愁的程度。原因何在呢？“渡江人”三字回应篇题的“淮上与友人别”，初步做了回答。按理，两个关系亲密的友人，在杨柳春的季节来到美丽的扬子江头，正宜观赏杨花飞舞的美景，可是，天不遂人愿，偏偏让他们在此时此地硬生生地分道扬镳，你说可恼不可恼？所以，“杨花愁杀渡江人”，表现的正是景丽情哀这种反差。当然，这里虽说“愁杀”，但这愁还比较抽象，不具体，从前两句的整个气氛看，还没到令人很沉重的地步。只有到了三、四两句，这种离愁才浓重起来，才显出了它的分量。换句话说，只有前两句，没有后两句，这诗就很一般化；而有了后两句，此诗才具有令人反复涵泳、味之无穷的意蕴。

“数声风笛离亭晚，君向潇湘我向秦。”读这两句诗，我每每会沉醉其中，仿佛身历其境。离亭，多建于驿道旁，是古代送者与行者分手的所在。庾信《哀江南赋序》说“十里五里，长亭短亭”，李白《菩萨蛮》说“何处是归程，长亭更短亭”，这些长亭、短亭用来送别，就成了离亭，历史的积淀赋予它以深厚的送离伤别的感伤意味，而至傍晚时分，在离亭送别的感伤就愈发沉重。当然，这里的“离亭晚”，并不是一个僵滞不变的时间观念，而是有一个延续的过程的。前两句所写“杨柳春”“杨花”应是日落之前所见之景，由于二人依依惜别，不忍分手，所以一直延宕到晚上，不得不分手了，这才准备作最后的别离。不过，这些还都是写别离的常用手法，此诗的精彩处在于，适时地给“离亭晚”的特定时空增添了“数声风笛”这样一个哀凉感伤的声乐背景，如此一来，便立即有了一种震撼人心甚至可以催人泪下的力量。笛声是很动情、很伤感、很逗人别绪的，笛奏的什么曲调呢？可能是一般的曲调，也可能是唐人最习见的《折杨柳》曲调——王之涣就有“羌笛何须怨杨柳”的名句嘛。如果是《折杨柳》的曲调，那就与前面的“杨柳春”暗中拍合，更为感人了。这笛声不是只响一声，也不是持续着一直在响，而是“数声”，而且还是“风笛”。这个“风笛”用得真好，晚风中，数声笛音缓缓地悠远地传送开去，一下子把境界拉远了，放大了。伴随着这样几声随风飘扬、断断续续的笛音，两位友人南北异途，分道扬镳：“君向潇湘我向秦。”一个君，一个我；一个向潇湘，一个向秦中；二位都是离人，也都是送者。这样一种情形，比单纯的“送君”又多了一层意味，尤其动人心魄。从写法上看，末二句纯是写景叙事，不用情语，但充溢于景中、事中的浓浓情怀却是任何人都感受得到的，而且比起前面明确说出的“愁杀”，显然要沉重了许多。

读这首诗，一方面固然会感受到其浓郁的伤别之情，另一方面又会感受到其风情摇曳、一唱三叹的深长韵味，前者使诗情厚重，后者使诗意流走，正是二者的有机结合，才使得读者读后产生一种由景见情、景情合一、既悲又美、余香满口的审美体验。

李益《喜见外弟又言别》：

十年离乱后，长大一相逢。
问姓惊初见，称名忆旧容。
别来沧海事，语罢暮天钟。
明日巴陵道，秋山又几重。

从诗题可知，全诗分为两层：前六句是“喜见外弟”，后两句是“又言别”。作者把“喜见外弟”的背景定在了“十年离乱”之后。离乱，对人的影响是非常大的，而这种离乱竟然延续了十年之久，则其对人短暂的一生意味着什么，就可想而知了。首二句以“十”和“一”对举，经历了十年才相逢一次，可见相逢之不易。富于戏剧性的场面是，在这十年间，二人都由当年的少年长成了大人，音容形貌发生了很大的变化，即使面对面，也不敢相认了。“问姓惊初见，称名忆旧容”，这里面有惊喜，也有感伤，而感伤是潜藏在惊喜之中的。“初见”，不是生平第一次见，而是十年离乱后的第一次见。由“惊”到“忆”，由“初见”到“旧容”，诗意自然过渡到阔别十年间的情事，然而，作者对这些情事都不详写，只用“别来沧海事”五个字一笔带过，以少概多，避实就虚，极具剪裁之功，深得含蓄之美。“语罢暮天钟”，说明二人交谈的时间很长，长到日已暮，钟已响；同时，又借“暮天钟”三字展现场景，烘托茫茫暮色中钟声远扬的氛围。

前面写相逢，紧接便是“又言别”了。相逢虽然有伤感，但总的情绪是“喜”的。但这“喜”毕竟太过短暂，刚刚见面，明天就要分手，于是，伤别之悲接踵而至。“明日巴陵道，秋山又几重。”尾联不写别情，而代之以形象的画面：“明日”是又别的时间，“秋”是又别的季节，“巴陵（今湖南岳阳）道”是行人离去的方向。读了这两句诗，我们脑海中马上会浮现出这样的场景：巴陵道上，秋意深深，外弟孤独的背影越行越远，最后消失在重峦叠嶂之中。此一为别，何日再有“一相逢”之时？十个字中融注了无尽的牵挂、无奈与忧伤。联系到此前我们提到的杜甫《赠卫八处士》末尾“明日隔山岳，世事两茫茫”的诗句，可从其相似性中悟出唐人用笔之妙来。

与前引几诗相比，白居易的《问刘十九》是另外一种类型：

绿蚁新醅酒，红泥小火炉。
晚来天欲雪，能饮一杯无？

日暮时分，白居易一个人在喝酒，感觉到无聊，于是想请朋友过来同饮一杯，于是写一首小诗让人送去，就当是请柬吧。以诗代柬，这是唐诗的另一种功用。刘十九是何人，我们现在已经无法知道，但能够受到白居易的邀请，想来应当是个有品味的雅士。

首二句写得非常细腻，非常鲜活。新酒未过滤时，酒面浮起的酒渣就像绿色的小蚂蚁一样，有色泽美，又很香，非常诱人。好酒之人看到这样的酒是非饮不可的。除了新酒，还有“红泥小火炉”。古人冬天喝酒一般是要烫的，小酒搁到火炉上烫一烫，喝起来是很舒服的。当然，这里写火炉不只是为烫酒，更重要的是营造温馨的气氛。你想，在“晚来天欲雪”之际，围着一个烧得红通通的小火炉，那该是多么温暖的一种感觉呵。既然有了驱寒的小火炉，有了新醅的绿蚁酒，有了好酒好作诗的主人，那么，所缺的便是一位同样好酒好诗还能谈得来的客人了。于是，写诗请刘十九来。

与白诗不同，杜甫《对雪》云：“无人竭浮蚁，有待至昏鸦。”杜甫也想找人来一起喝酒，但他的目标是不确定的，所以他是无目标地等待，一直等到了黄昏。而白居易这里是已经有了固定的对象，即刘十九，于是他先写了酒之好，炉之红，预作铺垫；接着用了更有诱惑力的一句话“晚来天欲雪”，既打动对方，也写自己渴盼的心情。傍晚时分，马上要下雪了，也可能已经飘起小雪花了，当此之际，围着小火炉，两个朋友一起饮酒，那真是人生的一大乐事。我以前读曲波的《林海雪原》，感觉茫茫雪原中一座小木屋，友人相聚，弄点小酒喝，很是令人向往。读白诗也是这样一种感觉。所以想来那位刘十九看到白居易“能饮一杯无”的邀请后，一定会马上赶来赴约的。

这首诗前三句都是客观的叙述，这叙述已是写景，写得非常鲜活生动，而作者对环境的满足、对友人的期待，便都已在不言之中了。诗能写到这种地步，比直接说出“我多么想你、多么盼你来”之类的话要高明许多。这实际上是以不写之写、不言之言的手法来表现自己的情怀。

元稹《行宫》则是借对白头宫女的描写，来表现古今盛衰的感慨的：

寥落古行宫，宫花寂寞红。
白头宫女在，闲坐说玄宗。

这里所写“行宫”应该是洛阳上阳宫。白居易写过《上阳白发人》，与此诗所写内容大致相同。据白居易诗，天宝末年，一批宫女被潜配到这里，一待就是 40 多年，由青春年少直到两鬓斑白，非常不幸。元稹写的就是这个事情。

“行宫”“宫花”“宫女”，“宫”字连续三次出现，仍然是一种有意重叠、往复回环的写法，丝毫不觉繁复冗赘，而别有一番情韵在。同时这几句话各有分工：第一句写行宫，交代地点；第二句写宫花，交代环境；第三句，写宫女，交代人物；第四句，说玄宗，交代事件。地点、时间、人物、事件都有了，都被囊括进四句 20 字中。进一步看，“行宫”是古行宫，已经寥落了，说明这里很长时间没人料理，没人过问，更别说皇帝来了。“宫花”红，说明是在春天；但这“红”不是一般的红，而是“寂寞”红，采用移情手法，把人的寂寞之情投射进去，因为人寂寞，所以宫花也寂寞地自开自落。“宫女”，不是青春靓丽的小姑娘，而是白头宫女。一个“白头”，其中已自蕴涵时间的推移、流逝，而且在时间的推移、流逝中可以想见宫女身世的浮沉、生命的消磨。从“寥落”到“寂寞”再到“白头”，层层叠加，层层推进，把整个气氛已经渲染至足了，最后用“闲坐说玄宗”五个字，把她们的情怀——那种 40 年后回忆当年的情怀一笔写尽。读了这句，我们可以想象：那些在此待了 40 年的白头宫女们，面对无穷的寂寞，如何打发时光呢？只能去回忆往事。回忆往事，是对昔日青春、繁盛的追思，也是为了填补今天的空缺、失落。人啊，特别怕回忆当年，特别是女人年老色衰、当年的青春靓丽已一去不复返之际，再去忆旧，那真是一种残忍。然而，在当事人忆旧的过程中，也还是会感受到一种温馨的，因为毕竟自己当年也曾靓丽过、风光过。所以，忆旧又是一种多种情绪糅合在一起的心理体验。从诗歌描写来看，整个格调是安静的、缓慢的、从容的，一个“闲坐”，就足以说明这一点。然而，整个诗情又是悲凉的、感伤的、沉重的，这里暗含着几个比照，一是宫花与宫女的比照，二是今日与昔日的比照，三是现实与历史的比照，而联结这几种比照的关键点，便是诗中展示的行宫、宫花、宫女和玄宗，其中宫女尤为关键，借助宫女的“闲坐”和“说”，历史有了内涵，情感有了分量。洪迈《容斋随笔》卷二评此诗说：“语少意足，有无穷之味。”用我们的话说，此诗虽只是简单地写景写事，却将今昔感慨和无尽的情意容纳其中，具有言尽旨远、语尽情不尽的艺术效果。

总的来说，唐人诗歌在涉及情与景的关系时有多种多样的表现形式，而情寓景中、情景交融、以悲景托悲情、以乐景衬哀情、以景结情，则是其中比较重要的几种方法。

第十三讲

说言意(上)

上节课讲了情景,今天我们来说言意。

言和意,也是中国古诗中的两大要项。有人认为:真正的诗人用语言来表达一种沉默。这话对不对呢?可能有它片面的地方,但是比较深刻。在中国诗论里,人们经常谈论言和意的关系,其中最重要的一种观点就是要求言尽意不尽,含不尽之意于言外。也就是说,读完了诗歌语义层面的东西之外,你还能够体会到内含在语言深层的仅靠阅读所感知不到的那样一层意义。这样一层意义有时是只可意会,而不可言传的。这样一来,就牵扯到言和意的关系。我们曾有几节课专门谈过诗歌的语言,但那多是语义层面的东西。实际上,语言是有表层和深层两种意义的。我们读诗,不应仅局限于对其表层意思的了解,还要通过表层而直达深层,对它内涵的意蕴进行多角度的深入体悟。《楞严经》里说:"以指指月示人,而指非月也。"《圆觉经》里也有这样的话:"以指指月,指非是月。"意即指月亮的手,不是月亮。这个说法是深刻的。对作诗者来说,你要指的目标是月亮,而不是指月亮这只手;对学诗者来说,主要任务不是要你去看那手指,而是顺着手指去看月亮。在诗歌里,意就相当于那个月亮,语言就相当于这只手。如果不关注最终目标,整天去经营这只手,那就本末倒置,得不偿失了,就流于表层了。诗歌是讲技巧的,但在某种意义上说,最高的技巧又是无技巧,千方百计地去经营这样一只手,而没有把月亮给指出来,其结果只能是流于语言层面的装饰、点缀、锻造，而把诗意给搞没了。这样写出的诗恐怕不一定是好诗，这样的作者大概也不能说是一个高明的作者。

话虽如此，但又不能因了对意的重视，而忽略言的作用。试想，指月亮的手难道就不重要吗？达意的语言就不重要吗？深刻的意义是要借助精当完美的媒介和形式来表现的，如果缺乏深厚的语言功夫，再好的意义也难以得到顺畅的表达，何况文学的功用又不仅仅局限于意义的表达，除此之外，它还有以情感人、以象动人的审美要素。这些道理很简单，无须多说，只是因今天我们重点说的是言、意二者的关系，所以将重心更偏于意一端而已。

中国古人非常重视言和意的关系，重视与言、意相关的象这一要素，所以就有了对言、意、象的反复论说。《周易·系辞上》里有这样一段话："子曰：'书不尽言，言不尽意。'然则圣人之意，其不可见乎？子曰：'圣人立象以尽意，设卦以尽情伪，系辞焉以尽其言。'"这里首先提出了"言不尽意"的命题。所谓"意"，在哲学领域主要指玄妙高深的形而上的"道"，在文学领域，则主要指内心深处隐秘、朦胧而又多变的情感体验。无论是道，还是情感体验，用通常的语言都是难以准确描摹、表述出来的。正如刘勰《文心雕龙·夸饰》所说："夫形而上者谓之道，形而下者谓之器。神道难摹，精言不能追其极；形器易写，壮辞可得喻其真；才非短长，理自难易耳。"由于言不尽意或言难尽意，于是变通一下，才要"立象以尽意"。

魏晋之际的王弼在《周易略例·明象》里进一步申发这种理念，认为："夫象者，出意者也。言者，明象者也。尽意莫若象，尽象莫若言。言生于象，故可寻言以观象；象生于意，故可寻象以观意。意以象尽，象以言著。故言者所以明象，得象而忘言；象者所以存意，得意而忘象。"这段话的逻辑性很强，环环相扣，比较详尽地指出了言、意、象这三者的关系。而其中最重要的是意，其次是象，最后是言。也就是说，言只是达意的一种手段，为了更好地达意，所以立象以尽意。从创作的角度看，其发生的先后顺序是意、象、言；从阅读的角度看，其接触的先后顺序则是言、象、意。前者是先有意，后寻找象和言，通过言、象以达意；后者是先接触言、象，后探寻意，通过言、象以得意。在这二者中，言与象都是需要超越的环节，而意乃是其最终目的。

这种看法对不对呢？我的回答是：对，也不全对。说它对，是因为它抓住了“意”这一文学作品中的核心要素，大目标没错；说它不全对，是因为它忽视了构成文学形式美的“言”“象”诸要素，将之视为可被舍弃的环节，从而走向极端。实际上，文学作品中的言、象、意三者是互为依存、密不可分的，缺少了任何一个环节，文学都会跛足。所以到了六朝时期，刘勰首次将“意”与“象”联用，指出文学创作要“窥意象而运斤”（《文心雕龙·神思》），唐代诗人王昌龄也有“久用精思，未契意象”（《诗格》）的说法。尽管这里的“意象”与今日所说“意象”还不是同一个概念，但相比起王弼的说法来，“象”已成为关注的重点，已获得了较为独立自足的意义。

与意象相关，今天我们所用的文论术语还有物象、形象、心象等。物象，重点指物之象，凡是描述物体的语词大都可以纳入物象范畴，如桌子、门、窗、山、水都可以成为物象。形象，宽泛地说，也是一种物象，只是现在更习惯于把对人物的描写称为形象，以示与物象的区别。心象，主要指表现创作者内心活动或其独特感悟之象，如李商隐的不少诗歌较隐约朦胧，所用词语如“灵风”“梦雨”等，其所表现的多为独具的心象。与此相关，还有人提出语象，即将语词所反映的某种具象化的东西称为语象。总之，术语很多，有些淆乱。我们不去纠缠，这里重点来看一下意象。

所谓“意象”，简单地说，就是含意之象。在客观物象之中融入了主体的某种情感、某种意旨，形成意与象的结合，这样的象就称为意象。这是现在的一般理解。当然，还有一种理解，认为文本中出现的意象只是它的未完成阶段，意象的最后完成有赖于读者的参与和索解；只有在读者阅读文本之后，在脑海中形成寓有情意的具象化画面，意象才算完成。这种理解也是有道理的。

这里，我们简要勾勒一下意象在创作时的形成过程。首先，在创作之前或创作过程中，意象便已存在于作者脑海中了，他或是因意寻象，或是由象生意，但已有了意象的雏形，只是这种意象还是模糊的、不确定的。其次，这种先期形成的意象必须借助“言”亦即文字来表现，构成诗歌中的一个意义单位，只有这时，文本意象才得以固定。最后，进入阅读层面，读者借助诗歌语言来还原意象，意象才算最终完成。当然，由于读者的个体情趣、修养、经历不同，不同的读者可能会从中领略到不同的寓意，但正如伽达默尔所说，

“艺术品是对不断更新的理解的开放”，完美的意象也应具有供人多角度多层面索解的意义潜值。反过来说，寓意深刻、多元的意象才是完美的意象。由此看来，意象是作者主观之意和客观之象融为一体的艺术形象，同时也是诗人思想感情的一种载体。大凡优秀的诗人，往往能创造一个或者一群烙有自我印痕的意象，诸如李白、杜甫、韩愈、孟郊、李贺、李商隐，在创造独特的意象方面都堪称典范。因此，读者读诗的一大任务就在于领悟意象的寓意，把握作品中的内容，同时，通过这种意象来感知诗人的情感，领会诗歌的主旨。

那么，哪些东西可以算作意象？长期以来，很多研究者把诗人笔下经常出现的类似于物象的词语——比如山、水、日、月、花、鸟等——都称为意象，这显然是不合适的。因为它混淆了意象与物象的区别。你说单单一个“鸟”它包含了作者什么意？山、川、草、木又包含了作者什么意？上海古籍出版社的赵昌平先生曾写过一篇文章《意兴、意象、意脉》，谈他所理解的意象。他认为：“唐诗中的意象，不是指单个的名词或名词词组，而是指一种整体性的，经过诗人取舍整合的内蕴情志的境象。”换句话说，意象的“意”应具有相对的完整性，仅仅一个名词不足以担承作者丰富复杂的内心情志。比如“鸡声茅店月”，一句话合起来才构成一个含意之象。光是鸡声，还不算意象。鸡声只能是物象，其他的茅店、月也是物象。将这些词语分开来看，你体会不出作者有什么寓意，只有把“鸡声茅店月”甚至下句的“人迹板桥霜”合起来，才构成一个相对完整的包含着作者之意的境象，这才能称为意象。有一段时间我比较赞成这种说法，但是后来呢，又略有一些变化，我觉得问题恐怕还有它的复杂性。因为一个基本的事实是，意象有它的历史传承性，在这一传承过程中，就有深厚的历史文化积淀其中，某些前人诗中使用频率很高的语象、物象，其本身已具有较稳定的意义内涵。诸如喻愁的流水、表现志节的青松、展现高情雅趣的菊花等，即使从诗中将它们单独抽出，人们也会习惯性地联想到它们的意义内涵和稳定指向。因而，似乎还是可以将之称为意象的，但不能泛化。关于这个问题，我们下面还会详谈。

根据很多论者对意象的类别划分来看，意象大致有这样几种：描述性意象，象征性意象，比喻性意象。

描述性意象。像王维的《鸟鸣涧》："人闲桂花落，夜静春山空。月出惊山鸟，时鸣春涧中。"整个是描述性的语言，借花落、静夜、空山、鸟鸣写作者宁静、悠闲的心态。单独一个桂花，一个春山，似乎还不足以构成意象，从中还不能准确体察作者的意旨，只有把这个描述性的过程按基本单元加以综合，意象才得以构成。如只有把"夜静春山空"一句话读完，意象的基本意义才能展示出来。

象征性意象。如柳宗元的《感遇》："旭日照寒野，鸒斯起蒿莱。啁啾有余乐，飞舞西陵隈。回风旦夕至，零叶委陈荄。所栖不足恃，鹰隼纵横来。"整首诗都是一种象征，一种放大了的比喻。这是柳宗元刚被贬到永州的时候所写的一篇作品，写旭日东升，照着寒野，鸟儿离开草丛，飞舞鸣叫，一片欢乐的景象。突然之间，回风疾至，草木纷纷凋零，鸟儿已无藏身之地，于是凶猛的鹰隼跑来对它们进行袭击。这是咏物的，但其中明显象征着作者在永贞革新前的喜乐和革新失败后政敌对他的打击，这里的鸟儿无疑可以视作柳宗元的缩影。整首诗读完之后，其象征的意义才得以显现，所以可称之为象征性意象。

比喻性意象。这类意象最为常见，其构成单位也较为短小、具体，一句话甚至一个词语都可承担。像李煜的《虞美人》"问君能有几多愁？恰似一江春水向东流"，即明确用东流的一江春水比喻剪不断理还乱的愁绪。

除此之外，有人还提出了通感性意象，也就是用通感形象使感情具体化。比如白居易的《琵琶行》写琵琶女弹奏琵琶到最高强音符的时候，就用了"银瓶乍破水浆迸，铁骑突出刀枪鸣"来比况。琵琶声是诉诸听觉的，只能听而不好去看的，但白居易在这里把听觉感受转化为视觉感受，使其既有声又有象，让读者从视觉形象里回味那种听觉感受。从这一点来讲，所谓通感性意象也是可以成立的。

另外一种分类法，是依据诗歌的词、句、章来进行的。比如，在词汇层面，可以称之为"概念性意象"；在句子层面，可以称之为"描写性意象"；而在篇章层面，可以称之为"象征性意象"。换句话说，概念性意象主要涉及字词语汇，是最基础的层面；到了句子层面，就扩大了一步，像前面说的"夜静春山空"或是"鸡声茅店月"，这可以称为描写性的意象；而到了象征性意象，就扩展成为一章了，比如刚才举的柳宗元《感遇》这首诗，它的意不在某一字某一句里，而是贯穿于全篇，你只有把全篇读完，才能把握它的象征意义。

下边，我们重点来谈词汇层面的这种概念性意象。这种意象使用频率很高，其主要特点是形式简洁、内蕴丰厚，具有传承性、象征性、包容性和促发性，便于诗歌的传播和接受。比如浮云、孤松、流水、猿啼、寒蝉、归鸟、孤舟、明月、夕阳、梅花等，这些词语最初出现的时候还只是物象，但是由于一代一代的传承和意义积淀，其内涵逐渐被固定下来。提起流水，人们往往会想起时间和愁绪；提起寒蝉，会联想到凄凉、感伤；孤舟，多是和人的漂泊羁旅联系在一起；而夕阳，则与送远和回归有更多的关联。此外，有些词语的意义因长期定格，几乎已约定俗成，像“岁寒三友”的松、竹、梅。一提起青松，人们很快就可以想到孔老夫子说的那句话“岁寒，然后知松柏之后凋也”，有一种在艰难环境中挺立的坚毅精神；提起寒梅呢，则有一种高洁、傲寒、不屈的意义；至于翠竹，就更是清雅劲直品节的一种象征了。

意象经历代传承而具有的这种象征性特点，历代人们都有关注。李白《于五松山赠南陵常赞府》说：“为草当作兰，为木当作松。兰秋香风远，松寒不改容。”便对兰、松的象征性意蕴作了揭示。周敦颐的《爱莲说》是篇名文，其中有这样的话：“予谓菊，花之隐逸者也；牡丹，花之富贵者也；莲，花之君子者也。”这里提到的菊、牡丹和莲，分别对应着隐逸、富贵、君子。虽然，这种对应并不是周敦颐最早发明的，在他之前，这些意象大都有了类似的意义，如隐者陶渊明的“采菊东篱下”已经给菊赋予了隐逸的意义内涵，但经过周氏的明确归纳和界说，这种意义就更为固定了，而且对后来的使用者来说，无疑具有相当大的规范作用。既然如此，那么，你说这样一些具有传承性、象征性的词语是不是意象呢？我想，回答应该是肯定的。因为在这些“象”中确实是含有某种“意”的。早先我是不太赞成把这些类似于物象的词语称为意象的，但现在从传承、象征层面，从它的意义积淀这样一个过程来看，我觉得已有较充足的理由把它视作意象。

意象的后先承传，多人使用，一方面使其意义获得了固定，但另一方面也容易使其意义内涵模式化，这种模式化也就意味着意义的老化。如此看来，它的长处是理解起来比较容易，它的弊端在于定型之后易趋于模式化，失去新鲜感。失去新鲜感之后，就要突破，创造新的意象，新的意象创造出来之后，大家感觉不错，于是又有很多人使用，使用到一定程度它又老化了，于是再创造新意象。整个的中国诗歌史，诗歌的意象史，大概就是这样一种不断积淀、不断成型、不断突破的过程。

突破旧意象后创造的新意象，可以称之为“特定象征”，或“个人象征”。也就是说，诗人为表达自己的情感思想，不走前人老路，独自创造出一种新的意象，这种意象是诗人独特的审美联想的产物，因而它具有特定性、个体性。当然，这里也分两种情况。一种情况是诗人的审美感觉非常敏锐，艺术表现也很纯熟，一经他的使用，这个意象马上就被人认可了，于是传播开去。比如孟郊的《游子吟》：“慈母手中线，游子身上衣。临行密密缝，意恐迟迟归。谁言寸草心，报得三春晖。”诗写得非常通俗，内涵却非常深厚，“寸草心”“三春晖”，形象地表现了子女孝心的微弱和父母恩德的广大，于是这一意义内涵就获得了人们的认可。另一种情况是，有些作者一味追求陌生化效果，所用字词过于生涩，其意义内涵过于褊狭，要让人们反复揣摩才能把握，由此形成阅读障碍，使得这类意象很难得到认可和传播。比如李贺笔下的一些意象便是如此。与李贺相比，李商隐笔下意象的意义内涵具有朦胧隐约的特点，但在语言层面并不费解，它需要借助一个更大的意义系统来解读，所以它可以流传，但要真正把握它的真实意蕴，却比较困难。我们在下面讲到这二人诗作的时候，再细加说明。

如上所说，概念性意象虽然可以是一个组合词，但要准确了解这种意象的内蕴，恐怕还是要把它放在整首诗里来进行理解。比如孟浩然的《宿建德江》：

移舟泊烟渚，日暮客愁新。
野旷天低树，江清月近人。

诗很短，只有20个字，但写景写情都非常精妙。头两句话说将舟停泊在笼罩着烟雾的洲渚，天气向晚了，到了日暮时分，羁旅为客的诗人产生了愁绪，而且这个愁绪是新生的。那么，这里的“烟渚”和“日暮”能不能视作意象？我以为，是可以的。如果仅仅是一个洲渚，不行，但是“烟渚”就可以了。为什么呢？因为“烟渚”表现的是一种迷迷蒙蒙、苍苍茫茫的景象，而这样一种烟水相连的物象往往寓有创作者的愁绪，如崔颢的那首《黄鹤楼》，最后一句怎么说的呀？“日暮乡关何处是，烟波江上使人愁。”那个“烟波江上”，就和“烟渚”很近似了；再如宋人贺铸的《青玉案》那首词：“若问闲愁都几许？一川烟草，满城风絮，梅子黄时雨。”其中的“一川烟草”也是一种烟雾迷蒙的状态，它们都与“愁”相关。换句话说，古人常借烟雾迷蒙之景来表现内心之愁，从而使得这些烟景往往包蕴着愁绪。如此看来，孟浩然笔下的“烟渚”也就可以构成一种内含愁情的意象了。“日暮”也是如此：太阳已经落山了，自己还在外漂泊，不能归去，他心里会作何感想呢？一般来说，朦胧的夕阳、沉沉的暮色易于促生在外漂流者那种孤独而苍茫的感伤意绪，李商隐写“夕阳无限好，只是近黄昏”，是很有些感伤意味的；马致远写“夕阳西下，断肠人在天涯”，就不仅是感伤，更是一种凄楚了。实际上，日暮、夕阳这些词语在中唐大历诗人笔下出现的频率非常之高，每一次出现几乎都蕴含着特定的感伤意绪。所以孟浩然在诗中使用“烟渚”“日暮”，并紧接着说“客愁新”，则此新生的客愁必然与这种特定的景象相关，而在这景象里，也正融入了他的“新”愁。

再从全诗来看。前面说了烟渚、日暮，说了客愁，后两句呢，他不写愁了，转写暮色中的远景和入夜后的明月：“野旷天低树，江清月近人。”平野非常的开阔，远远望去，感觉天幕下垂，似乎比岸边的树都显得低；由于江特别的清，以至于月和人的距离大大拉近。当然，这个月既可以说是天上之月，也可以说是水中之月，倒映于清江之中，于是和人的距离非常接近。这两句景致写得非常真切，你想一想呀，在这样一种日暮时分，停舟于烟渚之上，然后放眼望去，那茫茫的旷野中间，有远天、暗树，再上下俯仰，但见清江和明月，人在这样一种环境下会产生一种什么样的思绪呢？诗写到这个地方不写了，不再谈他的愁如何了，一切都让你从眼前的景物中去领悟。我们上节课谈情景的时候说以景结情是唐人最常用的一种手法，这首诗就是以景结情的。更重要的是，孟浩然在这首诗里营造出一种气氛，他用空间的景观、立体的形象来涵濡心灵，表现情绪。暮色、远天、江水、明月，甚至是江水所映的明月，这个空间景观既很遥远、阔大，又非常的贴近、清幽。由旷野、远天、暗树，见出夜幕下漂泊者的孤独；由清江、明月之近人，似乎见出一缕温馨；但乡关遥遥，亲人在远，来“近人”的只有明月，则表面的温馨中又深隐着内心深处的寂寥。他的心灵就在这景观、氛围中被映现出来。

叶维廉分析孟浩然诗说：“孟诗和大部分唐诗中的意象，在一种互文并存的空间关系之下，形成一种气氛，一种环境，一种只唤起某种感觉但并不加以说明的境界，任读者移入、出现，作一瞬间的停驻，然后溶入境中，并参与完成强烈感受的一瞬之美感经验。”（《寻求跨中西文化的共同文学规律——叶维廉比较文学论文选》）在互文并存的空间关系之下营造气氛，潜在地传递某种感觉；读者就在对这种氛围、境界的体悟、涵泳中去领略作者的情意。孟浩然有不少诗属于这样一种情形，具有含蕴不尽的特点。而这种含蕴不尽主要不是靠“客愁新”这类话明白道出的，而是通过他所写的景物一层一层展示出来的。

王寿昌《小清华园诗谈》指出：“诗有三不尽：景尽情不尽，语尽意不尽，兴尽味不尽。”这“三不尽”都很重要，但需要我们特别关注的是“语尽意不尽”。“语”，指的不单单是语言，还有由语言构成的物象，所以我们还可以加上一句“象尽意不尽”。优秀作者之所以优秀，很大程度上在于他能让读者体会到一种言外之意、象外之意。严羽《沧浪诗话》有言：“语忌直，意忌浅，脉忌露，味忌短。”——话不要说得太直截了当，最好是通过一种形象的画面把意表述出来。

象外之意在唐人笔下多体现出细密而多端的特点。多端，就是多元、多层面，包蕴丰厚。我们举几个例子来看一下。盛唐诗人张九龄有《赋得自君之出矣》一诗，四句话，20 个字，但是含蕴甚丰：

自君之出矣，不复理残机。
思君如满月，夜夜减清辉。

前两句明白易解：自从夫君走后，便没有心情再上织机了。关键在三、四两句，特别是一个“满”、一个“减”字，可以说是诗眼之所在。作者用了一个月由圆到缺逐渐减削的比喻，表现了几方面的含义：满月的光辉日益减弱，好比是女子的色貌逐渐衰退，这是第一层含义；月由圆满到亏缺，好比女子的身体渐趋消瘦，这是第二层含义；月由充盈到亏缺、又由亏缺到充盈的交替变化，喻示着时间的过往，也喻示着女子青春年华的流逝，这是第三层含义；由满月到缺月，而且清辉夜夜在减，说明女子思君之程度，焦虑之程度，这应该是第四层含义。古诗十九首中的《行行重行行》中有这样的话："相去日已远，衣带日已缓。……思君令人老，岁月忽已晚。"将女子离别夫君后因思念而导致的消瘦、衰老明白道出，固然也不错，但略欠含蓄和包蕴。相比之下，张九龄此诗表达同样的意思就巧妙得多，形象得多。我们知道，月亮在农历十五那天最圆，此后就一天天开始亏缺了，到了下旬，就逐渐削减成一个弯弯的月牙了。作者由此迁想妙得，把女主人公的思君情怀化作"夜夜减清辉"这样一个形象画面去表现，真是既贴切又新颖，其内含的意味，令人咀嚼不尽。所以《诗筏》评云："'满'字、'减'字纤而无痕，殊近乐府。"《诗法易简录》评云："题本六朝，而特出巧思，亦得《子夜》诸曲之妙。若直言稍减容光，便平直少味。借满月以写之，新颖绝伦，其思路之巧，全在一'满'字。"《唐诗归》评云："此题古今作者，毕竟此首第一。"

象内寓意、象外见意的更为典型的例子，是杜甫《船下夔州郭宿，雨湿不得上岸，别王十二判官》里的"晨钟云外湿"一句。清人叶燮在《原诗》里着力分析此句，讲得非常到位：

> 以晨钟为物而湿乎？云外之物，何啻以万万计，且钟必于寺观，即寺观中，钟之外，物亦无算，何独湿钟乎？然为此语者，因闻钟声有触而云然也。声无形，安能湿？钟声入耳而有闻，闻在耳，止能辨其声，安能辨其湿？曰"云外"，是又以目始见云，不见钟，故云"云外"。然此诗为雨湿而作，有云然后有雨，钟为雨湿，则钟在云内，不应云"外"也。斯语也，吾不知其为耳闻耶？为目见耶？为意揣耶？俗儒于此，必曰"晨钟云外度"，又必曰"晨钟云外发"，决无下"湿"字者。不知其于隔云见钟，声中闻湿，妙悟天开，从至理实事中领悟，乃得此境界也。

这段话大家读明白了没有？这里的关键处就在一个“湿”字。作者看不到钟，整个寺观和钟都被清晨层层的云雾给遮挡了。那么他是怎么知道这个钟的呢？他听到了钟声。听到了钟声而想到了钟，想到了寺观。钟虽然看不见，隐在云外，却是实际存在的，因而“晨钟”是实写；但此一远在云外的钟又是“湿”的，那么，何以知道钟湿呢？由于特殊的钟声。被清晨雨水打湿了的钟声与晴天嘹亮的钟声是不一样的，这声音又穿越层层云雾飘来，显得湿润而厚重。所以他用一个“湿”字来表现。也就是说，作者是“隔云见钟，声中闻湿”的。“湿”字既表现了特殊气候中的钟声，又表述了来自云外的钟声。所以叶燮说他“妙悟天开，从至理实事中领悟”，由此创造了一个实中有虚、虚以见实、令人反复把玩、味之无尽的高妙境界。

杜甫这句诗给了我们两点启示：其一，“言”在意象的构成上绝非无足轻重、可以随意舍弃的。在诗歌创作中，准确的文字使用是营造妙“象”、传达深“意”的前提条件，如果这句诗用“度”或“发”来取代“湿”字，是无论如何不能达到目前这种效果的。唐人说：“吟安一个字，捻断数茎须”（卢延让《苦吟》），正表明了他们对“言”的高度重视。其二，“意”有多种内涵，在不少情况下是无须确指、也难以确指的。仅就“晨钟云外湿”一句而言，究竟表现了作者什么意？不好回答。但读过此诗的人都能感受到作者体物之深切，感受到作者那幽渺、深邃的情绪。如果再具体一些，可以了解到作者船下夔州夜宿、因雨湿不得上岸而与友人怅别的凄楚，但这也只是背景性因素，而不可将之移来作此句的确解。就唐诗而言，不同的作者有不同的表意方法，即使同一作者的同一种意，因时间、处所、环境以及题材、体裁的差异，或明快直接，或隐微幽渺，或确有寄托，或重在体物，在表现方式和意义内涵上也是颇不相同的。我们千万不要以为，凡是意都有一种明确的指向，实际上，那只是意之一端，意的表现是多种多样的，细密的体物之情也是一种意，它能使人借助“言”“象”而向纵深掘进，这就够了。用叶燮的话说，就是“诗之至处，妙在含蓄无垠，思致微渺，其寄托在可言与不可言之间，其指归在可解不可解之会，言在此而意在彼，泯端倪而离形象，绝议论而穷思维，引人于冥漠恍惚之境，所以为至也”。这就是诗之至处，其特点在于含蓄无垠，思致微渺，其中有些东西是让你说不清道不明的，而这就涉及“言”和“意”的模糊性、朦胧性问题了。

说到这里，顺便说几句题外的话。我觉得在中国古代的诗论中有三部书是不可不读的。哪三部书呢？第一部，《文心雕龙》，要熟读，要读得非常的深入。借助此书，你可以在创作、鉴赏、文体、理论等方面，对唐以前的中国文学有一个系统的了解。第二部，严羽的《沧浪诗话》，这是继《文心雕龙》之后的又一部力作，而且在某些方面如妙悟、兴趣、韵味等方面有较大升进，对此后的诗论特别是神韵一派极具影响。借助此书，你可以对唐宋诗的特点有一个较细密的把握。第三部书就是叶燮的《原诗》了。这部书字数不多，分内外篇，是一部较为系统深入地论诗的学理性著作，其中一些见解远超前人。对这部书，我有很高的评价。各位如果能抽出时间，不妨去细细读一下，一定会有收获的。

第十四讲

说言意(下)

这节课我们接着说言、意，重点谈语言和意义的模糊性、朦胧性，以及由言、意派生的情理关系。

语言和意义的模糊性、朦胧性，古人早就意识到了，如谢榛在《四溟诗话》里就说：“凡作诗不宜逼真，如朝行远望，青山佳色，隐然可爱，其烟霞变幻，难以名状；及登临非复奇观，惟片石数树而已。远近所见不同，妙在含糊，方见作手。”所谓“妙在含糊”，就是说不要把有些东西写得过于真切，因为某些情景本身就是模糊的，你把它分辨得过于清晰，界划得过于分明，反而失去了原貌，是出力不讨好的。揭傒斯《诗法正法》也提到：“唐司空图教人学诗须识味外味……要见语少意多，句穷篇尽，目中恍然别有一境界、意思，而其妙者，意外生意，境外见境，风味之美，悠然甘心酸咸之表，使千载隽永，常在颊舌。”这里讲的，实际上也是一种近似于模糊朦胧的方法。怎样才能“意外生意，境外见境”呢？他的回答是“语少”。如果语言太多，处处塞满，过于具体，不给读者留下一点想象的余地，就难以达到“意多”的效果了。同时，“语少”也意味着语言的模糊和朦胧，在这种状态下，诗歌更易于达到空灵之境，更易于增加“言”和“象”的多义性。这是写诗的一个妙法，所以下次各位写诗的时候，是不是可以在这个方面下点功夫？

朦胧诗的意境不十分清晰，诗意不十分明确，就好比隔雾看花，看似美，但不知其所以为美，于是就给人一种扑朔迷离、恍兮惚兮的感觉。它处于可解不可解之间，它的真实意蕴有时很难实指。比如那位经常写大白话让老太太都能读懂的白居易，有时竟有空灵传神之笔，他的《花非花》就是例证：

花非花，雾非雾。夜半来，天明去。
来如春梦几多时，去似朝云无觅处。

这首诗像一首词，词在唐代产生，白居易深受影响，有人曾把他的一些作品划归词作。这首诗虽然还不是词，但已经很有词的韵味了。它究竟写了什么东西？“花非花，雾非雾”，似花但不是花，似雾又不是雾，整个一个模棱两可，传达给读者的是一个模糊的判断。但同时，这两句话又告诉你：这个非花的东西似花，非雾的东西似雾。苏轼大概是受了此一提示的影响，在他的《水龙吟》里写道：“似花还似非花，也无人惜从教坠。”苏轼写的什么呢？杨花，也就是柳絮。柳絮随风飘荡的时候，像花但又不是花。苏轼虽然用了模糊性的写法，其所指却是明确的；相比之下，白居易笔下的似花非花、似雾非雾者究竟是什么，你就搞不清楚了。“夜半来，天明去。来如春梦几多时，去似朝云无觅处。”简直是越说越玄，半夜时分来，天明就走了。像是梦，但又明说它只“如梦”，而不是梦；而且离去后就像“朝云”一样，太阳一出，就无影无踪了。读完全诗，有打哑谜的感觉，令人很费猜详。

然而，仔细体悟却可发现，这非花非雾者有一个特点，即像“春梦”“朝云”一样来去匆匆，短暂易逝。顺着这条线索去思考，就有些眉目了。翻开《白居易集》，发现此诗编在“感伤”之部，白集共分有“感伤”“讽喻”“闲适”“杂律”几大类，将此诗编入感伤之部，说明作者对所写对象抱有一种感伤的情怀。四川大学的周啸天先生对这首诗作过一个赏析，他联系到白居易集中两首编排很靠近的悼亡之作，一个是《真娘墓》，一个是《简简吟》，发现所写对象是一个很漂亮的女子，很早就死掉了，夭折了。白居易在《真娘墓》中写道：“世间尤物难留连，难留连，易销歇，塞北花，江南雪。”意思是说，世间特别漂亮的女子是很难活得长久的，她的生命易于殒落，就像花期甚短的“塞北花”、难得一见的“江南雪”一样。《简简吟》也生发同样的慨叹：“大都好物不坚牢，彩云易散琉璃碎。”这里用“好物”代指容貌姣好的女子，说她们虽长得漂亮，但生命却脆弱，宛如容易飘散的彩云、极易破碎的琉璃。引起我们注意的，是这里的“彩云易散”，这种说法与《花非花》中的“去似朝云无觅处”很接近。那么，我们是不是可以从《花非花》里感触到作者对已逝的某个漂亮女子的悼亡情怀呢？她长得很靓丽，虽非花却似花；她的体态很轻盈，有些像雾却非雾；她的生命很短暂，“夜半来，天明去”，既像短暂的花和易消的雾，又像居无多时的春梦和乍出即逝的朝云。

当然，这也只是一种猜测。但通过这样一种分析，我们起码有了这样一种指向和感受，即作者抒发的是对一种美好却短暂的人或事物的感伤情怀，这种情怀借助模糊、朦胧的语言表现，摇曳多姿，空灵流走，令人在意会中受到感染。李晓明《模糊性：人类认识之谜》指出：“事物连续中介过渡，使其与它物之间呈现的内在同一性和对立的不充分性，因而具有亦此亦彼的特征。对立的两极、差异的双方，总是相互渗透、相互贯通的。正是此物与它物之间一系列连续中介链条，使两极对立的绝对性在客观上消失了。所以，主体事物类属的划分，就不可能存在一条‘绝对分明和固定不变的界线’。‘一切差异都在中间阶段融合，一切对立都经过中间环节而互相过渡。’”亦此亦彼，相互渗透和贯通，这就是事物模糊性的一大特点。实际上，世间很多事物都没有那种此疆彼界的分明界线，而作为处于变化中的人的心理和情感，就更具有模糊性和不确定性了。对这种模糊性、不确定性的心理情感，公共语言很难发挥作用。另外，在不少情况下，限于环境和对象，即使有了明确的意旨，却不便明言，必须宛曲其词，隐晦其意，用朦胧、模糊的语言来表现。就此而言，作者的任务就是寻找与之匹配的语言和方法，把它表现出来。如果你做到了，那么你的诗就具有朦胧性、模糊性的特点，你的意义空间就可以加大。

从接受美学来看也可以解释这种现象。波兰学者罗曼·英加登在《对文学的艺术作品的认识》中指出：“文学作品的本文只能提供一个多层次的结构框架，其中留有许多未定点，只有在读者一面阅读一面将它具体化时，作品的主题意义才逐渐地表现出来。”这种“未定点”，实与我们所说的模糊性相关；而接受者由于具有各不相同的内在情感体验的私密性，所以可以从中体味出各不相同的内在意蕴。下面举几首诗例，稍作分析。

张籍的《秋思》是一篇名作，将人物的心理活动表现得非常细微：

洛阳城里见秋风，欲作家书意万重。
复恐匆匆说不尽，行人临发又开封。

见秋风而生归意，是仕宦或漂泊中的文人的惯常心态。据载：西晋张翰“在洛见秋风起，因思吴中菰菜羹、鲈鱼脍，曰：‘人生贵得适意尔，何能羁宦数千里以要名爵！’遂命驾便归”。（《世说新语·识鉴》）这一典故，对后人影响很大，在唐人笔下也常常出现。张籍此诗的首句就暗含了此一典故，而有三处相同：一是二人同姓张，二是同在洛阳，三是都因秋风起而兴归欤之情。所不同者，张翰是乘着秋风“命驾便归”了，而张籍却难以归去，只能望秋风而兴叹，寄封家书给亲人。然而，要给家人写信，并不是那么容易，心中的想法千头万绪，究竟说些什么好，一时间竟拿不定主意。不知道各位有没有这样一种体验？现代人有了电话，有了电子邮件，比信要方便快捷很多；交通又便利，无论远行还是回家都不是什么难事，所以类似古人这样的体验已经不多了。不过，这不妨碍我们对诗意的理解。一个“意万重”，极写意绪的纷繁杂乱，突出了作者矛盾复杂的心理；“复恐匆匆说不尽，行人临发又开封”，后二句采用递进法，将这种复杂心理再向前推进一步，在信已经封上、捎信人即将出发的时候，把信封重新打开，补写上未尽之意。

细味此诗，写法巧妙而真切，在语言、意象上都没有什么模糊之处，它的模糊重在借助直说和描写，生动、深刻地表现出了人内心的多重意绪。这些意绪在当事人那里是非常复杂、难以理清的，但作者仅用了四句28个字就将此意绪的纷杂淆乱反映出来，给读者提供了一个多层次的未定点，并对此“万重意”产生多方面的联想，于是，诗歌的空间意义便获得拓展。与此相类，孟郊《古怨别》的“含情两相向，欲语气先咽。心曲千万端，悲来却难说”，宋人柳永《雨霖铃》的“执手相看泪眼，竟无语凝噎”，苏轼《江城子》的“相顾无言，唯有泪千行”，都存在这种情况。不是不想说，而是难以说，心头有千万话语想向对方倾诉，但是不知从何说起。于是就不说，让想说的话在气噎、执手和千行泪水中，模糊地、隐约地表现出来。

由这种情形向前推进一步，我们找到了李商隐。《锦瑟》这首诗是李商隐诗中最著名的一篇，它的含义实在太隐微了，有人说是写爱情，有人说是写悼亡，有人说是写政治寄托，有人说是写文章作法，如此等等，不一而足。就这么八句56个字，你还真不明白他的真实意旨所在：

锦瑟无端五十弦，一弦一柱思华年。
庄生晓梦迷蝴蝶，望帝春心托杜鹃。
沧海月明珠有泪，蓝田日暖玉生烟。
此情可待成追忆，只是当时已惘然。

这首诗主要是用典故和象征的手法来表现作者内在的情思，典故本身应该说就是一层幕布，用典的诗，往往比那种直白的议论和描写来得隐微，来得含蓄。典故可以增加诗的意义内涵，这一点是毫无疑问的，但它同时也制造了阅读的障碍，用典越多，障碍越大。李商隐这首诗中间两联连用四典：庄生梦蝶、望帝杜鹃、沧海珠泪、蓝田玉烟，这么多的典故堆积在一起，形成了多种意义的交叉。读这种诗，你首先要把这些典故搞明白，然后还要将典故的象征意义搞明白，再下来还要索解作者斯时斯地用这些典故所要表达的独特意绪，这就多了几层曲折，它的含意就模糊了、朦胧了。进一步说，这里所用典故肯定是有喻意的，但它比喻了什么，由于本体不明确，所以读者歧解纷出，莫衷一是，以至于后人屡屡感叹："一篇锦瑟解人难"，"独恨无人作郑笺"。然而，此诗虽意旨微茫，难得确解，但绝不影响它是一首好诗。就语言表现而言，它是没有多少阅读障碍的，它让你读起来感觉整首诗很流畅，很有韵味。他那些著名的无题诗也是这样，每首诗大都语言精致，诗情畅达，意象华美，也就是说，读起来绝不困难。这样一来，这类诗就出现了一个很突出的悖反现象：阅读不困难，但理解有难度；因了前者，它具有形式美感，吸引了古往今来众多的读者；因了后者，它内蕴深隐，模糊朦胧，导致一批又一批破解密码的索隐派。这种现象，恐怕在中国诗歌史上，只有李商隐最为典型吧。

与李商隐不同，李贺属于另一种情况。李贺诗爱用一些生新独特的词语，营造了不少个性色彩很强的象征性意象。如这样一些诗句“蛇毒浓凝洞堂湿，江鱼不食衔沙立”，这是《罗浮山人与葛篇》中的两句，这两句究竟写的是什么，不清楚。注家的解释也五花八门，王琦说：“蛇因湿闷薰蒸而毒气不散，江鱼因水热沸郁而静伏不食，极言暑溽之象，以起下文命人剪葛制衣之意”；姚文燮说：“葛多生于深谷，或垂于江边，故蛇凭鱼依焉”；方扶南解释说：“此二句言葛之难得，申上出洞之致”（《李贺诗歌集注》）。三个人三种说法，令人莫衷一是。其他诗如“独垂重印押千官，金窠篆字红屈盘”“佣刓抱水含满唇，暗洒苌弘冷血痕”“花楼玉凤声娇狞，海绡红文香浅清”“蓝溪之水厌生人，身死千年恨溪水”，写的是什么，有何寓意，都不易索解，都具有模糊、朦胧的特点。

李贺诗这种模糊、朦胧主要表现在字、词、句层面，就其全诗而言，含意并不很深奥，但因个别诗句的晦涩难解，影响了对整首诗的审美感觉。一首优秀的诗作应该是一个和谐的整体，如果一会儿明朗，一会儿晦涩，就使得整个画面、整个诗情不够谐调，不够统一。实事求是地说，李贺一些诗、一些意象极具独特性，可谓天才的创造，反复推敲获得真解后，你会拍案叫绝的；但由于它不少意象过于诡谲、怪异，想象超越常人，由此形成的模糊性、晦涩度便将相当一批读者挡在了门槛之外。相比之下，李商隐诗的特点是字句平易流畅，全诗意境浑成，其难度在于内在蕴涵的模糊、朦胧、游移、不确定，但这不妨碍你对全诗的阅读和喜爱。如果说区别，这恐怕就是二李诗一个比较大的区别吧。关于二李诗的区别，房日晰先生《李贺李商隐诗的朦胧美比较》曾有很细密的分析，大家可以参看。但仅由上述区别而言，我们也能看到一个规律，那就是在诗歌创作的时候，一方面需要一定的陌生化效果，以提高读者的关注度，但另一方面，这种陌生化又不能达到晦涩的地步，尤其是字、词、句层面不能晦涩。否则，这种晦涩不仅对整个诗情、意境是一种破坏，而且会令读者望而却步。

上述诗歌中的朦胧性、模糊性，大多与诗歌语言以及由语言构成的意象有关。进一步看，则与情、理有关。宋代以前，人们更重视的是言、意关系，宋代以后，关注的焦点则多集中在情、理方面了。当然，这并不是说宋以前诗中就没有情、理，实际上，情、理是言、意的另一种表现形式，它们之间存在一种引申、派生的关系。在唐代诗歌中，就有不少情和理相互交融的佳作，特别是无理而又深情、痴情的诗作，达到了一种无理而妙的境界。

前人对此也多有论述。如邹祗谟《与陆荩思》指出："作诗之法，情胜于理；作文之法，理胜于情。乃诗未尝不本理以纬夫情，文未尝不因情以宣乎理，情理并至，此盖诗与文所不能外也。"虽然情和理在诗与文中所占地位不同，但就它们的共性来看，无论诗还是文都要求情理并至。吴乔在《围炉诗话》里也谈到这样一种情况，他说："余友贺黄公曰：严沧浪谓'诗有别趣，非关理也'，而理实未尝碍诗之妙，如元次山《舂陵行》、孟东野《游子吟》等，直是《六经》鼓吹，理岂可废乎？其无理而妙者，如'早知潮有信，嫁与弄潮儿'。但是于理多一曲折耳。"这里所举诗例为李益《江南词》（又作《相和歌辞·江南曲》），诗云：

嫁得瞿塘贾，朝朝误妾期。
早知潮有信，嫁与弄潮儿。

说这首诗"无理而妙"，并不是说它真的无理，只是其所含之理多了一层曲折而已。诗写一女子嫁了一个商人，商人的特点是"重利轻别离"——这是白居易《琵琶行》中的名言，所以呢，"朝朝误妾期"，一出去就不知道回来，害得"妾"每天都在白等。温庭筠《忆江南》说得真切："梳洗罢，独倚望江楼。过尽千帆皆不是，斜晖脉脉水悠悠。肠断白蘋洲。"词中所写女子只是从早到晚等了一天，就已经"肠断"了，而李益诗中的女子则是"朝朝"在等，等来等去等不到，等到的只能是失望。于是由极度的失望生发出极度的怨悔："早知潮有信，嫁与弄潮儿。"意谓你这个"瞿塘贾"呀，还不如潮水，潮水它还有一个涨潮落潮的规律，可是你呢，竟然一走就不回来；早知如此，当初我就嫁给那个与潮水相伴的弄潮儿了，何必要嫁给你呢！这话说得看似无理，情却来得特别真实，令人读来别有一番韵味。

金昌绪的《春怨》也是如此：

打起黄莺儿，莫教枝上啼。

啼时惊妾梦，不得到辽西。

诗中女子非常思念她远在辽西从军的丈夫，朝思暮想，完全沉浸于思念之中，以至于连窗外树上黄莺欢快的鸣叫都令她心烦，而要把它赶走。为什么要赶走它呢？因为她正梦见自己去到辽西与夫君欢会，这一啼呀，就把她的美梦给惊破了。所以要"打起黄莺儿，莫教枝上啼"。这话说得也无理，但仍然是无理而妙，表现了人物的一脉痴情。类似的表达早在唐代以前就出现过，如刘宋时期的一首小诗这样写道："打杀长鸣鸡，弹去乌臼鸟。愿得连冥不复曙，一年都一晓。"诗写一对青年男女夜晚欢会，侧面透露出他们极度的幸福感和满足感。何以见得呢？因为他们情到极处，竟至于要把夜晚叫鸣的鸡给打杀，把乌臼鸟也就是太阳给射落，他们希望"连冥不复曙"，一年只亮一次天。如此一来，他们就可以持续地在夜间相聚了。诗写得很极端，用语也颇为狠重，是一种排他性的、绝对的语言。说的既不合常理，也无道理，但就在这种无理之中，体现出了那样一种至情、深情和痴情，令人过目不忘。

如此看来，诗中的情与理往往处于矛盾状态，合理者未必合情，合情者亦未必合理。傅庚生先生在《中国文学欣赏举隅》里曾说过这样的话："写情能到真处好，能到痴处亦好。痴者，思虑发于无端也；情深则往往因无端之事，作有关之想也。"这话讲得是很深透的。无端，就是不讲逻辑，不合常理，就是没有来由，写情而至深处、痴处，往往不顾常理，思虑发于无端，但唯其如此，才能表现出一种深情和至情，诗才具有动人的力量。

表面看来，以上所举数例都重在说明情、理关系，但从根脚处看，仍然与言、意紧紧关联。李重华《贞一斋诗说》认为："诗缘情而生，而不欲直致其情。其蕴含只在言中，其妙会更在言外。"诗的意义、情感、理致皆蕴含在语言之中，而读者的妙会则在语言之外，只有在言外悟出的情、理、意，才更动人、更深刻、更有韵味。当然，对李重华的说法，我们还可以加上一句，即这种情、理、意的蕴含不只在言中，而且在象中，其妙会更在言、象之外。回到上讲开头提出的问题，我们就会明白，古代诗作中的言与意的双边关系实为言、象、意之间的三边关系，由言以成象，由象以达意；或者说，由言以述理，由理以见情，三者是交汇融合、互为依存的。既然如此，那么，如何用言造象，如何通过言和象来表现心中之意、之情及事中之理，并使读者在言、象之外能体悟它、把握它、感到它的妙处，是对每一位准备把诗写好的作者的一个考验。好的唐诗大都能处理好言、象、意三者的关系，所以就产生了隽永的情趣。关于言意关系，我想就简单说这些吧。

第十五讲

说技巧(上)

这节课我们来谈唐诗中的技巧。

技巧与法相关,实际上就是表现方法。前人常说至法无法,巴金20世纪80年代初会见南斯拉夫作家的时候也提到:“我主张文学的最高技巧是无技巧,不要靠外加技巧来吸引人。”由此联想到金庸、古龙的那些武侠小说,尤其是古龙的小说,动不动就是以无招胜有招,把这说成武术的至境。这种说法对不对呢?回答应当是肯定的,但这只是创作者或武侠们在熟悉、掌握了各种基本技法之后最终达成的境界,至此境界,他已经浑化无迹了,得心应手了,各种具体技巧在这里都融会贯通了,这不是无技巧,而是一种大技巧。

从诗歌发展史的角度来看,有两个现象需要注意,一种现象是诗歌萌生期的那些作品,确实是不大讲究技巧的,似乎冲口而出就是诗。比如《诗经》、汉乐府等,除了赋、比、兴这些基本方法和四言、五言的格式外,创作者较少去追求表现的技巧。这些诗如果说有技巧,大多也是因抒情达意的需要而形成的,不是作者自觉意识的产物。那么,是不是不讲究技巧的作品就一定比后世那些讲求技巧的非常精工的诗好呢?怕也未必。当然,它的质朴、它的真实、它的浑成,都有后人不可取代的优长,就像马克思所讲的古希腊艺术是人类童年阶段的一种范本,那个时代一旦过去,后世便很难效法,很难超越。就此而言,这种无技巧与后世的有技巧中间不具备太多的可比性。另一种现象呢，就是技巧发展到相当高程度之后的无技巧，这种无技巧是对具体技巧的一种超越，或者说虽然使用了技巧，却能将技巧的痕迹泯灭掉。它不靠外在技巧来吸引人，它更重视情感、意念的畅快抒发和表达。这既是一种无技巧，也是一种更高程度的技巧。所以不能把“无技巧”等同于“毫无技巧”，更不能说无技巧就是不要技巧。佛教有所谓看山是山、看山不是山、看山还是山的说法，是说经历之后的感悟，虽然常常归于初心，但是相比初心，往往有了更高境界的超越。实际上，不少好诗，不少令人品味无穷的作品，大都有高超的艺术技巧隐含其中，只是一般人不易察觉而已。王安石读张籍诗有言：“看似寻常最奇崛，成如容易却艰辛。”(《题张司业诗》)这就是说，好的诗作大都经历过艰辛的磨炼过程，但在写成之后便浑化无迹了，它那看似寻常的文字诗情中，是蕴含着奇崛之处的。刘禹锡在《翰林白二十二学士见寄诗一百篇因以答贶》这首诗里，曾称赞白居易的诗是“郢人斤斫无痕迹，仙人衣裳弃刀尺”。意思是说：真正优秀的诗人就像那个技法非常娴熟的郢人，他能挥斧将对方鼻子尖儿上的一点白灰削去，使之毫发无伤；又像仙人穿的衣裳，极为合体，根本不像是用刀尺剪裁出来的。诗歌作到这样一种程度，那就进入化境了。我想，这既可以说是真正的技巧，也可以说是无技巧。它告诉我们，技巧不应该是创作的目的，技巧也不应该用来突出它本身，它的目的在于最恰切地表现内容，与整个诗情融为一体。

关于技巧，中国古人论述得已经比较多了。以唐人而论，初唐的时候就有了相当一批《诗格》类的小书，但相对粗浅一些。到了王昌龄的《诗格》和皎然的《诗式》，已经在理论上有了比较深入的阐述。自宋代开始，各种诗话如雨后春笋，蜂拥而出，至明清两代而极盛。综观这些诗学著作，围绕有法、无法和有巧、无巧形成了两种对立的意见。一种意见认为作诗要有法，要讲究技巧，而且这些法和技巧是不能违背的。诸如诗中的平仄、粘对、起承转合等，都需要严格地遵守。另一种意见对此持反对态度，认为处处守法，不越雷池，就把活生生的创作给僵死化了。且不说唐人本身就没有明确这样一些法式，即使有这些法式，是不是就需要后人一一遵从？较具代表性的，如吕本中认为：“学诗当识活法，所谓活法者，规矩备而能出于规矩之外，变化不测而亦不背于规矩也。是道也，盖有定法而无定法，无定法而有定法。

知是者,则可与言活法矣。”(《夏均父集序》)既有定法又无定法,虽说无定法但又有定法,这就是“活法”。这个“活法”说影响很大,后来被部分南宋诗人拿去,成为他们创作的一个基本精神,特别是在杨万里的诚斋体中得到了全方位的展现。许伯旅也谈过相近的意见,他说:“上士用法,得法之意;下士用法,得法之似;吾诗几用法矣,意之所至,词必与俱,固未尝囿于法也。”(朱彝尊《静志居诗话》卷四引)这就是说,法则是可以用的,但是高明的人和平庸的人用法却有不同。高明之士用法是“得法之意”,而平庸之人用法只“得法之似”。好的诗作应该是“意之所至,词必与俱”,而不被法所束缚。纪昀的意见更为透彻一些,他说:“大抵始于有法,而终于以无法为法;始于用巧,则终于以不巧为巧。”(《唐人试律说序》)纪昀此说,就涉及我们上面所讲的最高技巧是无技巧的问题了。刚开始的时候你是有法的,就像写大字,先要描红,要根据书法的基本规则,点、横、竖、撇、捺、折,每一笔都要写到位。等到你熟练之后,就要力争超越这些法,以无法为法。所谓“始于用巧,则终于以不巧为巧”,讲的就是这个意思。

细读唐诗可以发现,类似纪昀所说的这种情况是普遍存在的,有大量“用巧”者,也有不少“以不巧为巧”者。在优秀诗人那里,虽然无意于用法,但其诗歌创作中却是内含一些技巧和方法的。由于这些方法、技巧与其表现内容密切吻合,所以诗歌就有了感染力,就呈现出独具的特色。我们要学习唐诗,对其若干方法、技巧无疑应有所了解。不过,唐人作诗所用方法非常之多,我们不可能面面俱到,什么都谈。我想重点谈以下三个方面。

一是聚焦式与发散式的方法。这种方法唐人屡有使用,而在中唐柳宗元的诗作中表现得比较突出。我们先来看那首被范希文誉为唐人五言小诗最佳者的《江雪》:

千山鸟飞绝,万径人踪灭。
孤舟蓑笠翁,独钓寒江雪。

这首诗是柳宗元被贬谪到永州之后写下的,其中内含一种身处逆境不肯屈服的冷峭格调。一个“绝”,一个“灭”,将所有生物从这个世界统统排除，无边的旷野显得极度的空旷、寂静，甚至冷漠和死寂。就是在这种环境中，一位披戴簑笠的渔翁稳坐孤舟，“独钓寒江雪”，由此又表现出一种坚毅执著、傲然独往的精神。此外，作者用了“藏头格”，将其欲表达的旨意隐藏在每句第一字，将四句诗的首字连读，就成了“千万孤独”这样一个句子。实际上，作者想要表达的，就是这种千万孤独的境界和心境。从诗的整体意境和格调看，一方面是环境的冷寂，一方面是精神的峭拔，二者的结合，形成独特的柳宗元专有的冷峭格调。而从用韵来看，“绝”“灭”“雪”三字都属入声“屑部”，这三个入声字蝉联而下，构成斩截、峭硬的声韵，越发突出了其格调的冷峭。吴昌祺《删订唐诗解》评价说：“清极，峭极，傲然独往。”俞陛云《诗境浅说续编》进一步指出：“空江风雪中，远望则鸟飞不到，近观则四无人踪，而独有扁舟渔父，一竿在手，悠然于严风盛雪间。其天怀之淡定，风趣之静峭，子厚以短歌为之写照。”并且说，这是张志和《渔父词》“所未道之境也”。这些评说都很有道理，可以帮助我们深化对此诗的理解。

从写法上看，作者采用的是一种排除法，步步缩小，层层聚焦。先是展示了一个广阔的场景——“千山”“万径”，但在这一广阔的场景中，鸟飞已“绝”，人踪皆“灭”，整个天地之间，任何人和物都看不到了。然后，作者将视线由远而近，由大而小，由广而狭，逐层地收缩，凝聚于一叶“孤舟”。到了孤舟仍不止步，进一步聚焦，聚焦到一个头戴斗笠、身披蓑衣的老翁身上，又由这个老翁再作收缩，收缩到老翁“独钓”的动作上。虽然诗中没有出现钓钩，但是，在我们的感觉中，那深藏画面之后的钓竿和钓钩已呼之欲出了。你看，作者采用这种排除法和聚焦法，由千山万径最后缩小到一点，就好比摇动的电影镜头，先从很广的范围进行拍摄，然后收缩、拉近，最后凝聚于一点。从全诗整个场景看，画面上蓑笠翁只是很小的一个点，但由于收缩和聚焦，遂使这一点得到了突出和放大，由此产生特殊的艺术效果。以前我看过一部日本电影，叫《姊妹坡》，为了表现人物的不幸命运，电影镜头先在秋天那苍茫的天地间移动，然后逐渐拉近，拉近到一棵树上。树已开始凋零，有一片叶子飘摇欲坠，于是镜头推进，聚焦于这片在寒风中飘摇的树叶。看到这一被刻意放大了的景象，联想起它所隐喻的人物命运，刹那间令人感到一种心灵的震颤。我想，柳宗元这首诗就类似于这种手法，也具有类似的震撼人心的效果。

与《江雪》表现方法迥然相异的，是柳宗元的另一篇作品，题名《与浩初上人同看山寄京华亲故》：

海畔尖山似剑铓，秋来处处割愁肠。
若为化得身千亿，散上峰头望故乡。

诗作于初至柳州之时。我们知道，柳宗元在永州谪居十年，真是熬白了双鬓等老了心。十年之后，好不容易接到了朝廷让他返京的诏书，所以他异常兴奋，怀着满腔的希望回到了京城。可是，至京后席未暇暖，便接到了再度远迁柳州的诏令。在永州时他做的是司马，到了柳州升为刺史，官虽升了一点，但地域更为荒远，对他的打击更为巨大。在永州的时候柳宗元还不断地挣扎不断地呼救，希望朝中亲友关照自己；但到了柳州之后，这种书信一封都没有了，他估计自己此生就终老于蛮夷之乡了，已经绝望了，所剩下的，只有对故乡那种难以割舍的深切的怀念。这首诗就是他怀乡之情的一个集中表露，写得非常沉痛。有人不喜欢这首诗，比如苏东坡。苏东坡原是非常欣赏柳诗的，他南迁海南的时候随身携带了两本书，一本是陶渊明集，一本是柳宗元集，说明他对子厚是有感情的。但是他不喜欢这首诗，说读了让人不快。我的看法与东坡先生不同，如果联系到子厚那样一种身世遭遇，可以发现此诗表现的真是一种锥心剔骨之痛，只有柳子厚能够写出这样的句子来。

“海畔”，见出所处的遥远，已经接近南海了。“尖山”，非常形象地表现出柳州一地山峰的特点。大家到柳州、桂林一带看看，那个地方的山和北方的山是不一样的。北方的山很高大，而且绵延起伏，形成阔而长的山脉；而柳州、桂林的山多是一座一座相互隔开的，每座山不高，却斩截矗立，非常尖。尖到什么程度呢？柳宗元用了一个比喻——“尖山似剑铓”，这是一种夸张性的比喻，柳州那些山即使尖，也不至于尖如剑铓的，但在作者的眼中就好比剑铓一样，他写的是一种心理感受。为什么用“剑铓”来比呢？下一句有了着落：“秋来处处割愁肠。”意思是说，看到那些个尖山，我的心里就好像被利剑切割一般。“愁肠”，形容愁绪如同盘曲环绕之肠。司马迁《报任安书》中有“肠一日而九回”的话，上次我们讲过子厚的《登柳州城楼寄漳汀封连四州》，其中有一句也说：“江流曲似九回肠。”所有这些，都是用来表现其身在荒远之地不能回归的思乡情结的。在这里，“肠”为“愁肠”，这“愁肠”又被“似剑铓”的“尖山”来割，这种“割”不是在其他季节，而是在“秋来”之际，就尤其显得酸楚、尖锐和刺痛。

前两句极写内心的痛楚，后两句写登高远望，借远望故乡以当归：“若为化得身千亿，散上峰头望故乡。”化身千亿，这是佛教中的用语，在佛经中，类似的说法很普遍，如《三教平心论》卷上就说：“一佛出现，则百亿世界中有百亿身同时出现。……是之谓千百亿化身也。”柳宗元精通佛学，他到了永州、柳州之后，与佛教徒来往更多，曾自述学佛30年，“于零陵，吾独有得焉”。所以，他是具备使用佛教语言这个基础的。进一步看，他是“与浩初上人同看山”，浩初，一位与柳宗元颇有交往的高僧。既然与僧人同看山，自然易于触发他的相关联想，于是“化得身千亿”的说法便水到渠成地涌现出来。就此而言，“化得身千亿”虽属奇思妙想，但柳宗元只是借用，还不属于他的独创，他的真正独创处也是令人惊讶处，在于末句的“散上峰头望故乡”。这真是一个石破天惊的举动，在他想来，倘若能够化身千亿的话，那么，每个“我”都散落在各个峰头，去遥望那朝思暮想的故乡。你看柳宗元那一束乡情，该是何等的浓郁！如此浓郁的乡情，只有借助这种狠重的造语才能表现，才能深入持久地打动人心。

从写法上看，后两句用的是一种发散式、扩张式的方法，作者将一身化成千万亿，然后散上各个峰头去，由一己而铺散开来。这种情形，与《西游记》里孙悟空拔一根毫毛，就可以化作众多行者相类似，但柳诗的独特处在于，借助这种方法进一步强化自己思乡的悲情。如果与前引《江雪》作一比较，可以看出：《江雪》是由广而狭，由远而近，由大而小，一步步地收缩、凝聚；而此诗则由小而大，由近而远，由一己而千亿，骤然扩散开去，其表现方法正好相反。而在艺术效果上，则可以说是异曲同工。

柳宗元的这样一种表现方法到了宋代，被陆游给吸取了。我们看陆游的《梅花绝句》，用的就是这种方法：“闻道梅花坼晓风，雪堆遍满四山中。何方可化身千亿？一树梅花一放翁。”这个“何方可化身千亿”和“若为化得身千亿”有多大差别呀？差不多。陆游意谓：如果能够化身千亿的话，我就要散落在这众多的梅花树上，让每一株梅花树上都有一个陆放翁。这种运思方式和表现方法，和柳诗非常接近，其受柳诗的影响是不言而喻的。但是，仔细分析，陆诗和柳诗又有很大的不同，这主要表现在下面几点：柳诗冷峭峻刻，陆诗平缓悠远；柳诗是愁肠百转，陆诗则是逸兴遄飞。这是二诗在情感基调、表现风格上的不同。进一步看，两首诗虽然都用了一种发散式、扩张式的方法，但陆诗是散而不返，柳诗则是散而又聚。陆诗是每一树梅花上都有一个放翁在笑——这是他的终极目的，他就是要达到这个效果，只有这样才能表现放翁喜梅、爱梅的那样一种心情；柳诗则是每座山头上都有一个子厚在望——他的终极目的是故乡。这就是说，柳诗不同于陆诗的一大显著特点，就在于他分散的千亿化身又在“故乡”一点上聚合起来，形成了一个新的聚焦点。他这样一种先发散后凝聚的方式，既增加了诗的曲折感、层次感，也更为深入地表现了作者对故乡的眷恋。

由上引诸诗可知，聚焦式与发散式的表现方法在作者那里或有自觉意识，或非刻意所为，但就其与内容的结合程度和表现效果看，都应该说是非常突出的，所以易于给人留下深刻的印象。这样一种表现方法，在唐诗中还有一些，后人也有沿用者。直到近现代，使用者仍不乏其人。远的不说，我们举一位大家——毛泽东。毛泽东的诗词有不少是很精彩的，相比之下，他的词可能更好些。我记得“文革”时期编印的《毛泽东诗词》中的第一首是《沁园春·长沙》，第二首是《菩萨蛮·黄鹤楼》。这两首词在写法上是可以拿来和柳宗元这两首诗进行比照的。《沁园春·长沙》怎么写的呢？“独立寒秋，湘江北去，橘子洲头。看万山红遍，层林尽染，漫江碧透，百舸争流。鹰击长空，鱼翔浅底，万类霜天竞自由。怅寥廓，问苍茫大地，谁主沉浮”。这是上阕。你看，他一开始是“独立寒秋”，然后放眼四望，近处是湘江、橘子洲，远处是漫江碧透，百舸争流，天上是鹰击长空，水中是鱼翔浅底，一近一远、一仰一俯，由“独立寒秋”的个体向外扩展、发散。最后扩展到什么程度呢？扩展到了“寥廓霜天”和“苍茫大地”。从描写的程序看，是由小而大，由近而远，由狭而广，由一点而及于天地万物，其气象、格局极为壮大。到了第二首，正好反过来。《菩萨蛮·黄鹤楼》是在武昌写的，作者当时还很年轻，但笔力已可扛鼎。你看这首词开篇的气势何等之大："茫茫九派流中国，沉沉一线穿南北。烟雨莽苍苍，龟蛇锁大江。"这是上阕，先从横向的长江写起，茫茫九派、浩浩奔流的长江从西向东贯穿中国；接着是纵向的京广线，一条沉静的铁龙纵贯南北。仅此二句，即将华夏大地纵横交织在胸中，而且用语颇为纯熟，"茫茫九派""沉沉一线"，非常之精到。"烟雨莽苍苍，龟蛇锁大江"，视线便开始收拢，收拢到眼前江面上的烟雨，以及苍茫烟雨之中紧锁大江的龟蛇二山。这里，"锁"字用得形象，到过龟山、蛇山者大概都有此同感。细味此四句，从茫茫九派、沉沉一线，到江面上的烟雨，再到龟蛇二山，场景由大趋小，视线由远而近，诗情在动态地发展。到了下阙，怎么写呢？继续收缩："黄鹤知何去？剩有游人处。把酒酹滔滔，心潮逐浪高！"先由上阕的龟蛇二山过渡到蛇山上的黄鹤楼，由黄鹤楼再继续紧缩，写到作者"把酒酹滔滔"；最后又由作者举杯洒酒的动作，回归到他"心潮逐浪高"的内心。到了内心，已无可再收缩了，于是戛然而止，给读者留下无尽的余韵。这两首词是作者的早期作品，从中不难看出，青年毛泽东在作词的技法上便已非常在意了。一首由小而大、由近及远、由狭至广；一首由大而小，由远及近，由广至狭。二者皆顺序井然，动态变化，同时与所表现的内容紧密吻合，因而在艺术表现上，具有一种很强的穿透力。由此回过头来，将其与柳宗元的两首诗比较一下，其间是不是有很大的相似性呢？当然，毛泽东的词未必一定受到柳宗元诗的影响，但就其相似性而言，正说明此类手法具有一种普遍性的价值和功用。

下面，我们看唐人常用的另外一种技巧，我没有什么好的词语来概括，姑且称之为推进法吧。在唐诗中往往有这样一种情况，就是把物理时空向不利于己的方向强行推进，由此反跌出创作个体的心理落差，产生更强烈的艺术效果。比如刘皂的《旅次朔方》：

> 客舍并州已十霜，归心日夜忆咸阳。
> 无端更渡桑干水，却望并州是故乡。

这首诗，一些本子冠名贾岛，诗题叫“渡桑干”。是不是贾岛的诗呢？还难下定论。但从相关事实来看，将其创作权归为刘皂可能更合适一些。原因在于，从诗中的“归心日夜忆咸阳”看，咸阳应该是作者的故乡。当然了，唐人也有以咸阳来代指帝京的，忆咸阳也有可能是忆帝京。但如果从诗中末句说的“却望并州是故乡”来理解，则诗中的咸阳不应指帝京，而应指故乡。设使这个推断不错，那么老家在范阳的贾岛是不可能把咸阳作为故乡的。所以呢，将此诗划归刘皂可能更合适一些。这首诗里涉及了几个地理名词，可以稍作解释。朔方，是唐代的一个郡名，又称夏州，在今天陕西北部和内蒙古南部这一带，治所为陕西靖边的白城子。并州，在唐代又称太原、太原郡、太原府或者是北都，它的辖境在现在山西中部一带，治所即今天山西的太原。桑干，是河名，发源于山西北部，在永定河上游。为什么叫桑干呢？据说桑葚熟的时候，这个河水就干了，所以把它称为桑干河。从地理上看，由并州到朔方不一定要渡过桑干河的，所以沈祖棻、程千帆先生认为：诗题朔方，用法和曹植《送应氏》“我友之朔方，亲昵并集送”一样，乃系泛称。李浩先生则怀疑这里的“朔方”是“朔州”之误。因为朔州在并州之地，治所为现在山西的朔县，桑干河从它的东南部流过，而由并州赴朔州就一定要渡桑干了。

从诗意来看，在并州这个地方，作者已经住了十年。客居异地，而且住了这么久的时间，其“归心”自然很强烈；然而，虽然想归，却无法回归，于是只能去怀念，只能是“归心日夜忆咸阳”。“忆”前着“日夜”二字，说明他每天都在忆，日日夜夜都在忆，极度凸现了忆念故乡的程度。“无端更渡桑干水”，第三句突作转折，将物理空间进一步加大，将诗意转入愈发不利于自己的方向。把前三句联系起来看，这种向前推进所产生的心理落差就异常明显了：回不去故乡倒也罢了，但并州离咸阳还不算太远，毕竟在空间上还有一种亲近感；可是现在呢，没来由地又渡过了桑干水，不是离故乡近了，而是越来越远了，越来越向北了。这种空间距离的加大，不能不导致作者心情的极度失落和失望。万般无奈之际，只好退而求其次，“却望并州是故乡”了。并州本是客居之地，作者的全部身心都放在了咸阳，可由于无端地渡过了桑干水，则此前被视作他乡的并州反而成了可以寄托情思的故乡。这种空间关系的变化，对作者、对读者恐怕都会产生一种情感上的冲击吧。

一般而言，凡是思乡之作，往往都具备两个要项，一个是所在的异乡，一个是自己的故乡，由此形成二元结构。思乡者的心绪毫无例外地在异乡和故乡之间徘徊，其间的关系比较简单。但此诗把这种二元结构扩展成了三元结构，有第一他乡并州，第二他乡桑干北部，接着是故乡咸阳。由于离故乡越来越远，而且，连第一他乡也不能再待了，所以只好像上面说的那样退而求其次，借对第一他乡的远望来取代对故乡的忆念，暂时寄托自己那飘摇动荡、不得安定的精神。然而，并州这第一他乡果真能取代故乡咸阳吗？它果真能安顿思乡者的精神和心灵吗？答案是不言自明的。进一步看，起句不说“十载”，也不说“十年”，而是说“十霜”，这个“霜”字的运用，虽然有音律方面的需要，但更易令人想起风霜磨难，客观上已经表达出他乡生涯的凄苦和悲凉了；而到了第三句的“无端”以后，这种凄苦悲凉就更深了一层。所以“无端”二字用得非常好，勾画出了人在江湖身不由己的无奈，而这种无奈也正是游子思归而不得的一种共同的尴尬。也就是说，他们的归乡之思没有地方附丽，他们的精神始终处于飘摇动荡之中，而当他们“无端”地远徙更为陌生的异地时，其所感受到的无奈和凄楚就倍加强烈了。而这首诗，就非常真切地表现了这种无奈和凄楚的情怀。整体上看，它将空间上的并州、咸阳和朔方，时间上的过去和现在交织在一起，切割转换，使之婉转关情；而从根柢上说，则采用了层层推进的方法，由此造成更强烈的心理落差。

《唐诗摘抄》评此诗说：“咸阳即故乡，客并州非其志也，况渡桑干乎？在并州且忆故乡，今渡桑干，望并州已如故乡之远，况故乡更在并州之外乎？必找此句，言外意始尽。久客不归，复而远适，语意殊悲怨。后人不知故乡即咸阳，谬解可笑。”

《寒瘦集》评云：“自起到结，句句相生，字字相应，章、句、字三法无一不妙。”

《诗境浅说续编》评云：“此诗曲写其客中怀抱也……作七绝者，或四句一气贯注，或曲折写出而仍能一气，最为难到之境，学诗之金针也。”

细读这些评语，或许能从不同角度深化我们对此诗的理解。

与刘皂此诗相类，北宋的李觏也有一首《乡思》，同样使用了步步推进的方法：

人言落日是天涯，望极天涯不见家。

已恨碧山相阻隔，碧山还被暮云遮。

前两句写家乡遥远，后两句写重山阻隔，每两句都含一层推进。第一层："人言落日是天涯，望极天涯不见家。"——天涯是极为遥远之处，望到天涯总该可以看见家了吧，可事实并非如此，作者是"望极天涯"还"不见家"，则其家乡何等遥远，便可以想知了。第二层："已恨碧山相阻隔，碧山还被暮云遮。"——重峦叠嶂的碧山已将视线挡住，令人生无限"恨"意，而这碧山又被暮云遮掩，岂不是恨上加恨！借助这样两层推进，其家乡之遥远以及因看不到家乡而怨恨重山暮云的心理便跃然纸上了。换一个角度看，首句的"落日是天涯"用"人言"领起，说明这一情况并不是作者感知的，而是从别人那儿听来的。既然别人说落日是天涯，而天涯即家乡的所在，那就借遥望以当归吧。可是望了之后，才发现远不是这么回事儿，望尽了天涯还不见家，由此显见人言之不足信。于是，句中就隐含了一种"恨"人言的意味。就整个诗意而言，也可以说是先恨人言，再恨云山，层进层深地写出了"不见家"的痛苦。

钱锺书《宋诗选注》注此诗引了一批作品来作证，比如石延年的《高楼》："水尽天不尽，人在天尽头。"范仲淹的《苏幕遮》："山映斜阳天接水，芳草无情，更在斜阳外。"欧阳修的《踏莎行》："平芜尽处是春山，行人更在春山外。"《千秋岁·春恨》："夜长春梦短，人远天涯近。"钱先生认为它们与李觏《乡思》"词意相类"。事实上，这些写法不仅与《乡思》词意相类，而且与前述《旅次朔方》也相类，它们是一个系统下来的。其共同的特点是透过一层向前推进，由此把人的某种情感推向极端，从而产生震撼读者心灵的艺术效果。

第十六讲

说技巧(下)

上节课我们谈了唐诗中的聚焦法、发散法和推进法，这节课我们来看与之相关的另一种表现方法，就是角度变换，或者说是视角的挪移。

先看李商隐的《夜雨寄北》：

君问归期未有期，巴山夜雨涨秋池。
何当共剪西窗烛，却话巴山夜雨时。

题名《夜雨寄北》，“夜雨”，表现了写诗时的环境、状况，细味诗意，作者所在地当是长江中游的巴山一带。“寄北”，寄给北地的亲友。也有人认为他是寄内，即寄给他的妻子。因无确证，我们也不必强予落实。

诗歌开篇不直接说自己难以回去，而是用“君问归期”领起，答曰：“未有期。”一问一答说明在外时间已经不短，而且何时能回也还遥遥无期。这样一来，回归之事便完全悬在空中，落不到实处了。由此，诗的首句就给人造成一种难以回归而又深望回归的氛围。“未有期”的原因可能很多，但和“巴山夜雨涨秋池”恐怕有着更直接的关联。“巴山”指出地点，“夜雨”点明环境，“秋”字明示了季节，而“涨秋池”则交代了夜雨连绵、池水在涨、江水也在涨这样一个背景。王昌龄有一首《芙蓉楼送辛渐》，首句说“寒雨连江夜入吴”，寒雨，连江，由江北向江南移动，漫天拉开了一个巨大的雨幕，整个吴地都被雨雾所笼罩。李商隐所写“巴山夜雨”虽然没有这样大的气势，但一个“涨”字，便从侧面将夜雨之势、之广、之连绵，都呈现出来了。这样一种连绵的秋雨，自然阻断了归程，所以说“未有期”。虽然不知道回归的日期，但归心早已飞回到了北地亲友那里。“何当共剪西窗烛，却话巴山夜雨时。”——什么时候我才能和你共剪西窗烛对床夜话呢？到了那个时候，我们再来回味一下今天巴山夜雨的这番情景吧。这是作者对未来的一个设想，在这设想中，他特别用了一个“剪烛”。什么是剪烛？剪烛就是在蜡烛长时间燃烧之后，为了让火焰更旺，而把烛芯的残余部分剪掉。“共剪西窗烛”，实际上是说二人面对蜡烛促膝长谈，表现的是一个非常温馨的场景。人本在遥远的异地，凄寒的雨夜，却遥想未来情景，而且如此温馨，这就为全诗增加了一层暖色。虽然有此暖色，但剪烛之前冠以“何当”二字，说明剪烛夜话只是想象，何时实现还难以预期，于是诗情在温馨中内含一大反跌。也就是说，把未来想得越温馨，现实的孤寂感越沉重；越是为这种孤寂所折磨，越是对未来充满热望。清人徐德泓《李义山诗疏》有言：“翻从他日而话今宵，则此时羁情不写而自深矣。”可谓知言。

后人对这首诗的艺术手法也颇为赞赏，如《古唐诗合解》说：“此诗内复用‘巴山夜雨’，一实一虚。”认为虚实相间是其特点。《唐诗绎》说：“首是寄诗缘起，一句内含问答。二是寄诗时景、时、地，俱显。三、四于寄诗之夜，预写归后追叙此夜之情，是加一倍写法。”这里所说“加一倍写法”，与我们上节课提到的推进法相似，所以又有论者直接将此诗与《旅次朔方》联系起来，认为“此皆袭其句而意别者”(《对床夜语》)。说二者间相袭，略嫌言重，但在艺术手法上两首诗确有一致处，这种一致，既表现为诗意的推进，更表现为视角的挪移，某种意义上可以说，正是视角的挪移，才导致了诗意的推进。

如果从写法上再对此诗的时间、空间、景物细加分析，可以发现，其视角共发生了三次转换。从空间上看，先是此地的巴山(第二句)，接着切换到彼地的西窗(第三句)，而后又回到此地的巴山(第四句)；从时间上看，先是今宵(第二句)，接着是来日(第三句)，最后再转回今宵(第四句)。在这几次转换中，其时空虽有重合，但内涵颇不相同，其间的情景描写有实有虚，或由实入虚，或由虚入虚，亦即虚中之虚。实景是什么呢？是“巴山夜雨涨秋池”，这是当下发生的事件；虚景呢？是“共剪西窗烛”，是作者对未来的想象；而到了“却话巴山夜雨时”，则是在虚拟的场景中对此前“巴山夜雨”的追忆，所以是虚景中的虚景，而虚中又有实的成分。随着场景的虚实变化，出场的人物也有增减：实景中是独自一人，到了虚景就成了共剪西窗烛的两人，而到了虚中之虚景，则变成了两人共话当初一人独经巴山夜雨的经历。这里，时空的虚实，场景的变换，人物的分合，构成了一种更高层次上的回环往复，重合叠映，遂使得诗意层进层深，婉转关情，且有顿挫之妙。诚如论者所言：义山“君问”云云，“眼前景反作日后怀想，此意更深”（《札朴》）。“清空如话，一气循环，绝句中最为擅胜。诗本寄友，如闻娓娓清谈，深情弥见。此与‘客舍并州已十霜’诗皆首尾相应，同一机轴。”（《诗境浅说续编》）“以今夜雨中愁思，冀为他日相逢话头，意调俱新。第三句应转首句，次句生下落句，有情思。盖归未有期，复为夜雨所苦，则此夕之寂寞，惟自知之耳。得与共话此苦于剪烛之下，始一腔幽衷，或可相慰也。‘何当’‘却话’四字妙，犁犁云树之思可想。”（《唐诗选脉笺释会通评林》引周珽语）“如此作法，笔势非常矫健，且可省去许多语言，诗家谓之顿挫者是也。”（《唐人绝句精华》）

另外，此诗给人留下很深印象的，是“巴山夜雨”这一意象。义山当日作此诗时，似乎只是随手拈来，比较随意的，殊不知他这随意的一用就使此一意象流传了千载，令人对其中的独特韵味反复把玩，体悟不尽。你看，巴山地处长江之畔，已经很有些神秘化的色彩了，此时又被笼罩在无边的夜雨之中，就更显神秘了。这是巴山的夜雨，夜雨中的巴山，面对此景，凝神遐思，将会促发人多少联想！与“巴山夜雨”相关而经常被人提起的，还有潇湘八景中的“潇湘夜雨”。潇水、湘水是两条非常美丽的河流，最后合流汇入湘江，这里将潇、湘二水连在一起，又给它加了一层无边的雨幕，就极具诗意了。就其给人的感觉，其气氛是神秘的，格调是轻缓的。而“巴山夜雨”则有所不同，它也有神秘感和诗意化的一面，但由于它的“涨秋池”，并阻断了诗人的归程，所以又内含一缕苦涩、沉重的味道。这样一个意象，在短短四句诗中竟两次出现，遂使它加倍的抢眼。而后一次出现已非实景，只是追忆中的虚景，这就又给它增加了一层虚幻迷离的色彩。于是，它的内涵和意味便愈发丰富了。

视角挪移的另一种表现是“悬拟”，即从对面写来。本来是自己思念对方，却不直说，而是说对方思念自己，这种视角的切换，增加了诗歌的曲折度，而且将诗意推深一层。这样一种表现，在唐诗中所在多有，下边略举几首诗例。

先来看王维17岁时写的《九月九日忆山东兄弟》：

> 独在异乡为异客，每逢佳节倍思亲。
> 遥知兄弟登高处，遍插茱萸少一人。

诗题《九月九日忆山东兄弟》，交代了这是一首九月九日重阳节那天怀念兄弟的诗作。这个山东不是今日的山东省，古时或指崤山、华山以东，或指太行山以东。王维祖籍祁县，其父迁家蒲州，即今永济，地处山西西南部，正好在华山之东。记得有一年中央电视台的晚会上，主持人特别举出这首诗，说是在河南焦作写下的。我不知道她的根据是什么。实际上，这首诗作于王维初游长安之时，他是在长安来忆山东兄弟的。

首句连用两个“异”字，表面看来，这两个“异”字说的都是在异乡作客，但由于一句之中连用，味道就不一样了。设想一下，如果不用“异客”，用什么呢？用旅客、游客、羁客？当然也可以，但都不如这个“异”来得贴切。你看，“异乡”已经使人有一种陌生感了，而在异乡又身为“异客”——与在异乡有亲友者不同，“异客”强调的是举目无亲——这岂不是越发的孤独？既是异乡，又是异客，所以首句首字这个“独”字就显得非常的刺目。换一种说法，“异乡”“异客”既是对“独”字的引伸，也是对“独”字的烘托，将一个“独”字与两个“异”字如此集中地放在一起，就使得这句话一上来就显得非常的深挚，非常的狠重，就把那样一种孤独感给说足了。“每逢佳节倍思亲”，说明他在异乡为异客已经为时不短，起码已经“逢”了几个佳节了。“佳节”，固然包含已经历过的几个节日，其重点指的却是当下遇到的九月九日重阳节。“倍思亲”，指出了节日对漂泊游子特殊的刺激和感发作用。节日往往是家人团聚之时，别人都团聚了，只有游子一人漂泊在外，此时此际，他能不“倍”思亲吗？如果说这种思亲之情在一般节日都会加重的话，那么，遇到重阳节恐怕就愈发浓郁了。这是因为：其一，重阳节就在眼前，更具有当下的触发作用。而且作者离开家乡的时间已不短了，比起以前诸节，重阳节是他离家最长的一个节日。时间越久，思乡越甚，这是常理。其二，重阳节更具特殊性，在这一天，古人不仅要饮菊花酒以求长寿，还要佩戴茱萸登上高处以避邪。登高势必远望，远望必然思乡。所以一个"倍思亲"，便将作者在重阳节这天极为强烈的孤独感和思亲情很直接地表现出来了。

如果放在一般作者那里，诗写到这个地方，下边就不好写了。写什么呢？写思念之情多么沉重吗？"倍思亲"三字已经说明了嘛！写外在之景来补充表现吗？可这又易于落入俗套。王维的高明之处在于，最后两句翻出一层，不写自己而写对方，不说自己怎么思念亲人而说亲人如何怀想自己。"遥知兄弟登高处，遍插茱萸少一人"，读了这两句，真令人拍案称奇。按说，这里的"遥知"也可以写成"遥想"，因为他是在远处设想对方情况的。可是，他不用"想"而用"知"，又是颇具推敲功夫的。一方面，这种字词的选择固然与声韵、平仄有关，另一方面，"知"确实比"想"在含意上来得深入。"遥想"主要是脑海中的想象，更多不确定的因素，而"遥知"就把那种想象给确定化了，它透露的信息是：兄弟们登高的时候想起"我"、思念"我"是确定无疑的。由此看来，一字之差，意义便有了高下之别。进一步看，作者"遥知"兄弟登高时必然会因少了一人而深感缺憾，但他却不明说，而是用"遍插茱萸少一人"这一形象的画面来表现，把一种抽象的思念完全具象化了，所以来得非常精妙。细味此二句，本是自己想兄弟，却说兄弟想自己；本是遥想兄弟可能在做什么，却说遥知兄弟一定在做什么；本是兄弟在念己之时自己也在思念兄弟，自己的思念可能还要超过兄弟们的思念，却压下不说，只从兄弟一方写起，则自己对兄弟的思念便自然包含其中，从而大大增加了内容的包蕴和情感的含量。所以，《唐诗广选》引蒋仲舒的话说："在兄弟处想来，便远。"《網斋诗谈》指出："不说我想他，却说他想我，加一倍凄凉。"《唐诗真趣编》进一步揭示："从对面说来，己之情自已，此避实击虚法。"这些评说，讲得都非常到位。大概正是由于这些特点，才使得这首小诗脍炙人口，久传不衰。

下面再看白居易的《邯郸冬至夜思家》：

邯郸驿里逢冬至，抱膝灯前影伴身。
想得家中夜深坐，还应说着远行人。

冬至的时候，自己独处遥远的邯郸驿馆，面对寒灯一盏，抱膝而坐，与自己为伴的只有映在墙上摇曳晃动的身影。两句 14 字，再无多的言语，其孤独、寂寞之况便跃然纸上。当然，除了孤独、寂寞，他更多的还是在想家人。在他想来，家人在此夜深时分恐怕也没有入睡，他们还在想着、说着他这远行之人。

诗也是从对面写起，也是加一倍的写法。但是，大家感觉到没有？此诗比王维那首略嫌逊色。我以为其逊色处有这样两点：其一，这首诗是从王维诗脱化而出的，其立意相似，甚至语句的表述也相似。王诗是“遥知兄弟登高处”，此诗是“想得家中夜深坐”；王诗是“遍插茱萸少一人”，此诗是“还应说着远行人”，其格局套路如出一辙。皎然在《诗式》里有“三偷”之说，即偷字、偷意、偷势，这首诗可以说是既偷其意，亦偷其势。这样一来，便没有自己的特点了。其二，此诗的“还应说着远行人”有些一般化了，稍欠含蓄，不如“遍插茱萸少一人”来得精警，来得巧妙，来得动人。由此看来，手法虽同，但在不同诗作中，其艺术效果也还是很不一样的。至于宋人范晞文《对床夜语》所说“白乐天‘想得家中夜深坐，还应说着远行人’，语颇直，不如王建‘家中见月望我归，正是道上思家时’，有曲折之意”，似乎还没有点到关键处。

韦应物的《寒食寄京师诸弟》也是节日思念远人之作：

雨中禁火空斋冷，江上流莺独坐听。
把酒看花想诸弟，杜陵寒食草青青。

这首诗大家觉得怎么样？我的总体感觉是过于平直，其所以平直，就在于描述的话语太多。首二句写寒食这一天如何冷清，天上又下着雨，然后一个人坐在那里听流莺的鸣叫，显得很寂寞很无聊。所以他拿着酒杯、看着花、想起了远在异地的兄弟，想起了之后便很愁闷，于是用“杜陵寒食草青青”一语作结，便完了。当然，从以景结情这一点来看，末句的凄清景色中还是有蕴含的，但不足以为全诗增色。就景物描写而言，也略嫌杂乱，欠缺集中度和深入度。更重要的是，与那种从对面写起的诗作比，少了很多曲折。所以，我以为这首诗的艺术性和可感度似不如白居易之作，更不如王维之作。这只是个人的看法，仅供各位参考。

采用从对面写的手法，而又在表现上极见功力、感情上极为沉挚的，是杜甫的《月夜》。这首诗真是写得好，写得独具特色，不愧是千古不磨的佳作名篇：

今夜鄜州月，闺中只独看。
遥怜小儿女，未解忆长安。
香雾云鬟湿，清辉玉臂寒。
何时倚虚幌，双照泪痕干。

先看诗的创作背景。天宝十四载(755)十一月初九，安史之乱爆发。次年六月，安史叛军攻破潼关，玄宗西逃，肃宗随之在宁夏的灵武即位。由于有了新皇帝，杜甫马上于八月离开刚安顿在鄜州(今陕西富县)的新家，欲绕道延州，赶赴灵武。但是在北行途中，他被安史叛军给抓住了，然后被直接押送到已经沦陷了的长安。从这时的整个形势看，叛军猖獗，帝京失陷，大唐帝国风雨飘摇，一片混乱；而从杜甫的处境和家庭看，他刚将妻女送往鄜州，新家尚未安排妥当，自己就远行被俘，困居长安。当此之际，杜甫是既忧国事，又虑家人啊！这首诗，就是在这样一种背景下写出的。

首联开门见山："今夜鄜州月，闺中只独看。"前引几首诗写对方思念自己，往往是作了一些铺垫之后才从对面写起，可是这首诗一上来就从对面写起。明明是今夜长安月，自己一个人在那儿独看，但他不这么写，而是说今天夜晚鄜州上空的月亮，只有我妻子一个人在闺中独看了。这种写法，将视角完全转移到对方，出人意外，非常的精警。进一步看，句中的"独"字大有深意：妻子身边还有儿女，妻子不是一个人，怎么能说她"独看"呢？下边两句作了交代："遥怜小儿女，未解忆长安"——儿女们太小，还不懂事，他们不知道为母亲分忧，所以说"未解忆长安"。由于儿女丝毫不能分担妻子那样一种忧虑，“独”字就下得有了着落。同时，这个“独”字还有两重功用：一是在结构上遥启末句的“双”，形成草蛇灰线之势；二是暗示此前曾有过的“双”。也就是说，这个“独看”只是目前的情形，在这以前，就有过两人共看明月的经历，正因为如此，这里才会说“今夜”“只独看”。妻子在鄜州独自看月，“忆长安”乃是题中应有之义。“忆”者，怀想、思念也。在她望月之“忆”中，最先想到的自然是远在长安、身处困境的夫君。此外，除了对夫君的思念、担忧，她的“忆长安”恐怕也含有对时局的忧虑，只是这一层意思较为淡薄，隐含于诗句之中，如果联系到末句的“双照泪痕干”来看，这层含义就出现了。

颈联重点写妻子独自看月的情态，虽然出自想象，但写得非常的真切：“香雾云鬟湿，清辉玉臂寒。”作此诗时，杜甫大概40岁，已是中年，其妻年龄也应近似，属于半老徐娘了，但是这里展现的杜妻形象非常之美，香雾云鬟，清辉玉臂，真是妙笔生花。这是源于生活而又高于生活的一种创造，是用艺术性笔墨来表现那种女性美，表现得非常到位。如果把他的妻子写得面黄肌瘦，头发蓬松，那个感觉就不好了。两句诗中，一个“湿”，一个“寒”，在读的时候须仔细推敲。从季节来看，这个时候是农历八、九月间，夜晚月光皎洁，秋气渐浓，人在外边站立得久了，头发会被霜雾打湿，肌肤会感到寒冷。所以，这里的“湿”“寒”二字，从侧面暗示了其妻望月之久、对远人思念之切，绝非泛泛之笔。最后二句，由实转虚，由分到合，既可视作代妻言情，也可视作将视线从对方拉回，回到主位，以期盼、感叹之笔作结：“何时倚虚幌，双照泪痕干。”——什么时候我们能够重逢，再在一起共同看月呢？这里，“双照”即照双，意谓两人双双看月，被月所照。这二字遥接首联的“独看”，内含对未来、对欢乐的期盼，展现出一幅患难夫妻重新聚首倚帷望月的形象图景。是啊，两个人一起看月，全家团聚了，该是何等的喜悦，哪还会有泪痕呢？不过，这句话也暗示出，在“双照”之前二人的望月都是含着眼泪的，妻子在鄜州是望月流泪，杜甫在长安也是泪眼望月，而且在月光的照耀下，他们的“泪痕”从未干过。由此而言，一个“泪痕”，其中又包含了这对夫妻间多少深挚的思念和牵挂啊！

对这首写相思之情的佳作，后人屡屡给予高度的评价。纪昀指出：“入手便摆落现境，纯从对面着笔。蹊径甚别。后四句又纯为预拟之词，通首无一笔着正面，机轴独绝。”（《瀛奎律髓汇评》）浦起龙也说：“心已驰神到彼，诗从对面飞来，悲婉微至，精丽绝伦，又妙在无一字不从月色照出也。”（《读杜心解》）这两段解说都注意到此诗“从对面着笔”“诗从对面飞来”的特点，是切中肯綮的。由于作者摆脱常规，从妻子一方写起，则写妻之念己也就把己之念妻包含其中了，而且内涵更深入一层。大家设想一下，如果这首诗仅仅从自己在长安望月、如何念妻来写，能不能达到这样一种效果？答案恐怕是否定的，说不定就会出现前引韦应物那首诗的情形。

与上引两段评语相比，施补华在《岘佣说诗》里分析得更为具体：“诗犹文也，忌直贵曲。少陵‘今夜鄜州月，闺中只独看’，是身在长安，忆其妻在鄜州看月也。下云‘遥怜小儿女，未解忆长安’，用旁衬之笔；儿女不解忆，则解忆者独其妻矣。‘香雾云鬟’‘清辉玉臂’，又从对面写，由长安遥想其妻在鄜州看月光景。收处作期望之辞，恰好去路，‘双照’紧对‘独看’，可谓无笔不曲。”这段评说既注意到了此诗“从对面写”的独特方法，更指出其首尾照应、层层关合、婉转曲折的表现特点，可谓具眼之论。

总括以上分析，可以说，聚焦式、发散式、推进式、视角挪移式几种方法，是唐人诗歌创作所呈现的若干重要技巧，这些技巧如果用得得当，用得娴熟，既能为诗作增色，又泯灭了技巧的痕迹。所以，在某种意义上我们既可以说这是一种独特的技巧，也可以说这是一种无技巧，一种无法之法。当然，类似的技巧在唐诗中还所在多有，我们不可能一一去讲，各位窥斑知豹就可以了。

第十七讲

说时空(上)

时间、空间是任何文学作品都无法避开的永恒主题。这节课，我们就来谈一下唐诗中的时空表现。

要谈时空，我们可以把话题稍微拉远一点，先看看中国古人对时空是怎么认识的。

早在先秦时期，人们已经注意到了时空存在，以及它与人的关系。《尸子》说：“上下四方曰宇，往古来今曰宙。”《墨子》中也有这样的说法：“宙，弥异时也。宇，弥异所也。”《庄子·庚桑楚》说：“有实而无乎处者，宇也；有长而无本剽者，宙也。”到了汉代，这种观念仍然持续着。《淮南子》里谈道：“往古来今谓之宙，四方上下谓之宇。”张衡《灵宪》说：“宇之表无极，宙之端无穷。”所有这些，都是对“宇”和“宙”下的定义。总体来说，“宇”就是空间存在，“宙”就是时间存在；一个是“上下四方”，一个是“往古来今”。这就是宇宙，也就是中国古人对时空的基本认识。

在古人看来，宇和宙是互相依存的，不是单独存在的。宇中有宙，宙中有宇，应该是中国古人的一个非常恒定的观念。而且，“宇”和“宙”，时间和空间，还会互相转换。这在中国古人的造字、用词法里边也体现出来了。钱锺书《管锥编》指出：“时间体验，难落言诠，故著语每假空间以示之。”时间和空间不一样，空间是一个具体的存在，时间虽然也是一个客观的存在，但是你看不见摸不着，难以“落言诠”，所以常常借空间观念来表示时间。比如，

"往日、来年、前朝、后夕、远世、近代之类，莫非以空间概念用于时间关系"。这里边的"往""来""前""后""远""近"，实际上都是空间观念，后来转借这样一种空间的概念来表示时间。《易经》里面的"临"卦有"君子以教思无穷，容保民无疆"的话，这个无疆实际上就是"以空之'广博'示时之长久。后世沿用，反忘'无疆'二字本义之为空间矣"。"'往往'本指空间中之'在在'，今则几全用以示时间上之'常常'。……'分阴''寸阴'等常谈，并资隅反。"现在人们比喻时光的宝贵和短暂常用"分阴""寸阴"等词语，但这个"分"和"寸"实际上也是一种空间观念。

由此可以看出，宇、宙两者是紧密结合的。我们只是为了论述的方便，才常常把时间和空间分开来论。如果用更具体更形象的话来说，时间和空间是什么呢？是光阴，是天地。李白在《春夜宴从弟桃李园序》里边说过两句话，非常经典，他说："夫天地者，万物之逆旅也；光阴者，百代之过客也。"中国古人较少单独地抽象地去论时空，他们笔下的时空往往都是对人生的一种衬托。他们重点是在讲人生，人在天地之间究竟处于一个什么样的角色，这是他们最关心的。诸如天地之广远、时间之无穷、人生之渺小、生命之短暂，是古代文学作品中出现最多的一个话题。

不仅是中国古人，西方人也有类似的关注。海德格尔讲过一段话，表明了他对人生和宇宙、时间这样一种关系的认识："老实说，人是什么？试将地球置于无限黑暗的太空中，相形之下，它只不过是空中的一颗小沙，在它与另一小沙之间存在着哩以上的空无。而在这颗小沙上住着一群爬行者，惑乱的所谓灵性的动物，在一个偶然的机会里发现了知识。在这万万年的时间之中，人的生命，其时间的延伸又算什么？只不过是秒针的一个小小的移动。在其他无尽的存在物中，我们实在没有理由拈出我们称之为'人类'此一存在物而视为异乎寻常。"（《形而上学引论》）这个观念，我觉得是很近似于庄子的思想的。他不是把人看成非常高傲、非常尊贵、藐视万物的一种存在，他把人视作天地之间一个匆匆的过客，人的生命、人的知识比起广远无穷的宇宙来说算不了什么，所以，千万不要把人类这样一个存在"视为异乎寻常"。

那么，回到中国古人对宇宙的观察方式。他们观察宇宙特有的方式是什么呢？就是四个字：仰观俯察。这是中国古人观察时空最常用的方式。这种“仰观俯察”是在一种什么样的气氛中进行的？它所产生的效果又是什么呢？也可以用两个词来表述，就是平和与静谧。中国人观察自然的时候往往不大容易产生康德所讲的那种崇高感，那种在巨大的自然物的压抑下形成的惊惧感和恐畏感，很少那样的感觉。中国人多是借仰观俯察、周流回环的方式，以一种平和的态度、静谧的态度去观照自然的。

宋人范晞文说古人诗歌多相似之句，他举了这样一些例子：“苏子卿诗云：‘俯视江汉流，仰视浮云翔。’魏文帝云：‘俯视清水波，仰看明月光。’曹子建云：‘俯降千仞，仰登天阻。’何敬祖云：‘仰视垣上草，俯察阶下露。’又：‘俯临清泉涌，仰观嘉木敷。’谢灵运云：‘俯濯石下潭，仰看条上猿。’又：‘俯视乔木杪，仰聆大壑淙。’”所有这些或俯或仰的词语，大家看一看，是不是都很相似？所以他得出结论，说：“古人句法极多，有相袭者。”（《对床夜语》）范晞文善于发现，所以他在古诗中找出了这么多相似的诗句，认为其间有相袭的成分，这是有道理的。但是，如果我们换一个角度来看，除了相袭之外，它是不是还表现了中国文人在观察事物时一种深厚的心理积淀？回答应该是肯定的。早在《周易》里就有“仰观天文，俯察地理”这样一种表述，说明这种观察方式是源远流长的。这种观察方式有什么好处呢？好处之一，就在于借这种仰观俯察、周流回环，最容易由外物返回人自身。

王羲之的《兰亭集序》是一个显例。晋穆帝永和九年(353)暮春，王羲之等一批文人在兰亭雅集，“是日也，天朗气清，惠风和畅，仰观宇宙之大，俯察品类之盛，所以游目骋怀，足以极视听之娱，信可乐也”。暮春三月之际，天朗气清、微风习习，看到宇宙之大、万物之盛，大家感觉到挺高兴。这是雅集开始时的“乐”。过了一阵子之后呢，不一样了，就由“乐”转入“痛”了：“及其所之既倦，情随事迁，感慨系之矣。向之所欣，俯仰之间，已为陈迹，犹不能不以之兴怀。况修短随化，终期于尽。古人云：死生亦大矣。岂不痛哉！”话说得非常的深沉，非常的厚重，其中寓有无尽的感怀。大家看，“俯仰之间”已经是陈迹了，观览了万物之后，就兴起对人自身的一种感慨，感慨人的生命虽有长有短，但都有死的一天，而一想到死生之事，人还高兴得起来吗？于是，兴尽悲来，“岂不痛哉”！兴尽悲来是中国古人最典型的一种情感发展曲线，兴至时绝不得意忘形，悲来后又不彻底绝望。因为在他们看来，天地间万事万物都是循环变动的，兴尽之后有悲来，而悲过之后还有乐在。老子说的“祸兮福所倚，福兮祸所伏”，讲的就是这样一种充满辩证的道理。那么，我们要问：兴尽之后何以会有悲来呢？唐代著名诗人王勃做了回答。王勃《滕王阁序》里说了两句很有哲理的话：“天高地迥，觉宇宙之无穷；兴尽悲来，识盈虚之有数。”因看到天地之广远、宇宙之无穷，所以才意识到人生之渺小、之短暂；因感悟到兴亡之迅捷、盈虚之有数，才生发出兴尽悲来的深长感喟。由此看来，时空、宇宙与人生有一种内在的关联，人是在对外在宇宙的静观默赏和反省回味中感到了自身与外物的不可比拟，这里边不乏孤独悲凉，不乏恐畏自怜，却没有西方人那种人与自然的尖锐对立冲突和自然对人的巨大压抑，其感觉大都是通过仰观俯察方式在静默状态中体悟出来的，因而就来得特别的深长、沉重。

我的一个朋友，西北大学的李浩教授曾在其《唐诗美学》中就中西文化的差异作过简单的比较。他认为：西方文化往往以自身为中心点去观察万物，而中国文化更多的是以空间为中心点去观察万物；西方文化往往是由近及远，推己及人，而中国文化往往是由远及近，反求诸身；西方文化是以小观大，管窥蠡测，而中国文化是以大观小，视天下古今为棋局；西方文化注重的是焦点透视，中国文化注重的是散点透视；西方文化重视的是因果关系，中国文化重视的是同步关系；西方文化往往进行单向推理，而中国文化则是全方位的呈示。这两者的区别如果用庄子在《大宗师》里的一句话来比喻的话，那么一个是“藏舟于壑”，另一个则是“藏天下于天下”。这样看起来，整个中国文化和西方文化是有所不同的。如果上面所说的这样一种比照大体无误的话，那么你可以看出，中国文人那里的时间和空间不是几何学和复现性的科学空间，而是一种充满诗情画意的创造性的艺术空间，它趋向着音乐境界，渗透了时间的节奏。宗白华先生在《美学与意境》这篇文章里也谈到了这个问题。他说：“空间在这里不是一个透视法的三进向的空间，以作为布置景物的虚空间架，而是它自己也参加进全幅节奏，受全幅音乐支配着的波动。这正是抟虚成实，使虚的空间化为实的生命。于是我们欣赏的心灵，光被四表，格于上下。”宗先生的文章往往具有诗意的美妙，尤其是我们在读他的《美学散步》的时候，常常感觉到他具有诗人的性格。这段话，也是以一种形象的诗的语言来表述中国文人的空间意识的。

以上，我们从理论上、认识上对时间和空间作了一些阐述。下面，我们先来看一下唐代诗人笔下的空间表现。

大体来说，唐代诗人表现空间的时候比较习惯于用“千里”“万里”“天地”“乾坤”“长空”“沧海”等比较宏阔的词语，借以拉大时空的距离，扩大表现的领域，同时也提升诗境。如李白写《关山月》，一上来就说：“明月出天山，苍茫云海间。长风几万里，吹度玉门关。”天山明月，苍茫云海，万里长风，非常的阔大、雄健。如果说李白为了表现长风，不用“几万里”不足以形容长风之势，那么，中唐诗人戴叔伦所写《除夕夜宿石头驿》，用了“一年将尽夜，万里未归人”两句，就使人觉得这个“万里”用得稍微大了一点。所以沈德潜评论说：“应是万里归来，宿于石头驿，未及到家也。不然，石城与金坛相距几何，而云万里乎？”（《唐诗别裁》）觉得这个“万里”用得与实际不太符合。戴叔伦的家在金坛，他现在来到石头驿，其间的距离并不很远，何以非用“万里”不可？用“百里”行不行？也行，但“百里”一用，那个空间距离马上就大大缩小，诗的气势、蕴涵及所表现的感情，都不是原来的模样了。所以这里的“万里未归人”，千万不要把它太坐实了。沈德潜讲的是物理空间距离，而戴叔伦表现的是心理空间距离，这在诗中是允许的。

再比如杜牧的《江南春绝句》，各位都很熟悉了：“千里莺啼绿映红，水村山郭酒旗风。南朝四百八十寺，多少楼台烟雨中。”诗写得很好，写江南的春天，千里莺啼，大片大片的翠绿中掩映着点点红色，水村山郭，挂着酒旗，风微微地吹着，在这江南春季朦朦胧胧的烟雨之中，有多少楼台若隐若现。读完此诗，会感到场景非常阔大，意境也奇幻迷离。但是，这样一首写得很好的诗，到了明朝杨慎这里就出了问题了。杨慎在《升庵诗话》里批评说：“千里莺啼，谁人听得？千里绿映红，谁人见得？若作十里，则莺啼绿红之景，村郭楼台僧寺酒旗，皆在其中矣。”一句话，杨慎认为用“千里”过于夸大，不符合实际。对杨慎的观点，清末何文焕深表不满，他在《历代诗话考索》中反驳说：“升庵谓‘千应作十，盖千里已听不着、看不见矣，何所云“莺啼绿映红”耶？’余谓即作‘十里’，亦未必听得着，看得见。”何氏的意思是说，“千里”固然听不着看不见，可是，就算把它缩小个十倍百倍，你还是听不着看不见。十里以外你能听见莺啼叫吗？听不见的。既然如此，杜牧这么写，就不是全无道理的了，因为“题云‘江南春’，江南方广千里，千里之中，莺啼而绿映焉；水村山郭，无处无酒旗；四百八十寺，楼台多在烟雨中也。此诗之意既广，不得专指一处，故总而命曰‘江南春’。诗家善立题者也”。

杨、何二人争论的焦点，在于诗中所反映的事情是不是需要一一坐实，是不是需要把它拿来和现实做一个精细的比照。而其症结，在于如何看待文学艺术的创作。看一下文学批评史，类似杨慎这种将文学作品与现实事物一一比照的事屡见不鲜。比如，苏东坡有“春江水暖鸭先知”的诗句，清人毛奇龄就很不满意，认为春江水暖“鹅也先知，怎只说鸭”（见《渔洋诗话》）。张继《枫桥夜泊》有“夜半钟声到客船”之句，欧阳修批评说：“诗人贪求好句，而理有不通。”原因是：“三更不是打钟时！”（《六一诗话》）杜甫《古柏行》写古柏有“霜皮溜雨四十围，黛色参天二千尺”的诗句，沈括认为高达两千，粗仅四十，“无乃太细长乎”（《梦溪笔谈》）。这些批评家的意见如果从客观事实或科学的角度看，并非没有道理，但用来评说文艺创作，便犯了一个绝大的错误，那就是混淆了生活真实与艺术真实的界限，其结果只能是对艺术品及其美学精神的戕害。回到刚才说的杜牧的诗上，可以看出，诗人写“千里莺啼绿映红”，反映的是一种艺术的真实。其中有两点值得申说：其一，这里的“千里”，是作者根据生活常识推导出来的。既然在耳目所及的范围内有了“莺啼”、有了“绿映红”，那么千里之外，同样是江南地域，就都应该是“莺啼绿映红”了。因而它符合想象的真实。其二，如果这首诗用了“十里”，那么，后来的“南朝四百八十寺”，还有“多少楼台烟雨中”，都落不到实处。事实上，正是这个“千里”的使用，才使诗歌有了一个广阔的空间，有了一个阔大的诗境，从而把人的视野大大地扩展了。这两者是相辅相成的，何文焕大概正是看到了这一点，才说杜牧“善立题”。所谓善立题，就是根据艺术表现的需要，对物理空间进行一种变形处理，使它成为四面洞开、八方来风的开放式结构，它展示的既是物理空间，也是一种精神空间、心理空间，这种空间泯合了有限与无限，虚空与实境，具体与抽象，这种空间并不是站在一个点上去观察，而是游心太虚、俯仰流观所获得的一种连续性的画面。

唐诗中的空间表现虽比比皆是，但纯粹展示空间场景的作品并不多，在诗人笔下，空间表现往往是与时间表现紧密结合在一起的。所以，我们下面再来看一下时间表现。

与空间表现相比，时间表现在中国文人这里有着更为悠久的传统和更为浓厚的积淀。一般文人习惯于由己观物，物我反照，在外物中感知生命的流逝，最后把生命和外物打通，这是它的一个基本方式。就其所用物象或意象而言，主要有以下几种：

首先是流水。流水是表现时间的最佳对象。《论语・子罕》有一个大家耳熟能详的经典格言："子在川上曰：逝者如斯夫！不舍昼夜。"后人注云："逝，往也，言凡往也者，如川之流。"又说："此章记孔子感叹时事，既往不可追复也。逝，往也，夫子因在川水之上，见川水之流迅速，且不可追复，故感之而兴叹，言凡时事往，如此川之流，不以昼夜而有舍止也。"(《毛诗正义》)将此注释与孔子所说"日月逝矣，岁不我与"的话联系起来看，可以看出"逝者如斯夫，不舍昼夜"这九个字至少包含三层意义。哪三层意义呢？奔腾急速的流水日夜不息，一去不返，正有如时间的倏忽飘逝，一往不复，此其一；流水无穷无尽，前水虽逝，后水继来，正如时间的无始无终，不可竭止，此其二；流水是一个动态的过程，或细流涓涓，或奔腾汹涌，终至归入大海，正如人的生命行程，在经历了种种悲欢磨难之后，最后都要归于消亡，此其三。这是流水与时间、生命的相似点，这种相似点被孔子发现之后，仅用了"逝者如斯夫，不舍昼夜"寥寥九字，便将其内在意蕴深刻地展示出来，令后人一读之下，便生出一种李白那般"逝川与流光，飘忽不相待"的莫名惊颤。不知道我这几点理解是不是符合孔夫子的本意？前两年，我写过一篇小文《自然与时空》，想对时间和空间的问题作点索解，但不深透。现在再读这几句话，感触似乎又深了些。在茫茫宇宙、大千世界中，什么东西最为宝贵？时间和生命。也只有时间和生命是不可逆的，这种不可逆，就像逝川的不可倒流；而流水和时间是永恒的，这种永恒又恰恰比照出生命的短暂。这就是人生与流水、时间的一种相对待的关系。所以孔子的20世孙孔融深深领悟到了他先祖这句话的含意，在他写给曹操的那封很有名的《论盛孝章书》里，一开始就说："岁月不居，时节如流，五十之年，忽焉已至。"这里所说的"不居""如流”，正是“逝者如斯夫”的同义反复；而“五十之年，忽焉已至”，则应该是当年孔子观流水而兴叹却没有明白说出的人生感喟。在这里，孔融进一步把流水和人生紧密地联系起来了。

从孔夫子说过“逝者如斯夫，不舍昼夜”之后，以流水喻时间几乎成了中国文人的一种思维定式，而它最后的旨归无不落实到人生和生命。这样的例子可以说不胜枚举，如阮籍《咏怀》其三十二首：“孔圣临长川，惜逝忽若浮。去者余不及，来者吾不留。”陆机《叹逝赋》写得就更深刻了：“川阅水以成川，水滔滔而日度，世阅人而为世，人冉冉而行暮。”陆机这几句话说得非常之好，它将流水之滔滔与人生旅程之匆匆糅合得相当紧密，虽然不是诗，但比诗还要深刻。

到了唐代，类似的例证就更多了。张九龄《登荆州城望江》：“滔滔大江水，天地相终始。经阅几世人，复叹谁家子。”李白《古风》：“前水复后水，古今相续流；新人非旧人，年年桥上游。”李白《将进酒》：“君不见黄河之水天上来，奔流到海不复回；君不见高堂明镜悲白发，朝如青丝暮成雪。”李端《忆故山赠司空曙》：“年如流水日长催。”殷尧藩《江行》：“年光流不尽，东去水声长。”这话说得非常形象，用一个“流”字来形容“年光”的逝去，而又将此“流”字与“水声”联在一起。韩琮《暮春浐水送别》“行人莫听宫前水，流尽年光是此声”，更进了一步，直接说流尽年光的就是这哗哗的水声。

这些诗例，“年光”“古今”“白发”与原本形容水的流动的“流”字加以关合，不仅一再强化了“水”与“时”的相似性关联，而且也极大地丰富了时间内在的文化蕴含。至于后来李煜《乌夜啼》里说的“自是人生长恨水长东”，苏轼《念奴娇》说的“大江东去，浪淘尽千古风流人物”，更将流水之喻推导向悲恨之绵延、古今之兴替。所有这些，既含有始创者的强大影响，也不无历代作者在观照自然时所受到的外物感发和经验表述，二者相辅相成，内外结合，遂形成民族文化之于时间一点上的深层积淀，表现在文学中，便是“莫非涵流光于流波，溶逝景于逝水”的独特景观。这是钱锺书在《管锥编》里概括出来的一句话，“莫非”，无不是。这是一个排他性的、非常斩截的词语，说明这样的一种比喻、一种表现来得非常的普遍。

这样一种对于流水的认知，不仅表现在中国人这里，在同受中国文化浸染的日、韩等国，也所在多有。日本文化受中国文化影响是很深的，他们对儒家思想也非常推崇。日本学者德富芦花在《大河》一文中即先引了孔子"逝者如斯夫，不舍昼夜"的话，然后说道："人们面对河川的感情，确乎尽为这两句话所道破。诗人千百言，终不及夫子这句口头语。"他接着说："不妨站在一条大河的岸边，看一看那泱泱的河水，无声无息，静静地，无限流淌的情景吧。'逝者如斯夫'，想想那从亿万年之前一直到亿万年之后，源源不绝，永远奔流的河水吧。……所谓的罗马大帝国不是这样流过的吗？啊，竹叶漂来了，倏忽一闪，早已望不见了。亚历山大，拿破仑翁，尽皆如此。他们今何在哉！溶溶流淌着的唯有这河水。我想，站在大河之畔，要比站在大海之滨更能感受到'永远'二字的含义。"这段话包蕴着很深的人生感慨，尤其最后一句更为深刻。不知道各位是不是有这样的感触，你站在海边，对时间的体验还不是很明显，只是体验到一种浩渺，一种博大。只有站到江河岸上，听着哗哗的水声，看那浪涛翻滚着向东奔流，你的感触才会越发的明显，时光和流水的相似点也才越发接近。

第十八讲

说时空(下)

上节课我们说了流水与时间的象喻关系。流水之外,另一个与时间密切关合的意象便是落花了。

落花意象最易于令人联想到青春的消逝、生命的殒落。初唐刘希夷的《代悲白头翁》(又作《白头吟》)是写落花的名作,有人把它与张若虚的《春江花月夜》视为初唐诗坛的双璧。全诗如下:

> 洛阳城东桃李花,飞来飞去落谁家?洛阳女儿好颜色,坐见落花长叹息。今年花落颜色改,明年花开复谁在?已见松柏摧为薪,更闻桑田变成海。古人无复洛城东,今人还对落花风。年年岁岁花相似,岁岁年年人不同。寄言全盛红颜子,应怜半死白头翁。此翁白头真可怜,伊昔红颜美少年。公子王孙芳树下,清歌妙舞落花前。光禄池台开锦绣,将军楼阁画神仙。一朝卧病无相识,三春行乐在谁边。宛转蛾眉能几时,须臾鹤发乱如丝。但看古来歌舞地,惟有黄昏鸟雀悲。

诗写得非常之好,尤其是其中"年年岁岁花相似,岁岁年年人不同"两句,可以说是脍炙人口。据说作者的舅舅宋之问甚爱此联,"知其未传于人,恳求之,许而竟不与,之问怒其诳己,使奴以土囊压杀于别舍"(《唐才子传》卷一)。为了一联诗,就杀人谋句,似乎不大可信,由此却见出这两句确实精彩。就全诗来看，作者全力表现的是人对外物的关照以及由物反观自我而形成的一种人生感悟，其中渗透了极强烈的时间意识。从洛阳城东桃李花的飘落，联系到洛阳女子美好容颜的不能久持，又由洛阳女子“今年花落颜色改，明年花开复谁在”的深长叹息，联想到松柏为薪、桑田成海这样一种古今变化，联想到从红颜子到白头翁这样一种人生改易，不禁悲从中来，感慨系之。落花，在这里既代表着美的殒落，又是引发人生悲慨的触媒，而从根本上说，落花就是时间的象征。整首诗以流美的笔触、明丽的诗境来表现青春少年的一种感伤，感伤中暗寓着一种哲理、一种启悟，就是时间对生命的穿透力和破坏性。这是非常深刻的。

这首诗对后世影响很大，《红楼梦》中林黛玉作的那首《葬花吟》，就留有浓重的被影响的痕迹。你看那个句式，那个意象，那个情调，与《代悲白头翁》何等相像：“花谢花飞花满天，红消香断有谁怜？……桃李明年能再发，明年闺中知有谁？三月香巢已垒成，梁间燕子太无情！明年花发虽可啄，却不道人去梁空巢也倾……试看春残花渐落，便是红颜老死时；一朝春尽红颜老，花落人亡两不知！”这已经不是写落花了，而是借落花抒写的一曲青春的悲歌，生命的悲歌。相比起来，刘希夷的作品诗情感伤，但感伤之中还不乏一点温润的气息；而到了《葬花吟》里，同样是感伤，但这感伤向沉重一路发展，尤其是最后两句，已经由极度的感伤一变而为凄厉了。这两首作品，都是以歌行的方式，以落花的意象，以人对落花的观照，表现出时间对人生、对生命的那种穿透力、破坏性，令人读后，受到一种刹那间的心灵的冲击和震颤。

与落花相似，秋风、秋草、秋叶等与“秋”相关联的意象也常被用来表现时间的运行，以及人们对生命衰变的悲感。

中国古代有着很久远的悲秋传统，中国文人有着极深厚的悲秋意识。20多年前，我写过一本小书《中国古代文人与自然之秋的双向考察》，就是专门谈悲秋和悲秋意识的。简单地说，四季的自然物和人的生命有着一种异质同构性，春是萌生的季节，夏是生长的季节，秋就到了衰落的季节，冬则变成了死亡的季节。虽然植物到了冬天就死亡了，但是到了春天还会再生，所谓“野火烧不尽，春风吹又生”，说的就是这个道理。但是人就不一样了，人的童年、青年、中年、老年就好比四季，二者的外在形态有相似性，但人生是一次性的，是不可重复的。当人们在观照外物时发现了自身生命这种不可重复的事实之后，必然地会产生一种悲哀，而这种悲哀在对衰落之秋的观照中表现得最为突出。最早是宋玉开了悲秋的先河，《九辩》开篇就说："悲哉，秋之为气也，萧瑟兮草木摇落而变衰。"汉乐府紧接着吟唱："常恐秋节至，焜黄华叶衰！百川东到海，何时复西归。"自此之后，类似的歌吟连续不断，整个文学史都涌动着悲秋声浪的强大旋律。

当然，悲秋与伤春是同时存在的。春较温润，属阴性；秋较燥烈，属阳性。所以古人往往将春与女性相关联，把秋与男士相关联，于是就有了汉人解释毛诗时"春，女悲；秋，士悲；感其物化也"的说法，有了清人黄景仁《对月感怀》所说的"秋士霜前草，春人镜里花。看来俱有尽，终古一长嗟"的感叹。日本学者松浦友久先生，早稻田大学的教授，在《中国古典诗中的春与秋》这篇文章里面说过一段话，很有见地。他说："对人来说，时间意识是形成人生一次性自我感觉的根源。因而，在人生一次性被强烈意识到的情况下，时间感也才能被强烈地意识到。有如夕阳与朝阳、落花与开花、落叶与萌芽的对比，只有在某个特定时间性事象（时间性认识单位）的终结部分，人才易于感受到更鲜明的时间性。这基本上与这种一次性的心理构造有关。准此，则在'春—夏—秋—冬'的次序中意识到'一年'或'四季'这种代表性的时间单位方面，相比起春，不能不认为秋更易于令人感受到鲜明的时间性。以此为明确前提，可以说在'四季与人生既相似又相反'这一点中，秋成了令人更易于醒悟人生一次性的季节。"这段话讲得是比较深刻的，也是符合中国文人这样一种心理认知习惯的。由于悲秋近乎男士的专利，而在悲秋的同时总伴随着某种程度的生命感怀，所以在唐诗特别是中晚唐诗中涌现出了大量悲秋的诗篇。诗人们受传统的感发，似乎已形成了一种定向的联想：到了秋天，就想到了衰落，想到了生命。老年人感慨很深，中年人也有感慨，甚至年纪轻轻的也会生发出这种感慨。比如白居易，还不到"二毛之年"，就在《秋雨中赠元九》一诗中说了这样的话："不堪红叶青苔地，又是凉风暮雨天。莫怪独吟秋思苦，比君校近二毛年。"二毛是多大年龄？《左传》有"不禽二毛"的话，"二毛"指头发花白者，年龄并不确定；但到了晋朝潘岳那里，"二毛"所指年龄就被确定下来了。潘岳有一篇很有名的作品《秋兴赋》，其中说自己“三十有二，始见二毛”，所以后人提到二毛的时候一般都以32岁为基本年龄了。这样看来，白居易写此诗悲秋悲己的时候还不到32岁！因为是“比君校近二毛年”嘛。

悲秋的内涵相当丰厚，它既与人的生命形态、心理形态相关，也与作者所处社会、时代相关。由此形成人生之秋、社会之秋、时代之秋等多个不同的层面，诸如李白的《江上秋怀》、杜甫的《秋兴八首》、韩愈的《秋怀十一首》、许浑的《洛中秋日》……无不反映出人与秋之间的深层感应，无不表现了自然节候对主体悲凉心态的印证。它们组合在一起，构成了一幅色彩清冷、画面幽寂的悲秋长卷。诚如钱锺书所谓：“凡与秋可相系着之物态人事，莫非‘蹙’而成‘悲’，纷至沓来，汇合‘一涂’，写秋而悲即同气一体。举远行、送归、失职、羁旅者，以人当秋则感其事更深，亦人当其事，而悲秋逾甚。”（《管锥编》）

以上我们谈空间和时间，是把两者分开来谈的。下面，我们重点来谈一下时间和空间的交融。

在中国文人的笔下，时间和空间更多的时候是交融在一起，难以分割的。就唐诗而言，这种时空交融最突出地表现在张若虚的《春江花月夜》里：

> 春江潮水连海平，海上明月共潮生。滟滟随波千万里，何处春江无月明。江流宛转绕芳甸，月照花林皆似霰。空里流霜不觉飞，汀上白沙看不见。江天一色无纤尘，皎皎空中孤月轮。江畔何人初见月，江月何年初照人。人生代代无穷已，江月年年望相似。不知江月待何人，但见长江送流水。白云一片去悠悠，青枫浦上不胜愁。谁家今夜扁舟子，何处相思明月楼。可怜楼上月裴回，应照离人妆镜台。玉户帘中卷不去，捣衣砧上拂还来。此时相望不相闻，愿逐月华流照君。鸿雁长飞光不度，鱼龙潜跃水成文。昨夜闲潭梦落花，可怜春半不还家。江水流春去欲尽，江潭落月复西斜。斜月沉沉藏海雾，碣石潇湘无限路。不知乘月几人归，落月摇情满江树。

这首诗大家很熟悉，我们不展开来讲，只作一个整体的分析。从题名可以看出，作者用了五种物象：春、江、花、月、夜。尽管这是一个乐府旧题，隋炀帝就用过，但是到了张若虚的手下，就赋予了它全新的内涵。这五种物象交合在一起，可以说是最动人的良辰美景，但作者又绝非平分精力，而是抓取重点，在五种物象中集中写月，整首诗就是围绕着月的时间变化和空间变化来进行的。从“春江潮水连海平，海上明月共潮生”到“不知乘月几人归，落月摇情满江树”，依次写了月升、月悬、月斜、月落这样一个过程。这种升、悬、斜、落都是空间性的，都是一种空间的移动，但把这四者联系起来又是一个时间的历程。换句话说，这首诗里，是时间的推移带来了空间的转换，而空间的转换又展示着时间的推移，是时空交错，相互为用的。除此之外，这首诗最令人为之惊叹的是其由时空转换触发的一种深邃思考，一种虽迷茫而又极为广远的宇宙意识。也就是大家很熟悉的中间这几句：“江畔何人初见月，江月何年初照人。人生代代无穷已，江月年年望相似。不知江月待何人，但见长江送流水。”这几句话可以说是这首诗的一个硬核，是最出彩的部分。它每一句都是由时空生发出来的，在温润感伤的气氛中令人意识到宇宙的遥远和漫长，意识到人生的短暂和无奈。月还是亘古如斯的那轮明月，水还是“逝者如斯夫不舍昼夜”的长江流水，但站在水边观月的人已如走马灯般更换了多少代了！这里有迷茫的疑问，有静谧的陈述，而其中蕴含的则是对宇宙的思考，对人生的思考。尽管作者并没有给你一个很明晰的答案，但在把这样一个事实摆出来之后，就会令你产生一种感同身受的惊颤，会令你在观照自然、时空的同时想到人生，想到自我，想到生命。这是一种感发，这感发中就有了闻一多所说的“有限与无限，有情与无情——诗人与永恒猝然相遇，一见如故”的成分，于是闻先生又用诗一般的语言解说道：“这里一番神秘而又亲切的，如梦境的晤谈，有的是强烈的宇宙意识，被宇宙意识升华过的纯洁的爱情，又由爱情辐射出来的同情心。这是诗中的诗，顶峰上的顶峰。”大家如果静下心来，仔细体悟，除了这首诗风华流美的词语之外，是不是可以从中感受到像闻先生在《宫体诗的自赎》中所说的这样一种“神秘”“亲切”“如梦境的晤谈”和“强烈的宇宙意识”呢？

自从张若虚的《春江花月夜》出现以后，可以说隐显明暗地影响了一大批诗人。李白写了《把酒问月》的“青天有月来几时，我今停杯一问之”，写了《月下独酌》的“举杯邀明月，对影成三人”。苏东坡写了《水调歌头》的“明月几时有，把酒问青天，不知天上宫阙，今夕是何年”。到了杨万里，更写了《题李子立知县问月台》。这首诗很奇特，把“老夫”和“月”“君”放到同一层面，“老夫”即作者，“君”指李白，借老夫托月转语、月又转而问君这样的形式，构成了三者间奇妙的对话关系。表面上看来，诗很诙谐，但在其诙谐背后，展示的是人与时空的对待关系，是莫问时空转换我自乐之的一种人生态度。

唐诗中时空交融的表现所在多有。除了刚才所谈的《春江花月夜》这类古体诗外，还有众多的近体诗，巧妙地利用格律规则从不同角度描写时空。我们知道，由于近体诗讲究平仄和对仗，所以时间意象和空间意象更容易与之相伴随。倘若出句提到时间，对句一般就要涉及空间。《声律启蒙》说“云对雨，雪对风，晚照对晴空。来鸿对去燕，宿鸟对鸣虫。三尺剑，六钧弓，岭北对江东。人间清暑殿，天上广寒宫……”还只是初级的词性、物名间的偶对，唐诗中的对仗就比它复杂、丰富多了。“乾坤万里眼，时序百年心。”（杜甫《春日江村五首》其一）“乾坤”对“时序”，“万里”对“百年”，上一句写乾坤万里之广大，下一句写时序百年之久远，空间与时间如影随形，相互生发。这种写法，既缘于诗人仰观俯察、周流回环的体物之心，也缘于格律偶对的要求以及由此形成的创作惯性。杜甫是最擅长这种表现方法的，你看他的“万里悲秋常作客，百年多病独登台”（《登高》）、“五更鼓角声悲壮，三峡星河影动摇”（《阁夜》），其“万里”和“百年”，“五更鼓角”和“三峡星河”，或并置叠加，或换位重组，都是与时、空相对待、相关联的。在这些诗里，诗人俯仰宇宙，游心古今，往复回环，空间中渗透了时间，时间中融合了空间，形成了四维度的空间结构，也造成了诗歌整肃铿锵的格调和阔大深远的意境。他如张祜《宫词》“故国三千里，深宫二十年”，以“三千里”和“二十年”相对；柳宗元《别舍弟宗一》“一身去国六千里，万死投荒十二年”，不仅以“六千里”对“十二年”，而且还主客交映，互文见意。你看，“六千里”是空间距离，极言其远；“十二年”，是时间概念，极言其久；“去国”前冠以“一身”，已见其孤独无助；“投荒”前着一“万死”，愈见其劫难深重。进一步看，六千里的“去国”不独指空间，它还包含着离开国门的时间；十二年的“投荒”也不独指时间，它本身即是一种空间的映现。“十二年”“六千里”本是可以互换的。这样一种互文见意，拓展了诗歌的包容量，也深化了诗意。所以赵臣瑗在《山满楼唐诗笺注七言律》里这样解释说：“一身也而至于万死，去国也而至于投荒，六千里也而至于十二年，其魂有不零落者乎？”这段分析，有助于对柳子厚这首以“零落残红倍黯然，双垂别泪越江边”开头的诗的理解。前两年我在上海古籍出版社出过一本《柳宗元诗文选评》，其中有对柳子厚一些涉及时空描写的诗作的分析，大家如果有时间，不妨参看一下。

从上述诗例可以看出，时间和空间的对举、交融在唐人笔下确是一个较普遍的现象，然而，进一步看，唐诗中的时、空又不仅仅是对举和交融，除此之外，二者间还常常互相转化。杜甫《咏怀古迹》其二有“怅望千秋一洒泪，萧条异代不同时”的诗句，用以表现古今之慨，其中的“千秋”指的是时间，但前边加了一个视觉动作“望”字，就把时间的序列给空间化了。王维的《终南别业》说：“行到水穷处，坐看云起时。”这两句中一个“处”，一个“时”，很值得关注，前者将行到水源的时间过程给空间化了，后者则将人看云起的空间关系给时间化了。杜甫《咏怀古迹》其三说：“群山万壑赴荆门，生长明妃尚有村。一去紫台连朔漠，独留青冢向黄昏。”刘若愚《中国诗歌中的时间、空间和自我》认为：从句法看，首句将群山万壑当作动词“赴”的主语，从而“使群山万壑与荆门这个地方之间的关系变成了动态的”。而在颔联中，“‘紫台’和‘朔漠’之间的空间关系被包括时间过程的‘一去’和‘连’时间化了，表示时间的一个特定片断的‘黄昏’则被动词‘向’空间化了。因为‘黄昏’必须存在于空间里，才能被据说总是覆盖着青草的故墓来‘向’的。通过时间的空间化和空间的时间化，杜甫把过去和现在，把明妃故乡的村庄和她在朔漠中的故墓都融合在本诗的完整世界里，超越了空间和时间的障碍”。这段解说很细密，也颇具新意。由此也可了解，有些身居海外长期接受异域文化影响而又不乏国学根底的学者，其观察问题的角度跟我们是有所不同的。他们往往能够深入到句子结构的内部和比较小的单位去进行分析，而我们往往是大而化之，结果有些本来可以发现的问题就被忽略过去了。

时间和空间的融合程度及其内含的情感浓度，与创作者所处的位置也是有紧密关系的。站在平地是一种感觉，站在高台或高楼之上，又是一种感觉。古人说:“登高能赋,可以为大夫。”自古以来,中国文人就有登高挥翰的习惯。为什么要登高呢?登高可以望远,可以畅怀,可以激发文思,也可以更真切地感触宇宙。唐人李峤《楚望赋》前的小序讲得明白:

> 登高能赋,谓感物造端者也。夫情以物感,而心由目畅,非历览无以寄杼轴之怀,非高远无以开沉郁之绪。是以骚人发兴于临水,柱史诠妙于登台,不其然欤?盖人禀性情,是生哀乐,思必深而深必怨,望必远而远必伤。千里开年,且悲春目;一叶早落,足动秋襟。坦荡忘情,临大川而永息;忧喜在色,陟崇冈以累叹。故惜逝感时,思深之怨也;摇情荡虑,望远之伤也:伤则感遥而悼近,怨则恋始而悲终。达节宏人,且犹轸念;苦心志士,其能遣怀?是知青山之上,每多惆怅之客;白蘋之野,斯见不平之人:良有以也。

在这段话里,我觉得有几句特别值得关注,一是“情以物感,而心由目畅,非历览无以寄杼轴之怀,非高远无以开沉郁之绪”,重视外物的感发和视野的拓展,道出了“历览”和“高远”对开启人心理空间的直接功用。二是“惜逝慼时,思深之怨也;摇情荡虑,望远之伤也:伤则感遥而悼近,怨则恋始而悲终”,强调登高之后惜逝、望远给人带来的怨伤之情,将“遥”“近”的空间感受与“始”“终”的时间感受打成一片。换句话说,登高将原有的情与物、心与目、远与近、始与终的关系打破了,变换了,进行了新的组合。

登高望远首先是一种空间的变换。高,是空间由下而上的垂直伸张;远,是空间由点到面的无穷扩展。高和远结合起来就是一个超平面的三维空间组合。人登高之后,大抵经历了这样一个过程:就是由低到高,由小到大、由近到远。由低到高是人的位置的改变,由小到大、由近到远是人的视野的扩展。也就是说,从自身到视野到景物,都随着登高而发生了变换。而这样一种变化所带来的结果,是人处于平地特别是低而狭的场所不大容易产生的。像柳宗元被贬到永州,周围尽是山林草莽,他大部分时间都局促其中,顾地窥天,不过寻丈,在这样的环境中,想让他“寄杼轴之怀,开沉郁之绪”是不大容易的,所以他愁闷终日。而在他登上西山之后,俯视远观,展现在眼前的是“皆在衽席之下”的“数州之土壤”，是“尺寸千里，攒蹙累积，莫得遁隐。萦青缭白，外与天际，四望如一”，这样一种视野远非其此前游“深林”“回溪”“幽泉怪石”所能比，由此带来的心情自然是极度的放松，是“心凝形释，与万化冥合”（《始得西山宴游记》）。由此看来，低而狭之地和高而广之所对人的感发是不一样的。

既然登高可以发生如上这些变化，那么，当这些变化作用于诗人，就会使其产生一种以前所不易产生的感怀，这样一种感怀一方面足以唤醒主体由其社会阅历、社会体验而获得的那种远志遥情，另一方面又会产生一种遗世独立的孤独感，以及个体在无尽空间、时间中的渺小感。斯时斯际，那种物理意义上的高远与登临者心理上的各种情绪便易于借助空间场景的变化而趋于同构。于是，前引李峤《楚望赋》所说“非高远无以开沉郁之绪”“非历览无以寄杼轴之怀”就落在了实处。而且呢，升高之后，登览者不仅仅是对空间场景作观览，他还会由对空间的观览引发出对时间的思考。所以王勃说的“天高地迥，觉宇宙之无穷”还只是讲到了一个方面，更重要的在于“兴尽悲来，识盈虚之有数”。某种意义上，登高的核心要义在于登览者可以从一个新的角度对历史、现实展开思考，对自我的生存状态和生命质量进行审视。

“长歌可以当泣，远望可以当归。”古代文人的登高又往往是有一定目的性的，特别是那些羁旅在外的士子和被贬荒远的迁客们，饱经风霜，尝尽苦楚，无不具有浓郁的回归意识。但想回归并非实际就能回归，于是只好借远望以当归。如王勃《山中》：“长江悲已滞，万里念将归。况属高风晚，山山黄叶飞。”白居易《江楼闻砧》：“江人授衣晚，十月始闻砧。一夕高楼月，万里故园心。”柳宗元《与浩初上人同看山寄京华亲故》：“海畔尖山似剑铓，秋来处处割愁肠。若为化得身千亿，散上峰头望故乡。”这些诗作都是欲归不得归，借远望以当归的例证。刘禹锡《谪居悼往二首》其二写道：“郁郁何郁郁，长安远如日。终日念乡关，燕来鸿复还。……殷勤望归路，无雨即登山。”说自己贬到南国之后，没有雨的时候都要去登山，登山以后干什么呢？回望故乡。明明知道看不到，但他还是要登上山顶向故乡的方向遥望。在宋代那些羁旅行役词人的笔下，类似的表现也非常突出。有代表性的应该是柳永的《八声甘州》了。这篇作品的下阕一开始就说："不忍登高临远，望故乡渺邈，归思难收。叹年来踪迹，何事苦淹留。"不忍登高临远，为什么呢？不忍心，不敢，因为登高临远之后就愈发加剧了自己的思归之念，而自己又回不去，其结果不是使内心的愁绪越发沉重了么？话虽如此讲，但高台还是要登的，词中"望故乡渺邈"等句子就都是登高后的情形，他的那些感叹淹留的心绪也都是登高以后形成或加剧的。词的最后从对面写来，说是"想佳人、妆楼颙望，误几回、天际识归舟。争知我、倚阑干处，正恁凝愁"。他在楼上望远思佳人，设想佳人也在楼上盼他归去，整首词就是登高望远的一个结晶。

思乡念亲只是登高的内容之一，与之相比，抒发自我的牢落情愁，表现个体的生命困顿，也是登高的题中应有之义。钱锺书《管锥编》说得好："囊括古来众作，团词以蔽，不外乎登高望远，每足使有愁者添愁而无愁者生愁。"登高望远，使人感遥悼近，恋始悲终，在厚地高天和无穷宇宙的空间参照下体悟到个体生命的渺小和短暂，其结果自然易于"使有愁者添愁而无愁者生愁"。也就是说，作为万物之逆旅的宇宙时空，在登览者眼中包含着无尽的人生情结。

陈子昂的《登幽州台歌》是登高望远感慨无端的典型诗作：

> 前不见古人，后不见来者。念天地之悠悠，独怆然而涕下。

诗作于万岁通天元年(696)陈子昂随建安王武攸宜征契丹途中。子昂当时以右拾遗从军参谋，数次向武攸宜献计献策，不仅未获采纳，还被降职为军曹。当此之际，子昂怀着一种沉重的不被重用的失落感，登上了当年燕昭王为招纳贤士而修筑的那座有名的幽州台。据卢藏用《陈氏别传》载：子昂登台之后，"感昔乐生、燕昭之事，赋诗数首，乃泫然流涕而歌"。据此可知，子昂本有怀才不遇之悲，而置身高台，遥望四野，浮想古今，不容他不感从中来，借前人酒杯以自浇块垒。

"前不见古人，后不见来者"，作者的思绪先在时间的隧道中穿行，以两个"不见"既表示世无知音，以突现自己的怀才不遇之悲，又将人类历史截然划为两段，只留下自己身处的这段时空，使人生展示出强烈的瞬间性，把人引入刹那与永恒的沉思，从而产生人生短暂的思考。“念天地之悠悠，独怆然而涕下”，作者的目光转而在茫茫的天地间扫描，借一个“独”字，表现出个体在广袤宇宙中的孤单、渺小，将人引入有限与无限的思考，从而产生深刻的孤独感。

从全诗来看，作者虽然先写时间，继写空间，但在时间中已包容了空间，空间中也蕴含着时间，二者本是亦彼亦此的。你看，前二句的“前”、“后”二字本即是具有空间内涵的时间性词语；“古人”“今人”固然是一种历时性的表述，但“不见”则是空间性的观览。将“不见”与“前”“后”这些词语搭配在一起，就使这两句时间性的描述具有空间展示的意味。再看后二句，“天地”本是空间意象，而“悠悠”则具有漫长、悠久的时间性含意，以“悠悠”说明“天地”，便使空间与时间交融在了一起；“独”是一个空间性的个体存在，但联系到前面讲的“古人”“今人”，那么此一个体又是将“前”“后”截断后的历时性存在。于是，空间表述便又具有时间性的内涵。进一步来看，在作品中，作者舍弃了具体事象的描述，隐去了情感背景，只就天地、古今生发议论，而其归着点又在一个表示个体存在的“独”字上，独的结果是什么呢？是“独怆然而涕下”。这好比是一个聚焦点，将前边涉及的古今天地也就是时间空间通通聚集在这一点上，换句话说，整个诗境采用的是聚敛、收缩的表现方式，由纵向的古今、横向的天地一步步收缩到个体存在这一个点上，最后又收缩到这一个体“怆然而涕下”的泪滴之上，从而将个体的悲情予以高度的放大，以至充塞整个画面。而到了这时，所谓时间、空间、古人、今人，作为情感背景，都已渐渐淡去，只有这个“独怆然而涕下”的现实个体及其悲情，给人带来强烈的震惊和感染。

这首诗是有所本的，它的最早源头是屈原的《远游》。《远游》中有这样几句话：“惟天地之无穷兮，哀人生之长勤。往者余弗及兮，来者吾不闻。”但是《远游》这几句话却没有产生像陈子昂《登幽州台歌》这样广泛的影响。什么原因呢？大家可以思考。我想恐怕有这样几点原因：一是《远游》中的这几句话夹在一首长诗中，易被忽略，不如《登幽州台歌》作为单独一首诗给人的印象深刻。二是《登幽州台歌》所表现的感情的集中度、深刻度要超过前者：前二句以两个“不见”极度突出了个体的此刻存在，后二句将全部感情凝聚于怆然之“涕”上，极具情感浓度和集中度。三是《登幽州台歌》句式搭配前短后长、前紧后缓，便于诵读。前二句是两个五字句，句式非常的短促；后二句是两个六字句，加了“之”和“而”，稍显缓慢。这样一种前紧后缓的搭配，使得这首诗在诵读时起得突然，收得悠远，更具有韵味。如果你把这首诗放声朗诵上几遍，是可以感受到这样一种特点的。

由陈子昂《登幽州台歌》再往下发展，杜甫的《登高》就成了我们关注的另一个对象。这首诗曾被后人誉为唐人七律第一，最能体现杜诗“沉郁顿挫”的特色，也是诗人登高远望后所形成的对时空的一种独特的感悟：

风急天高猿啸哀，渚清沙白鸟飞回。
无边落木萧萧下，不尽长江滚滚来。
万里悲秋常作客，百年多病独登台。
艰难苦恨繁霜鬓，潦倒新停浊酒杯。

诗开篇就极具气势，分写登高所见瞿塘峡口之景，前一句是仰观，后一句是俯视，符合刚才我们所说的那种仰观俯察的模式。仰视高空，是“风急天高”；俯视江面，是“渚清沙白”。进一步看，前一句的后三个字“猿啸哀”写听觉感受，后一句“鸟飞回”写视觉感受。由一个“鸟飞回”可以感觉到作者所站位置之高，鸟就像在自己的脚下飞动；而由“猿啸哀”可见峡口的空阔，以至凄厉的猿啸声在峡谷之间久转不绝。前两句一上来就制造了非常阔大，同时又不无苍凉的这样一种背景。接下来两句承上而来，“无边落木”与“风急天高”相关合，“不尽长江”与“渚清沙白”相关合，一写风吹之落木，一写奔涌之江水。“落木”已令人易生悲感了，而且是“无边”的落木，所有的树木都在急风吹拂下飘洒黄叶，是“萧萧下”，这该是怎样一种壮观中透着悲凉的场景呵！长江，向以气势著称，在“长江”前加一“不尽”，而这不尽的长江又是“滚滚”而来，顿将其气势渲染到无以复加。这两句中，“萧萧下”写的是空间情状，“滚滚来”实际上暗含了时间观念，也就是说，不尽的长江不仅仅是写长江的江水，而且是有“逝者如斯夫，不舍昼夜”的意味在其中。于是，作者由无边的落木兴起了悲秋之思，由不尽的长江想起了人生的短暂，下边颈联的两句便顺势而出了。当然，颈联虽与颔联相关合，但又由写景转入写人，这是承中作转，转得很自然，很见功力。“万里悲秋”写的是空间，但空间中已蕴含了时已至“秋”这一时间因素；“百年多病”写的是人生旅程，重点在时间，但突出的则是此刻存在的多病个体，其中又不乏空间性因素。由此，我们可以看到杜甫在这首诗里将空间和时间相互对待、相互关联而又相互转换的处理方法，原是很高妙的。而从诗意来看，更是包蕴极丰富。罗大经《鹤林玉露》解释这两句话，说“十四字之间含八意”：“万里，地之远也；秋，时之惨凄也；作客，羁旅也；常作客，久旅也。百年，齿暮也；多病，衰疾也；台，高迥处也；独登台，无亲朋也。”十四个字里含有这样八层意思，可见何等的凝练，何等的蕴藉。前边写了空间，写了时间，写了悲秋，写了多病，最后回到自己一身，用“艰难苦恨繁霜鬓，潦倒新停浊酒杯”作一总的收束。诗人漂泊半生，当时已 50 多岁，艰难苦恨导致两鬓都已斑白。本来在这样一个非常愁闷的当口，应该是借酒来浇愁的，可是由于自己多病，新近又把酒给戒掉了，连用酒浇愁的机会也没有了，这不就更加郁闷更加悲凉了吗？杜甫曾有一首诗写作诗和人愁绪的关系，说是“愁极本凭诗遣兴，诗成吟诵转凄凉”，愁闷至极本要靠作诗来遣兴的，但是诗成以后呢？你吟诵一遍反而会感到更加凄凉。用这两句话来理解这首《登高》和其中反映的心态，恐怕更为合适一些。

崔颢的《黄鹤楼》也是表现时空的佳作：

昔人已乘黄鹤去，此地空余黄鹤楼。
黄鹤一去不复返，白云千载空悠悠。
晴川历历汉阳树，芳草萋萋鹦鹉洲。
日暮乡关何处是，烟波江上使人愁。

诗写得很好，亦古亦律，前四句类似古体，不讲究对仗，平仄也多有违犯常规之处。特别是“黄鹤一去不复返”，除了一个“黄”字是平声，剩下六个字全部是仄声，“鹤”“一”“去”“不”“复”“返”，你看，全部是仄声。这在近体诗里是不允许的。可是到了后四句，又是标准的律体，所以说是亦古亦律。仔细读前四句，颇有一点歌行的味道，“黄鹤”一词就连着出现三次，回环往复，情韵悠远。以至李白登上黄鹤楼之后就感叹，说“眼前有景道不得，崔颢题诗在上头”，终至搁笔。由此可见，这首诗写得确实不错。

诗从传说写起，当年王子安乘着黄鹤离去，一去不复返了。所以这个地方就只留下黄鹤楼了，只留下悠悠飘荡的千载白云了。前四句，将历史与今日打通，将传说与现实打通，缥缈迷离，亦幻亦真。在字词选用上，作者连着用了“去”“空余”“一去不复返”这样一些词语，直逼出第四句的“白云千载空悠悠”。“千载”是一个时间概念，而“白云空悠悠”又是一个非常明显的空间意象。将“千载”和“白云空悠悠”结合起来，实际上也就是把时间和空间结合起来了。这样一种结合，特别是“悠悠”二字，使得这个叠字又兼具了时间的悠久和空间的渺远两层意蕴。换句话说，空悠悠的白云巧妙地从三维度的空间偷渡到了流逝的时间之河中，产生了一种渺远感、永恒感。在声律上，“空悠悠”属于三平调煞尾，而这样一种连续的平声能够把字音和缓地、最大限度地传播出去，它从高到低，从近到远，从实到虚，从清晰到模糊，可以说余音袅袅，不绝如缕。大家注意，三平调和三仄尾在诗中往往能发挥独特的功用，比如杜甫的《白帝城最高楼》的“独立缥缈之飞楼”“扶桑西枝对断石”，结尾处就分别用了三平三仄，或奋力将声情扬起，或竭力将声情下抑，写尽了奇险之景和郁怒之情。而在崔颢这里，“空悠悠”三平调则产生了将声情平缓延伸、久转不绝的独特效果。

颈联由历史回到眼前，写登楼所见；尾联进一步收缩，写一己之乡愁。然而，在写乡愁时又不局限于一身，而是借日暮时分对乡关的眺望，营造出“烟波江上”这样一个亦实亦虚的迷离场景，极耐人寻味。如果就全诗来看，作者最擅长运用的就是这种一虚一实、虚实交替的手法了。首二句一写历史，一写此地，由虚进入实；次二句借黄鹤不归、白云千载，又化实为虚。颈联的“晴川”“芳草”是眼前之景，遂进入实景的描写；尾联写想象中的故乡，又由实转向虚，而一个“烟波江上”，则使得这种虚进一步突出化了。我的朋友李浩对这首诗的时空运用有独到的解悟，认为末句给人一种暮霭氤氲、烟波浩渺、虚灵流动的感觉，虽然是眼前实景，但实中又有虚的成分。而全诗在时空表现上有两个关节点：一个是“白云”，一个是“烟波”。“白云”涵括了前半幅的诗意，兴古今天人之感；“烟波”，弥散于后半幅，抒羁旅行役之悲慨。“白云千载”，是虚中之虚，“烟波江上”则是实中之虚。前一句讲的是天人阻隔，怅望不已，反衬出天地的空旷悠久；后一句讲的是客居异乡，归思难收，正推出了乡关的渺茫虚无。所以首倡神韵空灵理论的严羽就认为“唐人七言律诗，当以崔颢《黄鹤楼》为第一”(《沧浪诗话》)。至于清代格调派的代表沈德潜对这首诗也是击节称赏，说：“意得象先，神行语外，纵笔写去，遂擅千古之奇。”(《唐诗别裁》)可以说，这些评价，崔颢此诗是当之无愧的。

第十九讲

说诗画(上)

诗歌与绘画、音乐等艺术门类息息相通，相互影响，要深入了解诗歌的特点，有必要对诗歌与其他姊妹艺术的关系以及由此形成的特点作一考察。所以，这节课择其要者，重点来谈诗与画。

诗歌与绘画有着许多共同点，“诗画一律”，是古代诗论家、画论家的著名观点。那么，诗在什么情况下才和画有这种一致性呢？就中国诗而言，很重要的一点就是它应是写景、咏物、叙事等类诗作而不是抒情诗，因为写景等类诗作容易出现形象的画面，而抒情诗更多表现的是一种主体情志，不易产生具象的效果。据此可以认为：凡是与画有关联的这些诗作，大多具有描述性和呈现性的特点。

我们来看一下古人论述诗画的一些经典性的言论。郭熙在《林泉高致·画意》里明确声言：“诗是无形画，画是有形诗。”把画和诗的关联交代得很明晰。苏轼《韩干马》也说：“少陵翰墨无形画，韩干丹青不语诗。”——韩干是唐代画马的名家，杜甫曾经给予他的画技很高的称赏。钱鍪《次袁尚书巫山诗》则说：“终朝诵公有声画，却来看此无声诗。”统观这些说法，或将诗视作无形有声之画，或将画视作有形无声之诗，总之，把诗和画联系在一起，探索其间的共性和互补性，乃是唐宋及以后人的一个共识。

进一步看，古人对诗画特别是绘画有两种基本认识，那就是形似论和神似论。形似论发生在前，神似论继起于后，神似是在形似的基础上发展而来的，特别是到了宋代以后，神似论逐渐超过形似论而占据上风。如欧阳修《盘车图》诗就说："古画画意不画形，梅诗咏物无隐情。忘形得意知者寡，不若见诗如见画。"苏轼《书鄢陵王主簿所画折枝二首》其二所说就更明确了："论画以形似，见与儿童邻。赋诗必此诗，定知非诗人。诗画本一律，天工与清新。"这段话非常有名，无论是在诗论层面还是画论层面，都常被引用。其所说道理明白而直接：如果以形似来论画，那你对画的鉴赏水平就和儿童没有什么区别了；如果只将画中原貌写入诗中而无余韵，那你就不是真正的诗人；诗与画的特点是相同的，那就是讲究天然的工巧与清新的意境。粗略看来，这一论点似乎有些偏颇，因为它提倡神似，几乎完全否定了形似。正因为如此，他的学生晁补之写了一首诗，对老师的观点予以修正。晁补之《和苏翰林题李甲画雁二首》中的第一首说："画写物外形，要物形不改。诗传画外意，贵有画中态。"意思是说：画是描摹外物形态的，其首要的一点是基本形态不能改变；同理，以诗来表现画，重要的也是要把画中事物的形态传达出来。如果只强调神似，画出来、写出来人们都不知道是什么东西，那么你这画、这诗就是不成功的。由此而言，晁补之这首诗的论点和苏轼背道而驰。后人受其影响，围绕此一问题反复争论，如明人杨慎就说苏轼"其言有偏，非至论也"；而晁氏所说，则"盖欲以补坡公之未备也"（《论诗画》）。李贽在杨慎基础上申述己见："画不徒写形，正要形神在。诗不在画外，正写画中态。"（《诗画》）他如清人袁枚所谓："东坡……此言最妙，然须知作此诗而竟不是此诗，则尤非诗人矣。其妙处总在旁见侧出，吸取题神，不是此诗，恰是此诗。"（《随园诗话》卷七）赵翼所谓："此言出东坡，意取象外神。羚羊眠挂角，天马奔绝尘。其实论过高，后学未易遵。……吾试为转语，案翻老斫轮。作诗必此诗，乃是真诗人。"（《论诗》）几乎都是对东坡观点的修正和补充。

那么，是不是苏轼就完全不同意形似呢？恐怕不能这么看。东坡是诗文书画兼擅的，是深知艺术创作的特点和规律的，他不会不知道形似的重要性。在上引诗中，他的主要目的在于批评那种一味以形似来论画的观点，而绝非从根本上反对形似。金人王若虚正是有见于此，才郑重指出：东坡之论"妙在形似之外，而非遗其形似；不窘于题，而要不失其题，如是而已耳。世之人不本其实，无得于心，而借此论以为高。画山水者，未能正作一木一石，而托云烟杳霭，谓之气象。赋诗者，茫昧僻远，按题而索之，不知所谓，乃曰格律贵尔。一有不然，则必相嗤点以为浅易而寻常。不求是而求奇，真伪未知，而先论高下，亦自欺而已矣。岂坡公之本意也哉！”（《滹南诗话》卷中）应该说，这段辩解是有道理的。如果将苏、晁二人的观点结合起来，将神似建立在形似的基础之上，大概可以得出持平之论。

另外，古人所说“诗画”还有一层含义。在苏东坡这里诗就是诗，画就是画，诗和画是两种分立的艺术形式。但是在邵雍那里，“诗画”就有了新的含意。其《诗画吟》有言：“画笔善状物，长于运丹青。丹青入巧思，万物无遁形。诗画善状物，长于运丹诚。丹诚入秀句，万物无遁情。”前四句重点讲画，“画笔”，画家在画的时候，他的绝妙之处在于能够巧妙地运用丹青，运用色彩，图形状物。后面这个“诗画”，是指有画意的诗，或诗中的画笔，这种诗中画笔要达到善状物的境地，重在运丹诚，将灵心妙感入于秀句，笼罩万物。由此看来，两种“诗画”所指是有所不同的，我们在涉及此一问题时，需要注意二者的区别。

从上面这些言论，我们可以得出大家非常熟知的一个命题，就是“诗中有画”或“诗画一律”。诗中有画在唐人和宋人那里，其关注度是有所不同的。唐诗中确实有很多诗入画、画入诗之作，但是呢，唐人涉及诗中有画的言论却不多。明确论述诗中有画现象的，始于宋代，特别是在苏轼提出王维“诗中有画”的名言之后，才开始大行其道。当然，我们不能因为唐人论述少而说唐人没注意到这一现象，更不能认为唐人对诗与画的关系缺乏理解，对诗中画笔的使用缺乏实践。下面，我们随意举出几篇诗作，看看唐诗中的“画笔”是如何展现的。

先看刘长卿的《逢雪宿芙蓉山主人》。这首诗大家很熟悉了，恐怕从小都会背：“日暮苍山远，天寒白屋贫。柴门闻犬吠，风雪夜归人。”从诗画结合的角度看，这首诗真可以算是一幅绝妙的水墨画图。你看，日暮时分，远远地矗立着一道苍山，茫茫原野上有那么一座白雪覆盖的小茅屋。风雪之夜，客人由远而至，简陋的柴门外，一只狗在不停地吠叫。仔细揣摩，你的脑海中无疑会浮现出一幅立体生动的画面。

再看司空曙的《江村即事》：“钓罢归来不系船，江村月落正堪眠。纵然一夜风吹去，只在芦花浅水边。”诗写得很清新，很形象。我记得小时候曾看过唐诗配画的读本，有一幅就是这首诗，给我印象非常之深。在初夜时分，月欲落未落，垂钓的诗人驾船而归，将船只随意停靠在长满芦花的水边，便倒头睡去，真是潇洒之至，放旷之至。读完诗闭目一想，一幅生动的画图就生成了。

又如杜牧的《山行》：“远上寒山石径斜，白云生处有人家。停车坐爱枫林晚，霜叶红于二月花。”寒山、石径、白云、人家，画面错落有致。诗人在山路上停下车辆观看傍晚的秋色，那片枫林就像红色颜料涂抹出来的一样，比二月的红花都要鲜艳。正是这景色，使诗人深深陶醉其中。各位感受一下，想象一下，这不是一幅绝妙的画图吗？顺便说一句，此诗的“坐”字，很多人把它解释成“因为”，说诗人因为喜爱枫林的晚景才停下车来。对不对呢？从文字学的角度来看是有道理的，“坐”在古文中确有“因为”的含义；但在此诗中用“因为”来解释，就有些绕弯了，没有必要。“坐”就是坐，诗人停下车子，坐在那里观看远方的枫林，这意境不是很好吗？干吗非要用“因为”来解释呢？元人倪赞《林亭晚岫》有“停桡生对西山晚”的句子，其中的“坐”便应理解为“坐下”，

唐人不仅创作了大量包含画意的诗作，而且还产生过将此有画之诗径直入画的画作。据宋人郭若虚《图画见闻志》卷五载：“唐郑谷有《雪》诗云：‘乱飘僧舍茶烟湿，密洒歌楼酒力微。江上晚来堪画处，渔人披得一蓑归。’时人多传诵之。段赞善善画，因采其诗意景物图写之，曲尽潇洒之思。持以赠谷，谷珍领之。”郑谷此诗的诗题《全唐诗》作“雪中偶题”，诗中写了乱雪横飘，两岸僧舍、酒楼隐映其间，而江面上渔夫身披蓑衣驾船归来的场景，非常形象，所以被人画成图画，赠给郑谷，而郑谷本人也是认可这幅诗意图的，所以非常珍惜地将它保存起来。由这则逸事来看，唐人诗中的如画之笔是颇为时人赞赏的，这种赞赏反馈到作者那里，必然会进一步强化他们的自信和诗美取向，写出更多更好的诗中有画的作品来。

当然，郑谷并不是唐代诗人中最有代表性的作家。如果大家对唐代的“诗画”作一个搜索，王维无疑是最值得我们关注的对象。王维是盛唐时期的大诗人，他进入诗坛的时间比李、杜早，在当时的影响，特别是在上层社会

的影响也比李、杜大。后人称李白为诗仙，杜甫为诗圣，王维则被誉为诗佛。王维一生好佛，他的不少诗也充溢着佛禅的气息，但以画入诗、诗画结合，则是其诗更重要的一个特点。从历史上看，最早对王维的诗画艺术作出定评的是苏轼。苏轼在《书摩诘蓝田烟雨图》中指出："味摩诘之诗，诗中有画；观摩诘之画，画中有诗。诗曰：'蓝谿白石出，玉川红叶稀。山路元无雨，空翠湿人衣。'"这是苏轼观图所作的评说，又以王诗来印证图画，应该说是极有见地的。这里，不妨把话稍微扯远一点。从接受学的角度看，苏轼在中国文学接受史上是有着大贡献的，他是不少重要诗人诗作的第一读者。所谓第一读者，并不只是最早读某人诗而作出评论的人，而是指那些较早读某人作品并作出评论，这种评论对后人发挥了长期重要影响的读者。就此而言，苏轼对陶渊明的评说，对柳宗元的评说，尤其是对王维的评说，都具有奠基的、指导评论方向的作用。他提出的"诗中有画、画中有诗"的观点，可以说影响了以后千年的王维诗歌接受史，以至成为后人论述王维诗时不可绕过的话题。清人叶燮在《赤霞楼诗集序》里进一步发挥了苏轼的这一观点，他说："摩诘之诗即画，摩诘之画即诗，又何必论其中之有无哉！"类似的观点还有一些，总括其意，都是强调王维作品中诗、画间的互渗和包容。如果用新派评论家的术语来说，这是一种"双向出位"，亦即诗离开其本位而接纳了与之邻近的绘画艺术，画也离开本位而接纳了与它邻近的诗歌艺术，两者由是形成内在的互渗互补的关系。当然，诗与画即使出位，也未必能将对方的特点全部吸纳，未必能将欲表现的景致情意表现到极致，所以二者又互相借用。如吴龙翰在为宋末画家杨公远《野趣有声画》这部诗集作序的时候就说："画难画之景，以诗凑成；吟难吟之诗，以画补足。"——画那些特别难画的景物时，有些地方画不出来，便题上一首诗，借诗把那个未画出的部分点明；写那些难以描摹的外物细微部分的诗时，则用画来把那个没有写出的部分补足。与上面所说的"出位"相比，这是一种外在的互补互衬的关系。这样两种关系，在王维那里都有展示。

那么，我们就要问一个问题了，唐代那么多大诗人、名画家，这些评论者不去关注，为什么独独聚焦于王维？我想恐怕主要是有两个原因。第一个原因，是王维善画，他本身就是画家。《尧山堂外记》里就记载这件事情，说：

“维善画破墨山水，尝自制诗曰：‘宿世谬词客，前身应画师。不能舍余习，偶被时人知。’”这里引用王维的诗来说明，其前身应为画师，而且尤其擅长画泼墨山水。《唐国史补》卷上记一件逸事：“王维画品妙绝，于山水平远尤工。今昭国坊庾敬休屋壁有之。人有画《奏乐图》，维熟视而笑。或问其故，维曰：‘此是《霓裳羽衣曲》第三叠第一拍。’”墙上画有一幅《霓裳羽衣曲》的奏乐图，王维就能指出乐工演奏的节拍是在这个曲子的哪个部分，而且“好事者集乐工验之，一无差谬”。若果真如此，那王维的绘画和音乐造诣也就出神入化了。以前盛传王维画雪中芭蕉，争论不断，由此成为画坛有名的趣话。而据宋人晁补之《捕鱼图序》载，他曾看到一幅捕鱼的画卷，传说是王维的手笔，“盖画江南初冬欲雪时也……目相望不过五六里，若百里千里。右丞妙于诗，故画意有余。世人欲以语言粉墨追之不似也。”不仅画得逼真，而且饶有余意和神韵。所有这些，都说明王维在当时即画名远扬，在后世更受追捧。第二个原因，王维确有大量不乏画意的诗作。盛唐诗评家殷璠在《河岳英灵集》中评王维的创作是“在泉为珠，着壁成绘”，高度肯定了他的诗画艺术。由于王维画技甚高，所以在作诗时经常以画家的视角观察外物，其布局、设色甚至线条都具有画家所常有的一些特点，从而使得他的作品“诗中有画”。

以大家熟知的《使至塞上》为例，其中最负盛名的两句话是“大漠孤烟直，长河落日圆”。王维来到塞外，看到那苍茫雄浑的大漠孤烟、长河落日，遂挥笔写下他的直感，营造出一幅以线条为主构成的极简洁极壮美的画图。一个“孤”字，非常真切地表现出辽阔大漠上景物的单调；接下来一个“直”字，又表现出孤烟直上的劲拔和坚直。沙漠上没有山峦林木，因此横贯其间的黄河就非用一个“长”字来形容它的逶迤不可；落日本来易于给人一种感伤的情绪，可是加上一个“圆”字，就有了苍茫浑厚之感。旅日学者高辉阳写过一篇《王维诗中的绘画因素》，认为这首诗整个构图就是由一条竖线、一条横线、一条曲线和一个圆构成，这是对塞上景物的高度简化。正因如此，读者极易将之组成一个画面。知道直的是烟，横的是大漠，曲的是长河，圆的是落日，因此很容易产生鲜明的印象。另外，直的烟与横的地平线构成“⊥”形，这是最稳定的构图，给人崇高静穆之感。笔直升入高空的烟，既能显出大漠的空旷，又能显出天空的高远。直、圆和大、长的组合，产生了空旷、高远、静穆、雄浑的画面，使人感到既豪壮又孤独，既冷静又热烈，既苍茫又温馨。就此而言，这首诗的表现，完全是从绘画的表现脱胎而来的，其中最主要的是抓住线条的运用，使画面尽量简洁化。我以前学过绘画，那还是20世纪70年代的事，主要画素描和水彩画，懂一点绘画的原理，深知线条运用在绘画里的重要性，要简洁不能繁杂，要搭配不能单一。在这方面，建筑和绘画是相通的。有些建筑是越简洁越显大气，雕梁画栋、过于烦琐便显得杂乱了。由此反观绘画，有几个主要的线条，把它的主旨给凸现出来，就能给观览者留下非常深刻的印象。王维这首诗便是如此。

《红楼梦》第四十八回专门就香菱学诗有一段叙述。当时黛玉跟香菱讨论学诗问题，“香菱笑道：‘据我看来，诗的好处，有口里说不出来的意思，想去却是逼真的。有似乎无理的，想去竟是有理有情的。’黛玉笑道：‘这话有了些意思，但不知你从何处见得？’香菱笑道：‘我看他《塞上》一首，那一联云：“大漠孤烟直，长河落日圆。”想来烟如何直？日自然是圆的：这“直”字似无理，“圆”字似太俗。合上书一想，倒像是见了这景的。若说再找两个字换这两个，竟再找不出两个字来。再还有“日落江湖白，潮来天地青”：这“白”“青”两个字也似无理。想来，必得这两个字才形容得尽，念在嘴里倒像有几千斤重的一个橄榄。还有“渡头余落日，墟里上孤烟”：这“余”字和“上”字，难为他怎么想来！我们那年上京来，那日下晚便湾住船，岸上又没有人，只有几棵树，远远的几家人家作晚饭，那个烟竟是碧青，连云直上。谁知我昨日晚上读了这两句，倒像我又到了那个地方去了。’”这段话说得非常好，也难怪曹雪芹写得出来。香菱的这样一种读诗感受，自然是曹雪芹依据人物身份为她设计出来的，所以在某种意义上可以代表曹雪芹本人的美学观。这里除重点谈了对“大漠”二句的感受外，还举出了王维另外两首诗的诗句，一首是《送邢桂州》中的“日落江湖白，潮来天地青”，用一“白”一“青”描画出日落、潮来之际的色彩变化；另一首是《辋川闲居赠裴秀才迪》中的“渡头余落日，墟里上孤烟”，可以说和“大漠”二句有异曲同工之妙，而且更有生活实感。因为若没有到过塞外，大漠的场景恐怕体会不到，而渡头落日、墟里孤烟的景象我们大都见过，能够唤起我们更真切的体验。你看，傍晚时分，渡头的四周已渐趋昏暗，只有一轮圆圆的落日悬挂在西边天际，呈现出一片橘红的色彩；渡头旁有一座村落，在没有风的时候，那个炊烟近乎垂直地往上升腾。这样一幅图景，对我们来说不是很鲜明很真切吗？估计中国再发展几十年上百年，这种景象就不易看到了，但是现在你到农村去，恐怕还是可以感受得到的。再进一步看，这两句诗用圆、直两种主线条和一下一上的方向指示勾勒图景，符合力学上的平衡与和谐的原理，其突出特点和《使至塞上》一样，简洁、浑茫、对比色鲜明，因而也是可以入画的。

除了上面这些诗外，王维诗展现更多的是另外一种画境。如《山居秋暝》的“明月松间照，清泉石上流。竹喧归浣女，莲动下渔舟”，《终南山》的“白云回望合，青霭入看无”，《过香积寺》的“泉声咽危石，日色冷青松”，《春中田园作》的“屋上春鸠鸣，村边杏花白”，《送綦毋潜落第还乡》的“远树带行客，孤城当落晖”，《晓行巴峡》的“水国舟中市，山桥树杪行”，《新晴晚望》的“白水明田外，碧峰出山后”，《汉江临眺》的“江流天地外，山色有无中”，《送梓州李使君》的“万壑树参天，千山响杜鹃。山中一夜雨，树杪百重泉”，《书事》的“轻阴阁小雨，深院昼慵开。坐看苍苔色，欲上人衣来”，《积雨辋川庄作》的“漠漠水田飞白鹭，阴阴夏木啭黄鹂”。类似这样一些诗句，细加体悟，可以说都非常形象，都是可以让人产生画图感的。不过，这类诗句在格调上、意境上又是与前引“大漠”之类诗句有所不同的，它给我们的主要感觉是淡雅、清幽、空濛、浑融，读来就像一幅水墨画。诗中的明月、松间、清泉、白石、白云、青霭、白水、碧峰以及漠漠之水田、阴阴之夏木，无不具有雅洁、清淡的色彩，这种色彩，正是水墨画的典型特点。

从文化意义上看，王维诗作的上述特点，不无以宁静、淡泊、超然为旨归的道家思想和禅宗影响的痕迹。所以后人在论述王维诗画时，往往把他归于南宗一派。董其昌《容台别集》卷四有言：“禅家有南北二宗，唐时始分。画之南北二宗，亦唐时分也，但其人非南北耳。”虽然画和禅宗一样分有南北，但并不论作者是南人或北人。王维是北方人，但是他的作品风格却是属于南宗的。北、南二派各有其代表人物：“北宗则李思训父子着色山水，流传而为宋之赵干、赵伯驹、伯骕以至马、夏辈。南宗则王摩诘始用渲淡，一变钩斫之法，其传为张璪、荆、关、董、巨、郭忠恕、米家父子以至元之四大家。”这个说法对不对呢？恐怕不尽然。但是，后人大致都持这样一种看法，说明它又有其一定的道理。大家知道，禅学在六祖惠能的时候就已经有了南北宗之分了，惠能是南宗的创始人。南宗讲的是顿悟，北宗主渐悟，其旨趣、法门均有所不同。传为王维所作《山水诀》有这样的话："妙悟者不在言多，善学者还从规矩。""妙悟"类似直觉，即通过感知到的有限形象直接领悟其内涵，它的来源即为南宗禅的"顿悟"之说。可见，王维在观察、理解问题的方式上是接近南宗禅的。另外，后人划分南北画派的一个重要标准，就是他们在表现技法上的差异。董其昌指出王维用渲淡之法。所谓"渲淡"，是一种水墨写意技法，唐末荆浩《笔法记》所谓"随类赋彩，自古有能，如水晕墨章，兴我唐代"，指的便是这种技法。同书又说，"王右丞笔墨宛丽，气韵高清，巧写象成，亦动真思"，便是以王维为例而作的具体说明。这种绘画方法，画面物体间没有严格的边界，易于渲染出烟雨阴云、朦朦胧胧的意境，易于展现出一种神韵。

联系到诗歌史上的变化可以发现，以王维为代表的南宗画派的兴起，与盛、中唐之际诗歌创作重言外之意、重高情远韵一派的兴起是大致同步的。也就是说，从这时开始，诗家也比较重视高远意境、深厚韵味的营造和表现了。其后经过皎然、戴叔伦，经过晚唐司空图、宋人严羽等人在理论上的阐发，妙悟、兴趣之说得以大张其帜；再一直向下发展，到了清朝的王士禛，有名的神韵一派便揭竿而起了。

第二十讲

说诗画(中)

上节课我们提到,使用渲淡法,是王维画作的特点,由此影响到他的诗歌创作,也形成了其诗的独特面目,那就是设色清淡、笔墨简洁、画面不拥挤、多空白,整个意境空灵、淡雅、虚实相生。笪重光在《画筌》中说过这样的话:“空本难图,实景清而空景现;神无可绘,真境逼而神境生。位置相戾,有画处多属赘疣;虚实相生,无画处皆成妙境。”重视无画处,重视空白,反对在画面里填塞过多的东西,认为有画处多属赘疣,强调在无画处看出妙境。这个观点是颇有代表性的,某种意义上,也可以视为对王维诗风的概括。当然,这样一种诗风的形成在中国诗史上是有一个演进历程的。首先是南朝山水诗,南朝山水诗重视形似,较具代表性的人物就是谢灵运。从南朝山水诗延续下来,到了盛唐山水诗,就开始有了转换,而且是比较大的转换。转换的标准是什么?就是由“以形写形”到“以形写神”,追求神似代替了以前的只求形似。下边,我们参照马秀娟《山水诗的一大飞跃——王维与谢灵运山水诗之比较》的某些观点,试就王维山水诗和谢灵运山水诗的大致区别,作一简单的对照。

总体来讲,谢灵运的山水诗重在写眼中的山水,而王维的山水诗则多写心中的山水。不少谢诗致力于对外物的描摹,作者的个性在诗中较少显露;而王诗中的作者虽常常隐身幕后,以至被后人称为无我之境,但是你把诗读完之后,诗人的性情心态还是可以清晰地感受到的。王维诗作中,是不乏主体情意的，这种情意，应该是传神的重要素质。与王维同时代的王昌龄就曾指出："搜求于象，心入于境，神会于物，因心而得。"(《诗格》)严羽说得更深入："诗之极致有一，曰入神，诗而入神，至矣，尽矣，蔑以加矣。"(《沧浪诗话·诗辩》)谢榛也说："诗无神气，犹绘日月而无光彩。"(《四溟诗话》)所有这些论述实际上都指出一个共同点，即诗需有神、传神，山水之作不能只是图形似，而应蕴含作者的心灵、神思、高情、远韵。这样看来，王诗与谢诗确实已有了很大的不同。

王诗和谢诗在构图布局上也有不同。在谢灵运的笔下，常常是把捕捉到的景物一股脑儿地塞到诗里边去，使得诗的画面非常密集。大家读过一些谢诗的，其中的景物一个接一个地出现，非常密实，让人读来颇有繁芜之感，觉得不够疏朗清幽。所以锺嵘《诗品》就评价谢诗"颇以繁芜为累"。王维的诗就很不一样，他扫去了堆砌繁芜之病，根据构思的需要，选取最能表现自然美的景物或者景物的某一方面入诗，从而构成一种清雅幽淡、完整浑成的意境。陆时雍《诗镜总论》说得好："诗不患无景而患景之烦。"诗中没景，不妨碍它为好诗。比如陈子昂的那首《登幽州台歌》，没有什么景，但成为千古绝唱。诗中如果写景太繁，那就显得杂芜臃肿了，就不易令人产生神清目爽的感觉了。而谢诗与王诗的一大差别即在于此。

从设色上看，王诗和谢诗也是有所区别的。谢诗设色近于浮艳。有学者曾经做了一个概括，说他基本使用四种颜色：红、绿、白、紫。这四种色调稍嫌单调，略欠清雅。王诗色彩比较丰富，但是大家注意了没有，虽然他用的色调很多，但主要是青白二色，偏于幽雅清冷这一色系。就像上节课我们所列那些诗句中的漠漠、阴阴、苍苔、清泉、明月、白云、青霭以及"日落江湖白，潮来天地青"等描述，都是归于清幽淡雅一路的。这样一比，就和谢诗很有不同了。进 步看，在王维笔下，这些色彩往往浓淡间出，灵活多变，搭配得非常到位，给人一种和谐之感。用清人方熏《山静居画论》里的话来讲就是："设色不以深浅为难，难于彩色相和，和则神气生动，否则形迹宛然，画无生气。"画如此，诗亦如此。诗中设色的关键是要和谐，要搭配。能够把这色彩搭配好，造出一种和谐的境界，就是好诗。王维使用色彩时一方面是设色丰富的，另一方面又偏重清幽淡雅，同时能够让这些色彩合理搭配，达到和谐统一，于是，就高出谢诗一筹了。

我们在读王维山水诗的时候，可以发现，它整体上是偏于静态类的。其诗情来得不猛烈、不张扬，比较淡雅，比较温润。但是在静态美中又不乏动态美，往往是静中见动、以动衬静，这种动可以说是一种灵动、流动、神采飞动。论者有言："全篇工致而不流动，则神气索然。"（谢榛《四溟诗话》）在王维诗中，工致是没有问题的，但绝没有不流动之感，而且与画理相通。宋代画家郭熙在《林泉高致·山水训》里也说过这样的话："自山下而仰山巅，谓之高远；自山前而窥山后，谓之深远；自近山而望远山，谓之平远。高远之色清明，深远之色重晦，平远之色有明有晦；高远之势突兀，深远之意重叠，平远之意冲融而缥缥缈缈。"这段话是非常经典的，在评论中国画和西洋画的区别时，往往被拿来作为例证。一般来说，中国传统画法不像西洋画讲究透视，注重准确、科学，但这并不是说中国人完全不懂透视法。郭熙这里讲的高远、深远、平远以及不同情况下的色泽呈现，便都暗合了比例、透视的原理。这样一种原理在王维那里也有表述，相传王维所作《山水论》这样说："丈山尺树，寸马分人。远人无目，远树无枝。远山无石，隐隐如眉。远水无波，高与云齐。"意谓山有一丈，树就只能画一尺；马是一寸的话，人就只有一分。距离太远的人、树、水，由于看不清其细部，就不要在细部上下功夫，过细的话，画出来就不真实了。

举几个诗例来作说明。先看王维的一首应制诗——《奉和圣制从蓬莱向兴庆阁道中留春雨中春望之作应制》：

渭水自萦秦塞曲，黄山旧绕汉宫斜。
銮舆迥出千门柳，阁道回看上苑花。
云里帝城双凤阙，雨中春树万人家。
为乘阳气行时令，不是宸游玩物华。

应制诗是不容易写好的。前人都不太重视应制诗，我的一个博士生将中古应制诗作为学位论文选题，从应制诗中发现了不少新的东西，说明这种题材还是不宜忽视的。王维这首应制诗就是一篇比较好的居高览胜之作。

从诗题看，诗人是在从大明宫（蓬莱）通往兴庆宫的凌空阁道中向下俯视的，如果平视是看不到渭水的，这里不仅可以远眺渭水、黄山（在今陕西兴平），而且可以近察千门柳、上苑花，特别是颈联两句，将整个长安城尽收眼底："云里帝城双凤阙，雨中春树万人家"——云遮雨罩，一片苍茫，双阙高耸，春树如烟，千万人家鳞次栉比，在蒙蒙雨雾中构成了一幅壮观而迷离的画图。前人评此二句说"美丽秀溢"（《闻鹤轩初盛唐近体读本》）、"诗传画意"（《网师园唐诗笺》）。实际上，这首诗可以入画的不只此二句，沈德潜认为："应制诗应以此篇为第一"，"阁道"句也是"诗中有画"（《唐诗别裁》卷十三）。从全诗看，整个就是一幅兼包远近、大小、广狭的俯视图景。如果今天让我们勾勒一个当年长安城的缩略景观，那么王维这首诗是可以作为参照的。前人评论此诗的意境和作法之妙，认为："风格秀整，气象清明，一脱初唐板滞之习。"在结构上，"一、二不出题，三、四方出，此变化之妙；出题处带写景，此衬贴之妙；前后二联，俱阁道中所见之景，而以三、四横插于中，此错综之妙。凡皆妙于遣调也，而七、八立言得体，则又妙于命意也。一、二远景，五、六近景，二联全景，三、四半景，'迥出'字写出'从'字'向'字之神，'回看'字写出'留'字'望'字之神"（《增订唐诗摘抄》卷三）。"起二句，先以山川将长安宫阙大势定其方位，此亦擒题之命脉法也。譬如画大轴画，先界轮廓；又如弈棋，先布势子，以后乃好依其间架而次第为之。三、四贴题中'从蓬莱向兴庆阁道'。五、六贴'春望'，贴'雨中'。收'奉和应制'字。通篇只一，还题完密，而兴象高华"（《昭昧詹言》卷十六）。仔细体味这些评语，可以使我们对此诗的立意和构图之法获得更深的体认。

王维不仅仅只采取一种视角来进行创作，根据所处位置及观察对象的不同，他的视角常常处于变动之中，由于视角的移动，其所写景物也就呈现出一种动态的过程。比如他的另一首名作《终南山》：

太乙近天都，连山到海隅。
白云回望合，青霭入看无。
分野中峰变，阴晴众壑殊。
欲投人处宿，隔水问樵夫。

“太乙”，终南山的别名。山在长安之南，高峻秀丽，凡是到过长安的唐代文人，很少不登此山的，登山则多有诗作，但在这些诗作中，像王维这样从不同角度写此山者却很少见到。从整体来看，这首诗的突出特点是用散点透视法，从不同角度观照对象，将不同时空的景物组合进一个画面，对终南山作了全方位的展示。全诗虽仅四联八句，但每一联都有一个视点，一个角度，经历了仰视（远观）—平视（近观）—俯视（远观）—平视（近观）这样一些角度的变换，使得全诗既随物赋形，又腾挪多姿。头两句是远观，是仰视，写终南山的高大广远。终南山西起甘肃天水，东至河南陕县，属于秦岭山脉，整个山系绵绵不断，非常高大。身在山中是不易觉察它近天都、接海隅这样一种情形的，只有离得比较远地仰视，才能看到它这种高大连绵的形态。我多次上过终南山，并没有感觉它特别的高大，特别的广远，但如果在远处看，会发现白云缥缈中峰头若有若无，又确实会产生一种与天相连、与海相接的感觉。也就是说，只有在遥观仰视的情况下，在作者还没有进山的时候，才能看到这种景观。

接着作者进山开始攀登，攀爬到一定高度，就有了云雾，有了“白云回望合，青霭入看无”的体验。这是平视，是近观。有过游山经历的人都会感觉到这两句写景的真切，特别是在清晨，那个白云尤其浓郁，它是流走的，弥漫的，升腾的，时分时合的。人行其中，似乎刚才还只是分散的云朵，但不一会儿回头看去，游走的白云就把来路填充了，就是茫茫一片了。“霭”是雾气，但这雾气比较稀薄，由于山上青草绿树这一大背景的映衬，就有了“青”的感觉。远远看去是一片青色的雾霭，但是走进一看，就若有若无、只见青色不见雾了。这里，作者妙手拈来“合”“无”二字，将游山近观云雾的感觉极贴切地表现出来，真令人拍案叫绝。

“分野中峰变，阴晴众壑殊”，颈联由平视而转到俯视。前二句写的是在山中行走，这两句写的是登上山顶后的情况。上到中峰，举目俯瞰，一南一北判然有别。如果你有登终南或华山的经历，会真切地感受到这种情形：南望，是陕南，是连绵的群山；北望，是渭水，是广阔的平原。如果是晴天丽日，那么山的南半部便洒满了阳光，一片明丽；北半部由于山峰的遮挡，就显得比较阴暗。而且由于阳光的作用，众多的沟壑也呈现出明暗阴晴的差异：那些突出的、高大的山峦洒满阳光，而那些低凹的、背阳的沟壑就昏暗阴沉。这里，“阴晴”重在色调上的差异，而“变”和“殊”则重在区域、景观上的不同。两句十个字，惜墨如金，却将对比如此鲜明、如此立体而又如此阔大的景观展示出来，令人不得不佩服王维的手法。而就前六句来看，“‘近天都’言其高，‘到海隅’言其远，‘分野’二句言其大”(《唐诗别裁》卷九)，可谓无所不包。如果让我们来写，不要说诗了，就是写上一篇散文，恐怕也要花费不少笔墨的。

这首诗写游山，始于远观，继而山中，再到山顶，可谓一步一景，景景不同，但这还只是空间上的移动和变换。实际上，在这些空间景物的差异中，已隐含了时间上的发展变化，也就是说，由于时间向前发展了，所以才使得作者观物的位置在不断更换，才使得景物的特征和色调有了不同。写山顶纵目时大概还是中午，而到了末句，便已经下山，来到了山下，这时已是日色向晚，暮色笼罩了。于是自然要投宿，要“隔水问樵夫”以打听宿处所在。至此，诗人观察的角度又由俯视转为平视，他隔着一条水流，向对岸的樵夫打问，夕阳暮色、荒水远山、游客樵夫、空中语声，遂形成一幅新的形象画图。王夫之说：末句“山之辽廓荒远可知，与上六句初无异致，且得宾主分明”(《姜斋诗话》卷二)。沈德潜说：“或谓末二句与通体不配，今玩其语意，见山远而人寡也，非寻常写景可比。”(《唐诗别裁》卷九)所评固然精当，但还可稍作申发：有了这一句，一方面见出山中荒野自然的气氛，另一方面则使得整首诗贯注了一股生气。前面六句虽有作者在其中，却是隐而未显的，主要笔墨是用来写景的，而结尾两句，便有了人，有了音响，也有了一种暖意，全诗因此而活了起来。一般而言，王维的诗不大表现自己，也不描绘繁杂的人事，他只是在不经意间对人事偶作点染，就使得诗于意高境远中展露生机。这首诗便是范例。

由上分析可知，《终南山》既是诗中佳作，也是以画工之眼安排、布局、设色而移步换景、动态展开的画作。前人论其制作功夫时赞叹道：“工苦安排备尽矣，人力参天，与天为一矣。”又认为读此诗“勿但作诗中画观也，此正是画中有诗”(《唐诗评选》卷三)。这就不只是把它当有画的诗看了，而是直接看成了具有诗意的画作。宗白华《中国诗画中所表现的空间意识》一文认为：中国的诗人画家"用心灵的俯仰的眼睛"来看空间万象，中国的艺术不是西洋精神的追求无穷，而是饮吸无穷于自我之中。"俯仰往还，远近取与"的观照法构成诗画中的空间意识，在有限中见到无限，又在无限中回归有限。在中国人的宇宙感中是时间率领着空间，因而形成了节奏化、音乐化了的"时空合一体"。这便是"抟虚成实，使虚的空间化为实的生命。于是我们欣赏的心灵，光被四表，格于上下"。在中国诗和中国画中，这种俯察仰观以及由此形成的节奏化、宇宙感，乃是最突出的一个特点，这种特点在王维的诗中即有着多方面的显现。在宗白华看来：中国画"所表现的空间意识，是大自然的全面节奏与和谐。画家的眼睛不是从固定角度集中于一个透视的焦点，而是流动着飘瞥上下四方，一目千里，把握全境的阴阳开阖、高下起伏的节奏"。由此来看王维这首诗，可谓若合符契。而宗先生这些话，恐怕很大程度上也是参考了以王维为代表的诗家和画家作品而得出来的结论。

除前面所说这些特点外，王维的诗歌创作更善于将自我隐身物中，而以物观物，形成独特的宾主关系。中唐柳宗元《雨后晓行独至愚溪北池》说得好："予心适无事，偶此成宾主。"在中国文人那里，人和物、主体和客体往往不是像西方那样相对立的关系，而是一种平等、亲和的关系，人本在自然之中，自然把人作为自己的一分子包容其内，二者是在偶然之间成就了一宾一主的关系，这种宾主的位置在不少情况下是可以互换的。用李白的诗句来说，就是："众鸟高飞尽，孤云独去闲。相看两不厌，只有敬亭山。"(《独坐敬亭山》)

如果说柳宗元的"偶此成宾主"是中国古人与自然关系的一个概括性表述，那么王维的诗就由此关系又进一步，消泯了二者界限，寓主于宾，于宾中见主，把主体整个融于客体之中，通过对客体的观察，在隐显明暗之间流露出主体的某种情思。叶维廉评论王诗说："诗人已变成现象本身，并且允许现象中的事物照本相出现，而无智识的污染。诗人并不介入，他之视物如物。"(《王维诗选序》)诗人藏身物后，允许事物照本相出现，物就是诗中的主体，在读者和诗歌之间不再站着作者，由此构成近乎纯自然态的诗情和画意。试以王维的《辛夷坞》为例，稍作分析：

木末芙蓉花，山中发红萼。
涧户寂无人，纷纷开且落。

呈现在我们眼前的，是一幅宁静、淡雅、纯真、自然的画面：空旷寂寥的山中，芙蓉花从萌发红萼，渐次开放，到慢慢枯萎，纷纷衰落，完全依照季节时间在律动，整个是一个自在自为的过程，其中没有人这一主体的显示，没有任何外物的干扰，一切都是那么自然而然，自由自在。只有在读完全诗之后，才能感觉作者站在幕后的静观默察。他的心态是非常宁静的，他要展示的就是这种摒弃了自我的自然原生态。这种境界，在一般作家手下不太容易达到，但在深受佛禅思想影响的王维这里，却不用费什么力气。“晚年唯好静，万事不关心。自顾无长策，空知返旧林。松风吹解带，山月照弹琴。君问穷通理，渔歌入浦深。”（《酬张少府》）这样一种心态，自然导致自我意识的淡化，对自然外物的接近与亲和。“行到水穷处，坐看云起时”（《终南别业》），在王维看来，尽力打消主观意念，随天地大化自由流行，看水流云起、花落鸟鸣，让松风解带，山月照琴，就是一种愉悦了，何必非要存竞争优胜之心于其间！大概正是源于这种心态，才导致他采用相应的以物观物的方法进行创作，而说到底，这已不仅仅是一种方法了，它实在是一种意识、思想或哲理的展示了。叶维廉对“以物观物”作了一个比较到位的解释，他说：“所谓‘以物观物’的态度，在我们有了通明的了悟之际，应该包含后面的一些情况：即不把‘我’放在主位——物不因‘我’始得存在，物各自有其内在的生命活动和旋律来肯定它们为‘物’之真；‘真’不是来自我，物在我们命名之前便拥有其‘生存’、其‘美’、其‘真’。所以主客之分是虚假的；物即客亦主，我即主亦客。彼此能自由换位，主客互相交参补衬、映照，同时出现，物我相应，物物相应，贯彻万象；我既可以由这个角度看去，同时也可以由那个角度看回来，亦即是说，可‘此时’由‘此地’看，同时也可以‘彼时’由‘彼地’看，此时此地彼时彼地皆不必用因果律而串联。所谓距离都不是绝对的。我们可以定向走入物象，但我们也可以背向从物象走出来；在我们可以自由活动的空间里，距离方向都是似是而非似非而是。”（《寻求跨中西文化的共同文学规律——叶维廉比较文学论文选》)这就是说,以一种更纯真、更随意的态度去对待外物,那么,人与物都获得了自由,天与人由是合为一体。这样一种境界,在王维的诗画作品中可常常遇到。

第二十一讲

说诗画(下)

前面我们讲了诗画一律,诗中有画,并以王维诗为例作了一些分析。那么,有人会问:诗和画作为两种不同门类的艺术,其间虽有一致性,但更应存在各自的特殊性,这种特殊性也就是二者的区别何在?

应该说,诗、画之间的区别还是非常明显的。这种区别,古人已有阐述,如《历代名画记》卷一引陆机的话说:“宣物莫大于言,存形莫善于画。”刘勰《文心雕龙·定势》也说:“绘事图色,文辞尽情。”这就是说,绘画的特点在于借助线条、色彩以“存形”,而包括诗歌在内的文学的特点则在于借助语言文字以“宣物”“尽情”。除此之外,它们更重要的区别在于一偏重于历时性的描述,一偏重于共时性的呈现。钱锺书先生在《七缀集》中有两篇文章专门讨论诗与画的关系,一篇是《中国诗与中国画》,另一篇是《读〈拉奥孔〉》。综合其主要观点及其他各家意见,可以认为:诗是历时性的艺术,它表现的事件、情感等是一种时间的延续和流程;而画是共时性的艺术,它表现的场景有特定的时间范围,或者说是一种瞬间的呈示性,那种历时性的过程它是表现不出来的。《读〈拉奥孔〉》里用了一个短语,即“包孕最丰富的片刻”,这一片刻实即可以让想象自由活动的顷刻,而绘画的特点就在于对此顷刻的表现。莱辛的《拉奥孔》是名著,其中论述的主要是西方流行的故事画,这种故事画与中国古代以表现山水、外物为主的画作以及诗中之画是有所不同的。但作为一种规律,这种“包孕最丰富的片刻”亦即共时性特征却是中西绘画所共通的。

由于绘画只表现空间里的并列共处，不表现时间上的先后承接，所以，上节课我们提到《国史补》所载王维能从画中看出霓裳羽衣曲演奏到什么阶段就成问题了。因为那个演奏是一种延续的动作，在诗中可以描述它演进到了什么时候，而在画中却很难。王维仅凭这样一个静止的画作，就看出其中的时间流程，恐怕就有些玄乎了。正如沈括《梦溪笔谈》所说："此好奇者为之，凡画奏乐，止能画一声。"既然诗、画各有其艺术表现上的特殊性，那么能否入画就未必是判定诗之优劣的标准。也就是说，能入画的诗不一定就好，不能入画的诗也未必就差。进一步说，绘画只表现空间序列，很难反映出时间的变化，而诗歌在表现时间序列的同时，却能够描述出空间的挪移，这样看来，诗歌的功能似乎就优于绘画了。潘焕龙《卧园诗话》卷二就提出了这样的意见："昔人谓诗中有画，画中有诗，然绘水者不能绘水之声，绘物者不能绘物之影，绘人者不能绘人之情。诗则无不可绘，此所以较绘事为尤妙也。"认为诗中的不少东西拿到画中，就无法表现了，由此可见诗比画高出一个层级。于是在历史上就有了诗画优劣的争论，如《荆州记》里有这样的记载："巴东三峡巫峡长，猿鸣三声泪沾裳。"在诗中表现猿啼三声是很容易的事，但在画中就难了。徐凝《观钓台画图》就说："画人心到啼猿破，欲作三声出树难。"意思是说，画一声猿啼可以，想把三声都画出来就很难，你在画里怎么表现这个"猿啼三声"呢？除非是连环画。又如嵇康送其兄从军的十几首四言诗，其中写得最好的是："目送归鸿，手挥五弦。俯仰自得，游心太玄。"这几句大家都很熟悉，读后便可在脑海中产生一个形象的画面，但要把它画出来，就不是件易事了。据载：中古时期著名的画家顾恺之"每重嵇康四言诗，因为之图。恒云：'手挥五弦易，目送归鸿难。'"(《晋书·顾恺之传》)这话来自顾恺之的作画体验，自然假不了。弹琴的动作形态都容易画，但是如何把"目送归鸿"给画出来？这个"目送"不是只拿眼睛在那儿看，而是眼睛送着归鸿渐渐远去，跟着它移动，这中间有一个时间过程。这个"送"字如何表现？不好表现。这样看来，绘画确有它不能够胜任的地方，它不能够去复制诗文，这是它的一个先天性缺陷，也就是表现历时性的诗作与表现共时态的画作的区别。

那么，是不是由此就可以认为画一定劣于诗呢？我想恐怕还不好得出这个结论。略举唐宋人的看法来看一下。独孤及诗：“朝来爽气未易说，画取花峰赠远人。”(《雨后公超谷北原眺望寄高拾遗》)郑谷诗：“此景吟难尽，凭君画入京。”(《西蜀净众寺松溪八韵兼寄小笔崔处士》)苏轼诗：“胜概直应吟不尽，凭君寄与画图看。”(《寄题潭州徐氏春晖亭》)这里说的，都是在写景方面诗不如画，所以要借画让远人领略实际的景致。优秀的画作可以展示细部情态和空灵的意境，而这些往往难以用诗歌语言一一表现出来，有时即使勉强作了表现，也会失去不少生趣和韵味。这就好比音乐是流动的声响艺术，你很难用诗歌或者绘画把音乐的节奏、旋律给表现出来。同理，要用音乐来表现诗、画中的情节、形态也颇为不易。艺术门类不同，其表现特点也就不同，各种艺术都有它独特的技能和特点，在它们之间是不好强分优劣的。我们的任务，就是既肯定它们的特点，又指出其局限，尽可能地发现它们之间的内在联系和互补的功能，这就够了。

根据上面说的绘画本身的局限，我们可以对王维的诗给予一种新的观照。传统说法认为王维诗是诗中有画，这无疑是对的；但王维的诗又不只是停留在诗中有画的水平，在某种意义上，它还表现出对画的超越。比如王维著名的诗句“行到水穷处，坐看云起时”，其中不无画意，但真正要把它画出来，怎样来表现？诗的语言和情景并不复杂，就是一个人漫无目的地沿着水流向前走，一直走到水的尽头，于是就随意坐了下来，仰头看那空中的白云升降卷舒。但细加体味可以发现，这两句诗又是颇具深意的。这深意起码有两点：一是行到水穷处，好像到了尽头了，但是又有了新的变化，水穷而云生，就好比“山重水复疑无路，柳暗花明又一村”，实际上整个世事就是在这样一种变化的过程之中，从中可以体会到世事之变动、人生之无常；二是白云冉冉升起，无拘无束，诗人坐看白云，他的心性也被同化，就好比白云一样自由自在。在这一形象的画面里，也还是含有某种禅机的。同时，这两句诗又有一个时、空的推移和转换：先在河边走，一直走到尽头，然后才坐下看云，而云的升起也有一个过程。其中行到水源的时间过程被“处”字冲淡而有了空间化的意味，诗人与白云的空间关系被一个“时”字稀释而发生了时间化的转变。试想，这样一种深刻的时空关系，一幅画作能表现出来吗？明人张岱有一段著名的言论，他在《与包严介》一文中说：“如李青莲《静夜思》诗‘举头望明月，低头思故乡’，思故乡有何可画？”这个思故乡你怎么把它画出来，怎么来表现？“王摩诘《山路》诗‘蓝田白石出，玉山红叶稀’尚可入画，‘山路原无雨，空翠湿人衣’则如何入画？”山路原来没有雨，但是空翠把人的衣服给沾湿了。“空翠”有人理解为山中树木的苍翠之色，恐怕还可以再推敲：所谓“空翠”，与前面提到的“青霭入看无”中的“青霭”一样，当为草木的翠绿之色与山间漂浮的雾气的结合。雾气若有若无，较为稀薄，所以谓为“空”；但这似“空”的雾气因了草木青翠之色的映衬而显出“翠”的色彩，所以称为“空翠”。空翠不是雨，但含着湿气，在这样的环境中走得久了，衣服自然会被打湿。在这里，空翠是视觉，湿润之感是触觉，通感手法的妙用，益发增加了这句诗的内在蕴涵和韵味。那么，这样的一种情形你如何入画？“又《香积寺》诗‘泉声咽危石，日色冷青松’，泉声、危石、日色、青松皆可描摹，而‘咽’字、‘冷’字决难画出。”这就是说，凡是固定的、有形的物体都是易画的，但这些物体一旦被纳入一种时间序列、变化过程之中，或是被添加了某种声、情类的因素，便远非绘画所能胜任的了。所以张岱最后得出结论：“诗以空灵才为妙诗，可以入画之诗，尚是眼中金屑也。”“诗中有画，画中有诗，因摩诘一身兼此二妙，故连合言之。若以有诗句之画作画，画不能佳；以有画意之诗为诗，诗必不妙。”认为空灵淡雅的诗才是好诗，那种可以一一拿来入画的诗还算不得上品，这话无疑是精到的；但认为将有画之诗和有诗之画拿来作画作诗，其效果一定不好，恐怕就有些绝对了。因为一个简单的事实是，无论将有画之诗拿来入画，还是将有诗之画拿来作诗，高明的诗人和画家都不会毫无增删地依样照搬，其间是会有接受学上的意义增殖的。经过这种意义增殖，写出的诗或作出的画未必不好，未必不会超过原诗或原画。

大概是受前人这些议论的启发，友人蒋寅教授前几年专门写了一篇《诗中有画——一个被夸大的批评术语》，对相关问题进行探讨。文章很有新意，我摘出两句看一看：“将王维诗的成就归结于诗中有画已然损害了王维诗的艺术价值”；“王维诗当然有鲜明的绘画性也就是描述性，但占主导地位或者说更代表王诗特色的恰恰是诗不可画，更准确地说是对诗歌表达历时性经验之特征的最大发挥和对绘画的瞬间呈示性特征的抵抗。”这是蒋寅的主要结论，认为代表王维诗主要特色的作品恰恰是不可画的，如果把王维诗的这样一种成就归结为诗中有画便是对王维诗艺术价值的损害。这一观点不知道大家同意不同意？我个人的意见是，由于观察角度的变化，他提出了一些人们长期以来习焉未察的问题，因而是有价值的，但结论却过于绝对，也有些狭隘了。我们可以说王维的很多诗展示了对诗可入画的超越，可以说不能仅仅用诗中有画来概括评判王维的诗作，但是，不可以说提出“诗中有画”就是对王维诗歌艺术价值的损害，也不可以说代表王诗特色的恰恰是“诗不可画”。

为了说明这一点，我们不妨就“诗中有画”的命题再作一个梳理。所谓“诗中有画”，并不是说诗就是画，也不是说诗中所含画意都可拿来入画，而主要是说，诗中描写的物态和表现的情景像画一样，可以形象地呈现在读者眼前，令人有一种宛然在目的感觉。将前引苏轼原话再看一遍：“味摩诘之诗，诗中有画；观摩诘之画，画中有诗。”——体味王维的诗，诗中的描写宛如画作；观看王维的画，画中洋溢着浓浓的诗意。这里的“有”，也是可以用“如”来代替的。换言之，苏轼并没有说王维诗可入画、画可入诗这类话，他只是指出了王维诗有画意、画含诗情这样一种特点。进一步看，苏轼这句话，既可以指王维那些形象具体、可以入画的诗，也可以指那些含意微妙、不易入画的诗，在他看来，这两类王维诗都具有形象感、画面感，都是可以当作一幅画来欣赏的，所以才说“诗中有画”。如果大家同意这种分析，那么所谓“将王维诗的成就归结于诗中有画已然损害了王维诗的艺术价值”这种说法，便有些不够妥当了。

考察前人对“诗中有画”的理解，可见其大多是沿着苏轼的方向，强调那种宛然在目的感觉，而不是强调与现实画作一一对应。诗中虽然有画，但它只能是诗，而不是画，不应与画一一坐实。唐顺之论明画家周臣《长江万里图卷》就说：“少陵诗云：‘华夷山不断，吴蜀水相通。’只此二语写出长江万里之景，如在目中，可谓诗中有画。”这里所举杜甫“华夷山不断，吴蜀水相通”，确实充满画意，但用绘画怎么表现？能把远在东南的吴和地处西部的蜀容纳进一个画面么？显然，将此诗纳入画图是有难度的，但这不妨碍读者产生“如在目中”之感，读了这首诗之后就好像看到了长江万里之景，这就是“诗中有画”了。宋人朱弁在《风月堂诗话》卷下里记载了晁贯之的话：“如老杜‘落絮游丝白日静，鸣鸠乳燕青春深。’虽当隆冬冱寒时诵之，便觉融怡之气生于衣裾，而韶光美景宛然在目，动荡人思。”读了杜甫这首诗，就能够感觉韶光美景浮现眼前，有一种暖融融的感觉，这也是“诗中有画”了，何必非要把诗中景物拿来作画呢？古人并非意识不到画的局限性，好像说诗中有画，就一定能在画中把诗意表现出来，不是的，古人相当多论“诗中有画”的言论还没有愚笨到这个水平。包括苏东坡所讲的“论画以形似，见与儿童邻。赋诗必此诗，定知非诗人”，重点强调的是神似，是“诗画本一律，天工与清新”的创作规则，而不是诗与画如何转化的问题。从这一意义理解，可以发现，苏东坡提倡的神似、讲的“天工与清新”就是超越，是对拘泥于枝枝节节酷肖其形的形似的超越。

这种超越，用苏轼的前辈梅尧臣的话来说就是：“必能状难写之景如在目前，含不尽之意见于言外，然后为至矣。”（《六一诗话》）难写之景，就是仅凭画笔难以描摹之景。能将难写之景写得如在目前，既需要高超的写生功夫，更需要敏锐善感的心灵，如果仅凭形似，恐怕是难以做到的。不尽之意，就是言外之意、象外之象、景外之景。通过诗人营造的“如在目前”的画面，能够令人想象到描画不出来的那种景致和意蕴，诗歌就有了不尽之意。为了印证这种说法，梅尧臣特别举出了中唐严维《酬刘员外见寄》中的两句诗：“柳塘春水漫，花坞夕阳迟”，并评说道：“天容时态，融和骀荡，岂不如在目前乎？”就诗而论，“春水漫”勉强可以入画，但“夕阳迟”你怎么画？“迟”是一个动态的过程，其实是画不出来的，诗人用了一个“迟”字，实际上给人一种想象，一种继续生发的空间。正是由于它具有画的形象感，同时还内含言外之意和供人想象的空间，所以才说它既如在目前，又含不尽之意。从这个角度来讲，我们说“诗中有画”主要讲的是那种宛然在目的读诗的感觉，而所谓“不尽之意”则主要指诗中由历时性意象映射出的特定氛围和意境，这是一种难以描画的景致，也就是前边所说的不能入画的部分。诗人通过巧妙的笔法和独特的感受把这难写之景表现出来了，由此传达给读者更多的联想空间和审美意绪，这不就是超越吗？联系到王维诗，其不少作品就是在这个层面上对绘画的超越，他给画家制造了难题，也给诗人提供了向上一步的经验。但即使到了这种境地，他的那些诗作也还是洋溢着画意的，也还是“诗中有画”的。如果不是这样，只顾及“不尽之意”而丢弃了“如在目前”，那么，他的诗就不是梅尧臣所讲的“至”境之诗，也就当不起苏轼“诗中有画”的评价了。由此看来，说王维“诗中有画”不仅没有损害其艺术价值，反倒是对其艺术价值的高度张扬。蒋寅说“占主导地位或者说更代表王诗特色的恰恰是诗不可画”，实际上有偷换概念之嫌，把苏轼所说的“诗中有画”置换成了“可画”和“不可画”的问题。

类似上引宋、明论者的这些言论，在唐人那里也有一些，只是不如梅尧臣说得这么明确而已。高仲武在《中兴间气集》里评章八元的“雪晴山脊见，沙浅浪痕交”为“得江山之状貌极矣”。仔细体味章氏这两句诗，可谓体物极深，状物极工：雪后天晴，高高的山脊因为较突出，上面的积雪先融化，山脊也露了出来，但其周边还是雪；在海水或河流的边缘，有浅而白的沙滩，当浪潮向上涌动时，新浪与旧浪之间会在沙滩上显现出一道道交错的印痕。俞陛云《诗境浅说乙编》谓此为“江行习见之景，一经道出，加以烹炼，便成佳句”，诚然。读这样的诗句，能充分调动读者的生活体验，使所写景象如在目前。高仲武说它“得江山之状貌极矣”，并非过誉。又评于良史的诗说：“诗清雅，工于形似。如‘风兼残雪起，河带断冰流’，吟之未终，皎然在目。”你说“风兼残雪起，河带断冰流”这个句子写得好不好？写得非常之好，以至明朝诗评家胡应麟在《诗薮》里把这两句作为中唐诗句的代表，并将它与“海日生残夜，江村入旧年”的盛唐句、“鸡声茅店月，人迹板桥霜”的晚唐句并举，认为其“形容景物，妙绝千古”。这样的诗句，形态神理兼备，宛如画图，所以能令人“吟之未终，皎然在目”。中唐诗人权德舆有一首《酬李二十二兄主簿马迹山见寄》诗，据诗前小序交代：其族兄游丹阳马迹山，给他寄诗一首，其诗“理精词达，清涤心府，三复其文，如至山下”。诗中有这样几句：“能尽含写意，转令山水鲜。若闻笙鹤声，宛在耳目前。”权氏族兄原诗今已无存，但从权诗和序来看，原诗是非常形象鲜明的，以至使读之者“如至山下”“宛在耳目前”。

综观上面几个例证，可以看出，无论是唐人说的“皎然在目”“宛在耳目前”，还是宋、明人说的“如在目前”“如在目中”，讲的都是“诗中有画”。这些如画之诗，不仅写景逼真，而且动荡人思，若闻笙鹤，引发人的多种联想，可谓“妙绝千古”。在这些评论家看来，这就是此类诗的至境了。当然，评论家不同，所站角度不同，所得的意见也未必完全一致。如晚唐司空图《与极浦书》就有这样一段话：“戴容州云：‘诗家之景，如蓝田日暖，良玉生烟，可望而不可置于眉睫之前也。’象外之象，景外之景，岂容易可谈哉？然题纪之作，目击可图，体势自别，不可废也。”戴容州，即中唐著名诗人戴叔伦。戴叔伦所说“可望而不可置于眉睫之前”的“诗家之景”，司空图将之概括为“象外之象，景外之景”，亦即实景中所包含但隐而未发的虚景。这种虚景的形成，既有赖于作者巧妙的语言运用和意象营造，也有赖于读者艺术感悟力的培养和想象空间的拓展，它无疑属于一个更高的层级，所以司空图说它“岂容易可谈哉”——不是随便什么人就可以谈论和达到的。但这段话的下半部分借一个“然”字扳转一笔，认为还有另一种类型的作品，即纪行咏物之类的诗作，这类诗作由于出自切身体验，来得特别真切，所以“目击可图”——你看了之后眼前马上就会浮现出这幅图景，这样的图景甚至可以入画。为了证明所言不虚，他举自己的近作《虞乡县楼》说：“‘官路好禽声，轩车驻晚程。’即虞乡入境可见也。又‘南楼山最秀，北路邑偏清’，假令作者复生，亦当以著题见许。其《柏梯》之作，大抵亦然。浦公试为我一过县城，少留寺阁，足知其不怍也，岂徒雪月之间哉？”这里所举二诗，都是纪行状物的，其特点在于“著题”“入境可见”，亦即前面所说的“宛然在目”“诗中有画”。这类作品与前引戴叔伦所说者“体势自别”，有其存在的价值，是不可废的。于是，对这段话的理解就可能会出现两种歧义：其一，司空图认为“题纪”之作与有“景外之景”的诗作同样重要，二者的不同只是体势上的差异，本质上没有优劣之分；其二，司空图认为“题纪”之作不如有“景外之景”的诗作，二者的区别不只是体势上的差异，而且有着意义内涵和艺术技巧、艺术效果上的高下之分。

那么，哪种解释符合司空图的原意呢？再三品读原文，似乎二者兼有，因为作者本人就同时有过这两类诗的创作实践，而且都达到了很高的水准，他是不大好强分优劣的；但从原文“象外之象，景外之景，岂容易可谈哉”一句来看，这类“可望而不可置于眉睫之前”的诗在他心目中的地位无疑更重一些，或者说这类诗的写作难度要更大一些。但是，不管是哪种情况，司空图都没有否认其“宛然在目”的表现特点。也就是说，“宛然在目”并非专指“题纪”之作，它也包括那些“象外之象，景外之景”的作品。从前引古人相关论说看，“宛然在目”涉及的范围甚宽，既包括纪行之作，也包括写景咏物之作，还包括梅尧臣所说“含不尽之意”的“难写之景”在内。所有这些作品，只要写景状物灵动、鲜活，能引发读者真切的视觉联想，在脑海中形成具象的画面或场景，就可以说是“宛然在目”“诗中有画”了。从这一意义看，不仅王维那些充满画意却被前人视为不可入画的作品大都具有“宛然在目”的效果，而且被戴叔伦说得很玄的“可望而不可置于眉睫之前”的“蓝田日暖，良玉生烟”，也是可以“宛然在目”的。所不同者，只是这种景观更空灵、更迷离一些，其边界不是那么清晰，其氛围氤氲浑融，能够触发人更多一些联想。如果将“宛然在目”仅仅局限于题纪类作品，那么，也许就大大缩小了它的指称范围。

从另一方面看，“宛然在目”类的作品并不低劣。能将诗中画意表现得如在目前，是件很不容易的事，它以形似为基础，但又不止于形似，其中洋溢的还有一种情意和神韵。换言之，它应是形似与神似的有机结合。试看前人所举“宛然在目”的诗例，如“风兼残雪起，河带断冰流”“柳塘春水漫，花坞夕阳迟”“华夷山不断，吴蜀水相通”“落絮游丝白日静，鸣鸠乳燕青春深”，便都是如此；至于王维的“泉声咽危石，日色冷青松”“山路原无雨，空翠湿人衣”“白云回望合，青霭入看无”等诗句，就更是既有实景，又含虚景，既具形象感，又有言外意，令人读后于形象真切的感知中获得多方面的审美享受了。在这里，“宛然在目”是前提条件，“不尽之意”或“象外之象，景外之景”是必然结果，二者之间存在着一种因果关系。如果所写景致只是“在目”，而不“宛然”，那么，所谓“宛然在目”和“诗中有画”便打了折扣；如果缺乏了“宛然在目”“诗中有画”这一前提，那么，所谓“象外之象，景外之景”便无从谈起。

由此看来，“诗中有画”是一个很高的评诗标准，它强调的是一种宛然在目的表现技巧和阅读效果。尽管我们认为“超以象外”在理论的深透度上更醒人耳目，但“诗中有画”的评说却并不因此而失去其固有价值。

后　记

从1982年留校任教至今，在大学讲台一晃就是二十多个春秋了。所讲课程，依次有元明清文学、先秦两汉文学、魏晋南北朝文学、唐宋文学，以及与之相关的一些学术史、批评史和专题研究。大概是不喜束缚、不惯格套的性情使然，这些开过的课程大都没有系统的教案，有的只是一个简略的提纲，有的干脆连提纲也没有。现在看来，这样做有利有弊：其利在于理清思路、打好腹稿后可以在课堂即兴发挥，不受条条框框的拘束，获得师生互动、兴会淋漓的效果；其弊在于不易将授课前后的相关思考和授课过程中被激活的思想火花用文字固定下来，使得不少当时很有感悟的一些想法，在时过境迁之后便荡然无存了。使我改变这种习惯的，还要算这本《唐诗艺术》的讲授与整理。2006年春季，广西师大出版社农雪玲女士来汉，为该社策划组织的“大学名师讲课实录”丛书约稿，经友人王兆鹏兄转介，我决定参与其事。但院务缠身，诸事繁杂，一拖便是一年。今年年初稍得空闲，遂搜集相关材料，列出提纲，制成简单的多媒体课件，为文学院古代文学专业的研究生开设了关于唐诗艺术的课程。其间由我的研究生叶黛莹做了录音，其后主要由叶黛莹及张宝、王凤玲、陈智富诸君根据录音整理成文字稿，我又对这一文字稿作了增删和修订，并吸纳了裴涛、叶黛莹诸君的一些好的建议，这才算有了二十多年来第一部较为系统的讲稿。

讲课是一门艺术，能不能把课讲好，不光在于口才的好坏，也不完全在于知识面的广狭，其中最重要的，我以为还在于能否授人以渔，让听者既知其然，亦知其所以然，改变思维，举一反三，由此养成独立分析问题和解决问题的能力。在这门课里，我很少单独去讲述抽象的理论，也尽量避免孤立的作品赏析，而是试图把文学批评、文学理论与对作品的具体分析结合起来，让同学们以理论为线索，顺藤摸瓜，获得对作品艺术特点的深入解会，并围绕作品的艺术特点，把握唐诗的某些创作规则。此外，就这门课最初的设想而言，内容远较现在丰富，除目前已讲到的声律、立意、结构、语言、比兴、剪裁、情景、言意、技巧、时空、诗画外，还有自然、格调、趣味、虚实、动静、色彩、通感，以及与诗歌艺术相关的音乐、地理诸项，此外，还想对李（白）杜（甫）、高（适）岑（参）、王（维）孟（浩然）、二李（李贺、李商隐）、孟（郊）贾（岛）、元（稹）白（居易）、张（籍）王（建）等人诗歌艺术作些比较考察，希望通过讲授，让同学们能从不同方面对唐诗艺术获得一个较为全面的了解。但受时间的限制，这些想法至少落空了一半；而受能力的限制，所谓授人以渔的理想也打了不少的折扣。好在有了这样一个根据录音整理的文字稿，既为日后的进一步扩展奠定了基础，也为方家读者赐示批评提供了依据。所以，我在对广西师大出版社报以感谢的同时，也期待着听取各方面的意见，使这门课程能在将来获得进一步的改进和提升。

尚永亮

2007 年 10 月 6 日匆记于珞珈山麓寓所

再版后记

十年前，蒙广西师大出版社支持，出版了我给本校研究生授课的一部录音整理稿《唐诗艺术讲演录》。该书面世后，据说还受到不少读者的喜欢和肯定，一度成为某些书店的畅销书。近些日子，又先后接到赵艳、张洁两位编辑来函，说出版社拟重新出版这本书，书名也要做些变化，以略显新意。我想，既然出版社愿意出，说明社会上还有需要，我自然乐观其成。于是花时间将旧著重读一遍，作了若干改订增删，希望尽量减少一些错讹和失误。

需要说明的是，《讲演录》出版后，我曾在此基础上，开设了一门以"唐诗艺术"为名的国家精品视频公开课，并应高等教育出版社之约，整理了一本以课程为基础、名为《唐诗艺谭》的小册子；后又接受"爱课程"网站之邀，将其转换成中国大学 MOOC 的课程。这样做的主要目的，就是想以不同的形式，让唐诗这一中国古典诗歌的经典多一些受众，为更广泛地传播传统文化添加一点助力。不过，因受课时、场所和听众层级的限制，这些课程及出版物都作了大幅度的简化，很多问题多是点到为止，而难以深入展开。相比之下，还是早先的《讲演录》要来得全面、系统、深入些。

十年，在历史长河中，不过短暂的一瞬；但在人的一生中，却占据不小的一个时段，特别是在"知天命"以后，这样一个时间段尤其重要。外在的繁华褪去色彩，内在的真实反得以渐次凸显。这时再去赏读唐诗，又会有一些不同于以往的体认。可叹的是，手头的杂务总是没完没了，新的课题也等着去完成,想再抽时间写一些关于唐诗的感想,竟然成了奢望。无奈之下只能以旧充新,这是要请读者诸君见谅的;好在并不是以次充好,在这本旧作中,似乎也还有些独到的心得,堪以公诸同好。就此而言,也差可自慰了。

尚永亮

2018年12月29日谨志于珞珈山旧寓